渤海老兵

张清闯　主编

中国言实出版社

图书在版编目（ＣＩＰ）数据

渤海老兵 / 张清闯主编 . -- 北京：中国言实出版
社 , 2022.6
　　ISBN 978-7-5171-4210-2

　　Ⅰ . ①渤… Ⅱ . ①张… Ⅲ . ①报告文学—作品集—中
国—当代 Ⅳ . ① I25

中国版本图书馆 CIP 数据核字 (2022) 第 108386 号

渤海老兵

责任编辑	郭江妮	
责任校对	王战星	

出版发行	中国言实出版社	
	地　　址：北京市朝阳区北苑路 180 号加利大厦 5 号楼 105 室	
	邮　　编：100101	
	编辑部：北京市海淀区花园路 6 号院 B 座 6 层	
	邮　　编：100088	
	电　　话：64924853（总编室）　64924716（发行部）	
	网　　址：www.zgyscbs.cn	
	E-mail：zgyscbs@263.net	

经　　销	新华书店	
印　　刷	天津兴湘印务有限公司	
版　　次	2023 年 1 月第 1 版　2023 年 1 月第 1 次印刷	
规　　格	787 毫米 × 1092 毫米　1/16　印张 17	
字　　数	286 千字	

定　　价	68.00 元	
书　　号	ISBN 978-7-5171-4210-2	

屯垦天山的渤海老兵

习近平总书记强调，为中国人民谋幸福，为中华民族谋复兴，是中国共产党人的初心和使命，是激励一代代中国共产党人前赴后继、英勇奋斗的根本动力。而在革命战争年代，就有这样一支队伍，它在中国人民解放军军史上不曾记载，却从祖国最东端的渤海之滨转战到了最西端的天山脚下，即便是脱下了军装，却始终不忘初心、牢记使命，自觉担当起戍边与建设的重任，这支队伍就是山东渤海军区教导旅。

1947 年 10 月，这支 8000 余人的部队从山东庆云县出发，向西北挺进，横渡黄河、挺进河湟、铁血万里、历尽艰辛，先后参加了运安、宜瓦、黄龙、西府、澄合、荔北、永丰、陕中、扶眉、陇青等十大战役，相继解放了安邑、白水、韩城、合阳、咸阳、宝鸡、眉县、天水、西宁等 16 座城市，获得了"攻如猛虎，守如泰山"的赞誉。后来，这支万里西征的部队留在了新疆，被改编为新疆生产建设兵团第二师。

"谁言大漠不荒凉，地窝房，没门窗；一日三餐，玉米间高粱；一阵号声天未晓，寻火种，去烧荒。最难夜夜梦家乡，想爹娘，泪汪汪，遥向天山，默默祝安康。既是此身许塞外，宜红柳，似白杨。"这首描写军垦战士拓荒的诗，便是那个时代不怕牺牲、艰苦创业的兵团生活的生动写照。几十年来，他们一手拿镐，一手拿枪，坚守在大漠戈壁，奋斗在亘古荒原，驻守在风头水尾；他们垦荒种地、开渠引水、兴业安家，几代接力，无悔无怨。他们克服各种艰难险阻，开创了新中国屯垦戍边事业，创造了塞外胜似江南的人间奇迹。

"根在井冈山，整编渤海湾，转战数万里，屯垦在天山"，就是这支部队的真实写照。渤海老兵作为一个时代的历史印记，已经深深植入二师铁门关市这片广袤的土地。如今，在铁门关市中心的一处公园被命名为渤海湾，一条主要街道被命名为宁津街，人们用这种方式把这群山东子弟兵永远铭刻在了记忆中。作为老兵的后代，兵团精神的传承人，红色基因的赓续者，我们自豪于父辈的业绩，我们骄傲于时代的辉煌，我们无悔于无私奉献的兵团人。

挖掘渤海老兵"献了青春献终身，献了终身献子孙"的这种大义大爱故事，用时代之笔记录他们的风风雨雨、记录他们的流血牺牲、记录他们的丰功伟绩，是一份沉甸甸的责任，是一种弘扬红色传统的使命。作为后来者，我们责无旁贷。为挖掘采访、整理撰写这部《渤海老兵》报告文学集，第二师铁门关市党委宣传部、文联多方协调，组织师市和地方作协优秀作家，深入到师市基层团（镇）和单位采访健在的渤海老兵，掌握第一手资料。在阅读大量历史背景材料的基础上，历时近两个月，几易其稿，完成了这部《渤海老兵》报告文学集的采访撰写。

这次采访的24位老兵中大部分来自山东渤海地区，但也有参加过三五九旅"南下北返"和招兵大队在奔赴山东、路过河北时入伍的老兵，年龄最大的已经一百岁。由于时间仓促，只采访到了目前居住在本地区的健在老兵。之后我们还将沿着老兵走过的红色轨迹，继续采访撰写老兵故事，为传承兵团精神，赓续红色血脉，在发挥兵团特殊作用中不断展现新作为。

编者

2022 年 1 月

目 录
CONTENTS

简介：战书和，男，汉族，1926年2月15日出生，山东宁津县人。1947年2月参军，1948年加入中国共产党。在渤海军区教导旅二团任通信兵。1959年后历任二十一团加工厂副厂长、厂长、招待所所长等职，1991年离休。

一生只听党安排

——记渤海军区教导旅老兵战书和

张万平

在地处渤海湾的河北与山东交界的德州地区，有一个唤作"宁津"的县城，这里土地肥沃、人丁兴旺，在抗战时期，就是八路军开展抗日活动的敌后抗日根据地。

历史上的"宁津"县几易其名，最后之所以叫"宁津"，就是因为生活在这里的人们对这片土地寄托了太多对安宁、安定的希冀和期待，但自从鸦片战争爆发后，这里就没有几天安宁、安定的日子，所以才会有大批的山东人出去闯关东，求生路。

苦难童年

1926年2月15日，正值军阀混战的时期，战书和出生在山东宁津县道口区小张庄一个贫苦农民家庭。

连年的战争，令人们寄予"宁津"安宁的希望完全破灭，人们过得苦不堪言。战书和出生后不久，母亲就在贫病交加中去世了。战书和兄弟姊妹三人，上面一个姐姐、一个哥哥，仅靠家里祖上留下的一亩多薄田和父亲给人磨剪子、锵菜刀挣点微薄收入，维持家庭生计，日子过得非常艰难。为了减轻家里负担，父亲很早就把姐姐嫁给了一个闯关东的人家。

在那个战乱时期，生产力极其落后，一亩多薄田种植的粮食无法满足一家三口的日常生活，再加上父亲磨剪子、锵菜刀挣来的一点微薄收入，使一家三口勉强度日，但一遇到灾年，一家人生活就难已为继，为此，战书和的哥哥也很早就离开家跟人到天津一家制造铜盆的工厂打工去了。年纪尚小的战书和只能跟随父亲四处漂泊，通过父亲给人磨剪刀挣口饭吃。

饱一顿，饥一顿，是家常便饭。

苦难的日子，让父亲很快衰老下去。在战书和十三岁那年，贫病交加的父亲，再也支撑不下去了，在一个冬日的晚上，父亲拉着战书和的手，万般无奈地咽下最后一口气，撒手去了。

在乡亲们的帮助下，战书和安葬了父亲，又回到空空荡荡的家里。清冷的房子、孤独的战书和，此时只能听到屋外在呼啸寒风中瑟瑟颤抖的枯草发出的声音，往后的日子怎么办呢？孤苦伶仃的战书和独自抹着眼泪。此时，他突然想起了父亲在世时曾告诉他，哥哥在天津一家造铜盆的厂里做工，战书和就萌生了去投靠哥哥的想法。正在准备时，就听到村里有人带信回来说，哥哥在天津做工因积劳成疾，得了肺病，已经吐血病死在天津了。

听到这个噩耗，战书和一时六神无主、不知所措，他一趟子跑到父母的坟上哭诉了一场。哭干了眼泪后，天已经黑了，他这才失魂落魄地回到家里。眼见的家徒四壁，自己孤苦伶仃，呼天天不应，叫地地不灵，一个十三岁的孩子，在那个战争年代，走投无路的战书和活下去都很困难。第二天隔壁邻居来看他，告诉他，他还有一个姐姐在大连，劝他去投靠姐姐，战书和思来想去，没有别的选择，只能投奔早先嫁到大连的姐姐家。

到了姐姐家，姐姐家的日子也不宽裕。姐姐已经有两个孩子，他的到来，又给姐姐家增加了一张吃饭的嘴，对一个贫苦家庭来说，多一张嘴吃饭，就多一份负担。为此，还引起了姐姐和姐夫的矛盾。这样熬了几年，战书和渐渐长大了。不久，东北解放了，作为抗日根据地的宁津县，战书和的老家也开始减租减息，实施土地改革，每户农民家里都分到了土地。姐姐听说家乡土改了，就急急忙忙赶回老家宁津县道口区小张庄，看看家乡的土改情况，准备处理一下家里的情况再回东北。

参军入伍

1946年底的一天，回到家乡的战书和的姐姐无意中看到村里的青年都在报名参军，一打听，才知道解放军在这里招兵。姐姐立刻请人带信去，把战书和从大连喊了回来，姐姐亲自把战书和送到招兵处报了名。

1947年2月25日，战书和告别姐姐——自己唯一的亲人，加入了华东军区所属的山东渤海军区教导旅的行列，被分配到渤海军区教导旅二团直属通信连三排当了一名通信兵。战书和至今还记得：二团的团长叫金忠藩，政委叫肖友明，副政委是王汉兴，参谋长是赵耀武，他们都是爬过雪山、走过草地、经历过长征的身经百战的老革命，战书和对这些老领导非常敬重。

通信连成立后，全连有 200 多人。战书和记得通信连连长叫姚云，排长姓刘，班长叫郑书严，通讯班编制为 30 人。

当时，战书和所在的渤海军区教导旅是按照华东军区部队的建制序列命名的番号。教导旅旅长是张仲瀚，政委是曾涤，贺盛桂是副旅长，熊晃是副政委，刘鹏是司令部参谋长。

这支部队之所以叫渤海军区教导旅，是因为这支部队是由著名的三五九旅到山东委托华东军区组建的，是为解放大西北做准备的。部队成立时，全旅辖一、二、三团三个步兵团和一个炮兵营。开始集训后，部队给每一个新兵配发了统一的土黄色新军装。

新军装发到手后，战书和脱掉了自己以前的旧衣服，立马穿上了崭新的黄军装。换上新军装后，战书和踢踢腿，伸伸胳膊，觉得比以前的旧衣服神气多了。再挎上武装带，背上步枪，向前走了两步，心中美滋滋的，自豪感油然而生。

集训开始前，战书和亲耳聆听了旅长张仲瀚给部队的讲话，他觉得旅长真有水平，讲了很多自己平生从来没有听到过的革命道理，明白了自己当兵不是为了别人，是为自己的翻身解放，是为保卫刚刚获得的胜利果实——家里分到的土地，是为打倒代表地主资本家利益的蒋介石，是为保卫自己的家乡、保卫解放区人民当家作主的权利。

部队成立后除了纪律教育，就是学习文化知识。当时部队分散驻扎在惠民、商河、宁津等县，进行集中军事技能训练。训练刚开始，国民党就对山东解放区展开重点进攻。天上时不时就有国民党飞机飞来飞去进行侦查，发现目标就扔炸弹。

一天，部队正在搞训练，几架国民党飞机突然飞到了新兵训练区域上空，见人就往下丢炸弹，一阵狂轰滥炸。从来没有见过飞机投炸弹的新兵，本来组织纪律性就不强，被这阵势吓蒙了，一下子慌了神，不知所措，开始四下乱跑，有几颗炸弹恰巧落在离部队训练不远的地方，有几名刚入伍的新兵被炸伤了。

一看有人被炸弹炸伤，一些新兵吓坏了，直接跑回家躲了起来。为了稳定部队情绪，部队干部又深入新兵家庭走访做工作，把跑回家躲轰炸的新战士一个一个都找了回来。

　　宁津、商河、惠民等县距离敌人较近，为了避免不必要的伤亡，教导旅领导决定把部队整体转移到北边靠近渤海湾的庆云县一带去继续练兵，这样就可以完全躲开国民党飞机的轰炸。

　　于是，1947年4月，战书和所在的渤海教导旅二团开始向庆云县转移。经过200多公里的急行军，部队来到了庆云县小桑树镇驻扎，继续进行战术动作的基础训练。

　　在庆云训练的第一天，连长姚云就给每个战士出了一道简单的训练题：测试每个战士的投弹技术。这个看似简单的战术动作——平时在农村扔惯了石头的新兵，都觉得很好学。战书和顺手拿起一个木头制作的手榴弹，掂了掂觉得分量很轻，心想：这东西还不好扔？不用学也能扔出很远。战书和用尽全身力量，把手榴弹朝着目标方向扔了出去，手榴弹在空中划出一条短短的弧线后落地，这时，战书和才意识到，这东西不是想象的那么好扔。经过测试人员用尺子一量，距离不到20米，这个结果是不及格的。

　　一个看似简单的战术动作，让战书和给考砸了。战书和望着通信连里比自己小很多的新战士，脸一下子红到脖子根，这时才感到"兵"的技能是训练出来的。

　　刚刚走出农村的新兵，没有接受过严格的组织纪律教育和培训，自由散漫习惯了。针对这种问题，二团团长金忠藩立即抽调部队骨干开始白天搞训练，晚上开展思想政治教育，号召新兵人人学习文化，并在全团开展向战斗英雄学习的活动，给战士讲战斗英雄的典型事例，明确部队"为谁而战"、"为谁而练"的目的。

　　战书和在阳信和庆云县学会了读书写字，在训练中明白了许多革命的道理。有了思想觉悟的新战士，提高了刻苦练武和勇敢参战的自觉性。在训练场上，战士们唱着自己编的训练歌曲："五月里来哟好风光，教导旅二团练兵忙，今天团开了动员大会，人人皆兵苦练上操场，加紧练兵鼓励苦干，学好本领上前线，消灭他几个蒋匪帮，我们练兵，也是立功。军事要求就那几项，投弹达到45米，射击要求靶靶插红旗。个个争取来嘛来立功。"

　　为了尽快提高战术技能，在训练中，战书和除了睡觉和吃饭，天天手里拿一柄手榴弹练习投弹，一天要扔上千次，胳膊肿了，咬着牙坚持。一天到晚，战书和除了读书写字，还要进行必要的通信业务训练，每天提着十几斤重的通讯线和电话机，要来回跑上几十公里。经过8个多月的紧张训练，战书和投弹达到了 47 米，业务达到优秀，射击得了优秀，受到团党委表彰。经过严格的训练，战书和从一个目不识丁的青年农民，成长为懂政治、守纪律、不怕苦、不怕牺牲的革命战士。

训练结束时，战书和已经熟练掌握了通信兵一般的业务技能，如布线、接线、检查线路等，在这 8 个月里，战书和感受到了人民军队伍里大家亲如兄弟一般的友好和善，感觉这就是一个异姓大家庭。几个月的训练，战书和身体也长起来了，完全成了一个胖墩墩的大小伙子，战友们都喜欢称他为"胖子"。

1947 年 11 月，完成训练任务的渤海军区教导旅开始向西挺进，为避免战书和他们这批新兵路过家乡时产生情绪波动，部队向西开进时专门绕过宁津、商河、惠民等县，只说是野营拉练，为此，大家并不知道是向西北去，是去加入解放大西北的行列。部队到了河北邯郸南面的武安县后，开始休整。

11 月下旬的一天，部队在一个叫文章村的地方集结，战书和他们接到命令，要在一个比较开阔的学校校园里修建一个土台子，战书和只听说是为演戏而搭建。

土台子建好后，部队文工团当晚就在台子上演出了《小二黑结婚》《白毛女》等现代戏，同时还演出了几场传统京戏。战书和平生第一次在这里看到了号召人民翻身解放的戏。所有戏都是渤海军区教导旅文工团自己编排的。戏上有些台词战书和听不太懂，但看起来还是挺热闹的，看完戏后战书和模模糊糊又明白一些革命道理。

进军西北

1947 年 11 月的一天，武安县的文章村来了几位陌生的大首长，为此，部队集合起来开大会。这时，战书和才知道，他们是大名鼎鼎的华东军区司令员陈毅、西北野战军二纵队司令员王震、陕甘宁晋绥联防军政治部主任甘泗淇及晋冀鲁豫军区副司令员滕代远。他们都是为部队移交的事情专门赶来的。

在部队交接仪式上，战书和看到陈毅站在土台上，操着浓重的四川话风趣地说："山东自古出好汉，你们渤海教导旅就是当今的山东好汉！从今天起，我把你们交给王震同志，他将率领你们到西北去，保卫党中央、保卫毛主席！"

部队一听说是去西北的延安保卫党中央、保卫毛主席，一时群情激奋、激动不已。这时，部队中不知是谁喊起了口号："打倒蒋介石，消灭胡宗南！"上千人的会场上，几千名新兵立刻跟着高喊："打倒蒋介石，消灭胡宗南！"口号声如同山呼海啸，响彻文章村上空，久久回荡。

自此，战书和跟随山东渤海军区教导旅，归入西北野战军序列，教导旅也由此更名为西北野战军第二纵队独立第六旅。战书和所在的二团更名为独六旅十七团（也称华山部队十七支队）。战书和从这一天开始，就跟随这支由翻身农民组成的部队，义无反顾地开赴西北，开始了保卫延安，解放大西北的征战历程。来到大西北后，战书和再也没有回过故乡——山东宁津。

12月上旬，独六旅翻越太行山，向山西运城进发。

山西运城，位于晋西南三角地带，是晋南政治、经济、文化中心，同蒲路穿越城北，成为连接晋、陕、豫三省的军事要冲，战略位置十分重要。为此，运城县有国民党军重兵把守。

当时的运城与安邑两县相距5公里，两城成掎角之势，可互相策应。占据运城，西可出击关中，南可威胁陇海铁路，对巩固晋南解放区具有重要战略意义，所以在解放战争中，它便成了敌我双方激战争夺的焦点。此时的运城已成为国民党军在晋南地区据守的孤城之一。

在这次运安战役中，战书和所在的十七团担负的主要战斗任务是阻击运城逃敌，防止敌人弃城向西南方向逃跑。十七团团长金忠藩、政委肖友明率团很快在旅部指定的位置设立了指挥部，各营、连也在指定位置上开始挖战壕修工事。这时，通信连按照团部指示，部队指挥所设在哪，通讯线路就要架设到哪。

经过紧张的准备，十七团和兄弟部队一起把运城守敌死死压在运城之中。各营连指挥部位置确定后，战书和与通信连的其他战士立刻按照分工，提起架线拐就在团指挥所与各营连级指挥所之间开始架设通信线路，确保战斗打响后团部与各营连指挥所的电话畅通无阻。

这是战书和第一次参加战斗。看到临战前的紧张场面，战书和心里像打鼓一样，还是有点紧张，毕竟是头一次参加真枪实弹的战斗。

1947年12月16日晚，战斗打响。随着信号弹的升起，敌我双方的炮弹不时地从头顶上呼啸而过，枪弹如同密集的雨点，落在双方的阵地上。由于前两次攻打运城，敌人对我方攻势有所了解，为此，敌人加固了城防工事。

我军几次攻击受阻，最后采取坑道作业方法，在运城北门西侧城墙炸开一道 20 多米的豁口，随着军号声响起，敌我双方在城墙口子上展开了激烈争夺，战士们呐喊着像猛虎一样跃出战壕，扑向敌人。

置身在战场之中，看到炮弹不停地在城墙口子上爆炸，子弹在头顶发出尖利的呼啸声，身边时不时有战友倒下，战书和感觉心里突然就不怕了。

在双方的炮弹爆炸声中，电话线随时可能被炸断，通讯一断，指挥所无法知道前线的战况进展，这时，战书和与通讯连的战友就要冒着弹雨，去检查线路，一旦发现断口，要马上接好，保证话务畅通，指挥顺畅。

当时的通信设备十分简陋，通信方式也很落后，很多团一级都没有电台，战书和所在通信连 200 余人经常要担负徒步传递信息的任务。

所以，战书和与他的战友们不仅是通信兵，还是部队指挥员传达上级命令的联络员，他们要经常冒着枪林弹雨穿梭在各个阵地之间，把上级的指示或者作战命令及时传达到各级领导手中。如果两支部队相距太远，部队和上级部门中断了联系或者不能架设电线，战士们还要跋涉三十四里地徒步找到上一级汇报作战情况。

运城、安邑战役是一场攻坚战，在这次战斗中，战书和与一名通讯班的战友一同出来维修线路，就在巡查线路的过程中，这位战友不幸被敌人炮弹炸成重伤，在送往医院的途中牺牲了。

运城、安邑战役从部队进入作战位置算起，整整打了 12 天，最紧要的时间，部队连续攻城 7 天 7 夜，这场战役打得异常艰难，因为在这之前，我军没有攻城经验，更缺乏重火力支援，所以我军在最初的攻击中，伤亡很大。有些中基层指挥员建议撤离，但临时兵团司令部首长指示，谁坚持到最后时刻，谁就是胜利者。

在部队不间断地攻击至 27 日黄昏时，我军战士终于从炸开的 20 余米宽的城墙缺口处攻入城内，与敌人展开激烈巷战，至 28 日上午全歼国民党守军，完全解放了运城。

28 日黄昏，安邑守敌见如此坚固的运城城池已被解放军攻破，顿成惊弓之鸟，国民党驻守安邑县的保安十一团慌忙弃城突围，向临汾方向逃窜。其实我军为避免攻城造成伤亡，专门把安邑县北门让出来，逼迫国民党守军突围，就是为了在运动中消灭敌人。敌人果真上当，向北门突围。敌人出城后我军并不拦截，十七团团长金忠藩率一个营只是尾随追击。把敌人追至山西新绛县稷山的一条山沟里时，我军临汾地区的两个团正好在前面堵住敌人，龟缩在山沟里的 1000 多名国民党残敌，很快缴械投降。运安战役就此结束。在这次战斗中，战书和觉得自己真正经历了一次战火历练，经受住了生与死的考验，是一名真正的解放军战士了。

解放运城、安邑县后，部队进行了一次休整。在休整中，各班各排都进行了战斗总结，既总结了战斗经验，也总结了战场失误和教训，战书和很受启发。部队解放运城、安邑县，打通了西出陕西、东出河北、南下中原的战略通道，是一次大胜利，但在总结过程中，团营首长却总结出了很多战场出现的小失误并告知大家，战场失误就会造成不必要的干部战士伤亡，胜利的经验固然重要，但战场教训更值得汲取。

这次休整结束后，部队接到上级命令，迅速西渡黄河，进入陕西宜川县瓦子街地区，围歼国民党刘戡部——二十九军。

1948 年 2 月 17 日，二纵队在晋南召开参加宜瓦战役誓师大会，2 月 23 日，战书和随部队在黄河渡口禹门口樊家镇强渡黄河成功，部队迅速进入陕西境内，解放了韩城，直奔宜瓦战役伏击地点。

瓦子街位于丛山密林之中。在开战的前 3 天，我军就进入了伏击区。此时的陕西中部还未开冻，第二天，一场大雪袭来，战士们趴在雪地里，为了不暴露目标，只能饿了啃口冰疙瘩馍，渴了吃口雪。

29 日凌晨，刘戡的队伍陆续进入瓦子街。狡猾的刘戡怕山上有埋伏，专门派国民党兵到山上侦察。幸亏山上被白雪覆盖，国民党兵畏惧寒冷，吃不了苦，走到半山腰，就没有再往山顶上走，只在半山腰胡乱开枪，试探性地火力侦察了一通，就跑下山去了。

这次战役整个西野部队悉数参加，是一次规模较大的战役。

刘戡钻入我军在瓦子街设下的伏击圈后，我军立刻封住两端袋口，彻底切断刘戡溃逃的退路。刘戡毕竟是参加过抗战的多年宿将，迅速组织起防御阵地，并开始向我军疯狂反扑。困兽犹斗，是实力和实力的较量，顿时双方的火炮声、手榴弹爆炸声，步枪、机枪的射击声交织在一起，与战士们的喊杀声一起回荡在山谷中。

瓦子街的东南山有一个制高点，被 1000 多敌军抢占，敌人用机枪不停扫射，敌我双方来回 30 多次争夺，我军伤亡非常大。但为了夺取战斗最后的胜利，战士们几乎是踩着战友的遗体攻上了东南山。事后当地百姓说，瓦子街前的南河变成了一条血河，血河一直向下游流去，流了好几天才澄清。

战斗至 3 月 1 日，独六旅所属的十七、十八团协同独四旅攻占任家湾南山制高点，包围了守敌。这时，西野发出总攻命令。部队以多路突击的方式，同时攻入敌阵，十八团直插敌司令部，俘获整编二十九军少将参谋处长吴正德。

3月1日下午5时，我军全歼二十九军28500余人，中将军长刘戡自杀。我独六旅俘敌1105人，其中军官108人。这一仗解放了宜川、黄龙大片地区，彻底改变西北战局，为人民解放军南下关中解放大西北打开了大门。

毛泽东听到瓦子街大捷的消息后，当即以人民解放军总部发言人名义，发表了《评西北大捷兼论解放军的新式整军运动》的文章，赞扬西北野战军新式整军搞得好，并要求在全军推广。

随后，战书和所在的十七团又先后攻克陕西白水县城，继续进军颌阳。颌阳守敌弃城南逃后，战书和随十七团与十八团追歼逃敌于颌阳东南刘家岭地区，并重创敌一六七旅五〇团第三营及地方武装部队。战书和越战越勇，在颌阳战役中，表现勇猛无畏、机智勇敢，多次在关键时刻顺利完成接线任务，并在这次战斗中光荣地加入了中国共产党。

1948年3月28日，战书和参加了黄龙山麓战役之坡底岭阻击战。这一战，战书和所在的十七团以一个团的兵力，抗击号称天下第一师的敌王牌部队整编罗烈第一师。十七团在金忠藩指挥下，英勇顽强一战成名，打出了威名，打出了十七团的英雄气概。战后，十七团所属的二连被二纵政治部授予"攻如猛虎，守如泰山"的锦旗。这次以少胜多的战斗在整个西北战场上也是少有的辉煌战例。

到了1948年夏季，战书和奉命参加了武帝山、杜家塬抗击战。秋季参加了在陕西大荔县东西汉村（今大荔县汉村乡）展开的攻击战和随后的东西马村战斗。

永丰立功

在战书和的记忆中，最惨烈的一仗是冬季攻势中的永丰镇战斗，这一仗被军史上称作"血战永丰镇"。

1948年11月24日，永丰镇战斗打响。当时驻守永丰镇的是国民党中央军第七十六军，这是一支装备精良的国民党部队。军长李日基出身于黄埔，后在国民党陆军大学学习，既有军事理论，又有实战经验。对于我军来说，他算得上是一块难啃的"硬骨头"。

战役初期，我军开始清扫外围国民党据点。具有丰富战斗经验的十七团团长金忠藩经过缜密思考，决定把三营摆在主攻位置上，一营负责扫清外围阵地，二营作为预备队。

陕西中部沟壑纵横，在开阔地后面是一条十几米深的大沟，十七团三个营趁夜色顺着沟壑悄悄进入开阔地域构筑野战工事。

国民党军得知我军要攻打永丰镇，也已提前构筑了永久性坚固工事和水泥堡垒。并不停地用冷枪冷炮封锁开阔地域，防止我军抵近永丰镇。

25 日，敌军冷炮一夜未停，炮弹不时落在我军阵地前后，零零星星的枪声时断时续。

冬天的黄土高原上，又黑又冷，但沟里、塬上，时不时能看到敌军炮弹炸开的火球。

天快亮时，一夜未合眼的十七团团长金忠藩准备给埋伏在前沿阵地担任主攻任务的三营打电话，询问战前准备情况和战士们的情绪。一摇电话，怎么没有声音。他急忙问通信连连长："线是怎么回事？"却没有人回答。站在身后的通信兵战书和说，他们都去一营和三营架线了，现在连里就剩下他和另外一名姓王的战士。

当时只有 22 岁的战书和，在部队经过两年多的锻炼，已是膀粗个高、脸方耳阔，而且很胖，所以团里人都喜欢称呼他为"胖子"，很少有人叫他的大名——战书和。

团长金忠藩扫视一圈周围能够腾出手的战士，只有战书和与另外一名小战士。看着团长的眼神，战书和知道电线又被炸断了。本来连长是让他们两人留守团部，以便应急所需，但此时任务紧急，金忠藩顾不了许多，便急切地问他们俩："胖子，能上去把线接好吗？""胖子"和另一名战士小王立刻回答："保证完成任务！"随即"胖子"战书和与小王一人背着两卷线，向三营方向跑去。

三营营部距团部 3 公里多。团部与三营之间隔着一条很长很深的大沟。他俩顺着沟沿滑到沟底，沿着蜿蜒的大沟向前放线。有沟壑掩护，他们一路小跑，估计到了三营阵地后方，他们就向沟上爬去。沟上有一段200 多米的开阔地，无遮无拦。等上了沟，机枪子弹"嗖嗖"地从头顶飞过。这时天还黑着，敌人大炮找不到目标，只是乱打乱放。炮弹在他们前后左右不时炸开，炸起的黄土从高空落下，洒满了他们的头上、身上。

他们一个急冲锋似的奔跑，把线放到了三营营部。

不到半小时，线路接通了，团长给三营长交代了作战任务，战书和见线路已经畅通，心里如释重负。这时，他才意识到该回团部了。他和另一名战士立刻开始往回返。此时天已大亮。

他俩跃出战壕，向大沟冲去。刚冲出不到二十步，就被敌人发现，接着就是炮弹和机枪子弹向他们俩一阵狂泻。子弹、炮弹溅起的尘土，让他们睁不开眼睛。他们匍匐在地上，根本没法移动。等到敌人机枪换弹匣的时候，他们又迅速爬回战壕。为了躲避敌人的射击，他们只得顺着战壕往回返。

战壕很窄，战士们已进入战斗位置，他们只能从战士们身上爬过去。这时敌人已经开始有目标地向我方阵地开火，炮弹在阵地两边连续爆炸，整个阵地笼罩在一片呛人的硝烟中。

移动到大沟边上，他们迅速钻进沟里。这时，敌人飞机在天空盘旋，看到移动目标就扔炸弹。但沟并不直，滑进沟里后，他们一溜烟，飞机就找不到目标了。借着大沟作掩护，他们一路飞奔回到了团部。

临近中午，"胖子"去帮助炊事班做饭。炊事班设在团部后边的一个凹地里。谁知火刚升着，水还没有烧开，敌人几发炮弹落下，当场就有几名战士牺牲。

原来，炊事班面对前线一方高坡上，有个豁口，敌人看到了做饭的炊烟，便顺着炊烟把炮弹打了过来。

在攻城的战斗中，由于墙高城厚，十七团团长金忠藩让战士们改用坑道作业，用炸药炸开了城墙。十七团、十八团从突破口勇猛冲入寨内，很快敌人又扑上来封堵了缺口，在战斗紧要关头，金忠藩操起一根扁担，冒着枪林弹雨，冲到突破口高喊："共产党员跟我上！"战士们跟随团长金忠藩再次冲进寨内，与敌人展开巷战。经过一天一夜激战，我军全歼了国民党七十六军，活捉了军长李日基和两个师长。十七团俘虏敌人1100多名，并缴获20门大炮、29挺机枪。但十七团也付出了沉重代价，营长莫大均、副营长王二志等286名指战员倒在了攻城的路上，长眠在了这片土地上。

这次战斗，胖子战书和荣立了二等功，在庆祝永丰镇战役胜利表彰大会上，二军政委王恩茂亲自把一枚二等功军功章挂在了他的胸前。

残酷的战斗，巨大的胜利，总是长久地深刻在人们的记忆里。

时隔40年后的1987年，当年的十七团团长金忠藩已是原成都军区副政委，在庆祝渤海军区教导旅成立40周年之际，他应邀回到了新疆生产建设兵团第二师，回到了当年的部下和战友们中间。

当年他率领的十七团，经过解放大西北的战火洗礼后，最后翻越祁连山，经河西走廊进军至新疆南疆焉耆盆地，于1953年集体就地转业，组建了新疆军区生产建设兵团农二师农五团，驻扎在焉耆盆地西缘。1969年兵团统一团场番号，农五团改为二十一团，成了一支屯垦戍边的农垦部队。

金忠藩在二十一团招待所里，见到了当年的老部下，见到了生死相依的战友。

大家齐聚一堂欢迎老首长——开国少将金忠藩。将军是上世纪50年代初调离新疆的，现在故地重游，百感交集，在济济人群中，他一眼就认出了当年的老部下通信兵——"胖子"战书和。将军看到战书和后，第一声不是泛泛寒暄和平常的嘘寒问暖，是心潮奔涌，是岁月难忘，在眼神相遇的一刹那，他们都又回到了当年那个凶猛厮杀的战斗场面，又回到了酷烈的战斗中，他大声问道："胖子，线架上去了吗？"

"胖子"战书和从将军的眼神中，也看到了当年团长指挥战斗的果断、智慧和威严，看到了那场战斗的惊险激烈和震撼，两人思绪相碰，奔涌的心潮瞬间融在一起，战书和一个立正，向当年的老首长敬了一个标准的军礼，回答道："报告团长，线架上去了！"

团长还是当年的团长，战友还是当年的战友，兵还是当年的兵，只是光阴相隔40年，两位战友——曾经的首长和部下，在此刻，血战永丰镇的惨烈场面，同时在眼中闪过。

——将军与"胖子"老兵的手紧紧握在一起。

祁连浴雪

在解放大西北的战场上，战书和随十七团共参加大小战役31次。1949年2月，根据中共中央军委命令，西北野战军第二纵队独六旅十七团改编为西北野战军一兵团二军六师十七团。

西野解放兰州后，为防止马步芳残匪西窜新疆，六师十七团奉命从甘肃临夏渡过洮河，再从循化渡过黄河进入青海，解放西宁后，又向西经青海门源翻越祁连山，直插甘肃重镇张掖，截堵马步芳残部退路。

在翻越祁连山时，战书和又经历了一次生与死的考验。

9月的青海门源，秋阳温和，天气气爽宜人，部队顺着羊肠小道往上走时，只觉得凉风习习，不像山下那样燥热了。越走越高，空气开始由凉爽变得寒凉。战书和身体壮实，感觉还不明显，有些身体瘦弱的战士开始觉得有些冷。快到山顶时突然下起小雨，本来就有些冷的战士，开始浑身打战，感觉有点支撑不住了。干部赶紧让战士吃点随身携带的辣椒，再喝些热水，并严格规定，任何人不管再累绝不能坐下休息，否则就再也站不起来了。

快走到山顶时，雨转成了冰雹，迎面打来，让人睁不开眼睛。冰雹刚停，铺天盖地的雪花又迎面袭来，衣服已经淋湿了，再加上风雪，冻得人上下牙不停地磕碰打架。此时干部把马都让给了伤病员骑。有些实在走不动的战士就拽着马尾巴往山上爬。

一路上都能看到冻死在路边的战士遗体。这是先头部队没有思想准备，上山遭遇暴风雪后，身体瘦弱或有病的战士经不住寒冷，坐下来休息后，就再也没能站起来。

部队在山下就通报了先头部队因遭遇暴风雪受到损失的情况。为此，上级首长要求后续部队必须准备辣椒，穿上足够御寒的衣服，再行进翻山。即便是这样，当战书和他们走到山顶时，海拔4000多米的山顶，由于氧气稀薄，强烈的高山反应，让人头疼欲裂，再加上寒气逼人，战士们呼吸急促，两腿发软，迈不开步子，每走一步，都要喘息半天。同班的战友王德清，由于体质较弱，战书和就主动帮他晚上守总机。白天在行军途中，他把王德清的单机背在自己身上，这样，战书和身上的负重超过25公斤。

十七团翻山时，各班排都开展了"一帮一"和"两强加一弱"的结对子活动。在行军途中，每个连队的主要领导一个在前带路，一个在后面收容，不允许一个战士掉队。部队到达山顶时，部队文艺兵一边鼓劲，一边对大家说，王震将军也跟随部队徒步行军，而且把马让给了体弱生病的战士。战士们被将军的作风深深感动了，大家相互搀扶，互相鼓励，顺利翻越祁连山，抵达甘肃重镇张掖，迫使国民党驻守张掖的部队放下武器，向解放军投诚。

翻越祁连山后，王震将军留下了豪迈的诗句："白雪罩祁连，乌云盖山巅。草原秋风狂，凯歌进新疆。"

祁连山是战书和他们经历的最后一道天堑，由于十七团准备充分，全团没有发生战士受冻倒毙的现象。但这一上一下，让每个战士都经历了一次生与死的考验。

戍边屯垦

1949 年 9 月，随着张掖国民党军起义，河西走廊的酒泉、嘉峪关一线全部获得解放，全团开始修整。

在十七团进驻张掖的第 5 天——10 月 1 日，中华人民共和国成立了。战书和与他的战友从东打到西，一路浴血奋战，就是为了迎接这一天的到来。战书和此时想到了身边许多战友，他们为了这一天，倒在了冲锋的路上，长眠在了进军的途中。今天他要替他们庆祝，替他们欢呼。战书和非常激动，他高昂着头，走在了光荣与自豪的队伍中，与当地百姓一起游行庆祝这盛大的节日。

此刻，古老的张掖，仿佛一瞬间焕发了青春，满城的老百姓奔走相告，大街小巷沸腾了，人们穿上平时出门走亲戚、过大年时才穿的新衣服，与部队一起挥舞旗帜，欢呼跳跃。沉寂了多年的河西张掖，此时不再沉默了，他像一个被压抑多年的贫苦农民，此时一步走进了新生，走进了盛装跨越的时代。街上人人喜上眉梢，个个笑逐颜开，城里城外，到处都响着喜庆的鞭炮，到处都是喧天的锣鼓，"中华人民共和国万岁"的口号声，如春潮一浪高过一浪，久久回荡在张掖的上空，回荡在整个河西走廊的上空。

10 月 5 日，战书和与战友们在张掖大校场聆听了西野司令员兼政委彭德怀和政治部主任甘泗奇关于进军新疆的讲话，一兵团司令员王震作了进军新疆的动员。如果说，当年战书和他们这批山东子弟兵踊跃参军，是为"打老蒋，保家乡"的朴素政治目的，那么，进军新疆，就是他们跳出"小我"、进入"大我"的一次思想觉悟的跨越。

随后，部队陆续从张掖出发，向酒泉、嘉峪关一线挺进，准备进军新疆。10 月 13 日，六师师长张仲瀚率领由十七团副团长谢高忠等 20 多人组成的先遣队，开始进军新疆。自这天开始，十七团就陆续从酒泉、玉门县等地，边休整边准备车辆、粮饷。10 月下旬，战书和跟随十七团西出玉门，穿过星星峡，经哈密、鄯善、吐鲁番，开始向南疆重镇焉耆进发。

1950 年 3 月，十七团后续部队全部到达焉耆盆地，分别驻守在开来渠和大、小巴伦渠龙口地区，战书和他们通信连驻守巴克沁库勒，负责开垦小巴仑渠下游土地。

春天来了，土地渐渐化冻，战书和他们按照团部指示，一个班一片土地，大家一字排开，开始开荒。荒地里的芨芨草一人多高，刚开始距离连部不远，每天下班，摸黑也能找到食堂，但随着开荒面积增大，战士们距离连部越来越远，天黑后，找连部成了问题。这主要是因为没有蔬菜吃，很多战士得了夜盲症，天一黑就什么也看不到了。

每天晚上，连队炊事班只好燃起一堆篝火，给战士们指明方向。

当时开荒没有先进工具，就是人手一把坎土曼。荒原上芨芨草生长了数百年，草墩子有脸盆那么大。草墩子下面根须密布，一坎土曼挖下去又弹起来，为此，战士们手上都打起"连环泡"，水泡一烂，血水顺着坎土曼把子往下流，没几天，坎土曼把子全变成红的了。

但是即使这样，也没有一个战士叫苦。

为了加快垦荒进度，十七团团长谢高忠和战士们一起研制了一种8个人拉的土犁，这样就有了"开都河畔第一犁"的佳话。除了繁重的垦荒劳动，忍饥挨饿也是指战员们必须克服的困难。当时，指战员们吃的口粮几乎都是从疆外运来的，由于运输条件落后，再加上运输距离长，经常会遇到等粮食下锅的问题，这时就只能向地方上的群众借粮食。司务长每天赶着毛驴到焉耆驮粮，驮来的粮食大多是高粱、苞谷等原粮。而且即使是这些原粮，一天每人也只有6个窝窝头。平时战士们大多是吃咸菜，就着窝窝头。尽管条件极其恶劣，战书和他们每天开荒也达到了1.2亩。

1953年6月，十七团全体官兵就地转业，组建了新疆军区农业建设第二师第五团（简称农五团）。战书和被分到团部直属的机要科。

1954年，在通讯科的科长杨有才的撮合下，战书和与1952年参军来支边的山东女兵毕淑英在地窝子里举办了简朴的婚礼。婚后他们有了一双儿女。

1959年，战书和被调到五团加工厂任副厂长。战书和是一位闲不住的人，在担任副厂长期间，他几乎没有在办公室坐过。生产车间、养猪场内，随时可见他的身影。后来厂长董振华调到团里人事股，战书和当了厂长。

当厂长后，战书和比以前更忙了，每逢下雨天，无论是半夜，还是白天，战书和都要挨个到职工家查看房屋是否漏雨，安排人员修缮漏雨的屋顶。

1986年，战书和被调到团招待所当所长。1991年，已经65岁的战书和才依依不舍地离开工作岗位，正式离休。

离休后，战书和没有闲着，他担任了二十一团学校的校外辅导员，经常到学校和团荣誉馆给学生、青年、入党积极分子讲述红色历史，讲述战争年代战友们的英勇故事。有时宣讲团要到连队开展巡回宣讲，在一个连队，宣讲团一坐就是三四个小时，战书和始终身板挺直，保持着军人的姿态。

如今已经 97 岁高龄的战书和，依然积极参加社区组织的劳动。在每年 3 月的学雷锋活动日，他还是走出家门，为团场群众义务理发、磨刀具等，发挥着一个共产党员的光和热。

简介：张彦民，女，汉族，1933 年 7 月 9 日出生，中共党员，河北深县人。1948 年 2 月参军，1957 年初转到地方工作，先后在巴州歌舞团、巴州党委宣传部、巴州计生委等部门工作，1989 年离休。

傲雪绽放的顶冰花

——记渤海军区教导旅老兵张彦民

李佩红

滚滚长江东逝水，大浪淘尽英雄。

时代风云震荡，积极与消极、先进与落后、激情与平和、战争与和平、斗争与妥协、死亡与生存、阶级与党派、摩擦、碰撞、斗争，每个人的命运都裹挟其中，一些人随波逐流，一些人奋勇争先，命运的种子在某一时刻炸裂，朝着既定的方向和目标，终点和结局那么不同，又那么相似。在这样的年代，张彦民出生了，那一年是 1933 年 7 月 9 日，她的出生注定会打上红色的革命印记，走上一条平凡而又不平凡的人生道路。

走上革命道路

张彦民在一篇回忆文章中说，"激情，是我少年生命的主导。在激情的喷发中，我走上革命征程，经受考验，开辟了通往胜利的道路。""激情"两个字用在张彦民身上非常恰当。

王井镇十字街北边，有一条墙高路窄的长巷。巷中有几座相邻而居的古宅，灰砖灰瓦，院落深深，其中偏东的一座就是张彦民的家。

在张彦民的记忆中，外祖母着一袭传统的黑色衣裤，整天忙碌地照顾她们三姐妹的生活，很少见到母亲，几乎没有见过父亲。宅院里有一株石榴树，火红的花朵无声无息地开放，也无声无息地飘落。在花开花落中，张彦民在不知不觉地慢慢长大。

"七七事变"后，日本侵略者的铁蹄踏进中原。1940 年初，日本侵略者的魔爪伸到张彦民的家园，在王井镇安了据点、修了炮楼，建了维持会、新民会，实行了保甲制，会长、保长等唯日兵之命是从。张彦民上小学二年级时，开设了日语课，由一名翻译官授课，当时张彦民听大人说，这是对儿童进行奴化教育，张彦民他们几个同学组织起来进行抵制，到上日语时，就借故逃课。侵略者在占领区为所欲为，视中国人为奴隶，每天都要征工。男工要去筑炮楼、修公路、挖堑壕，数额不足或没按时到场，要挨打受罚。女工则去炮楼里做杂活，所派的人大都半老徐娘或者小孩子。张彦民家三天就要出工半天，这对一个四口人的妇孺之家来说，是巨大而沉重的负担。外祖母已过七旬，年老体弱，母亲参加抗日组织，从事党的地下工作，常年不在家，大姐正是芳龄年华，决不能抛头露面，以免生出祸事。张彦民尚不足 10 岁，难以承受出工之累。只能由比她大两岁的二姐去当差。有一次，二姐病了，年幼的张彦民去顶工，派活是洗被子，她洗不动就大哭起来。管事的是个有良心的中国人，看她年龄太小，就放她回家了。

二姐的胆量也比张彦民大，一次汉奸侯某窜到她家"查户口"，实则侦察张彦民母亲的行迹。他东走走、西看看，看见柜上有两条毛线围巾，就顺手牵羊地拿走了，张彦民没敢说话，可二姐却追出来，二话没说就夺了回去，侯某没有吱声，悻悻地走出大门。苦难，是张彦民童年生命的暗夜，她在黑暗中却经受了锻炼，充盈了生命的活力。

1945 年抗战胜利，张彦民才有了一个真正的"家"，再不用东躲西藏、提心吊胆了，在欢庆胜利的锣鼓声中，告别了童年，那一年，张彦民 12 岁，已有了青涩少女的模样。同年秋，在王井镇建立了解放区第一所高等小学，简称"高小"，十里八乡的学生都到这里读五、六年级，张彦民是第一批学生。校园是一座家庙改建的，因陋就简。但学校的教师、校长却是优秀的，不少人是中共党员，是那个时代的先知先觉者和时代精英。校长康树良是一位退伍军人、共产党员，工作朝气蓬勃，积极进取，要把学校办成培养人才、输送人才的摇篮。

校园的东西两边，醒目地写着八个美术体大字：团结、紧张、严肃、活泼，体现着党的教育方针和校风。学校经常组织学生参加政治和宣传活动，在实践中提高觉悟、增长才干。积极配合党的土地改革、锄奸反霸等政治运动，排演文艺节目，进行集日宣传，对发动群众、组织群众发挥了很大作用。1946 年蒋介石背信弃义、发动内战，除排演《蒋介石的皇帝梦》《五女夸夫》等节目外，还配合当地政府动员和号召学生参军入伍，保卫抗战胜利果实。一批又一批的学生投笔从戎。学校还发展了一批学生党员，和张彦民一起参军的同班同学蔡文巧就是其中之一。在他们的带动下，工作开展得热火朝天。

受母亲影响，当兵的理想很早就埋入张彦民的心田。有一次，去大屯村姨家探亲，晚上去看戏，那是一场八路军宣传小分队的演出，其中有几名女军人。他们的节目短小精彩，鼓舞人心，很有震撼力。那场戏催生了埋在张彦民心田的种子，她暗下决心，长大后要入伍当兵。机会终于来了，1947年11月，在河北邯郸，上级派当时的旅宣传科科长黄铭同志，到河北老解放区招收文化素质高的青年学生大约500余名，成立了文化干部学校。当时，张彦民刚从王家井读完高小毕业，华东随军文化干部学校到冀中招生。那时张彦民的家庭情况发生了变化，大姐1945年到外地求学，二姐次年考入深中，母亲在外地教书，家中只有张彦民和年迈的外祖母。如果她此时离家，谁照顾外祖母的起居生活，如果不去应招，就将失去一次实现理想的机会，张彦民内心很矛盾，很纠结，后来在先去的同学蔡文巧的鼓励下，才给在外地教书的母亲写信，把心中想参军的愿望告诉了母亲。母亲不愧是老党员，马上回信全力支持女儿参军，家里又多了一名为党工作的人，母亲为有这样的女儿感到自豪，她立即陪女儿一同回家进行参军前的各种准备。

15岁的张彦民，柳叶眉、双眼皮大眼睛，举止落落大方，性格开朗。换上军装如芙蓉出水，衬托出少女的清丽娇嫩。

张彦民清晰地记得，第一次拉练时，几十个女孩子的狼狈样。军号一响，一群女孩子慌了手脚，手忙脚乱地穿衣服，越急越慢，好不容易穿了衣服，来不及梳头，赶紧打背包。打的背包带子系不紧，拉练没走多远，背包就散架了。走路多了，脚底打泡，疼得个个龇牙咧嘴，有的女孩子悄悄地抹眼泪。训练回来热水泡脚，拿针一个一个把泡挑破，第二天接着走。有时半夜吹冲锋号，规定在几分钟内必须完成穿衣服打背包、跨好干粮袋、水壶、背上背包出发。最有意思的是军事训练，女孩子劲小，第一次扔手榴弹，根本扔不远，女孩子居然把手榴弹甩到了身后，当时没有那么多真手榴弹训练，好在手榴弹是假的，要不后果不堪设想。经过短暂紧张训练，她们胆子大了，行动敏捷了，个个练成铁脚板。一次一次地锻造和淬火，在疼痛中洗尽铅华，真正完成学生到战士的转变，锻造为坚定的战士，经受战争腥风血雨的洗礼。

战地文艺兵

你们见过《英雄儿女》电影里的那个独唱的王芳吗？

如果你生在 20 世纪 70 年代之前，那么你对这个美好的形象一定不陌生。她是战地文工团的一名演员，她是千千万万战地宣传员的之一，她是一朵顶冰花，冰冷残酷战争中的一抹亮色。她用歌、舞、话剧、快板传递希望，春风化雨，细雨润无声地教育了战士，滋养战士们的心灵，提振士兵精神，进而提高了部队的战斗力。

张彦民就是这样一朵顶冰花、一名文艺骨干、一位战地宣传员。她给战士带来了欢乐，她也在战争中成熟。

1948 年初夏，张彦民他们离开冀中大平原，开始了漫长的长途行军。经过安平、邢台、邯郸直达山西的长治。这批未见过大山的冀中子弟，从此每天翻山越岭。太行、太岳、吕梁，天天转的不知东西南北，每天行军数十里到上百里路程。行军很苦，可对十几岁的张彦民来说，每时每刻路过不一样的风景，高山、荒原、河流、谷地、天空的大地的多姿多彩无时无刻吸引着她的眼球，他们这群第一次飞出家门的雏燕多，所经之处皆是惊喜。

经过半年的跋山涉水，数不清的披星戴月，1948 年 2 月到达了陕西韩城，终于赶上渤海军区教导旅所在地。在韩城部队首长热情迎接张彦民他们的到来，之后，分配在二纵队各旅工作，张彦民和二十几名同学被分配到旅宣传科。随后又到旅宣传队，成为军队中的文艺兵。1949 年 2 月，根据中央军委的命令，二纵独六旅改编为二军步兵第六师。根据二军政治部的指示，文化干校京剧队与原独六旅京剧团合并归属步兵第六师，文工队改称宣传队。

宣传队组建后，开始紧张的排练。一区队演员少，为宣传党的政策，首次排演出四个独幕剧：《学做活》由张彦民、杨福来、石春亭演出，《夫妻识字》由王书文、苑秀芝参加演出，《一个烟袋锅》由赵玉平、苑秀芝演出，《曹老板》由王丹风、张彦民演出。

1949 年 3 月下旬，部队进驻韦庄镇整训。为配合部队进行阶级教育宣传队排演了郿户剧《血泪仇》、歌剧《白毛女》《王秀鸾》等。

《血泪仇》是一部进行阶级教育的活教材。该剧在部队演出后，产生了强烈的反响。在解放战争中，部队的领导把被解放过来的原国民党士兵组织起来进行阶级教育，组织他们观看演出，相同的遭遇产生了强烈的共鸣。师首长看了《血泪仇》演出以后，也非常满意和高兴，副政委熊晃还亲自给宣传队送来两筐鸡蛋以示慰问。

中华人民共和国成立前夕，和平解放新疆已达成协议，由王震将军率领一野二军、六军进驻新疆，宣传队也做好准备抵达甘肃省的酒泉、玉门一带。这期间，彭总和张治中一行，为新疆事宜途经酒泉，在欢迎晚会上演出《血泪仇》和京剧《三打祝家庄》。剧中的王东才和京剧《三打祝家庄》的乐和是由温良臣一人扮演的。此时他因神经系统疾病正在卫生队治疗，当他得知是为彭总演出便坚决要求回队参演。演出中大家都为他捏着一把汗，特别是王东才被特务利用潜入解放区搞暗杀，手拿斧头在王仁厚背部欲砍时，更令人提心吊胆，万一发病真砍下去后果不堪设想。就在关键时刻，王仁厚突然回头，父子相认抱头痛哭。演员真挚的感情和细腻的表演感人至深，这次演出受到了彭总一行的赞赏。

温良臣同志带病演出竭尽全力，回卫生队后病情加重，当时医疗条件很差，加之护理人员都是十几岁的男孩子缺乏护理经验，终因医治无效病逝于酒泉。宣传队的全体同志含泪向遗体告别，并在墓前悼念寄托哀思。

屯垦戍边新征程

1950年3月，步兵第六师进入焉耆地区，部队担负着剿匪平息叛乱，维护社会治安等任务。主力部队开往哈尔莫墩、肉孜和田、库尔勒等地，放下背包，拿起坎土曼，开展轰轰烈烈的大生产运动。宣传队成为战斗、生产、工作"三合一"的队伍，开往开都河下游开荒种地百余亩，秋后喜获丰收。为了适应部队建设，宣传队改称文工队。1950年春耕时节，驻扎在和硕滩一带的起义部队，其中一个营发生暴乱，仅有的焉耆城内守备部队，力量比较薄弱，师司令部便将驻在城内的全部留守人员组织起来。防备叛军的突袭。宣传队首当其冲，成为主要战斗力的一部分，不分男女全部武装，一面在驻地筑起碉堡，日夜守卫，一面还组织人员上街巡逻维护秩序。一派战斗气氛，直至叛乱被平息。

1951年初冬，按照上级指示，宣传队赶赴库尔勒、轮台、尉犁县等地参加减租反霸土改工作。文工队到各县演出，行程往返几百里，条件艰苦，没有汽车，只有一辆马车，只能拉上行李、道具、乐器等演员无论男女老少都是步行走路。大家一路行走，一路唱歌没有一个人叫苦，表现出了革命的乐观主义精神。

白天和土改队的同志一起开会搞运动，晚上演出。剧目主要是《白毛女》《血泪仇》《王秀鸾》和一些民族歌舞。因观众多是维吾尔族同胞，听不懂汉语，县政府便在观众席里分片安排了许多翻译，给观众翻译剧情。群众看戏的热情很高，当他们看到苦大仇深的喜儿、外出逃难的王仁厚的悲剧遭遇时，常常全场一片哭声。一次在尉犁县演《血泪仇》，为了收到更好效果，除在观众中分片翻译外，还特意安排了一位水平很高曾被盛世才关押了6年的翻译，他声情并茂对剧情做生动的介绍，引得观众哭声四起。有一次在尉犁县演出《白毛女》时，有一个苦大仇深的维吾尔族同胞看到恶霸地主黄世仁逼死杨白劳、抢走喜儿，站起来想要上台打黄世仁，被翻译拦住。在轮台阳霞演出《白毛女》时，引出一名维吾尔族"白毛女"，她名叫古力夏提，是被地主巴依逼婚后，女扮男装逃往深山老林放羊。看了《白毛女》之后，家人到深山老林找回了女儿。部队借此事件，进一步发动群众，愤怒控诉地主欺压农民的事例，积极动员群众参加土地改革，把减租反霸推向新高潮。

1954年初夏，全国慰问解放军代表团刚刚结束对步兵六师的慰问活动，宣传队遵照师党委的指示组成两个演出小分队，到基层牧区慰问演出。每队5人，一队到天山的冰达板师直牧场，二队到塔里木牧场。这两个牧场人员住得分散，条件艰苦，生活枯燥。住的是帐篷，吃的是后勤部门用马驮去的食品，很少有新鲜蔬菜。相伴的是羊群，听得是"咩咩"的羊叫声和裹着飞雪沙石的风吼，一天碰不到一个人，说不上一句话。但队员们无怨无悔，这就是军人，这就是为人民服务

张彦民、刘瑞亭、乔书文、王文才、石春亭等5人到了塔里木牧场，场部领导十分高兴，给他们派了一名排长做向导，并配备了三匹马，驮他们的行李，那时出差都要自带被褥、生活用品和食品。乐器要自己背着，以免在马背上颠坏。人以步行为主，走累了可以换着骑马。到了放牧点，展现在他们眼前的是茫茫沙海、浩瀚戈壁，仅供羊群啃食的小片草场，算是"沙漠绿洲"了，再就人畜共饮的流动的小溪。小片草场也有一些红、黄、白、青等各色小花，在这大漠戈壁上看到花朵可真不易，花香沁人肺腑，别有一重天的感觉。毛主席诗词有："战地黄花分外香"之句，这里的花朵可和"战地黄花"相提并论吧！

文艺小分队一天走一个点，卸下行李就演出，每个点的观众一般只有2到3人，加上向导，最多也就4人，演员比观众多，有的放牧点就只有一个人，他们也会为一个战士认真地演出。说是演出，没有舞台，也不

化妆，原模原样和战士面对面，感情交流十分近，唱给他们听、演给他们看。

塔里木生活条件的艰苦，令人难以置信。他们在塔里木风餐露宿，一般都是露宿在沙滩上，夜里经常刮风，睡觉时都用被子蒙上头，否则早晨起来嘴里都是沙子，更不用说脸上和头发了。有一天，天已亮了，突然觉得有几个小动物，在他们被子上跳来跳去，掀开被子睁眼一看原来是几只小羊羔，在他们被子上玩耍。再看他们的被子，早已被沙子埋没，成为一个小沙包了，小羊羔大概也以为它们是在沙包上玩耍。张彦民和石春亭起身找到离她们不远的三个男同志，却不见他们的影子，只看见三个小沙包，原来他们也被沙子埋住了，当把他们叫醒时，自己也觉愕然和有趣。

这种场景，在张彦民一生经历中也是空前绝后。到冰达板的五个同志情况并不比张彦民他们好。他们那里是终年不化的冰雪，气候非常恶劣，时而蓝天白云，时而雪花飞舞时而大雨倾盆，时而又狂风大作。那里的运输工具就是骆驼，不会骑骆驼的人，骑一天屁股磨破了，疼得也不敢坐。这个组唯一的女同志王月英是个刚满 17 岁的女孩子，能歌善舞，是中俄混血儿，是队里的"金嗓子"。1953 年新疆军区文艺汇演时，她一曲《红花花》震惊了全疆参演的文艺工作者，也让为汇演作示范演出的西北军区文工团大为赞赏。她一个女孩子屁股磨破了，晚上还不敢出来方便，因为时常有野狼出没，晚上经常发现"绿灯"似的狼的眼睛。幸亏有比她大几岁的指导员杨福来、队长秦占桥总像大哥哥一样呵护着小妹妹，替她壮胆。她后来说：要不是他们，我都要吓死了！

1957 年初，张彦民告别了近十年的兵团生活来到了巴音郭楞蒙古自治州，开始了新的人生旅途。她先后在巴州歌舞团、巴州党委宣传部、巴州计生委等部门工作，1989 年离休，为巴州的建设做出了贡献。

参军到达新疆时，张彦民还是个十四五岁的少女，如今已度过了 89 岁的生日。在新疆生活了 70 多年，为理想和事业，付出自己全部的光和热。正所谓"献了青春献终身，献了终身献子孙"，张彦民无怨无悔。她是傲雪开放的顶冰花，将傲世的美丽镌刻在了铁门关，镌刻在祖国的西北边陲，镌刻在巴音郭楞的大地上。

简介：齐克俭，男，汉族，1933年2月出生，河北省献县人。1947年7月入伍，1959年9月加入中国共产党。在渤海军区教导旅文工团任文艺兵，1959年后历任团小修厂厂长、修理连连长等职。1985年2月离休。

兵团精神是如此缔造的

——记渤海军区教导旅老兵齐克俭

兰天智

在革命战争年代，歌剧《白毛女》、秧歌剧《兄妹开荒》、新编秦腔《血泪仇》《穷人恨》等一批影响力巨大的文艺作品，深深触动了中华儿女的灵魂，无声无息地鼓舞和激励着神州大地上的华夏儿女发出了这样的心声："给我一支枪，我要上战场，国仇家恨千万桩，哪个能够再忍让！"

这就是当时文艺发挥出的力量——为抗战风云添彩，为中华健儿画像，为神州大地助威。

正如毛泽东主席《在延安文艺座谈会上的讲话》中强调，在为中国人民解放的斗争中，要战胜敌人，首先要依靠手里拿枪的军队，但是仅仅有这种军队是不够的，还要有文化的军队，这是团结自己、战胜敌人不可缺少的一支军队。

齐克俭就是一名鼓舞士气、润泽心灵、昂扬斗志的文艺兵。

走进齐克俭的家，初冬的阳光洒在客厅的地板上，温暖而光亮。银白的头发整齐地梳在后面，精神矍铄，干净利落，军人的气概仍未褪去。这是齐克俭给我的第一印象。

今年89岁的齐克俭，老伴和女儿相伴左右，他白净的脸上写满了幸福。在这幸福的涟漪中，我们开始交谈起来。

曾是抗战儿童剧团的一员

齐克俭的整个童年都燎烧着战争的烟火。他的一段抗战儿童剧团的生涯，将我带回到那个战火纷飞的年代。

齐克俭告诉我，在他十几岁的时候，可恨的日本鬼子像洪水恶魔般进了他们的村庄。从此，人们的生活不再安宁，惶惶不可终日。

在他懵懵懂懂的印象中，这时的父亲变得神秘起来，经常有一些人趁着夜色到家里来偷偷商量着什么。父亲当时有一把手枪，时常把手枪擦得锃亮。

越是神秘，越使人想探个究竟。后来，他才知道父亲是一名地下共产党员。

从这时起，他就成了父亲的一个帮手。父亲经常组织人员秘密碰头。每每此时，他就成了一位放哨员。自然而然，他也就成了地下党组织的一员。不仅为地下党组织站岗放哨，还秘密给他们送信，成为一名小小交通员。

村里的情况越来越紧张，正在这个当儿，他的父亲突然病了，而且还病得不轻。卧病在床的父亲，不敢在自己家住了，地下组织便秘密将他转移到离家不远的另一个村里养病。

在那个缺衣少穿的年代，人们的生活都食不果腹，还哪有钱为父亲治病？没过多久，父亲便撒手人寰。那是 1939 年。

父亲在病重时，秘密把那支手枪埋藏了起来。父亲去世后，地下组织派人来寻找过那把枪，但没有找到。直到现在，也没有人知道父亲将那支枪藏在了哪里。

就从那时起，齐克俭幼小的心里便埋下了一颗信念的种子——跟着共产党走。父亲虽然离世了，但为地下党组织工作的使命始终没有断。

齐克俭告诉我，有一天，日本鬼子抓来了其他村子里的两名共产党员，绑到了他们村里的一棵树上，并把村里的老百姓全部驱赶到了这里。架着机枪，逼问他们村里共产党员的情况。

面对敌人的机枪，两名共产党员宁死不屈。于是，日本鬼子抱来很多苞谷秆子、高粱秆子等杂物，在树下点燃，把那两名共产党员活活烧死。

亲眼看见了这一幕的老百姓，敢怒而不敢言，更是不敢反抗。而此时，齐克俭的心底燃起了愤怒的火焰——一定要把日本鬼子赶出中国去。

情况越来越紧张，地下工作越来越艰难。那是 1943 年，村里成立抗战儿童剧团，齐克俭成了其中的一员。"名义上是唱戏，实际上是为了麻痹敌人，掩护地下党更好地开展工作。敌人来了，地下党员穿着戏服藏在后台，一看都是唱戏的，就不再搜查了，是比较安全的。"齐克俭从记忆的海洋里，打捞出令他难忘的情景，显得异常开心："抗战儿童剧团的戏台成了地下党员活动的秘密平台，一边搞宣传，一边打掩护。"

齐克俭的家乡在河北省献县陌南乡，这里是一望无际的大平原。每每鬼子像恶魔一样来袭时，老百姓除了到高粱地里、庄稼地里隐藏外，再无任何隐身之地。到了冬天，更无藏身之地。

齐克俭像讲故事一样，向我娓娓道来：后来，剧团也不安全了。在这种情况下，地下党组织开始组织老百姓挖地道。怎么挖？白天不敢挖，只有到了夜晚才开始挖。一段一段挖，一段挖通了，先把口封上，再挖下一段，墙上的砖是活的，门是活门。"电影《地道战》你看过没有，那就是当时抗战的真实写照。"齐克俭说，"我们家的院子里，就有一个地道口，现在不知道垮了没有。"

从地下转到台前

小剧团，承载了大使命。渐渐地，村里的抗战儿童剧团在十里八乡传开了。

1947年，解放战争开始后，中央派三五九旅的719团团长张仲瀚到山东扩军，组建渤海军区教导旅。教导旅成立后，张仲瀚任教导旅旅长。张仲瀚是文化人，对部队的文化生活很重视。他也会唱戏，据说，《四进士》是他的拿手戏。

"张仲瀚到河北老家去探亲时，他在得知我们村里有一个小有名气的抗战儿童剧团时，他就派来了一个营长和一个同志，到我们村里去，跟我们商量。"齐克俭记得很清楚，"那是7月份，马上到八一建军节了，他们的部队在山东，要我们到山东去唱戏，庆祝八一建军节。"

齐克俭告诉我，当时，部队在山东庆云县。那个营长把抗战儿童剧团的人员全部拉到了山东庆云县。与其说是抗战剧团，不如说是抗战齐家军——当时剧团的成员都来自齐氏家族：齐克俭、齐春良、齐胜斌、齐胜兰、齐兆丰、齐文章、齐发义、齐孟凯、齐国英、齐胜琴、齐春山、齐胜贵、齐铁树、齐廷修……年龄最大的15岁，最小的只有9岁。

有一天，旅长张仲瀚把他们十几个小演员接到他的住处，亲切地与小演员拉家常、叙乡情，并问他们愿不愿意跟随他们参军去部队唱戏，小演员们异口同声，高兴地回答："愿意去。"

"那时，我们还很小，一些家长和老师也跟着我们去了。过了几天，有一个叫黄铭的科长，把所有的小孩带到了后勤部，给我们每人发了一套黄军装。"齐克俭满脸笑容地说，"当时，我们穿上了新军装，一个个都非常高兴啊，蹦蹦跳跳地跑过来，大人们一看，就明白了，小孩子们要参军了。"

齐克俭拿过来一张黑白照片，指着照片对我说："这是抗战儿童剧团的成员，这个是我，那时我才14岁。"照片中，前面的几排都是小孩，占据了照片三分之二的版面。后面有位数不多的话剧歌剧演员。照片中，有的抱着鼓，有的抱着二胡，有的拿着箫等各种乐器。齐克俭的老伴王执美在一旁调侃道：像一群毛猴。

就从穿上这身衣服开始，齐克俭的人生和工作都发生了变化——他从小小地下工作者成为一名文艺兵，从地下转到了台前。

齐克俭记得非常清楚，抗战儿童剧团辗转到山东庆云县，参加了"八一"建军节的庆祝活动后，将抗战儿童剧团成立为京剧团，原儿童剧团的齐永福任京剧团团长，华东军政大学的连森任京剧团政治指导员。新成立的京剧团和原有的文工团成了部队不可或缺的精神食粮。

从此，部队走到哪儿，他们就跟随到哪儿。

用文艺的力量为战士鼓舞士气、昂扬斗志

1947年10月份，天气渐冷。部队整编结束后，要支援西北部队。出发前，张仲瀚旅长的讲话让他记忆犹新："我们现在还是一只纸老虎，看上去厉害；我们要带出去遛一遛，野外大练兵，变成真老虎。不是让敌人吃掉我们，而是我们要吃掉敌人！"

就这样，他们由庆云出发，开始了向西运动的"野外大练兵"。最初每天走二三十里，逐渐增至五六十里，使这些习惯于在田间耕作的农民子弟适应行军。后来每天行军百十里，急行军达120里以上。

10月底，到达河北武安县。根据军委命令，渤海军区教导旅就在这里由华东军区交给西北野战军。

他们跟随部队从山东、河北、到了山西。"部队进入运城地区后，就开始战斗了。"齐克俭告诉我，从进入山西开始，部队一路走，一路打，经历了很多次战役。部队走到哪里，他们就把精神食粮的种子撒播到哪里。

在此过程中，齐克俭有几件事情非常难忘。

第一件事是强渡黄河。打完运城后，为了粉碎胡宗南集团"机动防御"部署，西北野战军遵照中央军委"将战争引向国民党统治区"的指

示，开始向陕西挺进。

那是 1948 年 2 月，天气异常寒冷。刚过完春节，他们就随部队抵达黄河东岸禹门口樊村镇，强渡黄河。

说到这里，齐克俭显得有些激动："两边是像墙一样的石壁，中间是汹涌的黄河，咆哮着翻滚着巨浪，一旦掉入黄河，就是孙悟空也很难活着出来，危险程度不言而喻。可是，我们是人民解放军，纵有千山万水也挡不住我们前进的步伐！你知道我们咋过的黄河吗？在两边的石壁上，镶上了一个个大铁环，我们借来老乡的一条大木船，船上有一根长杆子，杆子上绑了一个钩子。战士们上了船以后，从上游斜着划到另一边，用长杆子勾住石壁上的铁环，将船停在石壁前。战士下来后，顺着铁环往上爬，就这样渡过了黄河。"

这是因为理想、信念和意志给了他们无限的力量。

第二件事情行军途中响起的快板声。齐克俭说，文工队员是营连党政领导的助手。他们利用部队大小休整的间隙，开展各种文娱活动，活跃部队生活。文工队员的竹板声，响彻千里行军线上，鼓舞了士气，昂扬了斗志，更增强了部队的凝聚力和向心力。

有一次，部队搜索队在宝鸡北面的山洞里发现了敌人的弹药库，指战员看到炮弹如获至宝，想方设法驮运，炮兵连的战士扔了背包，每人扛一发炮弹，穿林过洞，越沟爬山，连续四昼夜的苦战和强行军，部队在一个漆黑的夜里高一脚、低一脚地在丛林中摸索前进，让指战员疲惫不堪。就在这时，一位文工队员拿出了快板，队伍里忽然响起了清脆的快板声：

徐保保命命不保，

刘戡"戡乱"乱不止。

炮弹军装哪里来，

多谢运输大队长蒋介石……

迷迷糊糊的部队听到清脆的快板声后，像服了兴奋剂一样，精神立刻振奋起来，前进的步伐也加快了。

第三件事情是通过演戏教育消化俘虏。青海的马步芳和宁夏的马宏逵，他们为适应山地作战的需求，实行"以马代丁"，大力发展骑兵。他们的士兵大多是被雇用、被征调或以"抓壮丁"的形式抓过去的贫家子弟。他们在棍棒之下接受严酷的军事训练，饱尝了压迫之苦。解放过来之后，通过观看我们演出的《穷人恨》《血泪仇》《刘胡兰》《白毛女》等革命戏剧，让他们诉苦，挖穷根，以这样的方式教育消化解放过来的俘虏，源源不断地补充到我们的队伍中来。

还有一次，部队开展以村落攻坚战为中心的战术训练，针对敌人工事构筑及火力配备情况，进行演习。在组织团、营、连干部参观敌人工事构筑、火力的配备实况，探索攻城战术后，京剧团演出了《抓壮丁》《穷人恨》《血泪仇》等剧，激励战士们的士气，重塑战士们的灵魂，昂扬战士们的斗志，部队的政治素质、军事素质获得进一步提高。

1949 年 5 月，部队攻打并解放了西安。部队进驻西安后，京剧团为西安市民演出了《三打祝家庄》《猎虎记》《将相和》《红娘子》等群众喜闻乐见很受欢迎的剧目，激发了群众爱军、拥军的热情，一些群众自发支援部队，增强了"军爱民、民拥军"的鱼水情怀。

如今，70 多年过去了，齐克俭依然还清楚地记得曾经演出的剧目：《北京四十天》《血泪仇》《三打祝家庄》《白毛女》《穷人恨》《抓壮丁》……

"在部队唱戏，还经常见到彭德怀、王震这些首长呢，他们也经常看我们演戏。"齐克俭自豪地说。

"文化西进"

虽然已是年近九旬的老人，齐克俭的思维依然非常清晰。

"兰州是 1949 年 8 月 25 日解放的。兰州解放后，我们从兰州抵达河西走廊的重镇张掖，后又来到了酒泉。"

"为什么记得这么清楚？"我问。

"兰州解放后，为纪念这一天，兰州卷烟厂生产了一种烟，烟的名称就是'825'。"

"到了酒泉天已经开始冷了，那时新疆还没有解放，陶峙岳的部队还在新疆，我们就停在了酒泉待命。以'文化西进工作团'的名义，准备挺进新疆。"齐克俭说，没过多久，中央下了命令，跟国民党谈和，让国民党起义。

"起义说起来很简单，但真正做到和平起义，谈何容易？"

中央派张志忠到新疆和陶峙岳谈判。原来，张志忠和陶峙岳都是国民党的大官，后来张志忠投靠了中国共产党。中央派他来给陶峙岳做工作：国民党已经衰败了，再不能打了，打的结果也是必败无疑，建议起义。

"张志忠到新疆谈和途中来到酒泉，我们还给他唱了一场戏，唱的就是梁山节目《三打祝家庄》。"齐克俭记忆犹新,如烟的往事,仿佛就发生在昨天。1949 年 9 月 25 日,陶峙岳的部队和平起义,为新疆和平解放铺好了道路。

新疆终于和平解放了! 1950 年元月,在酒泉待命的部队浩浩荡荡挺进新疆。

"我那时还小,部队安排我们坐车,老兵们都是走路,他们辛苦啊,茫茫戈壁,天寒地冻,荒无人烟,一路上可是没有少受罪。" 齐克俭说话的声音提高了分贝,咳嗽几声后接着说,"我们进疆时,准备了炒面、干粮豆、馍馍豆、牛肉干,担心一路上没有吃的啊。"

齐克俭是二军六师。部队进疆后,二军四师、五师、六师到了焉耆地区,担负起战斗队、生产队、工作队的职责,剿灭残匪、平息叛乱,维护当地社会稳定。

当时,国民党驻库尔勒、轮台县的挽马团、骑兵团以及焉耆、若羌的官兵相继发生暴乱,一些流窜匪徒、起义反动军官也趁机兴风作浪,而且还很猖狂。

齐克俭又给我讲起了故事:那是 1950 年 4 月,焉耆县有国民党的一个营,在现在 25 团的位置。我们的指导员、教导员跟他们去做思想工作。过去后,那些思想顽固分子,把派去的干部扣押了起来。

国民党的残余部队准备要造反,他们的计划是先到焉耆去抢银行,然后把师部干掉,完了就进山当土匪。

就在此时,国民党的一个通讯员,晚上偷偷骑着马,来到师部通了个信儿。师部一听,赶快调集部队,连夜赶往焉耆,在营房驻地、要害部门、交通要道,设置了严密警戒,把国民党的部队团团包围了,很快平息了一场暴乱。把扣押的人员解救了出来,把他们的顽固分子歼灭了很多。

缔造拓荒的兵团精神

要说部队初到新疆有多苦,那可有的说。刚到焉耆时,战士们没地方住,就地取材挖"地窝子"。说干就干,热火朝天:有的割苇子,有的捆苇把,有的挖地坑,有的搭架子,最后把框架固定结实后,把苇把子固定在架子上,上留天窗,下开门户,没几天,一片军营化的"地窝子"建好了。

春天,漫天黄沙,遮天蔽日。第二天早晨醒来,人就像是从土洞里钻出来的鼹鼠，灰头土脸，耳朵、嘴巴里灌满了沙子；到了冬天，"地窝子"就成了"冰窖"，寒冷无比，战士们的手脚冻得溃烂……

遵照毛主席的号召，驻疆部队为解决部队的口粮问题，必须开荒造田，大规模从事农业生产，而且不能与老百姓争地，这是责任，更是使命。

从此，齐克俭又从台前迈向了戈壁荒滩，广袤浩瀚的亘古荒原，成了他人生的舞台。

新疆军区下达了开荒60万亩的任务。为了争取当年生产自救，部队展开了开荒造田大会战——在浩瀚的荒原上，战士们以青春为铧犁，以热血当燃料，成了开垦机，战天斗地，艰苦奋斗，"敢教日月换新天"，誓让荒漠变良田。沉睡的戈壁荒滩终于被唤醒了，热火朝天的生产场面，让这里变成了一片欢腾的海洋！

恰逢盛夏，战士们冒着酷暑，日出而作日落而息。曾经紧握钢枪的手，握起了坎土曼。抡一天的坎土曼，大家的手上都磨起了血泡，染红了坎土曼的把子……在这里开荒，这些都算不了什么，不怕苦，不怕累，最怕的是蚊虫的叮咬。开垦了戈壁荒滩，侵占了蚊虫的"领地"，蚊子、草瘪子、白蛉、瞎蠓等各种蚊虫遮天蔽日，像浩浩荡荡的日本鬼子，扑向战士们。即便是战士们在草帽上固定了纱布，也未能逃过蚊虫"千军万马"的"射击"，让战士们防不胜防，遍体"蚊"伤，又疼又痒。王震将军视察垦区时得知这一情况后，指示给每个战士配发了防蚊帐。

在如此艰苦的条件下，战士们心中只有一个信念：发扬南泥湾精神，自力更生，丰衣足食，建设美好家园。

就在这样艰苦的情况下，齐克俭工作的热情不减，克服了难以克服的困难，"千磨万击还坚劲"，每天开垦的荒地亩数都名列前茅，荣立了一次三等功。

此时，我情不自禁地想起了雷锋同志的那句话：青春啊，永远是美好的，可是真正的青春，只属于这些永远力争上游的人，永远忘我劳动的人，永远谦虚的人！

齐克俭告诉我，部队投入农业生产后，当年就开荒80万亩，实现了粮食大半年自给，蔬菜副食品全部自给。

1953年6月，步兵六师更名为中国人民解放军新疆军区农业建设第二师。1954年10月7日，中央命令驻新疆的中国人民解放军全部就地专业，脱离国防部队的序列，组建"中国人民解放军新疆军区生产建设兵团"，农二师归属兵团，使命是劳武结合，屯垦戍边。

从此，他们成了一手拿枪、一手拿镐的军垦战士。他们也有了一个新的称呼——兵团人。

这些飘落在岁月风尘中的屯垦戍边的故事，时常让我的心底涌动起强烈的感动。

提起塔里木，人们都知道这里有多荒凉，是赤地千里、寸草不生的"死亡之海"。自然环境非常恶劣，生产条件极其艰苦，是常人难以想象的。

"我们要把塔里木建成中国的白银王国！"正是因为有了这样的信念，兵团人才"明知山有虎，却向虎山行"。

他们用燃烧的青春和热血挺起了塔里木的脊梁，让沉寂的戈壁荒滩有了生机、有了灵气。从此，亘古荒原变成了阡陌良田，"死亡之海"成了希望之海。如今的塔里木绿波逐浪，棉海茫茫，枣林葱葱，物产丰富，成了名副其实的"白银王国"！

然而，事非经过不知难，回望来路，又是何等艰难？

齐克俭给我还原了一个个历史镜头。

在塔里木三场，也就是现在的铁干里克。来到这里，他成为一名拖拉机手。

提起开拖拉机，他想起了张仲瀚站在链轨拖拉机上扬手说过的一段话："同志们，过去我们用这双手，拿着枪杆，赶走了帝国主义，打垮了国民党反动派；今天我们还要用这双手，开动拖拉机，和各族人民一道，征服天山南北的荒原戈壁，把边疆建设成美丽的花园……"

他们在征服塔里木，塔里木也在征服他们。

如火的骄阳，冶炼着枯萎的大漠。夏日的地表温度高达60多度，在这种情况下，不要说开荒，就是待在里面也是一种奇迹——渴！渴！渴！

然而，干渴却渴不死兵团人的信念！

有一件事情齐克俭记得特别清楚。有一天晚上，拖拉机坏了，修理人员对他说："老齐，你好几天没有睡觉了，回去睡一会吧。"

他回到"地窝子"后，看到家中的一封来信，点了一支烟，躺在床上边抽烟边看信。熟料，躺下就睡着了。

他实在是太累了！烟头掉在了枕头上引燃了，竟然还没有把他呛醒来。老伴王执美从团里开完会回来后，满屋子的烟，赶快把他连推带搡才弄醒了。"要不是她回来，就把我给烧死了，哈哈哈！"齐克俭笑着说，那时枕头套子就是衣柜，衣服都装在里面，一下子把衣服全都烧完了，日子本来就很清苦，老伴难过了好长时间。

提起在铁干里克的那段艰难岁月，齐克俭的老伴王执美接过了话茬：那时太艰苦了。有一天晚上，她从团里开完会回来后，竟然找不到自己的家了。每家的地窝子都是一模一样，戈壁荒滩上也没有其他参照物。她只好站在原地喊齐克俭，"他睡得沉没有听到，隔壁邻居听到了，出来对我说，你就站在你家的房顶上啊。"王执美笑着说，现在想起来都觉得好笑。

就在这一年，齐克俭被评为中国人民解放军新疆军区生产建设兵团首届积极分子，至今还珍藏着大会纪念章。

齐克俭告诉我，从这时起，他的根就深深地扎在了广袤神秘的塔里木，从塔里木三场到四场，从八场到九场，用脚步丈量着塔里木的广袤，也踏平了塔里木的荒凉。他的心也留在了塔里木。

塔里木就是一本历史的教科书。

兵团人把沃野的土地留给了当地的老百姓，"啃"下来的都是盐碱滩。为了把盐碱压下去，在没有装载机、挖掘机等工具的情况下，他们用铁锹和扁担肩挑手挖，挖出了无数条排碱渠。每一块土地的边上，必有一条排碱渠。挖出的泥土筑成了万里长城，他们青春的斗志欲和那帕米尔高原试比高！

突然，我想起了一首歌，似乎就是他们的真实写照：我的热情，好像一把火，燃烧了整个沙漠……

他们的故事是历经时间洗涤也不会磨损的历史散叶。齐克俭对我说，那个时候，他们啥都不想，一心扑在工作上，在他们人生的字典里只有"公"字，没有"私"字。

那是 1960 年 10 月份的事儿。其时，齐克俭在塔里木八场担任小修厂厂长。他的老婆王执美在医院里临产，他竟然不在身边，更没有照顾一天。王执美生了女儿后，第二天自己打好行李、抱着孩子出了医院。回到家，饥肠辘辘的王执美看着空空如也的房屋，心底生出汩汩酸楚。无奈，她只好自己生火、做饭，做了一锅面条，算是犒劳了一下刚刚卸下"包袱"的肚子……

到更需要我们的地方去

有着 62 年党龄的齐克俭经历了解放西北战争的洗礼，战争的烽火磨炼了他的品质，塔里木的艰难淬炼了他的党性。

他忘不了 1959 年 9 月，在塔里木热火朝天的生产中，一面鲜红的党旗缓缓铺开，他面对党旗，满怀豪情地举起拳头宣誓：我志愿加入中国共产党……

这些年来，他始终铭记入党誓词，不忘初心，忘我工作，把青春和热血洒在了这片他深爱着的沃土上。

1963 年 1 月，他们的三女儿出生了。女儿出生十几天后，幼小的身体生出了麻疹。

正在这时，齐克俭接到了工作调动的通知，把他从塔里木八场调到九场。从八到九，只差一个数字。然而，从八场到九场，相隔甚远。

"我们是共产党员，组织安排我们到哪儿，我们就到哪儿，到更需要我们的地方去。"齐克俭给王执美做思想工作。

就这样，齐克俭夫妻俩没有找任何理由和借口，收拾好简单的行装后，冒着零下十几度的严寒，前往塔里木盆地的最深处。

正是这次搬迁，给女儿的身体造成了极大的伤害，但齐克俭没有任何怨言。更令人钦佩的是，在这些年来，即便是在生活最困难的时候，他也没有给组织找过任何麻烦，没有给国家增加一点负担。

齐克俭正如一棵扎根大漠的胡杨，用真情点燃了大漠，却从来不谋一己私利。他在塔里木四场，也就是现在的三十二团修理连连长岗位上离休。按说，可以把自己的五个子女安排在团场的学校、医院等好一点的单位，但他从来没有给领导找过麻烦，全靠子女自己发展。他的小女儿齐建红就是我曾经的同事，是泰昌公司的普通员工。

"献了青春献终生，献了终生献子孙，子子孙孙都献去，屯垦戍边江山稳。"

齐克俭和老伴王执美都是军人，在他们的影响下，大女儿成人后也参了军，而且五个子女都加入了中国共产党。在四个孙子中，其中两个是党员，一个是入党积极分子。一个家庭中，有 9 名共产党员，可谓"党员之家"。

齐克俭的事迹只是千千万万军垦战士的一个缩影，是万万千千兵团人的真实写照。正是因为有了像他一样的一批批军垦战士、一代代兵团人，在广袤的新疆大地上，才创造了一个又一个奇迹，缔造了"热爱祖国、无私奉献、艰苦创业、开拓进取"的兵团精神。

在这片土地上，兵团精神永不磨灭，就像奔流不息的塔里木河一样滋润着这片土地，感动着激励着这里的后来人……

简介：王志清，男，汉族，1922 年 11 月出生，四川璧山县（现属重庆）人，中共党员。1945 年 11 月在河南钉钯山参加三五九旅，1946 年底任三五九旅干部招兵大队成员，历任渤海军区教导旅三团二营机枪连连长、六师干部大队队长、二师被服厂厂长、焉耆大修厂厂长、二师焉耆商业二级站站长等职。1982 年离休。

一切听从党召唤

——记渤海军区教导旅老兵王志清

张万平

1945 年夏末，三五九旅到达广东北部五岭地区，准备与东江支队会合，开辟新的抗日根据地，但不久后抗战取得胜利，三五九旅奉命北返。经过一路奋战，抵达中原军区所在地豫南根据地开始修整，王志清就是在此时加入三五九旅。

从军之路

王志清，1922 年出生在四川省璧山县（现属重庆）一个船工家庭。父亲是位常年在长江上谋生的老船工。王志清兄弟姊妹 8 人，上面四个哥哥、一个姐姐，他排行第六。由于家里日子并不宽裕，王志清的大哥、二哥很早就跟随父亲在长江上划船谋生活。王志清年纪小，只能在家里跟着母亲干些杂活。紧紧巴巴的日子，致使王志清没有念过一天书。

1943 年，当时的重庆还是国民党政府的陪都，虽然日本人没有打进重庆，但日本飞机却连续五年对陪都重庆狂轰滥炸，妄图以此打垮中国人民的抗战意志，重庆人民对日本的暴行恨之入骨。这一年入秋后的一天，一群国民党军来到了王志清家居住的村庄，把青壮年集中到村中的一个坝子里，领头的一个军官模样的人扯着嗓子喊："大敌当前，抗击日本侵略，人人有责。为了救国救亡，大家都要拿起枪杆子，抗击日本侵略，现在我就带领大家奔赴前线去参加抗日！"

当时大家没有任何思想准备，但面对气势汹汹的国民党军，王志清他们这些青壮年也不敢说啥，就这样，王志清被国民党军士兵押着编入了当时国民党四十七军一二七师三八一团机枪连，当了一名机枪手，直接奔赴抗日前线。在两年多的时间里，王志清先后参加多次抗击日寇的战斗，身上有多处日军炮弹留下的伤疤。

1945 年 8 月 15 日，日本投降，抗战胜利，国民党为了假装和平，邀请毛泽东主席到重庆谈判，以期掩盖他们假和谈真内战的祸心。在和谈的同时，蒋介石却私下里命令部队不断地向解放区进攻，不断地挤压解放区，蚕食解放区。

1945 年 11 月 17 日，王志清所在的国民党四十七军一二七师三八一团在河南枣阳钉钯山偷袭八路军时，当了俘虏。王志清以为八路军会枪毙他，没想到八路军首长和蔼可亲，不但没有打骂他，还和颜悦色地对他们说："八路军优待俘虏，如果想回家，可以发给路费；如果想回国民党军，可以遣返；如果愿意加入八路军，我们欢迎！"有个别胆子大的士兵提出回家，八路军当即发了路费。王志清这时才意识到自己碰到了"菩萨兵"。他随后坚定地加入了八路军三五九旅。

1946 年 6 月 26 日，蒋介石单方面撕毁和谈协议（双十协定），发动全面内战，地处河南、湖北两省交界处的中原人民解放军近五万部队面临国民党军三十万大军包围，中央指示中原军区：保存实力，迅速突围。如何保存实力，冲出包围圈？严峻的形势和任务摆在了时任中原区司令员李先念和副司令员王震面前。

为迷惑敌人，李先念命令中原军区第一旅旅长皮定均率全旅佯装主力，向东挺进，造成中原军区要向东面突围的架势，中原军区主力部队则秘密向西转移，从国民党部队之间的夹缝中突出包围圈。

1946 年 7 月 13 日，为了跳出国民党包围圈，王志清他们团接到命令，从河南光山县出发，向西突围。

在王震带领下，三五九旅随同中原军区主力部队一路向西，很快突出重围。这时三五九旅离开延安已经一年半了，王震决定返回延安。8 月 13 日，毛泽东主席和中央军委同意王震请求，并指示西北局书记习仲勋派部队去接应三五九旅。这时，王志清他们开始向延安急进。

部队虽然突出了包围圈，但在返回延安的路上，一路都是国民党统治区，天天面对国民党军的围追堵截，有时一天要打好几仗，战士们经常饿着肚子拼杀，指战员体力消耗巨大，部队损失严重。这期间，走一路打一路，白天晚上都在战斗，根本没有吃饭时间。一路上有啥吃啥，什么生苞谷、生大豆都吃过。在返回延安的 44 天时间里，王志清没有吃过一顿热饭，没有喝过一碗开水。人瘦得走路都在打飘。

为最大限度地保存实力，部队首长给战士下命令，丢掉一切重武器，只拿轻武器，只要人回到延安就是胜利。王志清当时在三五九旅三团三营三排机枪班当班长，从抗日时就是机枪手，加入三五九旅后，战士的友爱，干部的关心，让王志清感到部队就是自己的家。他是机枪手，丢了枪无法战斗，为此，无论干部怎么说，他都坚决扛着重机枪走。走到哪儿，扛到哪儿。走到延安时，他们团只剩下王志清一挺重机枪。

中原突围时，三五九旅有 5000 多人，走到延安时只剩下 1800 多人。王志清他们排突围时有十几个人，走到边区只剩 7 人。

凭着坚强的意志和毅力，王志清硬是把重机枪扛到了延安。部队为表彰他的勇气和意志，特地为他记功一次。

1946 年 9 月 27 日，三五九旅正式回到延安。当部队进入延安时，王志清他们受到了延安老百姓和当地政府的夹道热烈欢迎。毛主席看到部队当时的情景，当即说，"你们三五九旅回来了就好，要好好休息，不出操，不劳动，吃了饭就休息。"部队驻地的老百姓听说三五九旅回来了，非常热情，妇救会、民兵都来了。那时王志清是机枪班班长，只要面粉、蔬菜一领回来，妇救会的女同志就把面粉抢过去帮忙和面，在炕头上擀面条，一会儿就把饭做好了。

王志清看到了边区人民对三五九旅的热情、尊敬和爱戴，这与他在国民党部队中的感受截然不同，进入延安后，他感觉心里天天都是热乎乎的。

1946 年 9 月 29 日，王志清永远不会忘记这一天，这是他们回到延安的第三天，在中央机关大礼堂，他们受到了毛泽东主席、朱德总司令等亲切接见，这是王志清终生难忘的一件大事，毛主席、朱总司令面带笑容，和蔼可亲，对大家先是问候一番，接着给大家讲解了当时的形势和任务，让王志清更加明白了自己为谁扛枪、为谁打仗，明白了自己当兵的意义。

休整一段时间后，部队出延安，东渡过黄河，到达了山西一二零师师部所在地，贺龙师长接见了三五九旅的全体干部战士。为了应对国民党挑起的内战，上级指示部队开始整编扩编。为了迅速扩大队伍，三五九旅组建了干部招兵大队，准备奔赴山东老解放区的渤海地区组建新军。

勇带 "老兵"

招兵大队分别从三五九旅的旅部和七一九团遴选组成了 321 名的干部招兵大队，日夜兼程奔赴山东渤海地区招兵。

当时的渤海地区已经解放，土改运动如火如荼，分到土地的农民参军的热情高涨。在 "打老蒋、保家乡" 的口号声中，短短一个多月时间，商河、宁津、临邑、阳信等地区就有 5000 多名翻身农民子弟报名参军。翻过年后，进入 1947 年，部队参军人数已超过 8000 人。

1947 年 2 月 25 日，在山东阳信县老观王村，渤海军区教导旅召开了成立大会，8337 名山东渤海地区的翻身农民站到了教导旅的军旗下。根据中央军委的命令，张仲瀚任渤海军区教导旅旅长，曾涤任政委，教导旅下辖一、二、三个团和一个炮兵营。王志清任三团三营机枪连连长。

对于如此迅速就组建了一支近万人的部队，老红军曾涤感慨地说："这哪是在招兵，简直就是在接兵！" 足见当时解放区人民对共产党的热爱，对人民军队的支持。

部队建构完成后，还有一项重要任务就是训练新兵。

新入伍的农民子弟，组织纪律性不强，缺乏军事素质，除了必要的军事训练，还要进行思想纪律教育。

1947 年初夏，部队开始训练不久，孟良崮战役结束，华东野战军消灭了国民党五大主力之一的张灵甫的七十四师。陈毅司令员给教导旅送来了 500 多名国民党七十四师的 "解放兵"，这 500 多人在国民党部队里都是技术兵。当时有些连队不想要这些 "解放兵"，怕不好带，王志清却说："我要，他们都是知识分子，有文化。" 于是，王志清的机枪连接收了一大批 "解放兵"，他们机枪连成为了当时全旅接收 "解放兵" 最多的一个连队。果不其然，后来这些 "解放兵" 在战斗中，由于军事技术过硬，在战斗中，不但射击精准，战斗效能高，个个完成任务都很出色，牺牲人数也很少。

当时部队分散驻扎在惠民、商河、宁津、阳信等县训练，不久，国民党就对山东解放区展开重点进攻。国民党飞机也经常飞来侦查，发现目标就轰炸。一天，部队正在组织训练，几架国民党飞机突然飞到了训练区域上空，见人就往下丢炸弹，一阵狂轰滥炸。从来没有见过飞机投炸弹的新兵，本来组织纪律性就不强，见这阵势全吓蒙了，四下乱跑，有几颗炸弹恰巧落在离部队训练不远的地方，有几名刚入伍的战士被炸伤了。

　　见有人被炸伤，有些新兵直接跑回家躲了起来。王志清他们又深入新兵家庭做工作，把跑回家的新战士一个一个找了回来。为了避免不必要的伤亡，教导旅领导决定把部队整体转移到北边靠近渤海湾的庆云县一带去继续练兵。王志清带领机枪连来到了山东北面的阳信县，开始继续练兵。

　　经过八个月的练兵，战士们各项军事技能掌握得很好，经考核，王志清他们机枪连一大批新战士都得到了一块肥皂、一盒牙膏等奖励，有些战士还获得了"朱德投弹手""陈毅射击手"等奖章。1947年10月下旬，部队接到命令，开赴河北省武安县集结待命。

　　部队以野营拉练的名义从阳信出发，向河北武安挺进。

　　大约10月底，王志清他们来到武安县文章村，在这里集结等待命令。这段时间几乎每天晚上都有文艺演出。旅长张仲瀚在部队集结期间，回河北沧县家乡，与当地政府协商，专门带出来了一支京剧团，他们排练了很多现代戏和传统戏，给部队干部战士演出。王志清带着连队的战士，在这里观看了《小二黑结婚》《白毛女》等现代戏，也看了一些传统戏。

　　1947年11月下旬的一天，王志清他们突然接到命令，说是部队大首长来了，部队开始集合，要听首长讲话。

　　王志清把机枪连集合起来，来到一个学校的操场。全旅几乎都来了。操场很大，全旅一万多人坐了很大一片。王志清的机枪连坐在最前面，几挺擦得锃亮的重机枪整整齐齐摆在队伍前面，甚是威风。

　　这时，华东军区司令员陈毅和西北野战军二纵队司令员王震走上一个临时搭建的土台子，后面跟着陕甘宁晋绥联防军政治部主任甘泗淇和晋冀鲁豫军区副司令员滕代远。这时王志清才知道，原来是部队移交仪式。这些大首长是专程为他们这支部队移交赶来的。

　　在部队交接仪式上，王志清看到陈毅站在土台上，操着浓重的四川话风趣地说："山东自古出好汉，你们渤海教导旅就是当今的山东好汉！从今天起，我把你们交给王震同志，他将率领你们到西北去，保卫党中央，保卫毛主席！"

　　大家一听说是去西北的延安保卫党中央、保卫毛主席，立刻热情高涨，激动不已。会场上立刻响起了"保卫党中央，保卫毛主席""打倒蒋介石，消灭胡宗南！"的口号声。上万人的操场，口号声如山呼海啸，久久回荡在文章村上空。

智布火力点

归入西北野战军建制序列，教导旅由此更名为西北野战军第二纵队独立第六旅，所属的三个团也分别改为十六团、十七团、十八团，王志清所在的三团更名为独六旅十八团，这时王志清被任命为十八团三营机枪连连长。随后部队开始向西挺进，翻越太行山，进入山西境内。

运城位于晋西南三角地带，是晋南政治、经济、文化中心，同蒲路穿越城北，成为连接晋、陕、豫三省的军事要冲。途经战略位置十分重要的运城时，与国民党军狭路相逢。

当时的运城与安邑两县相距 5 公里，两城成犄角之势，可互相策应。占据运城，对巩固晋南解放区具有重要的战略意义，所以在解放战争中，它便成了敌我双方激战争夺的焦点。此时的运城已成为国民党军在晋南地区据守的孤城之一。

王志清十分清楚，每次攻城，机枪连占据的位置很重要，站好了位置，可以有效地支持步兵攻城，减少伤亡，同时也可以减小机枪手的伤亡。

1947 年 12 月 16 日晚，攻城战斗打响。随着信号弹的升起，敌我双方的炮弹不时从头顶上呼啸而过，子弹如同密集的雨点，落在双方的阵地上。外围战斗开始后，机枪手发挥了积极作用，王志清带领机枪连以精准的射击封锁敌人火力点，有效减少攻击小组的伤亡。

经过 12 天激战，我军全歼国民党守军，完全解放了运城。

解放运城、安邑县后，王志清他们机枪连得到团长陈国林的表扬。之后，部队进行了一次修整。在休整中，各班各排都进行了战斗总结，既总结了战斗经验，也总结了战场失误和教训。王志清用实战经验告诉战士们，机枪打得准，不但攻击部队伤亡小，机枪手自身也伤亡少。

经过这次战斗，新兵经历了一次战场锻炼，战斗素质有所提高。

这次修整结束后，部队接到上级命令，迅速西渡黄河，进入陕西宜川县瓦子街地区，准备围歼国民党刘戡部——二十九军。

1948 年 2 月 17 日，王志清带领机枪连参加了二纵在晋南召开的宜瓦战役誓师大会。2 月 23 日，王志清所在的部队从黄河渡口禹门口樊家镇渡过黄河，迅速进入陕西境内，先解放了韩城，随后直奔瓦子街战役伏击点。

宜川地区的瓦子街镇，位于丛山密林之中。二月份的陕西还十分寒冷，在独六旅到达伏击地点之前，这里刚下过一场雪，正是这场雪帮了解放军的大忙。刘戡是国民党军中具有丰富战斗经验的宿将，胡宗南电令他来解救宜川县守敌，他始终怀疑这是我军设置的一场围城打援战，所以他的救援行动十分缓慢。

29日凌晨，刘戡的队伍陆续进入瓦子街。狡猾的刘戡专门派国民党兵到山上侦察。这次战役整个西野部队悉数参加，是一次规模较大的战役。

刘戡钻入我军在瓦子街设下的伏击圈后，我军立刻封住两端山口，两端枪声一响，切断了刘戡进退的道路。刘戡毕竟是参加过抗战的多年老将，一看中了埋伏，迅速组织起防御阵地，并开始向我军疯狂反扑。困兽犹斗，是实力和实力的较量，也是意志和意志的比拼，顿时双方的火炮声、手榴弹爆炸声、步枪、机枪的射击声交织在一起，震荡山谷；我军战士如猛虎下山，端着刺刀冲进敌阵，整个喊杀声响彻云霄。

王志清立即组织机枪手对准敌人的火力点，猛烈射击。整个十八团三营正面的敌人，冒出一个火力点，王志清就消灭一个火力点，火力支援准确及时，为战士冲锋扫清了障碍。

战斗至3月1日下午5时，我军歼敌28500余人，中将军长刘戡自杀。这一仗解放了宜川、黄龙大片地区，彻底改变西北战局，为人民解放军南下关中解放大西北打开了大门。

毛泽东听到瓦子街大捷的消息后，当即以人民解放军总部发言人名义，发表了《评西北大捷兼论解放军的新式整军运动》的文章，赞扬西北野战军新式整军搞得好，并要求在全军推广。

在战役总结会上，十八团一营二营机枪手都牺牲好几个，王志清所在的三营没有人牺牲，而且掩护步兵冲锋火力支援得也好，团长陈国林就提出把王志清调到二营机枪连当连长，但三营长死活不同意，陈国林只好作罢。

1948年11月中旬，为牵制胡宗南部队东进，中央军委决定发起冬季攻势，西野首长经过缜密思考，决定围歼永丰镇守敌。主攻任务交给了二纵队。当时驻守永丰镇的是国民党整编七十六军，这是一支装备精良的国民党部队。军长李日基出身于黄埔，后在国民党陆军大学学习，既有军事理论，又有实战经验。对于我军来说，他算得上一块难啃的"硬骨头"。

1948年11月24日，永丰镇战斗打响。经过不间断的炮击和一夜激战及坑道作业，第二天，永丰镇城墙被我军炸开，部队如潮水般涌入城内，国民党在城内也组织了相应的反击，经过几次反复争夺，我军冲进城里，与敌人展开巷战。

王志清带领机枪连冲进城里，不断消灭国民党组织反击的火力点。这次攻城，我军发挥了炮兵的作用。为掩护步兵冲锋，炮兵向城内倾泻了大量炮弹，有效地摧毁了国民党在城内的坚固堡垒。

这一仗是我军一个军攻击敌方一个军，为此，二纵队也付出了巨大代价。仅独六旅在战斗中就伤亡1200多人，旅副参谋长张煜和旅政治部副主任刘英牺牲，两位团职干部都是参加过长征的老干部。王志清记得政治部副主任刘英是一位非常和蔼的领导，每次部队住下，他都去给房东家挑水、劈柴，这已经成了他的习惯，战士们习惯称他"挑水主任"。

翻过年，解放战争形势发生了根本转变，我军开始转入全面进攻。在夏季攻势中，我军发起澄合战役。主要围歼盘踞在澄城县的国民党钟松的整编三十六师。这次十八团负责从右翼夺取澄城县与黄龙县分界线上的咽喉要地——壶梯山。壶梯山位于澄城县冯原镇北部，海拔1104米，军事位置十分重要。整个壶梯山山势巍峨，林木茂密，景色秀丽。而且山上有泉，林中有庙，曾为澄城八景之一。

当十六团三营攻至敌方第二层设防前沿受阻时，十八团积极配合，迅速由右翼猛攻至壶梯山大庙西端，率先攻上庙顶。这时，王志清站在一个土包上，观察敌人火力点位置，突然一颗炮弹落下，王志清只觉得被人猛推了一把，就跌进了三米多的一个坑里。通讯员张明善赶紧跑过来扶他，发现王志清屁股上被炮弹削去一块肉，血直往外冒，卫生员赶紧跑过来用急救包包住。王志清还想站起来，卫生员按住他，不让他动，叫来担架把王志清送到了医院。

到了后方医院，医护人员不让通讯员张明善走，于是，张明善就留在医院每天负责给王志清打水打饭，直到王志清出院。百岁老人王志清至今还记得张明善是山东惠民人，直到进疆后，他们才分开。

这次战役中，一营机枪连连长陈博龙在战斗中牺牲了。陈博龙比王志清年纪稍大点，是河北人。他们两个关系非常好，无话不说，两人一闲下来，就坐在一起交流战斗经验。他还告诉王志清，在河北老家已经找了女朋友，等打完仗就回去结婚。可惜在攻击到壶梯山顶时，他胸部中弹牺牲了。重机枪手是部队的重要火力点，随时可能牺牲。陈博龙连长牺牲后，团长再一次提出把王志清调到一营一连去，三营长还是坚决不同意，这次仍然没有调成。

在解放大西北的十大战役中，王志清先后受过四次伤，战斗也让王志清成为一名响当当的机枪连连长。在整个西北战役中，他指挥的机枪连几乎没有战士牺牲。

扎根天山

1949年2月1日，按照中国人民解放军统一番号的命令，将番号改为二军六师的独六旅，接到西野命令，从甘肃临夏渡过黄河，进西宁，从门源翻越祁连山直插张掖，堵住从兰州败退下来的马步芳残部。

接到命令后，王志清所在的十八团三营机枪连，立刻整装出发。到了青海门源，正准备渡过大通河，部队接到命令，等待发放冬衣，以备翻越祁连山之用。正值9月中旬，在山下穿着秋装还嫌热的战士们，大都在平原地区长大，没有翻越雪山的经历，对于现在发放冬衣很是不解。后来上级领导专门传达了发布这项命令的原因，又准备了辣椒等必要的干粮，部队才从门源渡过大通河向祁连山进发。

刚往山上走时，秋阳暖融融的，部队迤逦而行，战士们有说有笑。接近中午时，部队渐渐来到山顶，这时战士们才感到寒风瑟瑟，冻得人直发抖。大家赶紧换上棉衣，吃点干粮，继续往前走。走着走着，眼见得一片乌云飘过来，立刻就开始下雨。雨点打在脸上冰凉刺骨。再往前走，雨水变成了雪花，迎面飘来，让人看不清山路。越走越冷，越走越累，战士们感觉气也喘不上来了，有些人就想坐下来休息。王志清立刻让通讯员传达命令，所有战士不准坐下休息，相互之间互相帮助，身体强壮的，帮助身体弱的背枪，互相搀扶，决不允许坐下，否则一坐下就站不起来了。就这样，王志清在前面带路，指导员在后面收容掉队战士。天黑时，部队下到山脚，机枪连没有一名战士掉队或冻伤。

部队进入张掖时，国民党一二零军和九十一军在我大军威慑下，于9月24日同时宣布起义，接受了人民解放军的改编；9月25日，陶峙岳率新疆警备司令部所属部队近10万人，通电起义。随着张掖国民党军起义，河西走廊的酒泉、嘉峪关、敦煌一线全部获得解放，全团开始修整。

在十八团进驻张掖的第5天，正值10月1日，中华人民共和国成立了。机枪连的战士们欢呼雀跃，王志清却沉默了许久，他想起了他的战友——一营机枪连连长陈博龙，如果他还活着，就可以和大家一起欢庆共和国的成立，一起上街游行，还有营长、教导员等很多牺牲了的战友，他们为了迎接这一天的到来，倒在了冲锋的路上，长眠在了进军新疆的途中。

张掖是一座古城，战士们在张掖开始修整，等待下一步行动命令。

10月5日，王志清接到命令，随大部队向酒泉、嘉峪关一线挺进，准备进军新疆。

10月13日，六师师长张仲瀚率领由十七团副团长谢高忠、十八团参谋长黄云卿等二十多人组成的先遣队，开始进军新疆。10月下旬，王志清随部队从酒泉出发，经星星峡、哈密、鄯善、吐鲁番，向南疆重镇焉耆进发。

进入新疆后，机枪连没有大仗可打，小仗也不需要机枪连打。上级一纸调令就把王志清调到干部培训队当队长。当时的干部队是专门为培训县乡村三级干部准备的。新疆和平解放后，部队面临的首要任务就是废除国民党时期的旧制度，按照新中国的要求建立我党的政权，干部奇缺。各地都急需培训一批适应新中国建设需要的、懂得我党民族政策、地方行政管理和农业生产技术的干部。

战争刚刚结束，部队干部要从会打仗转入会搞生产建设，还要熟悉我党的各项政策，任务非常繁重。按照中央的要求，部队除了自己开展生产建设，还要帮助地方实施土地改革，帮助地方恢复生产。当时的焉耆行署下辖的和静、和硕、尉犁、轮台、库尔勒等七个县都需要配备大量干部。王志清认为，自己是党员，按照党的要求，党叫干啥就干啥。不会干就学，共产党员总不能在困难面前低头。

行行出彩

王志清一边学，一边干，源源不断地给地方土改工作队输送一批批的干部。当时的焉耆地区，百业待兴，生产力水平十分落后，当地老百姓种地，不讲科技，不上肥料，完全自由种植，靠天吃饭。正如一百多年前因虎门销烟被道光皇帝发配到新疆的林则徐看到的情景一样：

不解耘锄不粪田，一经撒种任由天。

幸多旷土凭人择，歇两年来种一年。

王志清他们培训队的干部，除了学习党的土改政策、生产建设知识和民族政策，还要与战士们一同开荒种地。

经过短期培训，掌握了党的民族政策和新疆历史的干部，很快就被分配到各县、乡、村，担任县长、乡长、村长等各级领导干部。当时的干部都从部队抽调，打了多年仗的军事干部，习惯了部队生活，爱上了部队这个大家庭，从心理上讲，很多干部都不愿意到地方工作，干部队除了政策培训外，还要做通干部到地方工作的思想。

部队干部一旦接受任务，被分派到地方后，很快就帮助地方建立起县、乡、村三级党的组织机构和县乡各级人民政权，接着开始减租减息，推进土地改革，给贫苦农民家庭分配土地，给牧区的牧民分牛羊。长期遭受压迫的各民族贫苦百姓，拿到了政府分配的土地和牛羊后，对共产党的领导、对人民政府表现出了极大的热爱、欢迎和拥戴。

干部队除了从事干部培训工作，还要参加大生产运动，开荒种地。

1950年，部队为了减轻国家负担，解决自身的给养问题，按照中央军委命令，展开了大规模的生产运动。部队为了实现大规模生产，开始兴修大型水利工程，先后在焉耆盆地、库尔勒地区开挖了十八团大渠，在焉耆盆地开挖了解放一渠、解放二渠等大型水利设施。

干部培训队也不例外，都参加了修建大渠的大会战。在修建解放一渠的大会战中，王志清在工地上看到了王震将军。王震将军作风很朴实，没有将军架子，每次来到工地后，直接到大渠上与战士们一同劳动，经常是将军与战士们已经干了一阵子活后，战士们才认出将军。中午将军在连队与战士们一起吃饭，有说有笑，非常和蔼。

干部培训结束后，王志清被组织上安排到师医院管理后勤工作。

1951年春天，部队陆续接来了一些女兵。

当时为了稳定军心，让部队战士扎根新疆搞建设，实现屯垦戍边战略。王震将军请示中央，建议从自己的老家湖南招募一批女兵，来解决部队干部战士的婚姻问题。中央同意了王震将军的建议，随后就有了8000多湖南女兵参军支边来到新疆，成了兵团的戈壁母亲。随后的1952年，又陆续从山东等地征召了山东女兵，到新疆加入了屯垦戍边的行列。

女兵的到来，给部队的生产生活都带来一些变化。部分女兵结婚后，如何安排工作，这个问题摆在了部队面前。为了搞活经济，部队组建了被服厂。1953年，王志清又被调到了被服厂当厂长。

王志清个高体壮，身体结实，是位"五大三粗"的连长。但是他又有点像猛张飞"粗中有细"。在西北战场的每次战斗中，他考虑问题都细心周到，战前仔细观察敌情，把每挺重机枪都设置在视野开阔、又相对安全的位置上，用他自己的话说，考虑不周，观察不细，是要死人的。重机枪作为连队的火力点，是敌人攻击的重点目标，所以重机枪手伤亡率较高。

但王志清的机枪连，在西北战场上的三年，几乎没有机枪手伤亡。所以他在十八团是有名的机枪连连长，每个营都想"抢"他，但是三营长始终不肯放他走。为此，几任团长都"调不动"他。

按王志清个人的想法，他当然想去战斗部队工作，想去搞行政，但是作为党员来说，王志清又不得不服从组织安排。

当初成立被服厂时，没有老师傅，被服厂的干部家属，几乎都不会缝制衣服。王志清就把新招来的女兵分成若干组，找出在老家做过衣服的女兵，一个组分配一个，这样，会做的教不会做的，熟手教生手，被服厂勉强运转了起来。

当时的被服厂要负责全师一万多人的衣帽鞋袜等生产工作，没有熟练的技术工人无法完成这一任务。

1956年，为了解决技术问题，通过层层反映，部队领导通过兵团与内地省市联系，陆陆续续从内地的西安、上海等地，请来了内地被服厂退休的老师傅到当时的焉耆被服厂当老师，又通过组织安排，从内地调来一批熟练的技术工人，来被服厂担当技术骨干，给不懂技术的女兵授课，普及缝纫技术，经过手把手教习，大家很快掌握了服装、被褥、鞋帽等的生产技术。

厂里来了技术人员，生产规模扩大，厂里女工也多了起来。有一名山东姑娘引起了王志清的注意，她不仅能吃苦，而且学技术特别热心，各项工作只要交给她，都会保质保量完成。为此，这名女工多次得到王志清的表扬。

突出的生产技能、吃苦耐劳的精神、敬职敬业的工作作风，处处都让王志清有好感。当然，工作上经常得到厂长的表扬，技术上得到同志们的赞许，山东姑娘也开始关注王志清了。大家共同的愿望、共同的理想、相向而行，感情的火花激发出来，不久，他们走到了一起。

结婚那天，部队领导和战友都来了。一桌瓜子和一桌糖，再加上同志们你一言我一语的祝福，欢声笑语充满了婚房。就这样，两床被子搬到一起，两张床一并，就是一个家了。

结婚后，王志清对妻子关爱有加，他在单位是劳动模范，在家里也是"劳模"，他没有大男子汉主义，家务活，他抢着干，洗衣做饭样样在行，彼此尊重，他们共同养育了5个子女。

厂子里有了技术支撑，被服厂生产规模不断扩大。1960年，被服厂又增加了皮毛加工项目，厂名也改为二师皮革厂。这就是当时焉耆赫赫有名的皮革厂的前身。王志清在皮革厂当厂长，直到1966年"文革"开始。"文革"开始后不久，厂子里成立革委会，王志清"靠边站"了。

1972年落实干部政策，王志清又被安排到二师焉耆采供站当站长。干一行爱一行的王志清，经过学习和摸索，把采供站也经营得风生水起。

1975年，兵团与自治区合并，直到1982年，再次分开，王志清所在的采供站回到兵团。同年，王志清光荣离休。

当我走进老人的家时，和蔼和亲的老人，虽然腿脚不很方便，他还是独自走到客厅，接受了我的采访。老伴由于身体不好，一直躺在床上。两位老人风风雨雨走过了近70个年头。年轻的夫妻老来的伴，王志清老人今年已经整整100周岁。从老人身上我看到了一个浓缩了100年的经典汉字——"和"，老人在战争年代，不急不躁，细致周到，把战友的生命看得如天大，体现了与战友的"和"，这个"和"让他战胜了无数敌人，把机枪手极高的伤亡率用一个"和"字精细地化解了。他们夫妻之间，生活也是细致周到，彼此尊重，他们在"和"中体现关爱、体现尊重、体现珍惜，在"和"中走到了百年。

简介：李明堂，男，汉族，1929 年 11 月出生，山东省商河县人。1947 年 2 月参军。历任渤海军区教导旅通信员、警卫员、警备连司务长等职。1953 年后历任师面粉厂车间副主任、厂部材料员、保管员、代理厂部三排长等职。1982 年离休。

党的事业高于一切

——记渤海军区教导旅老兵李明堂

李佩红

起来，快起来！

李明堂，你怂了吗？别忘了你身上揣着给首长王震送的重要信件，这封情报决定一场战争成败胜负的关键。你现在不能死，快起来。

92 岁李明堂大叫了一声，从梦中惊醒。人老了觉少，睡不着了，李明堂想把刚才梦记下来。翻开日记本的第一页，上面写着，"我在 1947 年 2 月 25 日参军，到山东渤海教导旅政治部，历任通信员、警卫员、教导队班长，警备连司务长、干部队学员副班长。进疆之后，历任师面粉厂车间组员、班长、副主任、厂部材料员、保管员、代理厂部三排长等职务……"

人老了记忆力不好，过去的事情忘不掉，当下的事情记不住，若不是日记上写着 2020 年 11 月 19 日，那天是他 91 岁生日，他真的想不起来自己啥时候写下了这样的回忆录。李明堂的大儿子已经不记得给自己的父亲买过多少个笔记本，他总是忘了写，写了忘。

当兵男儿

低矮的草房经不住风雨，外面刮大风，房里刮小风；外面下大雨，房子下小雨。一张土炕，两床破被，床上没有褥子，铺着割皮肤的粗席。李明堂在这间草屋里出生，在这间草屋里长大，记忆中，吃不饱饭，穿不上暖衣再正常不过。没有一垄地的父母常年靠给别人打工为生，面对 8 个大大小小的儿女，八张嗷嗷待哺的嘴，父母的脸愁容不展，李明堂想不起来父母笑的时候是什么模样。他始终觉得自己 1929 年初冬出生起，似乎预示着生命跌宕起伏的走向，必须经过严冬的考验之后，才会迎来明媚的春天。瘟疫、饥荒、战争、掠夺者和死亡,和他的童年生活如影随形,作为长子的李明堂,分担父母的重担,是他无法推卸的责任。十四五岁就外出打工,步行两天从老家商河县到阳信县给地主家帮工,中途在惠民县住一宿,住不起旅店,就靠在人家的山墙根睡,没有饭吃,边走边讨要。这个年代,家家户户都穷,有时饿一天也要不上一顿饭。在人家打工,啥苦活累活都干,干不好要挨揍。李明堂的父亲给别人打工回来,肚子饿得不行了,可家里没有一点吃的。他想起前些天他要饭要来了半个小馒头,没舍得吃,放在桌子上不见了。父亲问李明堂的母亲馍馍在哪儿?李明堂的母亲也不记得了,让他在柜子底下找找。李明堂的父亲在桌子底下找到了那半块馒头,已被老鼠啃过,长了很长的绿毛。饥饿噬咬着李明堂父亲的胃肠,他顾不了那么多了,吃了去再说。没有想到半个馒头要了他的命。父亲去世后,失去了劳动力,生活难上加难,母亲整天以泪洗面。想起小时候吃得苦,李明堂眼角滑下泪水。

1947年2月,村长动员翻身的农民当兵,李明堂毫不犹豫地报了名。

报名参军后,李明堂和同村的7个人步行到阳信。步行去阳信的路,李明堂太熟悉了,这一次他的心情完全不一样了,以前他给别人打工,这次他是光荣的中国人民解放军。这一年立春早,白脯的喜鹊、喳喳叽叽吵闹不休的麻雀,聚集在河岸的树梢上,展开了迎春的大合唱。晨光洒在露珠晶莹的麦丛上,通向远方的车道,像一条伸展开躯体的蟒蛇,蜿蜒在麦苗茵茵的田垄间。李明堂仿佛听到远方隆隆的春雨的鼓声,敲打着他年轻澎湃的心房。阳信到处都是穿着土黄色军装的新兵,空气中都弥漫着青春勃勃的气息。

领导见李明堂一米七八大个,宽肩阔胸、仪表堂堂,走路像猎豹呼呼生风。

"你去政治部警通班当通信兵,专门负责信件传送。"

"可以。"啥也不懂得李明堂心想让干什么就干什么,只要能吃饱肚子。

换上军装吃了一顿饱饭的李明堂,激动的一夜没有睡着,长到17岁,还是第一次穿没有补丁的衣服,一次痛痛快快地吃饱了肚子。幸福的神情写在他脸上,他感觉自己的身体像春雨浇灌的田野,焕发出一种力量。

2月25日,山东渤海教导旅在阳信县老鸹王村举行建军典礼。

部队下辖三个步兵团一个炮兵营。三个团,一团以惠民县大队和翻身农民为主,二团以临邑县大队、宁津县大队以及翻身农民为主,三团以商河县大队及翻身农民为主。莱芜战役和孟良崮战役后，还补充了几百名解放战士。为充实干部队伍，还在华东军政大学胶东分校选调了100名学员，在渤海一、二、四中三个学校动员了140名青年学生参军。

由于盘踞在济南的国民党飞机经常扰乱部队，随后渤海教导旅开赴庆云，在庆云开展了大练兵运动和思想教育运动。在军事训练中，李明堂最大的收获是学到了文化，参军之前，他大字不识一个，连自己的名字都不会写，几个月下来认识了不少字。训练八个月，脑子灵活的李明堂不仅学会了许多字，学会了使用武器，而且熟练掌握拆装各种武器技术。为便于通信行走，后来他甚至把自己的一挺长冲锋枪，改为短冲锋枪，使用起来灵活方便。

半年多的紧张训练，包括李明堂在内的渤海教导旅的农民子弟成长为革命军人。

1947年10月底部队从山东庆云出发，向大西北战场开拔。部队走到河北省武安县，完成了由华东野战军向西北野战军的归建，休整一周，带着陈毅司令员"你们就是当今的山东好汉"的铿锵动员和殷切期待，跟随王震司令员跨越太行，进入山西，正式开上了大西北战场。渤海教导旅，改番号为西北野战军第2纵队独立第6旅。

冒死送信

部队进入山西不久开始打仗。这场战役是渤海教导旅归建西野后的第一场战役，也是渤海教导旅建军以来的第一次战役。战役打响，通信兵的作用和危险性凸现。李明堂的任务是给江西老表、红军长征的老战士、政治部主任叶显棠当通信员，给西北野战军军部高层王震、王恩茂、甘世奇等领导通讯往来。信件关乎军政秘密，既要头脑灵活，又要严守秘密、政治可靠。为防止敌人发现，送信都是晚上，经常单枪匹马翻山越岭，天黑路远，怕暴露目标不许打手电筒，只能摸索前进，信到不能住宿，连夜立刻返回。战争期间，壕沟纵横，布满明碉暗堡，我军和敌人的行动没有固定地点，犬牙交错，稍有不慎就有可能误入敌营。由于任务特殊政治部仅有的两杆马枪，特意发给李明堂一支。李明堂艺高人胆大，多次顺利完成通讯的任务。

在黄龙山麓反击战中，陕西韩城黄龙山黄龙镇，军部驻扎在黄龙镇。有一晚，李明堂骑着一头托运行李的骡子去送信，身上背着自己改装的短梭子冲锋枪、三个手榴弹，李明堂需要穿过敌占区合阳县才能抵达路黄龙镇。骡子爬土坡时，天太黑看不见，骡子是一个趔趄把李明堂摔了下来，头正好磕在一块石头上，顿时昏死过去。等李明堂清来，看见骡子非常懂事地站在他的身边，他很高兴。这头骡子极通人性，见李明堂苏醒似乎也明白自己的错误，竟然双腿跪在地上，李明堂迷迷糊糊地爬到骡子背上，心里暗想，我要死了，任务完不成了咋办呢。坚强的意志和信念支撑着他，硬是睁着眼赶着骡子往前走。庆幸的是走着走着李明堂的头脑渐渐清醒，尽量选择隐蔽的沟，最终把信安全送到军部。按原定时间，李明堂返回晚了，政治部主任叶显棠问他怎么回来晚了？李明堂报告了情况，主任非但没批评他，还表扬了他，没被敌人发现俘虏，安全回来很了不起。

送信过程中，李明堂遇到的最危险的一次是过渭河。前方有位老乡带路，李明堂跟在后面，正走着，16团一匹驮武器的骡子撞到李明堂，把他撞到了深水区。李明堂不会水是个旱鸭子，等老乡把他拽上了，浑身湿透。蹚过渭河没走多远，部队命令向后转，准备战斗，此时李明堂发现枪扳不动了，这下毁了。他摸黑把枪刚拆开，发现枪筒里全是沙子，他在水里把灌进枪筒里的沙子冲出来，快速装好。

国民党军从合阳县溃退之后，先前到达合阳县的是机关人员。那天，主任安排李明堂去给在合阳县附近征集购买军粮的工作队送信。工作队具体在哪个村庄也不清楚，让李明堂边走边打听，李明堂带着信出发了，战斗打响，老百姓都吓得藏了起来，李明堂估计大概方位走了很久，才见一个山坡上有隐隐约约的光，他顺着光往前走，走着走着感觉脚下高高低低，他站住，环顾四周，远处绿色的火焰，在周围一跳一跳，原来是迷路了，误入一片乱坟岗，那些光是骨头发出的磷火。虽说李明堂年轻气盛胆子大，到这样的情况说不害怕也是假的，快步跑开之后不久，由于天黑看不清，李明堂跌入两米多深的沟。沟非常陡峭，几乎是垂直的。信没送到，李明堂内心万分焦急，模模糊糊中，他发现沟边长着一些植物，有许多尖刺，他顾不得了，抓住这些带刺的植物拼命向上爬，等爬上来，感觉手异常疼痛，双手被鲜血染红，满手扎的都是刺儿。李明堂忍着疼痛继续去寻找工作队。还好，一处山坡上看到了灯光，这户人家有人。李明堂敲窑洞门，为他开门的是一位老人，李明堂非常客气地告诉老人，他是解放军，希望他能帮忙带路。老人说实在对不起，不能给他带路。李明堂说，"天黑我不认识路，你还是给我带带路吧。"老人为难地说，"不瞒您说，我还有个小孙女藏在后面的小窑洞。"李明堂说，"放心吧，我们是解放军,不会伤害您和您的孙女,我把您孙女背上一块走吧。"李明堂体贴地对老人说,"只要你把我带到有村子的地方,看到灯光您就回家。"老人爽快地答应,孙女一直把他送到村口。李明堂说,"老人家,谢谢!您回吧。"

"不用谢!你们解放军是来解放我们的,这是我们应该给解放军个方便。"

告别老人,李明堂直走到天蒙蒙亮才找到了工作队,把信送抵。

见到首长

战争是残酷的,但是,战争的间隙也有温馨的一面。

从 1947 年到 1949 年,新疆和平解放,李明堂当了近两年通信兵,任务需要他或多或少地与军事高层领导人有过交往。晚年,李明堂把发生在他身上的事儿,点点滴滴都写在日记里。此生,他最佩服三个人,这三个人是他心中的楷模,他为此生能为他们送信服务感到一生的自豪与光荣。

第一个人是彭德怀。1948 年澄合战役期间,彭德怀的司令部驻扎在壶梯山上,指挥独六旅配合独四旅、九旅对付敌人三十六师。李明堂跟随政治部主任前往三军八团,路过司令部时,去见彭德怀总司令,那是李明堂第一次见到西北野战军最高长官彭总司令。令他吃惊的是,彭德怀衣着极为朴素,居然没有他底下的警卫排穿得好,身上的衣服居然打着补丁。

第二个人是王震。王震带兵有方,对排以下的士兵关怀备至,和士兵谈话,随便往地下盘腿一坐,没有一点长官的架子,非常平易近人。平常一身灰色粗布军装,脚上穿布鞋,一件旧大衣打着几块补丁。王震司令员话不多,沉稳刚毅,三言两语直中要害。他批评犯错误的指挥官毫不留情。有一次,李明堂给他送信,听到他在电话中批评人,口气特别严厉。李明堂问王震的警卫员,王震警卫员告诉他这是在骂熊晃,部队进驻陕西省时,王震司令员到十八团连队检查工作。他只身一人到连队,当时正赶上中午开饭,王震想了解一下战士们的伙食,走到房间,见一位老班长和炊事员把刚蒸好的馒头端下来,王震司令员就拿起了一个热馒头,咬了一口。这名老炊事班长发火了,把王震司令员往外搡,司令员笑嘻嘻的,也不生气就出来。连长听警卫员说司令员来了,赶紧跑到食堂找。在随后召开的全团大会上,王震司令员非但没批评炊事班班长,还表扬了他工作责任心强,这件事对李明堂震动很大。

第三个人就是张仲翰。张仲翰人长得英俊潇洒，多才多艺，文武双全，喜欢打篮球，京剧唱得非常好。战争间隙，张仲翰不忘打篮球，李明堂到师部送信，遇到张仲翰，张仲翰不知道李明堂叫什么，就说，"通讯员，去让我的警卫员把我的软底鞋拿来。"李明堂欣然受命，警卫员把鞋送过来之后，李明堂饶有兴致地站在旁边，看着张仲翰一个人打球。张仲翰党的立场坚定，在庆云期间，张仲翰的叔叔拄着一根木棍，步行从老家河北沧县到庆云来找张仲翰。张仲翰老家正如火如荼开展土改运动，听说张仲翰在解放军部队当了大官，叔叔来求他保住家中部分田产，没想到不来还好，张仲翰听完叔叔的请求，直接告诉叔叔，把家中所有田产全部分给农民，一亩都不留。叔叔在部队住了三天，张仲翰催他赶紧回去，走的时候让警卫员只给他拿了几个窝窝头，还是看不下去悄悄地送给了他叔叔几个钱，做路费。张仲翰和熊晃住隔壁房间，张仲翰很幽默，喜欢开玩笑。因为熊晃的牙大，熊晃一掀门帘，张仲翰笑他人没到牙先进来了。旅长张仲瀚是京剧票友，在北平读书时就与马连良等京剧名角非常熟悉。为了丰富部队的文化生活，旅长张仲瀚专门从沧县老家把一个三十多人娃娃京剧团招收到教导旅宣传队，这个剧团最小的九岁，最大的十六岁。他带领宣传队亲自上台为战士演出，丰富了战士们的文化生活，宣传了我党的政策，极大地鼓舞了士气。

这些高级将领战争中团结一致，配合默契；生活中活泼有趣，亲密友爱；爱护士兵和老百姓，不拿群众的一针一线，严格执行三大纪律八项注意，这正是中国人民解放军在战争中所向披靡的重要法宝。

怀念刘英

永丰战役彻底粉碎了胡宗南实施的"机动防御"战略，全歼敌 76 军 17000 余人，生擒敌中将军长李日基。此役中，独 6 旅涌现出一批战斗英雄，也伤亡 1200 多人，旅副参谋长张煜、政治部副主任刘英等 505 名指战员壮烈牺牲。

李明堂给刘英当过一段时间的警通员。李明堂九十岁那年，他在自己的日记里写下了怀念刘英的文章。这篇文章虽然不长，文字处处充满了敬佩和爱戴之情。纪念英雄无需过多文字修饰，于是，把李明堂的回忆原封不动抄录在此。

刘英同志河南内黄人，1916 年生。青年时加入我党的进步活动，1937

年入党，同年进入延安抗日军政大学学习。抗日战争时期，曾任晋绥军区政治部科长、八分区政治部主任。1948年7月调任二纵独立旅政治部副主任。每逢战斗间隙，他对政治部人员战斗训练抓得很紧。他常说，战场上，战斗什么样的意外情况都可能发生，政治部人员首先应该是一名合格的战士，不仅要有自卫能力，而且要有攻击本领。在他的影响下，政治部的工作人员不光能写会说，而且能打敢冲。运城攻坚战、瓦子街歼灭战，他出色的宣传鼓动，既鼓舞了部队的斗志，也瓦解了敌人的军心。纵队的指战员很少有不认识他的，不佩服他的，官兵一致同甘共苦，使刘英与广大干部战士建立了血肉联系。三边榆林之战，部队穿过毛乌素大沙漠，他自己舌干唇裂，还把水壶里仅有的一点水喂给伤员。从安塞到邻水进军中，饲养员老陈的腿被马踢伤了，刘英同志把他强行扶到自己的马上，自己步行军。西府行动中，独立旅机关从石塔寺出发，大雨倾盆，道路泥泞，他带领李明堂所在政治部人员积极转运伤员，他好几次摔倒了，弄得满身泥浆，还谈笑风生地安慰伤员。每到一处宿营地，他一面向群众宣传，一面帮助房东扫院子、挑水。他在任纵队政治部宣传部部长时，群众送他外号"挑水部长"。调任独立旅政治部副主任后，群众又称他为"挑水主任"。工作一有空闲，他就下厨房帮厨，1948年秋，部队驻澄城县桐家庄时，他见部队伙食大有改善，就亲自做了"饭好菜香"的锦旗，送给吕布炊事班。锦旗挂出后，过路群众误认为是一家饭馆，便闻香下马闹出了一场笑话。

1948年11月26日，刘英带领政治部数10人冲进了突破口捕抓俘虏。正押解80多名俘虏出寨时，刘英同志被流弹击中，壮烈牺牲。

屯垦戍边

暗淡了刀光剑影，远去了鼓角争鸣，新的屯垦事业在等待着他们。1949年，张仲翰带领部队抵达焉耆。焉耆地区是《汉书》载的西域三十六国之一的"焉耆城邦国"，所以说巴州今天的繁荣与兴旺，发端于二师进驻焉耆的那一天。

当时的焉耆，是一座破败的小城，库尔勒只有一条百多户人家的小街。原国民党省政府起义的旧行政公署在这里，一切都得从零开始。部队提出的口号是"活着干、死了算，献了青春献子孙、献了子孙献终身"。

李明堂调任六师教导队2排6班班长，他们的任务是城防保卫焉耆县城，李明堂带领 8 个人在焉耆县西北角驻守通往和静县的大门。没地方住，他们自己动手在城墙边打草把子，挖一个简易的窝棚，盖着芨芨草和芦苇，八个人挤住在里面。刮风地窝子漏沙土；下雨漏水，唯有好天气才能睡一个安稳觉。粮食是地方政府向当地老乡借的玉米、高粱。粮食都是发霉的陈粮，蒸出来的馒头一股子霉味儿，难以下咽。中午在野外干活，用大水桶烧水下面条，调理，撒一点盐就是一顿饭。军服只发一件上衣和一条军裤、一顶军帽。兵团号召节省一套衣服，一顶军帽支援建设纺织厂、修配厂、水泥厂、钢铁厂、八一面粉厂等单位。把部队转业分发的160 元津贴和 400 元复员费都交到合作社支援兵团建设，就连每月给战士发的两元补贴也存入合作社，支援建设工厂。战士们为了节约衣服，都光着膀子干活，有的甚至光着屁股。睡觉没有褥子，没有床单，冬天夏天只有一床被子。在河边开荒地，蚊子小，咬人铺天盖地，蚊子大，咬人比敌人还无情。同志们戏称"三个蚊子一盘菜"，晚上睡觉把被子里的棉絮掏出来，晚上睡觉又当蚊帐，又作床单，睡觉钻到被单里蒙着头，要不然就会被蚊子咬叮得睡不着。吃饭时得找一块纱布把头和脸盖起来，旁边还得点一根艾草熏蚊子，如若不然，一顿饭下来，脸肿得像猪头。战士们用坚强的意志克服困难，没有一个人有怨言，干活争着抢着往前冲。外号"大干粮袋子"甘肃籍战士特别能吃苦耐劳，一个人干活顶两个，每天晚上队长数工作量，他都是第一名，总结表彰大会上代表教导队发言。

教导队有备用枪是"汉阳造"和日本三八大盖，有一挺捷克式机枪，枪手是贾荣贵，预备子弹手孟先生。副班长带领 6 个人在焉耆小西南门站岗驻守。站岗位为双岗制，不站岗时轮流去戈壁滩打柴火，用于建造六师面粉厂烧砖。为尽快建成面粉厂，保障焉耆粮食供应，明堂所在班组被调去，城东门外，工一团土块烧砖，去开都河挖沙子。为加快速度，李明堂和李林元两人抬着装满沙子的抬把子从河里跑步上来，干一天下来累得腰酸背疼。二十出头的李明堂干劲儿足，连续两年被评为学习毛泽东思想积极分子，荣立一等功。一直到现在，92 岁的李明堂，坚定地认为毛泽东思想非常伟大，有了毛泽东思想指引，再苦再累也不觉得。平常白天工作，晚上就趴在小油灯下学毛泽东选集。由于识字不多，学习中随时翻阅身边的字典，边识字边学习。毛泽东思想犹如明灯，照亮了他的眼睛。

1952 年，教导队解散后，李明堂和其他 30 位同志分到了六师面粉厂，到 1982 年，因病提前退休。李明堂在面粉厂，历任工人班长，车间副主任，材料保管员。1956 年，李明堂与一位山东女兵恋爱结婚，生儿育女，在新疆扎下根安下心。

1952年有一天，食堂炊事员做饭不幸将屋顶草棚烧着，食堂上士是一位参加过长征的老红军于贵，奋勇争先，提着一桶水，上了草棚顶上灭火。草棚中间的木梁烧断坍塌，于贵从屋顶上摔下来被木梁砸到头，因失血过多牺牲了。

工作需要李明堂调到面粉厂当保管员，管理全厂的所有库房和各种物资材料麻雀虽小，五脏俱全，大到机器设备，小到一颗螺丝钉，近千种材料品种纷繁复杂，李明堂文化程度低，许多材料他见都没见过，为尽快掌握熟悉材料名称和性能，李明堂对照实物一点一点地学习熟悉。卸货、搬运、摆置、发放，里里外外、左左右右、上上下下，全是李明堂一个人完成。随着兵团的不断扩大，面粉厂工作任务越来越繁重，生产面粉除供应各团场外，还要供应煤矿厂、造纸厂、出纱厂、修配厂、制鞋厂、学校医院及附近焉耆县和静等地方需要。为确保供应，面粉厂采取三班倒、24小时生产。无论白天晚上还是半夜，只要需要材料，车间的人就找李明堂，李明堂从无怨言，总是跑着库房。李明堂的两个儿子说，他们小的时候，记忆中的父亲腰上挂着一大串钥匙，走路叮叮当当地响。父亲在家的时间很少，经常饭碗还没有放下，就有人来喊他，父亲跟着来人放下饭碗就跑。有一次晚饭后，眼看要下雨，担心囤粮淋雨发霉，李明堂叫上未成年的大儿子和他一起去给粮食盖帆布。帆布又厚又沉，两个人费九牛二虎之力，把帆布一张一张地拽出来，登上高高的梁垛盖上。此时，雨噼里啪啦地下起来，明堂和他的儿子淋得透湿，他俩顾不得这些，一心想着粮食，直到到把所有的粮食都盖好，两人才冒雨回家。在李明堂儿子的眼中，父亲是坚定的共产党员，受党教育多年，三大纪律，八项注意，无时无刻不撰刻在脑海。你忠于职守，绝不把公家的东西拿回家，哪怕一颗小小的钉子。许多年，李明堂家5口人挤在一间20多平方米的房子，家里只有两张床一个箱子，饭桌是担起来的木板，甚至没有一个板凳。母亲为了父亲洗脚方便，用打了一层一层补丁的帆布和自己找来的木条，自己动手做了一个小马扎。找不到小螺丝钉，母亲在外面捡了两个大钉子，找人帮忙雕螺纹，安上朋友给的螺帽，才算做好。父亲用了几十年，这是他们家唯一的小马扎。两个儿子把马扎保存至今，看到就伤心的落泪。说起父亲的大公无私，李明堂的大儿子提起另外一件事儿，在他们眼里父亲非常有权，管理六个库房和几个露天库，里面啥都有，像一个个大宝藏，粮食和煤炭堆成了山。但是父亲绝对不允许他们拿公家的东西。有一回，李新军和妹妹看别人卸完煤，地下残留着一些被车辆碾压在地下、仅有指甲盖大小的煤块。李新军和妹妹挎着小篮子蹲在地下，用手一点一点地抠，两个人的指甲盖都抠流血了。整整一下午，他们兴高采烈地提着两小筐小煤球回家了，一路走一路想，这可是真正的煤块呀，烧起来一定很暖和。让他们万万没有想到的是，父亲看到他们提回来的小煤块，不但没有表扬他们，反而逼着他俩倒回公家的煤堆。父亲说这是公家的财产，我们没有花钱买，就是捡来的也是公家的。李明堂逼着一双儿女，把煤球倒回了公家的煤堆。李新军和妹妹一边走一边哭，他们心里好恨爸爸，年幼无知的两个人无法理解，明明是公家不要的，自己捡的东西咋就成了公家的。这件事儿像一根刺，扎在李新军心上，是李新军心中永远的痛。

有一次，仓库大演练大检查，李明堂用毛巾蒙住双眼取物资材料，抓摸一寸钉子，一把称刚好100克；在摸拿弹子轴承和平筛，一把到位，准确无误。为此，获得面粉厂标兵和巴州粮食局双学标兵、劳动先进工作者称号。工作多年，李明堂年年先进，退休时积攒了两大箱子先进奖。

由于常年超负荷的工作，李明堂患上了多种疾病。急性肺炎、肺脓疡、风湿性关节炎、心脏病、胃病、支气管炎等多种疾病，几次报病危，不得不提前退休。挽起李明堂老人的裤腿，露出黑如煤炭的小腿。这是因为行军打仗过冰河落下的病。战士打着绑腿，行军中，不论春夏秋冬，过河蹚水，没时间松开裤腿，穿着湿衣裤子湿鞋子继续赶路。长此以往，落下了病。如今，住在养老院里的李明堂，每天坚持锻炼运动。他说，现在他最大的愿望是管理好自己，不给儿女和国家添乱。保持心情愉快，心胸宽广，安安心心度过老年生活。

2010年4月21日，中国人民解放军山东老战士纪念广场在济南市长清区孝里镇落成。李明堂的名字位列其中。2021年，在中国共产党成立100周年之际，92岁的李明堂换上了一身军装，别着一朵大红花，披挂着光荣在党50年的绶带和他所获得的奖章，用革命军人标准的军礼，并向党致敬！

星移斗转，李明堂虽然老了，可磨不掉心底的记忆，岁月轮回，冲不淡对往事追念。他坚定不移地说，只要自己活一天，就要对党忠诚，对人民忠诚，对祖国忠诚。李明堂做到了，也许在儿女心中，他不是一个称职的父亲，但他是一位好战士、好工人、好干部，无论是战争年代还是和平时期，他都保持着革命党人的优良品质，积极乐观、吃苦耐劳、无私奉献，做到了仰不愧于天、俯不怍于人。这就是渤海教导旅精神，就是中国精神。

简介：郭俊泮，男，1934年6月出生，1970年1月加入中国共产党，山东省宁津县人。1947年1月参军，曾在渤海军区教导旅担任卫生员。1958年后，历任农二师医院医生、主治医师、副主任医师等职；1968年8月至1971年3月，参加援建巴基斯坦；1994年6月离休。

初心不改　使命不怠

——记渤海军区教导旅老兵郭俊泮

张靖

响应号召　报名参军

翻开厚厚的履历，我们不难看出郭俊泮是一位经历过硝烟战火的老革命，从13岁参加革命开始，郭俊泮风风雨雨的几十年，始终初心不改 使命不怠。

提起郭俊泮参军的经历，自然和他的家庭以及当时的环境分不开。13岁的他，本该是上学的年龄，可此时的郭俊泮却已经参军入伍了。

1946年，国民党反动派发动的内战打响了，国民党军队依仗着各种先进美式装备企图对我解放区大肆进攻，妄想破坏我党多年来辛辛苦苦取得的成果。在这个紧要关头，中共中央决定，从保卫延安部队三五九旅抽调干部到山东渤海扩军，组织壮大我党的武装力量，以此制止内战，保卫抗日战争的胜利果实。

而此时要组建的渤海军区教导旅，原三五九旅的大多战士都没有上过学，文化素质不高。为了提高军队的作战能力，部队急需补充一批有知识、有文化的有志青年，加入革命队伍中去。尤其是医疗队，更需要具备相当的文化知识，才能胜任救死扶伤的工作。此时的革命老区，正经历着一场轰轰烈烈的参军运动，送孩子报名参加，便成为当地许多家庭义不容辞的决定。

郭俊泮原本就出生在一个革命家庭，父亲不仅是一名老党员，还是当地一名老干部。共产党在山东宁津实行土改时，贫苦出生的父亲不仅分到了田地，同时也翻身做了主人，他从心底里感谢共产党，感恩这支人民的军队。

参军活动一经发起，当地青年积极响应号召，纷纷报名。尽管孩子还很小，可这位父亲还是主动给自己的孩子报了名，并告诫孩子道："咱们革命老区虽然已经解放，可全国还有很多地方没有解放，到部队去吧，跟着解放军解放全中国！"

带着父亲的嘱托，郭俊泮和堂哥一同离开了家乡，从此开始了军旅生涯。

1947年2月，随着渤海教导旅的正式组建，郭俊泮也光荣地成为该旅的一名战士。由于年纪小，有知识、有文化，郭俊泮很快就成为部队的一名医护人员。此时的渤海教导旅有一团、二团、三团三个团，随着郭俊泮和一批文化青年的到来，为部队注入一股新鲜的血液。

课堂就是战场

每个人的一生总会有一个新的起点，进入人生的新阶段，郭俊泮最忘不了的就是自己的队长彭学华。

"操场就是战场"，"课堂就是战场"这是华东渤海军区教导旅一团、老红军彭学华卫生队队长在上课时，常对大家讲的一句话。

从难、从严、从实战训练开始，郭俊泮的人生从此增加了许多从未有过的内容。在部队，每天的生活是非常充实和繁忙的，在这里，军队就是个大课堂，训练的科目也日益纷繁复杂，不仅有队列步法、投弹射击等一般军事常识，作为一名医务人员，郭俊泮和新兵们同时还要接受着各种医学知识，人体解剖、生理功能、常见疾病防治、药物、战地救护等这些方面的训练，新的知识和技能令他不由大开眼界。

因地制宜，就地取材，是彭学华队长在课堂上的新发明，他自己亲自任教，由于教学根本没有模型、没有标本，更没有各种实验条件，甚至连一张人体挂图都没有。没有教具怎么办？革命战士绝不会被困难吓倒，无论条件再困苦，课程内容一个也不能落下。为了传授详尽的医疗知识，教室全凭队长口讲和战士示范，为了能让战士们真正能深刻领悟要领，彭队长常常请一位战士站在前台，脱掉衣服，实体指点解剖部位和脏器位置，实地讲解受伤部位的各种止血、包扎、固定的方法。由于课堂上，这位队长兼老师不断将知识与实验相结合，反复示范，每个学员很快都能做到融会贯通。

循循善诱，反复练习，从不失一种学习的好方法。为了巩固和提高所有学员水平，彭队长以三人为一小组，彼此之间互相练习。为了真正达到实战目标，他还将不同人员编成战地救护组，进行实地演习伤员救治。针对许多队员在头部外伤处理上技术不过硬等难题，彭队长进行反复讲解，耐心示范。

"我们在抢救战士头部外伤时，大多时候设身处地在敌人的重重炮火封锁下，抢救时，必须要和伤员并列躺着进行操作，单凭阶级友爱也不行，还要有机智、灵活，沉着、敏捷、熟练、准确的操作技能，才能保证顺利完成任务。"彭队长的这一课，让郭俊泮深深地记在了脑海中。

为了尽快让大家真正领悟到各种知识要点，彭队长常常满脸汗水、浑身泥土地现场进行示范，有了队长活灵活现地传授，大家很快掌握了各项救护技能。为了提高大家的实战能力，他还让起义官兵给医护人员分析敌人的战略战术，不断提高全员的技术水平。

春来冬去，寒暑几度轮回，转眼间，郭俊泮已成长为一名合格的医护人员。

穿梭枪林弹雨　救死扶伤

从一名懵懵懂懂的少年，成长为一名战士，郭俊泮迅速褪去了一身的稚气，渐渐成熟起来。

一路向西，连续作战，郭俊泮从山西运城、兰州、张掖、新疆，短短几年间历经了数不清的战役。郭俊泮至今还清晰地记得穿梭于战场上的不同经历。由于郭俊泮年纪小，只能在后方负责救护伤员，一场仗打下来，总有不少战士负伤和牺牲，为了及时抢救和护送伤员，郭俊泮和战友们从不顾及飞来飞去的子弹，总是冒着生命危险最终将他们送到安全的地方。

在行军的路途中，难免遭遇各种坎坷，到了走了多少路，蹚过多少条河，郭俊泮早已无法记清楚了。在他的记忆中，渡黄河那场经历依旧惊心动魄。黄河有个渡口，为了救护伤员，郭俊泮要来回渡河。每次渡河时，只见黄河波涛滚滚，汹涌澎湃，上有敌人的飞机，对面有敌人的枪弹，十分危险，但不管再危险，郭俊泮每次总是圆满地完成了领导交给的任务。

战争年代，总会遇到各种意外，尤其在甘肃天水一带，郭俊泮和战友们曾多次遭遇马步芳的部队，马步芳的"马家军"，是出了名的凶狠残暴，每次与我军遭遇时，总有不少受伤的战士，同时在与马家军交战中，也有许多战士壮烈牺牲。

谁也不是生来就不惧怕危险的，其实刚到医疗所时，小小年纪的郭俊泮并不成熟。一开始，他主要负责打扫卫生、送饭等杂活，对于护理伤员仍显得有些稚嫩。

一天，战场上子弹横飞、炮火连天，一场硬仗打下来，休养所里从前线来了很多伤员，只见这些伤员们从头到脚全都是血，红红的一身，郭俊泮在家时从没见过这阵势，一见血和伤口非常害怕，吓得浑身直打哆嗦，在给伤员清理、包扎时，一双小手颤颤悠悠。

经历过太多流血的场面后，郭俊泮才终于能够坦然面对。

一天，郭俊泮正与战友们护送休养连的伤员，突然，只听头顶上嗡嗡作响，原来是国民党飞机又开始四处寻求打击目标了，正当郭俊泮不知所措时，只听队长大喊一声"卧倒"，随之大家一个个都趴在了车底下、道路两旁，敌机显然已经发现了他们，机枪立即从高空向下疯狂扫射，瞬间子弹如雨般飞来飞去。

这次袭击，虽然战士伤亡并不大，却给郭俊泮留下了深刻的印象。让他深刻认识到了战争的残酷性，同时，坚强的他做好了随时牺牲的准备。

一顶特别的"小帐篷"

时间就是生命，再没有什么比医护人员更明白时间对抢救伤员的重要性。

作为一名医护人员，郭俊泮深深明白自己的职责和使命，无论战场再危险、条件再艰苦，抢救伤员和护送伤员永远都要放在第一位。

郭俊泮至今清晰记得澄合战役的情景，按照上级要求，在壶梯山战斗打响前，郭俊泮和部队必须提前赶到壶梯山。由于敌人的飞机不断在头顶上进行侦察，战士们稍有异动敌人便看得一清二楚。为了不被敌人发现我军的作战意图，大家必须提前到达目的地，部队决定连夜进行急行军。然而，就在深夜急行军时，依旧还是被国民党四处搜查的人员发现。正当部队匆匆疾走时，沉寂的夜空突然从敌人的碉堡里射出两颗照明弹。

医疗队随着队长急促的喊叫声迅速卧倒，照明弹过后，紧接着就是一阵"嘟、嘟、嘟"的机枪声。由于地势平坦开阔，没有任何遮盖物掩护，稍有挪动就会引来敌军的强烈扫射，于是大家趴在地上很久不敢向前挪动一下。

可总趴在地上也不是个办法，既然战斗已经打响了，救护工作必须争分夺秒进行。敌人的照明弹依旧时来时去，阵阵枪炮声如雷贯耳。不一会儿，医护人员迅速从阵地上背下几位伤员，眼看受伤的战士血流不止，中弹的伤员急需手术。而整个平地根本无一处藏身之处，现场手术几乎不可能。

怎么办？就在危急时刻，作为队长的彭学华却非常沉着冷静，他果断地命令大家打开两个被子，接着战士们把被子撑成一个能遮光的"小帐篷"。此时夜色正浓，由于光线不清，绿色的被子撑起的"小帐篷"很像凸起的碉堡，敌人的照明弹根本无法辨认里面是否藏有人员。

夜色苍茫，枪声不断，郭俊泮所担任的任务是作为一根木桩支撑"小帐篷"的一角，其姿势必须和其他同志保持协调一致，不准漏出一点光线，稍有不慎便会引人敌人的机枪扫射。为了确保不被敌人发现，要求"木桩们"背朝里、脸朝外、头顶被、手握被边、腿跪地，这种体位必须一动不动，不管枪炮多急，不管多累也不准弯腰，人也不能改变一下，要像木桩子一样，才能保持"小帐篷"内的手术空间。

"帐篷"外依旧枪声不断，可医护人员却镇定自若。由于帐篷内面积太小，仅容队长和2名医生，一名伤员，医生们只能艰难地蹲在伤员身边，在手灯下进行手术。此时，外面枪声仍然不断，可医生们却个个从容不迫，他们以最快的迅速处理完每个伤员，防止了流血和伤口感染。

正在关键时刻，突然，敌人的一颗炸弹在"帐篷"边爆炸，一名支撑"帐篷"的战士被炸伤。然而，救护工作依然进行，很快另一名战士没等队长下令，立即毫不犹豫地撑起帐篷，确保急救工作继续进行下去。

终于，敌人的照明弹不再出现，枪炮声也越来越小。原来，在我军的强大反攻下，敌人已经个个落荒而逃。

可就在第二天，壶梯山战斗胜利结束后，国民党军残部队向南逃向王庄镇，妄图在其空军配合下负隅顽抗。我军毫不迟疑，继续追敌于城下，向国民党展开了不屈不挠的攻坚战。

激烈的战斗使王庄镇顿时陷入一片烟海之中，而郭俊泮所在的团卫生队就驻扎在离王庄镇3公里的小村庄里，敌人企图做最后垂死的挣扎，不断采取炮轰炸和机枪扫射，只听整个村庄枪炮声此起彼伏。此时，抢救伤员的难度非常大，医务人员需穿过硝烟弥漫的战壕抬担架，眼看战斗越打越烈，伤员们越来越多，情况十分紧急。

　　而队长的彭学华依旧临危不惧，有条不紊地指挥大家。他把所有人员迅速进行分组，分别为手术组、器材消毒药品供应组、护理组，而他自己则和其他医生一起，一刻不停地对伤员实施手术。

　　有了明确的分工，各项救护工作开展得有条不紊。无论是敌人低空的轰炸，还是机射不断扫射，都无法撼动医疗人员的救治工作。此次战斗，收容伤员多达200多人，是郭俊泮所在团在解放战争时期收容伤员最多的一次，而90%的伤员却因抢救及时和成功，打消了战士们的后顾之忧。

　　只要一回想起战斗的场面，老人的表情禁不住有些凝重，那些年轻的战士为了中国的解放事业，一个个献出了宝贵的生命。

　　往事一幕幕浮现眼前。在那个物资十分匮乏的战争年代，很多时候大家自己动手制作药品。

　　由于经常缺医少药，郭俊泮和战士们不得不自己想办法。没有阿司匹林，就用小剂量的硫酸钠治感冒；没有止泻药，大伙就用烤焦的馒头止泻；没有眼药水，便用土盐化水冲洗；没有绷带，大家就把被子撕成布条代替绷带；没有脱脂棉，就用碱水煮土棉花待用。由于磺胺类药物极少，青霉素等消炎药更是根本见不到。尤其部队行军至酒泉时，由于冬季的河西走廊，气候十分寒冷，许多战士得了呼吸道疾病，于是医务人员便到郊外挖麻黄草，熬成膏做成麻黄丸，用于止咳平喘。

　　别小看这些土办法，小制作办成了大事情，在那个医疗条件十分恶劣的时期，他们凭着智慧及时救治了许多伤员。

离不开的家

　　"部队就是自己的家，领导和战士就是爹娘，自从当兵那一刻起，一步也不能离开队伍。离开部队，就像一个没娘的孩子一样。"郭俊泮深情地说。

　　郭俊泮永远也忘不了在部队的那些日子，当年行军打仗不管再艰苦、再危险，他也从没想过要离开部队。为了行军打仗，部队常常翻山越岭、蹚水渡河，爬山对于小小年纪的他来说是何等艰难，由于山壁陡峭，很多时候他根本就爬不上去，于是，那些年龄大的战士便让他抓着马尾巴上山。遇到河水时，哗啦啦的河水吓得他根本不敢下水，这时，老兵们总是把他背在身上过河，从不放弃他。

　　小小年纪的郭俊泮，在大家的眼里就是个孩子，尤其那些年长的战士，经常抱他、背他，就像对自家的孩子一样爱护。不仅如此，战士与战士之间也非常友爱，如同亲兄弟一般，在战斗中，许多战士为了自己的战友，不惜牺牲年轻的生命。

在这样的环境里成长，郭俊泮早把领导当成自己的父母，把战友当成自己的兄长，把部队当成了自己的家，一步也不舍得离开。

一天，部队正在休整，年少的郭俊泮还是有些贪玩。见到村子里的孩子们，忍不住和他们一起玩起来，到庙里去逛荡，到河畔捉青蛙，随着玩得越来越高兴，郭俊泮渐渐忘记了返回部队的时间。

暮色苍茫，天色越来越暗，眼看天在不经意间黑了下来，此时的郭俊泮这才跑回部队。然而，部队早已经集合点名完毕，发现他不在，班长急得四处寻找，看到他时，气得不由浑身冒火，狠狠训斥道："这是部队，你是一名革命战士，我们有自己的纪律，虽然你年纪小，但不能像普通老百姓一样，无组织无纪律！"

由于班长余气未消，于是晚上决定开会开他的批斗会。然而，当队长知道后，把班长狠狠批评了一顿说："他只是个孩子，贪玩也是正常的，我们爱护小战士就要像爱护自己的孩子一样，怎么能犯点小错就开批斗会呢？"

这件事令郭俊泮深受感动，正因为有领导和战友们的呵护，郭俊泮就更离不开这个温暖的大家庭了。

暗遭偷袭

在战火纷飞中穿行，遭遇敌人的袭击是常有的事，医疗队也不例外。

一天，医务所正在修整，由于信息不通畅，大部队已经提前出发了，可此时的医疗队并没有做任何出发的准备。就在大家还躺着睡大觉时，整个村庄已经空空如也，只剩下了医疗队。

清晨，炊事班人员一大早就为大家做早饭，可饭还没做熟，正在锅里煮着，战士们突然发现敌人不知什么时候已经悄悄地包围了上来。

怎么办？情况十分紧急，医疗队立即紧急集合出发。此时，锅里的馍馍还没蒸熟，大家边走边把半生不熟的馍馍塞进嘴里。

可就正在这时，敌人也发现了医疗队，由于没有摸清情况，对我军的人马兵力一无所知，并没敢贸然发起攻击。当医疗队刚一离开，敌人便迅速占领了村庄。

眼看危险就在眼前，医务所全体人员只能抓紧时间寻找大部队。幸好大部队离得不是太远，郭俊泮和医疗队急行军一个多小时后，终于发现了大部队的踪迹。此时，大部队已经全面进入作战状况，战士们在战壕里已做好了各种准备，随时准备应战。看到有人朝着阵地奔来，正准备开打，仔细一看竟是自己人。

当医疗队刚跑到我军的阵地时，敌人转眼间就追了上来。紧接着两军交火的枪声不断，炮火连连。

崇高的信仰

一提起行军途中的艰苦环境，年迈的郭俊泮连连摇头。在老人的记忆里，部队行军从来不分白天黑夜，无论天气再恶劣，只要接到出发的命令，战士们一刻也不能耽搁。

1948年秋季一天，部队突然接到行军的通知，此时天上正下着倾盆大雨，可没有一人被这恶劣的天气所吓倒，接到通知后，战士们毫不迟疑地整装出发了。

谁知，这场暴雨一下就是整整一夜，从头到脚把战士们浇了个遍。

深陷泥泞，漆黑的天庭看不到一丝星光，只有漫天的大雨下个不停。可不管再黑再冷，战士们没一人停下脚步，大家排着队一直走到天亮时才走近村庄。然而，部队并没有进入村庄休整，而是在村庄旁边围地而坐就地休息，为了不打扰当地老百姓，战士们只能坐在路边，将湿漉漉的衣服脱了下来。淋了整整一夜的雨，衣服一拧全是水。战士们被冻得全身直哆嗦，拧好衣服后，就着湿漉漉的衣服，个个又重新穿了身上。

行军途中，经常没有住的地方，于是大家便就风餐露营。由于经常行军，战士们平时几乎根本吃不上蔬菜，每个人背着一袋炒面，外加一把小水壶，每走一处，饿了就手打开炒面，就着水一吃便是一顿饭。

"三大纪律、八项注意"，这是战士人人都会唱的一首歌，也是他们最爱唱的一首歌。人民的军队爱人民，无论走到哪里，战士们决不拿百姓的一针一线；每到一处，很快与当地百姓建立了深厚的阶级感情。

事情也并非总是那么一帆风顺，由于国民党所到之处，到处宣传红军杀人放火，让当地老百姓十分惧怕。一开始，很多当地百姓听到共产党要来，都纷纷躲藏起来。没有了当地百姓，部队很难找到粮食吃，可只要找到一点粮食后，部队总会在放粮食的地方留下买粮钱。由于共产党处处以百姓利益为重，很快以实际行动打消了当地人民的顾虑，所以每到一处村庄，都让老百姓真切感受到解放军是人民的部队，一个个藏起来的人，也又重新回到了村庄。

提起往事，郭俊泮深有感触地说："国民党有先进的飞机大炮，而我们却连一辆汽车都没有，为什么共产党能够打败国民党？就是因为部队纪律严谨，走到哪里都备受当地百姓的拥戴，是人心所向！而国民党纪律涣散，人心背离，最后只能节节败退。"

历史是最好的证明，正因为共产党人有崇高的理想和信念，最终取得了革命的胜利。

挺进新疆

游子远行，家乡越来越遥远。军歌嘹亮，只有路边的茅草沐浴着黄昏的余晖；一路西行，人烟稀少，茫茫荒原几乎遮住所有的视线。

自从郭俊泮从参军后，走南闯北，故乡的影子渐行渐远，一连串的数字，记录着他曾经跋涉的足迹。1947 年底，部队开往山西；1948 年，部队来到陕西一带；1949 年，部队到达甘肃张掖，同年，和平解放新疆。在中国的大半个版图上，处处留下了西北野战军的身影。

翻山、蹚河、过草地，脚下沟沟坎坎无数。对于翻越祁连山那段经历，郭俊泮终生难以忘怀。

1949 年 9 月，此时的祁连山已经滴水成冰十分寒冷，尤其山顶更是大雪纷飞，零下几十度。当部队接到翻越祁连山的命令时，部队还没来得及发冬衣，很多战士身上只有一件单衣。没有棉衣，要想穿越冰天雪地的祁连山难度可想而知。可军令如山，军人必须以服从命令为天职！不管条件再艰苦，部队立即开拔。

一路向西，边走边打，曙光就在眼前。

1949 年，新中国成立后，新疆形势依旧十分紧张，并不安定。尽管大多数国民党起义部队编制在人民解放军中，可仍有一些顽固分子拒绝加入解放军，他们与乌斯曼的土匪厮混在一起，妄图处处搞破坏，阻碍解放军大军直入。这些残余势力苟延残喘，他们一个个躲在戈壁滩、草原等偏僻地带，伺机频频偷袭。

一进入新疆，部队就面临着十分艰巨剿匪任务。为了沉痛打击匪徒，部队专门抽调出一支队伍，经过两年艰苦卓绝的斗争，最终将全部匪徒一网打尽。

屯垦戍边，守卫边疆，一切几乎从头开始。部队从甘肃抵达焉耆后，16、17 两个团留在了焉耆，18 团留在了库尔勒。

开发新疆、建设新疆，从此农二师成了郭俊泮的第二故乡。就在医院建成之际，他光荣地成为新疆生产建设兵团农二师医院门诊放射科的一名医生，负责放射科拍片子透视。

历尽风雨，初心不改。1992 年，六十岁的郭俊泮终于在副主任医师岗位上正式离休。

援巴历程

把一生都献给党和人民，千难万险永不回头！这是郭俊泮一生的追求。

1968 年 8 月，郭俊泮积极响应党的号召，参加到支援巴基斯坦建设的队伍中去。

援巴队伍由兵团统一组织，此时的郭俊泮成为二大队卫生所的一位医务人员，卫生所由一名所长带领，3 名医生、3 名护士、1 名化验员、1 名司药组成。

部队由库尔勒开始出发，遥远的路途让队员坐着汽车整整走了三天。先到喀什，经过红其拉甫，最后才到巴基斯坦。来到荒无人因的山沟沟里，虽然大家早有心理准备，可当地艰苦的条件还是远远地超出了大家的想象。

当地环境条件十分恶劣，整个援建过程援巴队伍几乎一直在山沟里。山沟里没有住房，大家只能住帐篷，由于修路战线过长，搬家的事几乎是常有的；每修一段大家就要集体搬家。不光生活条件十分艰苦，而且面临的环境也十分危险。在山中修路，离不开爆破炸药烈性物质，爆破时，由于炸药威力非常大，火药爆炸后石头瞬间四处飞溅，毫不留意便会砸伤人。

一天，队员们点着炸药后，按照要求迅速撤离现场。一分钟过去，两分钟过去，等了很久可爆药依然没有爆炸，情况不明，不能一直干等下去，因为还有许多活要干，于是领导只能派人前去查看，谁知当勘查的人刚走到跟前时，爆药突然爆炸，几个人当场被活活炸死。

由于烈性炸药威力巨大，不光施工人员非常危险，就连营地也无法幸免于难。为了方便工作，援建人员居住的帐篷离修路的地方非常近，有时候爆炸比炮火还要威猛，巨大的石头直接从山顶上飞驰而下，石头穿过帐篷直接把炉子的烟囱打穿，真是威力无比。

为了修路，许多人员便永远地牺牲在了山谷里，那些被炸伤和砸伤的人员更是不计其数。作为一名医务人员，郭俊泮经常亲眼看见那些队员血肉横飞浑身是血，受伤的样子十分狰狞可怕。

在援巴的过程中，不仅会遇到爆破的危险，同时还会天灾人祸。大自然还存在着洪水暴发、山体滑坡等不可预知的危险。

一天，一支从喀什出发的运输大队上山为援巴人员运送物资。谁知，车辆刚走一半，正赶上山中洪水暴发，整个汽车被滚滚洪水连车带人一起冲得不知去向。

每一段艰辛的历程，都有人为此做出牺牲，哪有什么岁月静好，不过是有人替你负重前行，正是这些牺牲的人们，换来了我们今天美好而幸福的生活。

时光荏苒，岁月悠悠，如今的郭俊泮早已是个白发苍苍的老人，作为一名老兵，郭俊泮始终初心不改、使命不怠，圆满地完成了党交给的任务。回首往事，他不胜感慨，在这片大地上，当年有太多曾经一同来到这里的渤海军区教导旅的战友，他们一同南征北战，一同建设兵团，把青春与热血洒在了祖国的大地下，而今，他们大多已长眠于天山脚下。

寂寞长天，飒飒漠风。尽管他们的名字不为人知，可他们却是最美的老兵，他们用军营锤炼出的血性与忠诚，捍卫和守望着脚下这片辽阔的大地。

简介：李清芬，女，汉族，1935 年 4 月出生，山东省宁津县人。1947 年 5 月参军，1956 年加入中国共产党。历任渤海军区教导旅二团宣传队战士、二军野战医院护士、农二师医院医师、农二师库尔勒医院副院长、工会主席等职。副主任医师职称。1990 年 12 月离休。

医者仁心细无言

——记渤海军区教导旅老兵李清芬

李佩红

1947 年 2 月，春节后，大地始萌。

坐落在鲁北平原上的宁津县大柳镇李满庄有了新气象，饱受战乱之苦的百姓终于迎来了和平。新中国成立后李满庄打了土豪，分了田地，日子有了盼头，有了希望，人人喜气洋洋，平原上的空气都仿佛笑得颤抖。李满庄的人一心准备两件事：一是春耕；二是赶庙会。古老的庙会，是鲁北平原上一年一度文化、经济的大盛会。李满庄的李满碧霞祠，位距离宁津县城 13 公里、大柳镇 3 公里处。从小，每次赶庙会，小商小贩、各色人等一应俱全，人山人海，车水马龙。沧州、德州及周围十八县的黎民百姓，每年庙会必来朝拜降香，并有"不去天津卫，也赶李满会""二州十八县，李满会上见"之说。李清芬听奶奶说，庙会鼎盛时，附近村庄的几十口大井的水都被饮干，那是怎样的盛况啊！12 岁的李清芬心里早早打算庙会上有什么好玩的，好看得和好吃的。自从爸爸被国民党抓了壮丁，家里就很少有欢乐，母亲带着她和年幼的弟弟两个人，靠伯伯的接济过日子。

我要参军

一天，李清芬听村里人说，解放军来村里招兵了，蒋介石发动内战，动员青年和学生参军，保卫延安保卫毛主席保卫来之不易的胜利果实。李清芬痛恨国民党，让她失去了父亲，父亲在她记忆里只是一个模模糊糊的影子。母亲告诉她，父亲在北平傅作起义的部队当兵，1948 年起义，后来参加了抗美援朝战争。当然这是后话。

听到这个的消息，李清芬就去报名。报名的地方人真多呀，赶庙会一样热闹。别看李清芬年纪小，平常文文静静，不爱说话，关键时刻主意很正。

母亲坐在炕沿上给弟弟缝破衣服。李清芬挟着一阵冷风冲进屋里，喊了一声娘。母亲含笑嗔怪，越发没个闺女样儿。"娘，我要参加解放军。"母亲一愣，停下手里的针线活。"当兵是要打仗的，你爹被抓了壮丁到现在还没回来。你当打仗是闹着玩儿的。还没个板凳高，心还挺野。"

"娘，人家说了，像我们这种年纪小的女孩子，当卫生兵和宣传兵，不上前线打仗。"

"那也不行。你爹一去不回，娘就守着你和弟弟，实指望你长大为我分担点儿。你这一走，就剩我和你弟，咋办啊！"

李清芬母亲头扭到一边儿抹眼泪。那时的李清芬像羽翼刚刚丰满的小鸟，一心向往着蔚蓝的天空，考虑不到母亲的心情。

"家里不是还有伯伯他们吗？说好我们一起去的，又不是我一个人。村报名的 100 多人，还有我表哥李清池、姑姑李锦芹、叔叔张斌。"

"论辈是姑姑叔叔，你们四个最大的才 15 岁，一群娃娃。"

"娘，您忘了您给我讲的，1943 年元月，日本鬼子到咱庄上小崔庄修岗楼，咱村人不去。第二天黑龙村、长官、前魏、双碓、大柳、城里据点日军鬼子到咱李满庄，杀害 14 个村民，打伤 40 余人，放火烧毁房屋 720 间，把财物抢掳一空。要不要是八路军领着我们抗日打跑了鬼子，哪里有今天。"

"这话不差。我也说不过你，你执意要去那就去吧。好歹你们四个人在部队，有个照应我放心些。"

那一夜，李清芬搂着母亲的脖子睡得又香又甜。

慈母手中线，游子身上衣；临行密密缝，意恐迟迟归。天下母亲都一样。临出发的那天晚上，李清芬的母亲一夜未眠。女儿长这么大，还从未离开过自己一天，为娘的不放心。为女儿准备这准备那，总觉得这也不够，又去大伯家借了点面，给女儿烙了几张饼，把家里唯一的几个鸡蛋，煮了，让女儿路上吃。

第二天清晨，天格外晴，似乎有意配合李清芬他们的明朗心情。村里派了一辆牛车，专门送他们这些兵娃子，十男五女挤在一辆牛车上，最小的是李清芬。李清芬母亲望着挤在车中间，只露出头顶的女儿，千叮咛万嘱咐，泪珠滚滚地落下。

熟悉的村庄越走越远，田野辽阔。李清芬一行在民兵队长刘双全（后来他当了兵团司令员）的带领下，一路唱着歌向着目标前进。少年不知愁滋味。告别故乡，李清芬没有哭泣，反而在蓝天上翱翔的自由和轻松。

两天后，他们到达阳信。

阳信因汉代名将韩信自燕伐齐屯兵古笃河之阳而得名。1939年，中国共产党在此建立了抗日民主政府，1944年1月冀鲁边区与清河区合并为渤海行政区，阳信县属渤海行政区第二专区。从小连村子都没有出过的李清芬，阳信县在她眼里，俨然是个大城市。走到哪里都是穿黄军装的解放军，一张张脸朝气蓬勃，汇成年轻的海洋，甚至空气都跳动着勃勃生机与活力。

没有那么多房子，李清芬被安排在老乡家住。没几天，军服发下来了。李清芬抱着新军服开心得不得了，和表哥李清池、姑姑李锦芹、叔叔张斌一起回去换军装。

四人中数李清芬年纪最小，个子才一米三几，棉衣裤穿在她身上十分滑稽。裤子长得提到胸口，脚腕仍长得嘟噜着，两条细筷子腿在里面逛里逛荡。棉衣长得像大衣，鞋子太大，一双小脚伸进去，就像伸到船里，如果不缝上两个鞋派系在脚腕上都无法走路。棉军帽往头上一扣，半个脑袋不见了。四个人你看看我，我看着你，哈哈哈哈地笑个不行。那么大的衣服，穿上没法行军。他们只得找大一点的姐姐帮着修改，修改也很简单，就是把衣服袖子裤腿截短点，棉衣没法弄，长就长点，穿着暖和。

部队到庆云后，训练间隙，她和队友人专门去像馆照了一张相。李清芬半蹲着，手搭在同伴的肩上，瓜子脸、柳叶眉、杏仁眼、短发齐耳短发，虽稚气未脱，但目光坚定，隐约着飒爽英姿。

从这一天起，李清芬由学生转变为了一名光荣的中国人民解放军战士，那时的他没有想到，等待她的走不完的路和打不完的仗，在艰苦卓绝的战斗中长大，成长为一朵铿锵玫瑰，战地黄花。

稚气未脱的小宣传员

参军后，李清芬分到渤海教导旅政治部宣传队，当了一名小小的宣传员。

司令部和政治部驻扎在老官王村。部队组成三个团，一团以惠民县大队和翻身农民为主，二团以临邑县大队、宁津县大队以及翻身农民为主，三团以商河县大队及翻身农民为主。为充实干部队伍，还在华东军政大学胶东分校选调了 100 名学员，在渤海一、二、四中三个学校动员了 140 名青年学生参军。

誓师大会召开没多久，部队转移到了庆云。到达庆云后，大练兵开始了。宣传队非常忙碌，除平时军事演练外、还要学文化、学政治、学唱歌、学跳舞。

经过几个月的大练兵，李清芬懂得了很多革命道理，从前朦朦胧胧的感觉清晰了。懂得了我们的军队是毛主席领导的，为解放全中国劳苦大众而奋斗，是全心全意为人民服务的队伍，跟着共产党解放全中国。

李清芬性格文静，话不多，乖巧聪明，可唱起革命歌曲一点都不含糊。

在宣传队学会了唱革命歌曲、跳舞，经常和队友们下部队演出，受到官兵的欢迎。部队行军拉练过程中，李清芬她们就在旁边打快板、唱歌，鼓舞士气。唱得最多的歌就是那首解放军进行曲。解放军进行曲雄壮有力、刚健豪迈，极有运动感和韵律感，非常适合在行军中唱，战士们几乎人人会唱。听到这首歌，行军再累也不觉得累了，大家边走边一起合唱，嘹亮的歌声响彻云霄。

与学习唱歌相比，练兵对 12 岁的李清芬来说难得多。特别半夜正睡得香，突然听到号令，就得赶紧起来穿衣服、打背包、跨上干粮袋、水壶等，在最短的时间内，完成规定动作。刚开始，李清芬非常不适应。有一次，夜间突然听到枪声和集合号声，她们同屋的几个女战士吓坏了，穿上衣服就向外跑，背包没打，水壶和干粮袋也忘了，一个个狼狈不堪。部队正在集合，几个人就跟上走，天很黑，不知发生了什么事，等天亮后，才知道是野外拉练。她们几个人的被子被团部收走了。队领导批评她们，这个样子真正遇到敌情怎么办？真正在战争中怎么办？女孩子这才认识到军队严明的纪律，强行军拉练，是为了在战争中最大限度地保证战士们的人身安全。部队是一所大学校大熔炉，经过 8 个月大练兵，队里包括李清芬这种最小的兵，也能够摸黑穿衣服打背包，最短的时间内，有条不紊地完成规定动作，整队集合。

春去秋来，转眼到了 1947 年初冬，李清芬跟随部队开赴大西北"保卫党中央，保卫毛主席"。第一次参加了解放运城、安邑战役，首战告捷，战士们群情振奋。在战火硝烟的间隙，李清芬所在的宣传队抓紧时间为战士们演出，节目形式丰富多彩，话剧、唱歌、跳舞，还有快板数来宝。战士们个个看得津津有味，一时忘了战争的艰辛与疲劳。为此，李清芬非常骄傲和自豪。

从宣传员到护理员

部队走走停停、边走边打，永丰战役之后伤亡很大，急需护理人员。1948 年 1 月，李清芬被调到二纵队野战医院，学习护士。战争年代条件很差，每次战斗后，下来大批伤员，全部安排在老百姓家，野战医院在后边为抢救危重伤员。白天护士们给伤员喂水、喂饭、洗血衣，夜晚值班是两个人。由于武器弹药不足，一个护士班只有两支步枪，其余都是手榴弹。每人配备一颗手榴弹别在身上。女护士全是只有十三四岁的孩子，因为陕西山区狼很多，再加上是新解放区，特务多，女孩子胆小，很怕夜间出门。怕出门也必须出门。两个人抬着水桶，提着马灯、小便器，背着大刀，到全村各家各户护理伤员。轻伤员一夜看两到三次，重伤员在四、五次，一夜下来非常疲劳。李清芬咬牙坚持，一声不吭，从不叫苦叫累。

晚年，患有阿尔兹海默症的李清芬老人，许多事情都遗忘在岁月烟雨之中。但是给伤兵包扎、喂水喂药喂饭的经历，她却依旧记得很清晰。

换药时，有些战士疼得睡不着觉大声喊叫；有的战士则很坚强，把牙咬得咯咯响，眉头拧成疙瘩，不吭一声。断胳膊断腿的，缺胳膊少腿的，头负伤的，伤员五花八门惨不忍睹，李清芬很害怕，眼睛里晃动的都是血。喂药、喂饭时手一个劲儿地发抖，目光躲闪，尽量避开伤员。时间长了，胆子也渐渐变大，可见到去世的战士，李清芬还是忍不住会哭。这些战士多坚强呀，多可爱呀，他们还那么年轻。他们的牺牲就意味着母亲失去了孩子，联想到自己的母亲，李清芬心里很难过。

1949 年李清芬被分配在换药室工作。

战争期间药品齐缺，当时在没有药的情况下，病人很少吃药打针除非个别重伤员或严重感染的伤员用少量药。上午给伤员换药，下午准备敷料做棉球，到小渠边洗脏敷料、绷带。虽然都是脓血，非常脏。但是都得洗干净，然后回收，一块小纱布都不能丢弃，尤其是冬天，河水刺骨的凉，手冻得像小水萝卜。大家没有叫苦，那种精神非常可贵。

医院的领导和战士们都非常喜欢这个眉清目秀、文静又坚强的小护士。李清芬 1949 年初加入共青团，经过一年多的历练，这朵含苞欲放的战地黄花，渐渐褪去稚气，有了几分妩媚。

兵团培养的第一代女医生

1949 年 9 月，在中国人民解放军第一野战军二军步兵第六师进军大西北挺进新疆的战火硝烟中，六师休养所在甘肃酒泉接收了国民党 245 医院，与休养所合编为二军暂编第三医院。1950 年 2 月，步兵六师到达焉耆，接收了国民党 251 医院，组建成立六师医院。

医院刚成立时一穷二白，病人没地方住，都分散住在老百姓家里。没有了战争，病人以内科疾病为主，工作量大减，大多数卫生人员被抽去搞建设，开荒种田。医院病房建好后，医院一步步走向正轨，开始重视人才培养。在资金极其困难的情况下，选派大批的医护人员去内地大医院学习深造。

1952 年，李清芬被选送到二军医训队上学，李清芬不记得到底是哪里，她的二女婿刘泽春也是华中教导旅的，两个旅合并成立了步兵六师，也就是第二师的前身。刘泽春很敬佩岳母，为查明二军医训队，他专门到新疆军区后勤部查阅了相关档案，实际是西安陆军学院医训班，也就是说，李清芬有三年时间在第四军医大的前身学习深造。其实，是在哪里学习不重要，重要的是，李清芬身份的转变。1955 年毕业，学成归来，他由一名护士转变为医生，分配到原来的部队（第六师医院）妇产科。

"救死扶伤，治病救人，实行革命的人道主义。"是毛主席对医务工作人员的最高指示和要求。医生职业神圣而又忙碌。

随着新疆的大生产建设，四川、山东、湖南以及其他各地的人员，大批进驻新疆、支援新疆，在新疆安家扎根。新生婴儿猛然增多，婴儿一声声响亮的哭声，打破亘古寂静荒凉的大漠，新的生命蕴含着新的希望和无限的未来。

李清芬难忘那个晚上她接生的第一个孩子。当她看到那个男孩儿，犹如早晨的太阳一点一点露出水面，"哇"的一声啼哭，卷曲着的柔软的粉红色的身体托在李清芬的双手，宛若两片朝霞托着蓬勃的红日。李清芬听到自己的心怦怦地直跳，在这个世界上，还有什么事情能比得上新生命的诞生高贵而神圣。从那一刻起，李清芬坚定了做妇产科医生的信念。

都说，世界上找不到一片相同的叶，这个世界上也找不到一个相同的婴儿。李清芬多年的妇产科经验印证了这句话。婴儿千姿百态，有的胖，有的瘦，有的黑，有的白，有的眼睛睁着，有的眼睛闭着。有的皮肤舒展，有的皮肤褶皱。有的顺产，有的逆产，大小不一，无一个雷同，每一个都是天使，每一声啼哭都是人间的告白。

李清芬太热爱她的工作了，所有时间都倾注在了工作上，踏踏实实，无怨无悔。

在二女儿王岩峰的记忆里，母亲就是个工作狂，一天到晚工作、工作，基本不着家，少做家务也很少管，家里所有大大小小的事情，都是姥姥操心。

李清芬1957年结婚，生育4个孩子，3个女儿、1个儿子。李清芬的大女儿出生后，就把她母亲从宁津老家接来，3个女儿一个儿子都是姥姥带大的。除了学习不懂不会的作业问一下父母，其他的事全权交由姥姥打理。

李清芬工作严谨，是医院公认的能干的医生，脾气又好。和她住得不远的孔宪智的爱人孙香兰从前在李清芬科室当护士。提起李清芬，孙香兰说她可是个大好人，从来不发火，工作踏踏实实，就知道自己埋头干活，从不背后说别人一句坏话。到老了，孙香兰还常去看望李清芬。

五六十年代，基层团场缺医少药，医疗落后，许多患者由于旅途遥远，交通不便，得不到有效治疗。焉耆医院经常派医疗队去基层巡回医疗，女儿说，周边的几个县、团场、上户镇、博湖县、21团、27团，还有一些叫不上名字的地方，母亲都跑遍了。当时，道路全是坑坑洼洼的土路，没有汽车，医院有几辆马车。一般巡回医疗一批几个人，马车把他们送到地方，马上就回来，每次巡回医疗至少三个月。有一次，母亲去巴音布鲁克牧区巡回医疗，传染上乙肝炎回来了。母亲始终不抱怨一句。有一次，王岩峰跟着母亲去很偏远的种马场巡回医疗。从早晨走到下午三四点钟才到地方，把王岩峰坐得头晕眼花，屁股颠得难受，住在老乡家，身上染了虱子。天天吃水煮葫芦瓜和萝卜缨子，一点油都没有，吃不下去，陪母亲住了一个星期就受不了，赶快回来了。可是，母亲他们就是在这样艰苦的环境中，培训基层医生，帮助他们解决医疗难题，那个年代，巡回医疗队发挥了很好的作用，受到当地的农牧民兵团职工热切欢迎。

由于李清芬工作努力表现出色，1956年加入中国共产党，1960年组织送到陕西省卫生干部进修学院深造三年，毕业后回单位工作。把学到的知识用于临床工作，经常下基层巡回医疗，1966年被提为妇产科主治医师。

医院有名的妇产科专家

20 世纪六七十年代，库尔勒及邻近垦区人口迅速增加到 7 万多，解决垦区人员看病难的问题迫在眉睫。

1976 年 6 月 26 日，二师库尔勒医院正式开院收治病人。医院虽然开始收治病人，作为医院的骨干力量，李清芬和爱人王玉昌一起调入二师库尔勒医院。李清芬任妇科主任，她的爱人来自华中教导旅任外科主任。医院条件极其简陋，院址是原二支队的房产，全院干部医生团结一致，发扬艰苦奋斗、自力更生的优良传统，自己动手建病房，建宿舍把全院的苇拱房、土拱房等民居房全部油漆粉刷，就连建高压线路所需要的 11 根水泥电线杆也是全院职工用人力车从 20 里以外运来的。

新建医院条件较差，医护人员技术水平参差不齐。为了提高医护人员的医疗技术水平，常放弃休息时间，搞技术培训。李清芬主任和王丽云医生带着一群卫校刚刚毕业的年轻人和几个工农兵大学生，边工作边给他们传授技术，组建医院妇产科。经过李清芬的不懈努力，医护员的技术水平得到了提高。

受自然生物的影响，女人分娩基本在晚上。当时，不计划生育，生孩子特别多。经常遇到难产的、流产的、半流产的、宫外孕的妇女，大出血的，各种疑难问题都会遇上。新培养的医生经验不足，遇到紧急情况，束手无策，就跑去李清芬家敲窗户、敲门。

"李主任快去，不行了。"当过兵的李清芬穿衣服特别麻利，只需一会儿的工夫，就开门往医院病房跑，来去无声，像一阵旋风。

做妇产科工作不能有丝毫懈怠，就是要一丝不苟，天天面对的是病人、是产妇，是一个个幼小的生命。李清芬身体也不好，每逢妇女特殊的那几天，就感到浑身没劲、疲劳，但是，身体再不舒服，病人不知道，医生是病人的救星、是依靠，所有，一年三百六十日，李清芬再不舒服，只要没躺倒住院，上班要打足 99% 的精神。精神长期高度紧张，尤其手术之后，心也不安，晚上还想着，白天的手术哪个地方会不会出血，哪个地方会不会缝合不好，得像过电影一样，在脑海里过一遍，直到确认无疑才能放心睡觉。

李清芬担心妇女宫外孕。宫外孕是妇产科常见的急腹症，可导致孕妇丧失生育能力或发生死亡。生长在宫外的胚胎到一定周数后会发生破裂，破裂后会引起大量出血，进而导致孕妇陷入休克状态。一旦抢救不及时、诊断不是特别明确、不能及时手术，有可能造成孕妇死亡。有些妇女并不知道自己是宫外孕，肚子疼以为是拉肚子，各种检查下来等确诊宫外孕已是晚上，情况危急，遇到这种紧急情况，都是李清芬手术处理。

王岩峰说，母亲经常半夜被叫去，有一次，一位妇女大出血，眼看不行了，血管全部瘪了，血和液体输不进去。李清芬也急了，这可是两条人命啊！她最后又把爱人王玉昌叫去，他是外科主任，让他给产妇快速做静脉切开术，给产妇输液，终于将这位妇女从死亡线上拉了回来。

李清芬还经常去基层，帮助指导基层医生做子宫切除、阴道子宫切除等，帮助基层解决疑难问题，提高基层的医疗技术水平，同时还经常为巴音郭楞蒙古自治州卫生学校及农二师卫生学校代课。

在李清芬的带动下，二师库尔勒医院妇产科医疗水平提高很快，收到了良好的信誉，在李清芬的手上，成千上万个孩子来到这个世界上，他们是兵二代、兵三代。长大后继续为兵团事业奋斗着。1978年李清芬作为先进科学技术人员，参加自治区"科学春天"大会，1983年被自治区评为"三八"红旗手，科室被评为"三八"红旗集体。1987年荣获自治区"五一劳动奖章"一枚，1985年被农二师党委任命为农二师库尔勒医院副院长，兼妇产科主任，农二师医院工会主席。好母亲是一所好学校，李清芬从不打骂孩子，从不高声说话，她默默无语的行动传递着无声的力量，受母亲影响，大女儿从事医药工作，二女儿和母亲一样，成为一名妇产科医生，后升任巴州医院医务处主任，三女儿也做了医生，最小的儿子也在医院工作，家人都在为医疗事业做贡献。二女儿王岩峰内疚地说，从前不理解母亲，不知道她一天忙个啥，也不管我们。自己当了妇产科医生后，便深深的理解母亲，深深地体会到母亲多么不容易。我的辛苦就是我母亲的辛苦。

低调做人朴素生活

李清芬把所有的精力都扑在了妇产科事业上，对生活的要求很低。

她衣着朴素，哪怕是升任医院的副院长，依旧艰苦朴素，从不讲排场，从不摆官架子，从不奢侈浪费。

别看李清芬和她爱人都是医生，可是工资很低。从前，李清芬家四个孩子，加上她表哥家孩子上学也在她家吃住，还有姥姥，一家八口人，粮食根本不够吃，炒菜用小棍绑一块布在锅底抹一下，衣服老大穿了，老二穿缝缝补补又一年。李清芬两口子和四个孩子的衣服全是李清芬自己做的。粮食每个月到月底就没有了，李清芬的爱人有的时候团场常买点碎米，拿回来接济一下。那时候，医生上手术台的补助是 8 个馍馍，李清芬的爱人为了这 8 个馍馍，经常主动要求上手术，发的馍馍自己舍不得吃，带回家给孩子们吃，有一次差点晕倒在手术台上。实在不行，几个外科小伙子去附近的农村买上一头驴杀了几家人分当粮食，有的时候去抓野鸽子、麻雀给孩子吃。改革开放以后，家里的日子越来越好，母亲过苦日子习惯了，从不舍得浪费一粒米、一口馍，也不允许孩子们浪费，她常说，比起他们年轻的时候，比起那些牺牲的烈士，他们已经够幸运，够幸福的，要懂得满足，懂得感恩。

时光易老，转眼李清芬从青葱的少女到了耄耋之年，李清芬始终保持着纯净的心。

回首 43 年的医疗事业，她的一生平淡无奇，并没有做惊天动地的事。但平凡中孕育着伟大，他们是二师卫生系统的先驱者、开拓者，创立者。有了他们，才有了二师医疗事业今天的辉煌。他们这一代人，不讲报酬、不讲个人利益得失，不讲任何条件，一心为党、为人民，为社会工作，只讲奉献，她们都是毛主席共产党教育培养出来的好干部。

走进李清芬的家，老式家具、老式沙发、老式木床，连暖壶都是老式的。患了阿尔兹海默症的李清芬把过去吃过的苦、受过的累、做出的成绩、得过的诸多荣誉，全部遗忘了，记忆丢失在岁月的风中。残酷点说，这是一个人老去之后最好的状态，是上天的怜悯与眷顾，没有记忆就没有痛苦，没有痛苦就不惧怕死亡。生命回到了初始状态，无知无觉，无觉无畏。"质本洁来还洁去"她的世界永远是一张白纸、纯净的白纸，一朵永不凋谢的荷花在纸上静然开放。她接生了成千上万个孩子，如今，上天又把她还原为孩子，她是幸福的、快乐的。

简介：郝永福，男，汉族，1930年1月出生，山东临邑县人。1947年2月参军，任渤海军区教导旅二团司号员。1954年后历任农五团巴郎渠渠管员、二十一团水管连支渠段长、班长等职。1983年离休。

一生只吹冲锋号

——记渤海军区教导旅老兵郝永福

张万平

在今天山东德州地区的临邑县，有一个郝家村，全村百分之九十几的人家都姓郝。在抗日战争时期，郝家村是我党一个巩固的抗日根据地。这里一直活跃着我党的抗日武装。抗战胜利后，这些抗日武装都先后并入了各野战军。有的南下，加入了华东野战军；有的北上，加入了东北野战军。

1930年1月3日，老兵郝永福就出生在临邑县郝家村。郝家村不大，但民风淳朴。郝永福很小的时候，就听说过八路军抗战的故事，于是，渐渐长大的郝永福就萌生了加入八路军的念头。

参军入伍

1946年12月，一场轰轰烈烈的"大拥参"运动在山东的惠民、临邑、商河、宁津、阳信等县展开。

郝永福当时未满17岁，在村里听说当年的八路军来招兵的消息后，立刻跑回家告诉了父母，要求去参军。郝永福是家中老小，俗话说"皇帝爱长子，百姓爱幺儿"，父亲对郝永福去当兵的想法没有说啥，觉得孩子大了，出去闯荡一番也是应该的。可母亲有点舍不得。母亲知道，作为老解放区的临邑县，每个村都有参加八路军的人家，每个村都有牺牲在抗日战场上的烈士。孩子是母亲的心头肉，再加上郝永福自小特别听母亲的话，所以母亲一直没有吐口。

但郝家村的青年农民参军的积极性特别高，先后有20多名青年报名参军。那段时间，郝永福每天走出家门，都能碰到同村的伙伴问他报名没有。郝永福只是低头不语。

村里的民兵队队长天天都在宣传"打老蒋，保家乡"，参军光荣；每天都在公布谁家的孩子又报名了，报名人数天天都在上升。

没多久，招兵大队的干部来到村里家访，每家每户都走到了。

这时的临邑县，土改运动如火如荼，贫苦农民家庭都分到了土地。郝永福家也分到了几亩土地。整个地区"打老蒋，保家乡"的热情高涨，为了保卫胜利果实，各县农民参军的积极性都被调动了起来。进入 1947 年后，渤海地区报名参军的青年农民已超过 8000 人。听了招兵干部的宣传，郝永福的母亲终于吐口，同意郝永福去报名参军。

母亲同意了，这让郝永福高兴得一夜未睡。

第二天，他昂着头，跑到村上报了名。这时，他已是郝家村第 31 个报名者。

1947 年 2 月 25 日，在山东阳信县老观王村，渤海军区教导旅召开了成立大会，8337 名山东渤海地区的翻身农民站到了渤海军区教导旅的军旗下。

按照中央军委的命令，张仲瀚任渤海军区教导旅旅长，曾涤任政委，全旅下辖一、二、三团和一个炮兵营。郝永福被分配到教导旅二团当司号员。

当时 17 岁的郝永福个头很小，领到的军装也是最小号的。当兵后，部队展开了大运动量的军训，这让郝永福的个头很快长高了，不到 3 个月，军装就有点小了。衣服小了还无所谓，脚也长了，鞋子小了人受罪啊。但部队只有到换季的时候才换军装，就这样，郝永福穿着不合脚的鞋子军训，脚指头被挤得发乌，很多年都没有恢复。

这次招兵，仅仅两个月时间，就有上万名青年农民报名参军。渤海军区教导旅的政委、老红军曾涤后来感慨地说："这哪是在招兵，简直就是在接兵！"足见当时解放区人民对共产党的热爱，对人民军队的支持。

部队成立后，郝永福他们天天参加政治学习和军事技能训练。

刚刚入伍的农民子弟，对军队的纪律不了解，组织纪律性不强，也缺乏军事素质，部队训练还要增加思想纪律教育内容。

1947 年初夏，郝永福所在的二团正驻扎在阳信县训练。这时，国民党军对山东解放区展开了重点进攻。国民党飞机经常飞来侦察，发现集中的人群就轰炸。

一天，郝永福他们正在组织训练，几架国民党飞机突然飞到训练区上空，见人就扔炸弹。与郝永福一起训练的几名战士被炸伤了。见有人被炸伤，一些新兵直接跑回家躲了起来。第二天，干部又把跑回家的新战士一一找回来。

为了避免不必要的伤亡，教导旅领导决定把部队整体转移到北边靠近渤海湾的庆云县一带继续练兵。郝永福跟随部队又来到了山东北面的庆云县。

训练中，郝永福除了与同期参军的战友参加常规的射击、投弹、刺杀等军事技能训练，因为是司号员，还要重点进行各种号谱的吹奏练习。如冲锋号、开会号、吃饭号，等等。这看似简单的号声，对于没有任何基础的郝永福来说，学起来还真不容易。

为了早日学会各种号谱的吹法，他练得嘴里起了泡。

功夫不负有心人，经过几个月的刻苦练习，郝永福最终掌握了各种号谱的吹法。

武安归建

到了 1947 年 10 月下旬，郝永福他们已经训练了八个多月。这时部队接到上级命令，要求开赴河北省武安县集结待命。

按理，部队到武安集结，要顺路经过宁津、临邑等县，但部队领导担心新兵会因想家而往家跑，就以野营拉练为名，从庆云出发，绕过临邑、宁津等县，向河北武安进发。

郝永福他们来到文章村后，几乎每天晚上都会看文艺演出。旅长张仲瀚在部队集结期间，回河北沧县老家，为部队带来了一支京剧团，他们排练了很多现代戏和传统戏，专门给部队干部战士演出。郝永福他们在这里观看了《小二黑结婚》《白毛女》等现代戏，也看了一些传统戏。

1947 年 11 月下旬的一天，郝永福听团领导说陈毅、滕代远、甘泗淇等大首长来了。部队全部来到一个临时搭建的土台子集合。郝永福是号手，站在队列的前排，离几位首长的距离最近。这时，只见华东军区司令员陈毅和西北野战军二纵队司令员王震走上了土台子，后面跟着陕甘宁晋绥联防军政治部主任甘泗淇和晋冀鲁豫军区副司令员滕代远。

郝永福第一次近距离看到这些叱咤风云的解放军大首长，过去他只是听说他们的故事，知道他们的名字，现在这些首长就站在他面前，就面对他讲话，心里格外激动。听了首长的一番话，郝永福才知道，原来部队来到武安，是为了举办部队交接仪式。

陈毅站在台子中央，一手叉腰，一手挥舞着，操着浓重的四川话风趣地说："山东自古出好汉，你们渤海教导旅就是当今的山东好汉！从今天起，我把你们交给王震同志，他将率领你们到西北去，保卫党中央，保卫毛主席！"

郝永福一听是去西北的延安，保卫党中央，保卫毛主席，感到非常激动和自豪。这时队伍里有人带头喊起了："保卫党中央，保卫毛主席""打倒蒋介石，消灭胡宗南"的口号！顿时，操场上1万多人都跟着喊了起来。1万多人聚在一起喊口号，声势如同涌动的春潮，有排山倒海、山呼海啸之感。

部队移交后，归入西北野战军建制序列，番号改为西北野战军二纵独立第六旅，下辖的三个团分别改为十六、十七、十八团，郝永福所在的二团，改为十七团。随即部队启程，开往陕西。

翻越太行山后，部队本应经过运城，跨越黄河，直入陕西。但运城驻有国民党军1万多人，郝永福跟随十七团只好绕过运城，准备西渡黄河奔赴陕西。

军号壮威

部队刚准备绕过运城，突然接到上级命令，让在城外待命，准备攻打运城。

运城位于晋西南三角地带，是晋南政治、经济、文化中心，晋、陕、豫三省的军事要冲。攻取运城对于我军来说，战略意义十分重要。运城与安邑两县相距5公里，成掎角之势，可互相策应。在解放战争中，它成了敌我双方激战争夺的焦点。此时的运城已成为国民党军在晋南地区据守的孤城之一。这是独立旅成立后的第一次战斗，每位战士都很紧张。郝永福也不例外，既紧张又激动。他想，这次可以好好地为部队攻城吹一次冲锋号了。只要他的号声一响，部队就会像潮水一样攻入城内，那场面多壮观啊！想到这里，他心里不免突突打起鼓来。

1947年12月16日晚，攻城战斗打响。随着三颗信号弹升空，我军炮弹从头顶上呼啸而过，枪弹如同密集的雨点，落在双方的阵地上。

经过12天激战，我军在27日黄昏时，炸开城墙攻入城内，与敌人展开激烈巷战，战斗至28日上午，全歼国民党守军，完全解放了运城。

28 日黄昏，安邑守敌见如此坚固的运城被解放军攻破，顿成惊弓之鸟，驻守安邑的国民党军保安十一团慌忙弃城突围，向临汾方向逃窜。其实我军为避免造成不必要的伤亡，专门把安邑县北门让出来，逼迫国民党守军突围，就是为了在运动中消灭敌人。敌人果真上当，向北门逃窜。敌人出城后我军并不拦截。独六旅十七团团长金忠藩只率一个营尾随追击。郝永福紧跟在团长金忠藩身后。当把敌人追至山西新绛县稷山地区的一条山沟里时，我军临汾地区的两个团正好在前面堵住敌人，敌人被迫龟缩在一条山沟里，起初还想顽抗，金忠藩指挥机枪连架起机枪一顿猛扫，敌人成片倒下，顿时乱成一片。金忠藩一看时机已到，命令郝永福："快吹冲锋号！"郝永福举起小号"嘀嘀哒、嘀嘀哒……"激昂号声瞬间响彻山谷，部队迅速冲下山谷，1000 多龟缩在山沟里的国民党残敌立马缴械投降。

清理战场时，山沟西边的一个枯井里传出孩子的哭声，战士们跑过去一看，井里有个三四岁的小男孩，脸上一条刀伤还流着血。俘虏队里一个中年妇女哭着跑过来抱着孩子，说孩子是她的。金忠藩问："孩子脸上刀伤是怎么回事？"妇女这才说，是孩子他爸砍的。孩子他爸是国民党的一个连长，听国民党反动宣传多了，担心解放军会枪毙他，于是就化妆准备逃跑，因为带着孩子不方便，又怕与孩子失散后找不到，就在孩子脸上砍了一刀，算是留下记号。

战士们把那个被俘的连长押过来，金忠藩怒怼被俘的敌连长，气得骂了一句："对自己孩子都能下手，没有人性！"那个俘虏顿时跪倒在地，悔恨不已。金忠藩又把卫生员叫来给孩子包扎，孩子的妈妈流着泪不住地感谢。郝永福在金忠藩身边目睹了这一切，跟团长的警卫员说，反动宣传害人呢。

经过这次战斗，郝永福他们这批新兵战斗素质明显提高。

运城解放后，运城旁边的盐池回到了人民手中。团长金忠藩让战士们从盐池往城里运盐，分给城里的老百姓。郝永福他们来到盐池后，发现没有运盐工具，大家正一筹莫展时，郝永福琢磨着把新发的军装裤子的两个裤脚系住，用两个裤腿装盐，这样一试验，发现一次能装十几公斤。战士们用军裤装满盐，然后往肩上一搭，走起路来还挺方便。用这种方式，郝永福他们向城里运送了十几吨盐。住在盐池旁却没有咸盐吃的老百姓，更加欢迎人民解放军，纷纷送子参军。

这次，郝永福发明的运盐方法，得到了团长金忠藩的表扬。

部队在此修整一个多月后，又接到上级命令，迅速西渡黄河，进入陕西宜川县瓦子街地区，准备围歼国民党刘戡部——二十九军。

1948年2月17日，二纵队在晋南召开参加宜瓦战役誓师大会。2月23日，郝永福跟随团长金忠藩在黄河渡口禹门口樊家镇强渡黄河成功，进入陕西境内，直奔宜瓦战役伏击地点。

瓦子街位于丛山密林之中。

29日凌晨，刘戡率领的国民党二十九军陆续进入瓦子街地区。狡猾的刘戡怕中解放军埋伏，要求各旅团都要派兵到山上侦察。由于山上被白雪覆盖，国民党兵畏惧寒冷，走到半山腰，胡乱开一通枪，就跑下山去了。

这次战役整个西野部队悉数参加，是一次规模较大的战役。

等到刘戡的二十九军全部钻入伏击圈后，我军立刻封住两端袋口，彻底切断刘戡溃逃的退路，接着炮声、枪声响彻山谷。刘戡毕竟是参加过抗战的多年宿将，迅速组织起防御阵地，并向我军疯狂反扑。困兽犹斗，是实力和实力的较量，顿时阵地上炮弹、手榴弹的爆炸声，步枪、机枪的射击声，连同战士们的喊杀声交织在一起，响彻山谷。

战斗至3月1日，独六旅所属十七、十八团协同独四旅攻占任家湾南山制高点，分割包围了守敌。这时，金忠藩团长接到了总部发出的总攻命令，他立刻对郝永福说："吹冲锋号！"郝永福站在一个斜坡上，运足劲又一次吹响了清亮的号角，部队随即攻入敌阵。

战至下午5时，我军全歼二十九军28500余人，中将军长刘戡自杀。独六旅俘敌1105人，其中军官108人。这一仗解放了宜川、黄龙大片地区，彻底改变了西北战局，为人民解放军南下关中解放大西北打开了大门。

毛泽东听到瓦子街大捷的消息后，当即以人民解放军总部发言人的名义，发表了《评西北大捷兼论解放军的新式整军运动》的文章，赞扬西北野战军新式整军搞得好，并要求在全军推广。

之后，郝永福所在的十七团又先后攻克陕西白水县城，继续进军颌阳。颌阳守敌弃城南逃后，郝永福跟随十七团与十八团追歼逃敌于颌阳东南刘家岭地区，并重创敌一六七旅五〇团第三营及地方国民党保安部队。

千里寻子

1948年，我军已经完全掌握了西北战场的主动权。11月中旬，为了配合淮海战役，牵制胡宗南部队东进，中央军委决定发起冬季攻势，西野司令员兼政委彭德怀经过缜密思考，决定围歼龟缩在陕西蒲城县永丰镇的守敌。攻打永丰镇的主攻任务交给了西野第二纵队，其他部队担任阻击任务。

11月24日，永丰镇战斗打响。当时驻守永丰镇的是国民党中央军七十六军，这是一支装备精良的国民党部队。军长李日基黄埔出身，具有丰富的作战经验。对于我军来说，他算得上是一块难啃的"硬骨头"。

战役初期，我军陆续扫清了国民党外围据点。但攻城才是硬战。由于墙高城厚，十七团团长金忠藩让战士们改用坑道作业，用炸药炸开了城墙。城墙一经炸开，十七团团长金忠藩立马让郝永福吹冲锋号。

经过几天的激战，敌我双方已成胶着状态，战壕里堆满了敌人和我军战士的尸体，郝永福把三个尸体推到战壕外摞起来，才能直起身子吹号。号声一响，十七团、十八团战士立刻冲向城墙，攀上突破口，勇猛地冲入寨内。由于炸开的城墙底下堆满了垮塌城墙的浮土，战士们一脚踩进去，浮土没过膝盖，如同踩在泥里，严重影响了冲锋的速度。结果后续部队还未来得及冲进去，敌人就扑上来封堵了缺口。

就这样，郝永福连续三次吹响冲锋号，部队连续三次冲击，都没有成功。这时，十七团团长金忠藩从前来送饭的炊事员手上抢过扁担，跳上战壕，大手一挥，高喊："共产党员，跟我上！"

郝永福一看团长带头冲锋，他也跟着跳上战壕，举起铜号，第四次吹起冲锋号。高亢嘹亮的号声激励战士们迅速向城墙缺口冲去。进入寨内后，战士们与敌人展开了激烈巷战。

就在这时，从城墙上射下的一颗子弹打中了郝永福的大腿，郝永福只觉得大腿一麻，就栽倒在战壕边，昏了过去。

经过激烈拼杀，我军很快攻克了永丰镇，全歼守敌国民党七十六军，活捉了军长李日基和两个师长；十七团俘虏敌人1100多名，并缴获20门大炮、29挺机枪。但这一仗，十七团也付出了沉重的代价，有286名战士倒在了攻城的路上。

这一仗结束后，同村的一个战友写信告诉家人，说这一仗很多一起参军的战友都牺牲了，他看见郝永福倒在战壕边，身上满是血迹，也牺牲了。

郝永福的父亲听说郝永福牺牲了，就随同村里另外两个牺牲战士的父亲一道，背个布搭子，装上干粮，从山东临邑郝家村出发，一路步行，跋涉 1000 多里，来到陕西蒲城县永丰镇，寻找自己的儿子。

几位父亲来到永丰镇城外一看，到处都是坟堆，他们一个一个找，找遍了所有墓牌，也没有见到自己儿子的墓。于是，几位父亲见到没有牌子的坟堆，就刨出来看看，是不是自己的儿子。就这样刨开了一堆又一堆，连续刨了几天几夜，三人直到把所有指甲全刨掉了，刨得双手血淋淋的，还是没有找到儿子尸体。没有办法，三位父亲垂着老泪一路悲伤地回家去了。

郝永福的母亲听说儿子牺牲后，天天流泪。郝永福的父亲从永丰镇回来后，告诉孩子母亲没有找到儿子，母亲更加伤心，自此，天天念叨儿子，没过多久，因伤心过度，一病不起，带着思念和悲痛去世了。

原来，郝永福受伤后，由于流血过多，只是深度昏迷了。卫生员给他包扎了伤口，就去照顾别的伤员去了。等到战斗结束，清理阵地时，发现郝永福还活着，卫生员就叫来担架，把郝永福抬到了后方医院。经过一个多月的治疗，郝永福伤愈出院，又回到了部队。

残酷的战斗，巨大的胜利，总是长久地深刻在人们的记忆里。

后来军史上把这一仗称作"血战永丰镇"！

在解放大西北的战斗中，郝永福跟随十七团，一路征战，先后解放了16 座城池，参与了"十大战役"，数次负伤，最终迎来了新中国成立的曙光。

屯垦焉耆

1949 年 9 月，我军解放甘肃兰州，从兰州溃退下来的马步芳残部，沿着河西走廊准备逃往新疆。彭德怀立即指示六军沿河西走廊追击残匪，二军（此时独六旅已于 1949 年 2 月 1 日，按照中国人民解放军统一番号的命令，由二纵队改为二军，独六旅改为步兵六师）经青海翻越祁连山，直插张掖，堵住马步芳残匪退路。接到命令后，郝永福跟随团长金忠藩立即从甘肃临夏渡过洮河，再经循化渡过黄河，进入青海西宁。

在强渡黄河时，因为没有船只，再加上水流湍急，部队只能把战士绑腿解下来连在一起，在黄河两端拉起一道绑腿绳索，让战士们凭借绑腿绳索过河。由于郝永福年龄小，大家就把他夹在中间，一步一步趟过了黄河。

此时，一军已解放西宁，二军进入西宁补充给养后，立马向祁连山下的门源县进发。经过几天行军，十七团到距离门源不远的一个小镇住下，等待补发棉衣，为翻越祁连山做准备。

在翻越祁连山时，部队在山腰遇到了冰雹，到了山顶又遭遇暴雪。山下还好，快到山顶时，气也喘不过来了，郝永福觉得腿软得迈不开步，想坐下歇一歇。但为了避免冻伤，部队严禁战士坐下。这时，行政干部在前面引路，政工干部在后面收尾。郝永福实在走不动了，就拽着团长骑的马的尾巴，一步一步爬上了祁连山。

十七团准备充分，在翻越祁连山时，没有战士因冻伤而牺牲。

部队进入张掖后，国民党军全部投降。郝永福他们在张掖庆祝了中华人民共和国成立，随后向新疆进发。

1950年2月，郝永福跟随十七团来到新疆焉耆地区，开始了屯垦戍边的大生产运动。

当年的焉耆，生产力水平十分落后，部队开荒时，所用的工具只有坎土曼、十字镐等。莽荒的芨芨草滩，白花花的盐碱灰有十几厘米厚，布军装穿上两三个月，裤腿就变成了一缕一缕的布条子。再加上运输跟不上，郝永福他们裤子烂了也没办法，就把衣服系在腰间当短裤。

50年代初，部队想发展工业，就派了几名战士到霍拉山上去找石棉矿。郝永福被领导选上，他与另外几名战士来到霍拉山后，跑遍了霍拉山附近数百公里的范围，也没有找到石棉矿，但找到了云母矿。经过一年多的奔波，后来把样品拿回来一化验，云母矿没有工业开采价值。

1953年6月，部队转业，郝永福被留在团部当通讯员。当时通讯员送信经常是徒步。一次，他从团部往师部送信，路上遇到几个土匪抢劫，郝永福迅速拔出枪来明枪示警，几个土匪一看有枪，知道碰到解放军了，转身逃走。

1954年，兵团成立后，六师十七团将番号改为新疆军区农业建设第二师农五团，郝永福又被调到了农五团农四连管水。

当时的四连是兵团的先进，被称作"红四连"。工作几年后，团场成立水管连，郝永福又被调到了团场水管连当渠管员。

自兵团成立后，郝永福一直在水利行业工作。他在红四连管过巴郎渠，在水管连管过三支渠，先后当过班长、渠上段长等。

1958年，部队鼓励还未成家的军垦战士回家探亲，找对象，到团场安家。这一年，28岁的郝永福已经离家整整11年了。郝永福没有文化，不会写信。这11年家里的任何信息都没有，父母情况怎么样，他完全不知道。

回去探亲前，他专门给母亲买了一顶羊毛制成的帽子和一条羊毛围巾，尽管当时火车还没有通到新疆，带东西出门很不方便，但也不能空手回去。就这样，郝永福满心欢喜地踏上了回家的路。离别家乡11年了，回家总是让人兴奋不已，他在路上就盘算：回到家，父亲、母亲第一眼看到他，不知会有多高兴呢！

从焉耆出发，一路上几次换乘汽车，终于到了柳园，乘上了火车。郝永福还是第一次坐火车，坐上四平八稳的火车，郝永福既高兴又激动，一路上心里都是亮堂堂的。经过一个多星期的奔波，郝永福回到了山东临邑县郝家村。

走到家门口，他不敢进去，是激动也是兴奋，家里的房子旧了，但还是他走时的模样。他到了门口，先高喊了几声："娘！娘！"没有动静。

这时一个白发苍苍的老人出来问："谁啊？"

郝永福走上前一看，是父亲，赶紧说："爹，我是永福啊！"

父亲愣了半天不敢认，郝永福看着很纳闷："爹，是我呀！"

父亲还是愣着，没有表情。

约莫过了十几分钟，定睛看着郝永福的父亲，惊愕地说："永福，你不是被打死了吗？！"

"什么？我被打死了？"郝永福不解地问。

"是啊，我还到永丰镇去找过你啊，孩子！"这时，父亲干涩的眼里才闪出了惊喜的泪花。

郝永福这时才搞明白，父亲为何定睛看着他不敢相认。

父亲把郝永福迎进家里。

看到空空荡荡的家，父亲才告诉郝永福，母亲以为他牺牲了，悲伤过度已经去世多年。

第二天，郝永福到坟上祭拜了母亲，把给母亲买的帽子和围巾送给了婶婶。

听说郝永福回来了，村里与郝永福一同参军的战友的父母都来问他，怎么其他人没有回来？郝永福这时才知道，郝家村当年参军一共31人，现在只有他一人回来了。

时间过得很快，一个多月不知不觉过去了。郝永福该归队了。家里为他操办了婚姻，他高高兴兴带着妻子回到了新疆兵团农五团。可惜，郝永福第一次婚姻没有维持几年，女方就离他而去。

到了 60 年代后，郝永福遇到了自己真正的终身伴侣——高凤英，他们一生幸福相伴，育有四女两男六个孩子，孩子们个个出色，都有自己满意的工作和幸福的家庭。

1983 年，郝永福在二十一团水管连离休。

现今，90 岁高龄的郝永福，因脑梗已经瘫痪在床几年了，但老伴的精心照顾和老人自身顽强的生命力，体现出这是一个和谐美满的家庭。

简介：薛义田，男，汉族，1930年7月出生，山东省商河县人。1947年2月入伍，在渤海军区教导旅三团一营任卫生员等职，1959年后任团机械队副指导员。1984年7月离休。

十八团渠的歌唱

——记渤海军区教导旅老兵薛义田

兰天智

十八团渠在天宇小区拐了个弯，缓缓流淌的渠水一下子变得湍急起来，溅起朵朵浪花，欢唱着流向远方……

薛义田的家就在这里，与十八团渠一墙之隔，近在咫尺。我打电话问薛义田，天宇小区大概在什么位置？薛义田朗着声说："就在十八团渠边上，十八团渠你不知道吗？顺着十八团渠往西走就到了。"不到一分钟的通话中，他三次提到了十八团渠，话语中透出对十八团渠的情感。听得出来，十八团渠是他们的骄傲和自豪。

是啊！十八团渠是从他们的血脉里流出的甘甜，是融入血脉的情怀，悠长的岁月也割不断啊！

"团长、政委都和我们一起干"

"为什么选择住到渠边上呢？"我们的交谈从十八团渠开始。

"每天到渠边去溜达溜达，看着流淌的渠水，我心里踏实，晚上听着哗哗的流水声睡得香。"薛义田笑了，这是心底溢出的情感。

今年92岁的薛义田，精神矍铄，思维清晰，只是岁月染白了头发。

"有关十八团的记忆，您现在能想起多少？"我问。

薛义田的话匣子打开了，犹如打开了十八团渠的闸门，滔滔不绝向我道来。

薛义田记得特别清楚，从1950年9月份开始动工，到第二年5月份就放水了。放水那天，王震司令员还参加了放水典礼呢。看着一股清澈的渠水像巨蟒一样顺着渠底流淌下来，王震激动地跳入了渠中，跳跃着、欢呼着……

薛义田告诉我，十八团渠原本不叫这个名字，当初叫建新渠，就在放水这一天，王震司令员宣布，就叫十八团渠。是啊，这是十八团一千多名官兵历时八个多月修建的，以十八团的番号命名，再也恰当不过了。

浩浩荡荡的队伍，宛如一条巨龙，在亘古荒原上腾飞。在龙口至大墩子30多公里的工地上，按营、连、排、班分段划分任务，展开施工……

"我们进新疆以后，毛主席提出了三大任务：第一个是战斗任务，随时准备上战场；第二是生产队的任务，自力更生，帮助老百姓搞好生产；第三是工作队的任务，落实好党的各项政策。"

随着薛义田的讲述，似乎把我也带到了修建大渠的生产现场。

"那个时候苦啊！没什么机械设备挖，全靠战士的双手挖出来的，这不得不说是个奇迹啊。刚开始挖得很慢，一个人一天平均挖半方土，为啥少？"薛义田看着我说："地下全是砂石子，挖不动，用十字镐一镐一镐地啃，一坎土曼一坎土曼清，一抬耙一抬耙抬。挖不到中午，那么长的十字镐就秃了，坎土曼也秃了，就得把十字镐和坎土曼拿到铁工那里打出尖，没有尖子挖不动啊。专门成立有打铁厂，一天要打两次。"

薛义田说，那时战士们挖渠，一天只吃两顿饭。战士们干活根本不分时间，天一亮，大家就到工地上开始挖了。天黑透了，完全看不见了，才收工。到了中午，大家围成一个圈，在这里吃一顿水煮菜，回去再吃一顿晚饭，点上一堆火，黑灯瞎火做饭吃，劳累一天的战士们，又饿又累又瞌睡，你想有多苦。

到了冬天，大家的手都裂口子了，十字镐、坎土曼的把子都被鲜血染红了，战士们都不叫苦叫累，就一心想着赶快把渠挖开。

冬天地面的土层冻得就跟铁块一样，根本挖不动。土层坚硬，战士们的意志更硬。先把下面一点一点掏空了，上面用大锤砸，硬是把冻层砸掉。

"我们营是一连、三连、机枪连在这里挖，我们的任务是从兰干乡到大墩子。每个营都分开，根据挖的进度，每个班都分一段，今天挖不完，明天继续挖。后来生产工具换成用柳条编制的框子，可以挑了，也就快了，尤其到了大墩子就好挖了。"

"人心齐，泰山移。那时，团长、政委、连长、指导员都和我们在一起挖渠。上级领导要到渠上检查工作，二话不说，先下到渠里干活，领导都是雷厉风行带头干，战士们能不干吗？"

他们以"乘风破浪会有时"的决心，凝聚起"万众一心加油干"的磅礴力量。

让薛义田难忘的是，修龙口时，政委阳焕生带着湖南、浙江来的一批学生，一起背石头。他是政委啊，带着大家一趟一趟从山脚下背到龙口，脊背都磨烂了。

是啊，火车跑得快，全靠车头带。正是因为有了这样的"火车头"，才使从渤海开往新疆的这趟"专列"，有着用之不竭的洪荒之力，让亘古荒原变成万亩良田，让十八团渠的涓涓清流缓缓流淌进各族人民的心田——这是从他们的血液里流出的甘甜啊。

2021年，十八团渠已建成整整70年了。然而，她仿佛还是18岁的少女，曼妙着身姿，舞动着青春的旋律。正如十八团渠建设者的丰功伟绩，时刻弥漫在一代代垦荒者的心头一样，永不熄灭，永放光彩。

70年来，十八团渠担负着生产建设兵团第二师和地方数十万亩土地的灌溉任务，像母亲的乳汁一样，流淌出一种博大无私的爱，哺育着这片沃土变成了万顷碧波的绿洲、广袤无垠的良田，养育着这片土地上勤劳的人们，赓续着兵团精神代代流传。

十八团渠已成为造福巴州人民的"英雄渠、幸福渠！"

两个战士押八十多个俘虏

薛义田的老家在山东商河县。1945年，年仅15岁的薛义田就想去参军，村里的人带着他去报名，因为他个头矮，被拒之"门"外。

一心想着要参军的薛义田两年后终于如愿以偿。那是1947年2月，三五九旅抽调的干部正在山东组建渤海军区教导旅，他从商河参军，成了渤海军区教导旅第三团的一员。

其时，村里一起参军的有5人，其中他们薛氏家族的就有4人，年龄最大的17岁，最小的只有13岁。

随着交谈的深入，我们走进了岁月深处，仿佛走进了硝烟四起的那个战争年代。那些刻在薛义田记忆深处的战争，似乎就发生在昨天。

薛义田掰着手指给我讲述道："安邑运城是第一战，那是1947年底，我们从河北武安出发，翻越太行山，向山西运城挺进。那时，运城县有胡宗南的中央军和阎锡山的地方军在把守，他们的人很多，我们人少。当时，我在三团。战斗打响后，我们三团和一团负责包围安邑，在这里和敌人激战了七天七夜后，才把运城解放，算是首战告捷。

第二战是瓦子街战役，消灭胡宗南的部队。独六旅的十七、十八团协同四旅攻占任家湾南山的制高点，包围了敌人。当时，各兄弟部队也先后夺取了敌人的各个重点，向敌人发起了总攻。这时，我们独六旅开始多路突击，十八团八连连长傅育才率领队伍冲下南山，直接进入敌人的司令部，俘获了很多敌人。

第三战是黄龙山战役；第四战是西府行动，打下宝鸡。接下来是澄合战役、荔北战役、永丰战役等等……"

提起这些战役，薛义田如数家珍，一个一个给我罗列出来。

在这些战役中，最难忘的是永丰战役。

"当时，敌人是一个军外加五个师的兵力，我们只有一个军三个师。他们用的是长枪大炮，武器很先进，队伍很庞大，而我们的武器相对落后，人员又少。可是，我们的部队有信仰，宁死不屈，英勇战斗，最终以少胜多。这是我最难忘的一次战役，也是我们打得最厉害的一次战斗。

这一战我们的战绩不小，伤亡也很严重。我们营上战场时有500多人，下来我统计人数时，只有100多人了，这里面还有很多伤员。

在这次战役中，我们一个连活捉了100多个敌人。那是一个从山西运城解放过来的一个国民党的小兵，叫啥我不记得了。城墙上有一个洞口，是敌人的一个防空洞。那个小兵一个人堵住了这个洞口，站在洞口喊：'赶快出来，再不出来，我就扔手榴弹了。'一扔手榴弹就会全部炸死。他这样一喊，洞里的敌人一个一个走出来。出来一个，把枪放在洞口，举起手来。30多人全部出来，小家伙把枪栓卸掉，捆在一起，让俘虏背着。那个小战士一个人就活捉了一个排。后来往外面带俘虏，我们的两个战士就带80多个俘虏。

我们共产党的政策是'优待俘虏，缴枪不杀'。打一仗，结束以后，就对国民党的俘虏进行教育，让他们诉苦，怎么给国民党当的兵，受了多少苦，遭了多少罪，以诉苦、挖穷根与复仇参军的方式教育，教育好了，愿意留在我们部队的就留下，不愿意留下的，我们就给他们路费，让他们回家。当然，更多的是选择留在了我们部队，消化了大量俘虏，源源不断地补充过来，我们的队伍越来越壮大了。"

"我不能为了个人的命而不顾战友"

提起战事，薛义田显得有些激动，像讲故事一样娓娓道来：

"当时，我是前线的医务人员，在前线专门救治伤员，对前线'挂花'的伤员进行紧急包扎后，再抬到后方进行救治。

最难忘的一次是1948年5月份的西府行动，这是一场很关键的战役，关系到西北野战军能否安全转移的战斗。独六旅在九旅的配合下，扼守荔镇，掩护西北野战军主力通过荔镇穿越回师黄龙的唯一通道。

那是5月初，我们十八团在铁佛寺歼灭敌人二〇三师搜索营的一个连，是国民党的一个青年连。那时，我在二连。那天，在铁佛寺的一个城墙下，我们二连的一个战士'挂花'了，被敌人打到腿部了，走不动了，依偎在墙角下。

敌人是用机枪在扫射，火力很猛。我冲上去救那个伤员，这时，十八团政委阳焕生看到了，他大吼一声：'小鬼，你不能去。'我那时个头矮，他们都喊我小鬼。

敌人封锁得厉害，一架机枪在扫射，我还是冲破封锁线，把那个伤员迅速包扎后，背了回来，抬到了后方医院。"

薛义田铿锵地说："敌人的火力确实很猛，但我必须要去救他，因为救治伤员是我的职责，我不能为了个人的命，而不顾战友的死活。"

薛义田冒着生命危险救治战友的消息像一阵风一样传开了，连队传到团部，团部传到师部。有一天，军队的一位记者慕名而来，采访了薛义田在敌人的机枪扫射下，如何救治伤员的过程。报道刊出后，团里对他进行了一次嘉奖。

"我的责任就是负责救人的，不能为了个人利益而不去救伤员。"

在枪林弹雨中，他把自己的生死置之度外，一心想着救治伤员，这是多么难能可贵啊！

听着他的诉说，我似乎也到了那炮火连天的战场，内心紧张起来，久久不能平静。

过了片刻，我对他说："你们把该打的仗都打完了，我们这一代就不用再打仗了，让我们生活在了这样一个和平的年代。今天我们的幸福生活，就是你们打下来的，你们为中国人民解放事业和新中国成立甘洒热血，立下汗马功劳。"

薛义田听着我说的话，他那爬满岁月疤痕的脸上，开出了灿烂的花朵。

他的马都是给伤员、病号留着

在整个采访的过程中，薛义田自己的事情谈得很少，更多的是谈战友的事情，他的心中始终装着别人。

在炮火连天的战争中，薛义田救治过很多伤员，有些人和事给他留下了刻骨铭心的记忆。有一位叫栗政通的副营长，就令他难忘。

薛义田记得很清楚，这是 1949 年 6 月份的陕中战役。在这次战役中，十八团担任正面主攻任务。那个营长本来是不会牺牲的。在攻打宝鸡的过程中，三连一个连长举着旗帜被敌人发现了，敌人用机枪疯狂扫射，子弹像雨点一样飞了过来。他是个广东人，个头很矮，敌人的子弹打准了他的头部，当场牺牲。"我们营长和那个连长在一块，营长个头高，他在火力掩护下，带头率队登山，冲到半山腰，子弹打在了他的小肚子上。营长被抬到后方医院的途中，他对通讯班班长孟继祥（音）说：小孟，你再给我补一枪吧。他疼得难受啊！"薛义田哽咽起来，"还没有抬到医院，营长就牺牲了。这个营长特别好，他对战士很关心。听说栗营长牺牲了，从马夫到伙夫，从战士到首长，没有一个人不掉泪的，现在提起来我都难受。"

说到这里，薛义田哽咽着说不下去了。半晌，他感叹道："那真是好首长啊！"

薛义田告诉我，师里原来的副政委李法德专门为这个营长写了一本书，叫《烈士传》。

那时，在行军途中，营长都配备有马。而栗政通营长的马，从来都是给伤员、病号留的，自己从来不骑。他绑好绑腿，和战士们一起走。

行军途中，一天要行走很长的路。停宿后，要想办法烧水泡泡脚，消除行军的疲劳。警卫员早早就给他打好水，可他先不洗，他先到各个连队看看战士们，"烧水了没，泡脚了吗……"他先把战士们安顿好，他才去洗。

"为啥听到他牺牲的消息后，没有一个人不掉泪的，他总是把战士放在心里，处处都是为群众服务，从来不考虑个人得失，总是为战士着想。"薛义田激动地说，在韩城背粮，栗政通关照大家量力而行，自己却负重 60 多斤。渭北行动，长途跋涉，每逢宿营，他深入班排，给战士们烫脚挑泡，问寒问暖。战士们每谈到他，总说："营长和咱们心贴心。"

瓮中捉鳖

在薛义田的脑海里，都是战场上的事情，一桩接着一桩给我讲述。

"1948年5月，我们打荔镇，这是一场关系全野能否安全转移的战斗。在这次战役中，我们十八团奉命抗击敌人三十六师的轮番冲锋，坚守荔镇，掩护六旅、第二纵队及西北野战军机关脱离险境，成功转移，得到了彭德怀司令员的检阅和表扬。

这次战役我们主动抗击，使西北野战军转危为安，战功显赫。但我们也牺牲了好几个军官，十八团团长陈国林就牺牲在这次战役中。那时我在二连，团长陈国林就牺牲在我们二连二排的阵地上。当时，团长拿着望远镜在观察敌情时，被敌人发现了。我们十八团三营营长李文泉也牺牲在那里了。

同一年的瓦子街战役中，国民党的三十六师让我们在王庄寨'瓮中捉鳖'了。

我记得很清楚，那天下着雨，我们冒着瓢泼大雨把王庄寨包围得严严实实。国民党的三十六师就在这里。到了夜里，夜色黑得伸手不见五指。我们趁着夜色进行了突围，打进了寨子里，像扎口袋一样，把敌人装在了'口袋'里，敌人成了我们的瓮中之鳖。这一次，俘虏敌人不少。

那次也很危险。那天夜里，我跟着营长，通讯班班长在我后面，我们离得很近。因为天黑，啥也看不到，不知从哪儿钻出来一个敌人，把通讯班班长的枪抓住了。'不好，敌人。'班长喊了一声。突然，砰的一声，枪响了。随着一声枪响，夜空中射出一束亮光，紧接着又是一声，子弹进入敌人的腋下。这还是个当官的呢。"

薛义田喝了一口水后，继续讲道："就这样，我们一路走，一路打，到了1949年，胡宗南与马步芳、马鸿逵的部队相配合，以陕中、陇东为防御重点，企图阻止解放军第一野战军西进。他们怎么可能阻挡住我们前进的步伐呢？我们先是解放了陕西咸阳、扶风县、眉县，解放了整个关中地区，尤其是解放了西北地区最大的城市、千年古都——西安，从此以后，加速了整个大西北的解放步伐。

在解放陕西的战役中，我们打出了军威，到了后来，我们一到，国民党的部队就如丧家之犬夹着尾巴逃跑了，跑的跑，投降的投降。马步芳的部队也是一样。

从1949年7月份开始，我们从甘肃往新疆挺进的过程中，国民党的一个营，营长姓白，人们都叫白营。白营起义后，我们在甘肃、青海交界的地方，去把他们接了出来。跟电视上演的一模一样。国民党还有一个营，有一个叫康斌仁的副营长，他是陕北人。那个副营长到我们这里，整个营起义投降了，跟着我们了。我们的队伍越来越壮大了。"

挺进新疆

1949年9月，十八团从青海翻越祁连山，进入甘肃张掖，为解放新疆进行准备。

部队从青海向新疆挺进，途中最大的威胁不是凶狠残忍的国民党的部队，也不是藏匿深山的马步芳的部队，而是祁连山的寒冷。

翻越祁连山的经历，令薛义田毕生难忘："祁连山，同一个地方，却是三种气候，山顶上下雪，半山腰下冰雹，山下却是下雨，太冷了。前方的部队没有发棉衣，也没有啥准备，冻死了很多人。冻死的人就用雪埋在山上，就在路边上，我们翻越祁连山时都可以看到，很可惜啊。"

"哎！当兵的人，苦啊！"讲起这段经历，薛义田如此感叹。

"我们在行军前做了准备，很不错，给我们一个班发了两壶酒，我们还做了御寒的防备。我们从早晨天刚亮就上山，中午赶到山顶，这里海拔很高，缺氧，大家都喘不上气来。过那个山，真是很难忘。也不知走到哪里了，有一辆汽车来接送我们，汽车上挤满了战士，连汽车引擎上也坐满了人，汽车都走不动了。那是从国民党解放过来的破烂汽车，走着走着就抛锚了。"

岁月的长河淹没了一切，可这段经历如此清晰地刻在了薛义田的脑海里。"有一次，我们三连的一个指导员，在晚上行军途中，走着走着就打起了瞌睡，额头碰到前面一个战士背着的机枪口上。第二天，我看他的额头上一个红圈圈，就问他：指导员，你脑袋'挂花'了吗？指导员大吃一惊，竟然还不知道自己撞在枪口上了，哈哈哈……"薛义田笑着，眼里却涌出了泪花。

同样，进疆之路也充满了艰难。

薛义田告诉我，他们从甘肃玉门乘坐一辆从华东军区解放的破烂汽车，走了五天才到了鄯善。那时，交通没有现在这样发达，公路坑坑洼洼，再加上汽车总是抛锚，一天行驶不了多少路。经过星星峡时，汽车突然抛锚了。那是元月份，正在下着雪。天寒地冻，饥寒交迫，晚上就在山沟里的雪地上露营。

汽车行进到鄯善后，首长得到消息，汽车不能再往前行了，汽车还要运输后方的部队。他们从鄯善下了汽车，走路到库尔勒。一天行走100多里，五天后，从鄯善县走到了库尔勒。他们行军到干沟时，看到一头骡子贴着山，冻死在那里。那是一头托着炮的骡子……

五天，五百多里！一路上，他们以"直挂云帆济沧海"的魄力，翻山越岭，爬坡过坎，把天山踩在了脚下，把大漠踩在了脚下，把一切困难，都死死地踩踏在脚下，用脚步丈量出他们"不破楼兰终不还"的顽强意志。路有多长，他们的意志就有多坚强，山有多高，他们的斗志就有多昂扬。

战争的烽火淬炼了薛义田的意志，生死的考验磨炼了他的党性。那是1952年的事儿。其时，薛义田在十八团劳改队工作。劳改队有两个中队，一中队在包头湖农场，二中队在库尔楚的山里面。

他原本在一中队。有一天，二中队的劳改人员在山里面发生暴动，情况十分危险。就在此时，组织把他从一中队调到二中队去"灭火"。二中队不光是在山里面，各方面的条件比较艰苦，更难的是，这些劳改人员思想复杂，很难管理。

薛义田毫无怨言接受了这个挑战，悉心管理，用真情打动劳改人员，走进了劳改人员的内心，将劳改人员燃起的熊熊"劣"火迅速"浇灭"。劳改人员的思想趋于稳定，管出了成效，管出了特色。很快，二中队的工作，从低谷攀升至高峰，他被荣记一次三等功。

在采访的过程中，薛义田从来不谈自己立功的事。在我一再要求下，薛义田从里面的一间屋子里，拿出了压在箱底的功与名，他是解放西北战役中获得过"人民功臣"奖章、"解放西北纪念章"的战斗英雄！

在他的箱底，还有"华北解放纪念章""全国人民慰问人民解放军代表团赠"的纪念章、"庆祝中华人民共和国成立70周年纪念章""光荣在党50年""在新疆工作30年荣誉奖章""纪念渤海军区教导旅建军70周年""纪念中国人民抗日战争胜利60周年纪念章"……

赤胆衷情

时光如梭，人生如梦。薛义田感叹："现在已是93岁的人了，我要活到建军100周年，感受一下那个时候我国军队的强大。回忆起走过的路，无论是在烽火四起的战争年代，还是在新疆屯垦戍边，这辈子过得很踏实。"

薛义田回忆道，他的整个童年里充满了苦难，小时候家中很穷，三岁就跟着母亲讨饭吃。父亲去世时，他都没有记忆。日本鬼子进入中国后，他一边给别人放羊，一边给八路军送信，当起了小小交通员。那年，他只有12岁。为了吃饱肚子，他还给别人家当过长工。只管饭吃，没有工钱。到了15岁，他就当民兵了，成了保护家园的联防队员。

部队上曾经的老班长，到了新疆，他当过劳改队区队长、机务班班长、连队指导员、机耕队队长……从部队到兵团，岗位一直在变，生活一直在变，但他对党和祖国的忠心从未改变，对兵团的情怀从未改变。

值得一提的是，薛义田的老伴王翠亭也是从山东胶东参军过来的战友。他们从1956年结婚，携手为祖国的边疆奉献青春，贡献力量。

如今88岁的王翠亭，曾经三次获得了"新长征突击手奖"，多次获得兵团先进生产（工作者）称号。

在王翠亭的两块手绢上，别着近80枚毛主席的头像。这些头像大小不同、形状各异，中间还有个红色心形的"忠"字格外显眼。似乎在诉说着他们对党和祖国的一片忠心。

八千里路云和月，一生一世兵团情。艰苦奋斗一辈子，省吃俭用一辈子，相携相伴一辈子，这是给我们最宝贵的精神财富。

看着这对满头银发、结婚65年的老人，我被一股幸福的涟漪包围着，心中突然有了和这对老战友、老夫妻、老前辈拍张照片的想法。

薛义田、王翠亭穿好了军装，随着"咔嚓、咔嚓"的响声，将他们的峥嵘岁月和幸福生活定格，也将他们的精神定格成永恒，伴随着十八团渠一起歌唱。

正午的阳光洒在十八团渠内，翠绿的渠水滚着粼粼波光，缓缓流向远方。

我的耳边又传来了那熟悉的歌声：

如梦如烟的往事

散发着芬芳

那门前美丽的蝴蝶花

依然一样盛开

小河流，我愿待在你身旁

听你唱永恒的歌声……

简介：齐文章，男，汉族，1936 年 9 月出生，1960 年 3 月加入中国共产党，河北献县人。1947 年参军，在渤海军区教导旅剧团当演员，1952 年后，先后在六师面粉厂、工程支队、师直农场等单位工作。1996 年离休。

战地黄花分外香

——记渤海军区教导旅老兵齐文章

张靖

战争年代，在渤海军区教导旅有这样一支队伍分外引人注目，它便是教导旅京剧团。

家仇国恨

干戈征士泪，西风剪人心。

1937 年，日本蓄意制造了"七七事变"，悍然发动全面侵华战争，从此中国人民陷入一片水深火热之中。

小小年纪的齐文章亲眼看见了日本侵略者的暴行，心中恨透了日本鬼子，对于他们当年的残暴行为，至今还记忆犹新。

齐文章从小出生在一个美丽的村庄，村子有 300 多人，乡政府就在附近，家乡树木葱茏，山清水秀。在这个宁静祥和的小村庄里，人们世代耕田劳作。然而，这静谧的美好却在日本鬼子入侵中国后打破了。只见日本鬼子每到一处便烧杀掠夺，无恶不作，经常齐文章家居住的村庄进行大扫荡。鬼子一来，老地百姓吓得慌不择路，拔腿就跑。

一天，还没来得及跑出去的齐文章突然被鬼子团团围住，此时已经无法脱身，村子里那些还有那些没来得及跑掉的村民，跟他一起被鬼子赶到村庄的一棵大树底下。原来，他们是来抓共产党来了！由于村子里的地主告密，地下党身份的村主任被出卖，毫无防备的他很快被鬼子找到了藏身之处。

当齐文章和大家来到大树下时，只见村主任被死死捆在了大树下。这些鬼子惨无人道，竟然专门召集没能跑出去的老百姓来观赏他们的恶行。

只见日本鬼子把村主任绑在大树上，无论鬼子怎样威胁，村主任决不屈服，最后他们残忍地点燃了火堆，火苗瞬间窜到了村主任身上，村主任就这样在疼痛中被活活烧死。

日本鬼子一到村庄老百姓就遭了殃，他们从不把中国老百姓当人看，齐文章眼睁睁地看着这些家伙站在屋顶上，拿着老百姓家的鸡蛋，往他们身上砸，并以此取乐逗笑。

一天，日本鬼子又从村西头抓了三名民兵，被抓住的民兵一个个五花大绑。很快，鬼子又将所有的老百姓集中赶到大树下，只见树的周边放了很多高粱秆子，他们就是要让老百姓看着三名民兵怎样被活活烧死，也让他们看着自己的亲人怎样被折磨。小小年纪的齐文章，不由地吓得紧闭双眼。

亲眼看见着这些灭绝人性的行为，当地村民们恨透了日本鬼子。为了抗日，他们纷纷加入抗日的队伍中去。

参加剧团

国家被侵略之仇，家园被破坏之恨，从小就在齐文章心里熊熊燃烧，他渴望着有一天也能参加革命！

1944 年 12 月，在齐文章的家乡——河北献县成立了一个儿童剧团，年仅 7 岁的齐文章和哥哥一起到儿童剧团里学唱京戏。

没想到这支儿童剧团并不是普通的剧团，而是由地下抗战组织成立的剧团，团长为齐永福（新北峰乡原乡长兼党支部副书记）以及剧团主要成成员都是地下党。他们以剧团作掩护，从事各种地下组织活动，不仅走街串巷宣传抗日救国的道理，同时也以此及时摸清日本鬼子动向，为抗日组织准确提供鬼子信息。

来到剧团后，齐文章和哥哥边学边演，在这里他学到了许多京剧剧目，《三娘教子》《中孝派》《双关告》等这些优秀的中华传统剧目从此让齐文章沉醉其中欲罢不能。由于年纪小，在戏中他只能扮演些娃娃小生。不仅如此，剧团还编排大量的抗日剧，以此激起民众的仇恨和觉醒。作为演员，演出这些剧目时，就连齐文章自己也深受教育。

一天，齐文章参加了一部抗战剧《观花灯》的演出。戏中，齐文章扮演一个孩子。该部剧情讲的是抗战期间，一个孩子和母亲正在看花灯时，突然遭到了日本鬼子的袭击，看到鬼子后人们顿时乱作一团，纷纷四处逃窜，而母亲在与孩子在逃亡中不幸冲散。结果离开了母亲的孩子被日本鬼子抓住，他们抓住孩子后，用残忍的手段将孩子活活杀害，当母亲看到死后的孩子后，痛不欲生悲愤不已。

随着《观花灯》的演出，在当地引起了极大的反映，就连齐文章也久久不能自拔。每次只要一上台演出，他便不由得想起了村子里面那些被日本鬼子活活地烧死的乡亲，心里恨透了日本鬼子，他暗暗发誓长大后一定要参加革命的队伍，一定要跟着共产党打鬼子!

由于河北献县地处平原地带，鬼子一来村民根本无处藏身。为了与这些家伙更好的周旋，村民们挖了很多地道，地道虽不是太大，猫着腰可以随意进出。有了地道，八路军和民兵便能常常出其不意地打击敌人。

经过了艰苦的十四年抗战，中国人民终于打败了日本侵略者，鬼子投降后，举国上下一片欢腾，剧团也不例外。为了庆贺胜利，齐文章和剧团成员整天挨个村去进行表演。由于齐文章年龄最小，扎两个小辫走在最前面显得格外神气，不仔细看谁也看不出他竟是一个小男孩。原来齐文章扮作女孩的日子已久，在家时，由于家中有3个小子，一心想要女儿的母亲经常将他打扮成小女孩，给他留头发、扎小辫。即使扮作女孩的齐文章照样显得聪明伶俐，活泼可爱。

不仅剧团如此，各村为了庆祝活动，纷纷组织了秧歌队、扭秧歌、划旱船、舞狮子，这些民间传统大戏无论走到哪儿就热闹到哪里。无论村庄还是城镇，到处锣鼓喧天、人声鼎沸，欢庆的队伍，从早晨窜到晚，比过年还要热闹几分。

投身革命队伍

革命洪流，必是闪电，必是烈火，必会激荡人生。

1947年，随着渤海军区教导旅成立后，各种军事训练很快步入正轨。

正在此时，渤海军区教导旅旅长张仲瀚因公回到了他阔别了8年的故乡河北献县。

一天晚饭后，张仲瀚无意中发现，在县城街上竟然有一支叫献县八区儿童剧团正在上演京剧。他进去一看可了不得，只见台上演员都是十四五岁的娃娃，生旦净丑相当齐全，别看这些演员们个个年龄小，可唱念做打毫不含糊，后来一打听，这支剧团竟然是地下党组织的。

才华横溢的张仲瀚十分重视军旅文化，在他看来军队不光要会行军打仗，更要提倡军队文化，提高战士们的文化素养、充实军人的精神生活。

何不将这个剧团纳入渤海军区教导旅宣扬革命呢？既可以丰富战士们的娱乐生活，同时还能很好地激发战士凌云斗志。有了这个想法后，张仲瀚一刻也坐不住，立即去找到了剧团的团长齐永福，动员他们集体参军。

一听说要参加革命队伍，大家积极性都很高，不用说个个都答应得非常爽快。

1947年7月初，教导旅京剧团正式成立，齐永福任团长，由山东军政大学胶东分校分配到教导旅的连森任政治指导员，京剧团共有50多人。为了方便随军演出，将人员分为两个区队：一区队区队长郭顺亭，副区队长齐春良；二区队区队长曹金鹏，副区队长杨子如。

参加人民解放军时，此时的齐文章年仅10岁，而哥哥齐文普也不过才14岁。就这样，年仅10岁的齐文章成了渤海教导旅最小的一名战士。虽然当了兵，可齐文章的主要任务照样还是跟着剧团继续演戏，部队行军到哪他就跟到哪。从此，部队便是他的家。

作为战地剧团，他们不仅是一名演员，更是一名战士。虽然大家要经常进行排练和演出，但同时也要随时随地参加战斗。

一天，剧团行军到周至县时，地方交通员送来了一份情报，要求剧团立即参加战斗！张洪队长看后，立即带领有作战经验的王丹凤、王书文、曹春泰、王文才等人出发了，此时他们的主要任务去打击敌人的保安队。别看这些战士个个都是演员，可打起仗来个个勇猛果敢，舍生忘死。见到解放军战士后，敌人如同惊弓之鸟一般，听枪响便仓皇逃跑。

这次宣传队虽然只缴获了七支短枪，可也算是一次小小的胜利。

战争年代时期，剧团条件同样也十分艰苦，各种演出设备十分简陋。尽管如此，大家总是自力更生，千方百计地解决各种困难，没有乐器，战士们就自己动手制作乐器。战友乔书文的大低音胡就是"土造"的，装在布套里，行军时背着，群众看到以为是新式武器，于是都管它叫"手提炮"。笛子演奏员张长坤每到一地先找芦苇，选择粗壮的苇秆制成芦笛，声音倒也清亮。后来，二军文工团支援了一把自制的小提琴，连油漆都没刷，大家如获至宝争着拉琴，结果最后分配给孟忠使用，从此乐队开始有了"西洋乐器"。后来，这把琴还被战士们一路上带到了遥远的新疆。

战地剧团分外火

战地剧团行军同样十分辛苦，常常一天行军上百里路。由于年纪太小，一开始齐文章根本走不了这么长的路程，随着在部队的时间越来越长，到最后他竟然能奔跑如飞。

即使再艰苦，可齐文章从不舍得离开，他早已把部队当成了自己的家。

在部队，齐文章就是大家的孩子。行军时，每人都要背着背包，十分沉重，如果没有紧急情况，班长和副班长总是轮流帮着他背背包；只有紧急情况时，齐文章才自己背背包。由于年纪太小，夜行军走路时，战士们总让他抓着马尾巴或者抓着老兵的衣服，生怕他掉了队。

回忆起往事，齐文章忍不住深情地说："在部队剧团的那种感情，简直这一生再也难找到。每到一处，班长和副班长都提前给战士们烧热水，不仅如此，他们还帮老百姓去干活，把老百姓家里的院子打扫得干干净净。有时，哪位战士们的脚上打出了血泡，班长就亲自拿针给大家挑血泡。在队伍里，领导就像自己的父母，同志就像亲兄弟一样。"

他怎能对部队没感情呢，所有的战士对他就像长辈一样。作为一名最小的战士，他受到了许多优待，行军走不动路时，老兵们经常把他抱在怀里或者背在肩上，这种阶段情谊让齐文章一辈子也忘不掉！

可千万别小看这支战地剧团，在行军打仗中发挥着它重要的作用。

渤海军区教导旅党委十分重视发挥宣传作用，在动员翻身农民参军的过程中，征兵工作组很快编出短小精悍的节目，并编制了《当兵最光荣》等歌曲到处演唱，这些歌曲脍炙人口，很快在当地引起了极大的反响，人们纷纷送家中的儿郎奔赴战场。

不仅如此，剧团还结合不同形势，经常自编自演各种剧目。齐文章至今还清楚地记得《王大成归队》这部剧。说的是新战士王大成参军后，因为思念家中亲人，偷偷私自跑回家中。当家人得知他未请假回家违反部队纪律时，立即动员他赶快归队。在亲人的劝说下令，他幡然悔悟，他迅速回到部队检讨自己的错误。

同时，剧团还根据真人真事编写了一部《刘华顺参军》。该剧根据战士刘华顺的事迹编写，参加入伍的刘华顺，被他的未婚妻两次三番催他回家结婚，可他坚决不同意，后来，他给未婚妻讲"顾大家舍小家"的道理，并表示了不打倒蒋介石，决不回家结婚的决心。

剧团通过大力宣传刘华顺的典型事例,在部队引起了很大的反响,对战士们的教育意义很深刻,通过教育,战士们没有一个离队的。

不仅战士们深受启发,就连教导旅政委曾涤、副政委熊晃看了演出后非常高兴,当即表态,为一团宣传队记"集体二等功"一次,并让该队在全旅演出。在此期间,剧团还排演了《空城计》《战马超》《战长沙》《追韩信》等剧目,同时并首次排练了反映军事斗争策略的大型京剧《三打祝家庄》。

历史京剧《三打祝家庄》,该剧取材于《水浒传》。此剧不仅从斗争策略的角度表现义军转败为胜的经验教训,同时对现实的革命战争有一定借鉴作用。该剧演出后,颇受广大指战员的一致好评。

剧团的演出,不仅大大丰富了部队文化生活,同时也极大地鼓舞了队伍的士气。在以后的行军途中,宣传队员的说快板、拉洋片、教唱歌,鼓舞了战士斗志,为艰苦的行军旅程,也增添了不少亮丽的色彩。只见台下掌声一片,喝彩声不断。战士们高兴地说"第一次看到这么好的戏,还不用花钱。过去县城里唱大戏,一张票要一个大洋,咱们哪能看得起,还是部队好啊!"

舞台上的英雄形象,极大的激励战士们,让大家以更加昂扬的斗志全身心地投入到战斗中去,使渤海教导旅也创下了累累战绩。

剧团不仅要经常随军宣传演出,同时剧团成员还经常参与打扫战场、救护伤员、押解俘虏等工作。作为一名战士,也会随时随地遇到意想不到的危险。

一天,由于消息未及时传递,剧团人员与部队突然失去联系。由于脱离了大部队,很快断了粮,没有粮食,大家只好饿肚子,幸好大山里有野果子,演员们在山沟里四处寻找各种野果充饥,直到找到大部队。

一天,剧团在山下演出时,对面山头上就是敌人的岗哨。虽然敌军就在山头上,可看到剧团演戏时,也忍不住也偷偷趴在山头上看戏,此时我军和敌军两边都在看戏,演员们为了能让战士们看戏,不顾危险继续演戏。可当看到演员们进行我军的宣传时,敌军官立即对着剧团就开枪,飞来的子弹瞬间将汽灯全都打灭了,整个现场一片漆黑。

兰州解放后,宣传队没有随六师主力部队进军青海,而是直接来到兰州一路继续宣传我军的政策。在此期间,大家演出了《血泪仇》《白毛女》等脍炙人口的戏曲,不但受到当地群众极大的好评,同时也扩大解放军对当地民众的影响,

张仲瀚印象

从地下党组织剧团发展为战地剧团，同时取得累累功绩，这其中必然离不开渤海军区教导旅旅长——张仲瀚。

在齐文章的印象中，张仲瀚不仅高大英武，而且是个文武全才。

很多人都知道张仲瀚是个将才，而且文采飞扬，尤其他的《老兵歌》更是气势磅礴，把当年老兵屯垦戍边表达得淋漓尽致。可很少有人知道，文武双全的张仲瀚还是一个京戏的行家里手。张仲瀚自幼酷爱京剧艺术，曾受过名师指导，不仅能操琴，而且会演戏，尤其对老生中的余派和马派唱腔更有独到的研究，造诣颇深。

作为旅长的张仲瀚，非常关心剧团的发展和演出情况，经常在百忙作中抽时间来到剧团，观看大家排练，亲自与演员谈心，并鼓励战士们安心部队不要想家，要多勤学苦练，努力编排出优秀剧目为战士们多演戏、演好戏。同时还鼓舞演员们要不怕牺牲，在前线敢于同敌人英勇作战，早日打败国民党反动派，早日解放全中国！

在齐文章的印象中，张仲瀚学识渊博、才华横溢、和蔼可亲、平易近人。见到旅长，让剧团的演员们如沐春风。在这样的剧团里演出，使演员们真切地感受到革命大家庭的温暖，感受到人民解放军官兵一致，是一支真正为人民、爱人民的军队。

悉心指导，谆谆教诲。闲暇时，张仲瀚还会亲自为演员们说戏，兴起时他还亲自上台表演。不作战时，他曾经与演员齐胜兰一起合演过《四进士》《打渔杀家》等戏。张仲瀚不仅功底深厚，而且唱腔宛转跌宕、韵味醇厚，台风稳健端庄、不温不火，深得余派唱法的真传，看得战士们忍不住连连喝彩，战士们没想到自己还有这么一位才华超众的首长。在他的带动下，宣传科长黄铭、总务科长宋月楼等也经常来看望大家，并与演员们同台演出，同时还帮助剧团解决实际困难，使演员们的政治素质和业务素质都有明显提高。

在齐文章的记忆里他还去过张仲瀚的住处，只见这位军区领导的住处和战士们并没什么区别，只是他的房间干净整齐一尘不染。

在剧团的那段日子，让齐文章感到十分幸福。齐文章不光见到了张仲瀚，还见过很多首长。1949 年，和平解放新疆的号角已经吹响，彭德怀为了鼓励战士，亲自站在大会上作动员讲话。只见彭德怀个子高大，身材魁梧，气度非凡。为了欢迎彭总司令的到来，部队剧团特意安排了一场表演，台上演员们演得如痴如醉，台下彭老总看得津津有味，见到小演员们，他十分高兴，亲切地和每个演员一一握手。

在部队，齐文章还见到了王震将军，印象中的王震将军个头很高，长脸，而且一脸的大胡子。十八团大渠完工典礼的时候，王震将军激动得跳进大渠中，庆贺十八团渠的开闸开水。

以身作则，率先垂范。部队开荒种地时，王震将军经常到各地视察农业生产情况，到了农田，他还亲自开着拖拉机在田间犁地。看到王震将军亲自犁地，战士们浑身都是劲，并且越干越有劲！

党叫干啥就干啥

作为一名老党员，齐文章时刻听从组织的召唤。他说："我是革命的一块砖，哪里需要哪里搬！"从参加革命的那一刻起，他早就把自己交给了党，党叫干啥就干啥。由于年纪太小，齐文章的工作也更换得非常频繁。

1950年，齐文章随部队来到新疆一路向西，部队先到达哈密，几天后到达焉耆，二军六师师部便设在焉耆县。

来到新疆驻营扎寨后，部队全体官员上下一致，全身心地投入到开荒大生产运动中去，整个剧团也不例外，全部下去和战士们一起参加生产劳动。此时年纪小的齐文章还是得到了部队的照顾，剧团特意给齐文章安排了一项任务——放驴。

14岁，正是好动调皮的年纪，对于这项特殊的工作，齐文章干得很带劲，一边放驴一边和驴玩耍。可放着放着，好奇心强的他竟然想尝尝骑驴的滋味。这次尝试好好给了他一个教训，没想到他刚刚爬到毛驴背上，就被毛驴狠狠摔了下来，幸好没摔伤，可是毛驴却跑了。怎么办？驴跑了可不是件好玩的事！幸好，这只毛驴并能跑得太远，刚跑出营部，便被站岗的哨兵发现，把它重新抓了回来。

人生就是一场修行，既然选择了远方，就要风雨兼程。

1952年，年仅16岁的齐文章分配到二军六师面粉厂工作。此时的二军六师面粉厂才刚刚成立，一切百废待兴。没有厂房，自己动手丰衣足食。为了建厂房，齐文章就和战士们每天起早贪黑地自己打土坯。按照定额每人每天三四百块，每个战士得自己和泥、脱坯、撂坯。别看年纪小，齐文章不仅每天按定额完成任务，同时他打得土坯质量还特别好！

此时的面粉厂，不仅只有男兵，还分来了一批女兵，一来便是二三十个，这下场子一下子热闹起来。原来，这些女兵个个都从乌鲁木齐榨油厂调来的，由于乌鲁木齐榨油厂还未组建，于是这批女兵被暂时先调来这里。这批女兵的到来，让荒凉的旷野充满了生机。令人遗憾的是这批女孩很快就走，于1954年又重新回到了乌鲁木齐。

1953年，设备安装由上海的师傅安装，厂房建成后，面粉厂开始正常运营，进行棉花、水稻等粮食农作物的加工，尽管能加工的品种不多，可却为部队的粮食加工打下了良好的基础。此时战士们开垦的荒地已经开始有了收获，田野里种满了水稻、小麦、棉花，一片喜人的景象，随着面粉厂的开工，战士们结束了缺衣少食的局面，再也不用为粮食发愁。

1954年，齐文章调到二师工程支队工作。来到工程队不久，齐文章便参与了焉耆县河南医院的建筑工程。在医院建设中，齐文章作为一名小工，每天负责拉石头、给大工搬运砖块。尽管修建工程又苦又累，可大家依旧干劲十足，医院到年底时已基本建成完工。

扎根边疆，建设农场。来到新疆的渤海教导旅的老兵，没有不经历过开荒的历程，那是一段艰辛的历程。

从工程队回来的齐文章，被安排到焉耆县北大渠开荒。此时的北大渠，荒原上到处生长着顽强的红柳、芨芨草，大大小小的沙包高高低低，没有开荒工具，战士们便用坎土曼、铁锹等最原始的工具开荒。事在人为，人定胜天，为了铲平土包，大家背拉肩扛，战士们用挺拔的脊梁，为茫茫的漠北描绘了一幅波澜壮阔的历史画卷，谱写了万古荒原变绿洲良田的壮丽诗篇。

1996年，这位具有52年工龄的老兵离休。脚踏实地，埋头苦干，齐文章在这片土地上辛勤耕耘，默默奉献。在同事的印象中，齐文章一辈子工作踏踏实实，兢兢业业。作为一名老兵，他始终把革命事业当成为之奋斗一生的伟大事业。

率先垂范，以身作则。离休后的齐文章并没有躺在家里睡大觉，而是继续发挥余热，他始终忘不了自己是一名共产党员。

离岗不离党，离休不褪色。离休在家的他经常到厂里转转，看自己能干点啥。只要党支部有活动通知他，他从不找任何借口，总是积极参加各种活动。在活动中，他主动学习上级文件，了解掌握国家大事，紧跟时代步伐，不落伍、不掉队。同时他还非常关心下一代的成长，亲自给湖光糖厂的孩子和车间员工讲述战争年代的故事，大力弘扬我党的优良传统。

由于对工作认真，热爱党的事业，齐文章曾于2006年—2017年，连续十几年被农二师湖光糖厂评为"优秀共产党员"。

回望百年初心，不负青春韶华。具有61年党龄的他，依旧喜欢读书、看报、看电视、关心国家大事，了解世界发展的最新动态。

历史川流不息，精神代代相传。齐文章用实际行动见证了一名共产党员对党和人民事业的忠诚，他的老兵精神将永远值得后人传承与颂扬。

简介：雒炳辉，男，汉族，1931年2月出生，山东宁津县人。1946年12月参加革命，1948年11月加入中国共产党。历任排长、副队长、副政治指导员、政治指导员、保管员等职。1988年4月离休。

命运是苦的，生活是甜的

——记渤海军区教导旅老兵雒炳辉

胡岚

深秋是梨城最美丽的季节。穿过雄浑的霍拉山，车飞驰在高速路上，在雄峻的大山中穿行，一路向开都河驰去。高速路两边白杨树叶子金黄，一树树杨树齐整笔直，像列队的卫士，秋风中飒飒有声。好一个秋天，杨树也显得丰神俊秀。

跟着导航就到了二十二团通达社区。社区很大，楼与楼之间很空阔，道路干净整洁，广场前面有人在跳舞。我到的比约定时间晚了点，雒炳辉老人已经在等我了。

老人温和地笑着，面色红润，精神很好。说起往事，老人很自豪，"我是渤海教导旅的十六团五连的。"

我当兵了

雒炳辉是山东宁津人。宁津县位于中原南北要冲咽喉，自古为兵家必争之地。冀鲁边是平津的南门户，连接山东、河北抗日根据地，既是八路军东进的桥头堡，又是日寇南下的大后方，成为敌我双方争夺的要害之地。鬼子在这里到处修筑建楼，派驻军队，烧杀抢掠无恶不作。雒炳辉的童年在战火纷争中开始。

这里土地贫瘠，十年九灾，遇上大旱之年，庄稼颗粒无收。雒炳辉家兄弟四人，家里很穷，吃了上顿没下顿。小时雒炳辉上过私塾。学校只有一个教书先生，村里把十几个大小不一的孩子集中在一起，每天跟着先生练练毛笔字，跟着先生识字，孩子们在一起玩玩闹闹，可惜这样的日子不长。卢沟桥的战火打破了原本平静的生活。

　　那一年，渤海区的土改运动开展的热热闹闹，世代受剥削受压迫的农民分到了土地，冀鲁大地像过年一样热闹，家家户户笑逐颜开，风里都带着笑意，空气里流淌着蜜，从今往后的日子有了盼头。

　　这一年深秋，渤海区人民政府下达了新的征兵任务，各县区立刻开会动员，鲁北大地上掀起了打老蒋保家乡的"大拥参"热潮。

　　雏炳辉积极响应，应征入伍。"我要当兵，我家分到了土地，感谢解放军，感谢党。""我当兵了，我当兵了。"雏炳辉很开心，一路跑着回家告诉家人。离开家虽然舍不得，但想到自己能当兵打仗，能去外面见见世面，心里的兴奋还是冲淡了离开家的愁绪。

　　就这样雏炳辉离开了家乡。只是他没想到，这一离开，故乡就成了远方。

攻打运城

　　1947年2月，山东渤海军区教导旅在阳信县老观王庄成立。全旅统一配发了黄军装。17岁的雏炳辉又瘦又小，军装穿在身上又宽又大。虽然这样，还是让雏炳辉开心了好多天，军装扎在裤子里甭提多神气。他不记得已经有多久没穿过新衣服了，那些天雏炳辉走到哪都是乐呵呵的。在部队，一切都是新鲜的，一切都让人兴奋。

　　练兵开始了，体能训练很累，雏炳辉从不叫苦。在部队能吃饱穿暖，他觉得很满意。从1947年2月到10月部队完成了八个月的集训。那年10月他们开始以"长途野外大练兵"名义踏上西进征途。11月下旬，山东渤海教导旅归属西北野战军第二纵队建制序列，开始了收复延安、解放大西北的战斗，新的"长征"开始了。

　　那次的"长征"，雏炳辉这辈子都忘不了。他们一行人走了一个多月才走到山西。每人要带一百发子弹、一支中正式枪、四个手榴弹，头戴着钢盔，负重30公斤。一路上行军很辛苦，路上饿了也得走到有村庄有人家的地方，在老乡家里吃点东西，借宿一晚，第二天继续赶路。从十月底走到十二月中旬，一路上风雨无阻。到达运城时，天已经很冷了。

　　十二月的运城，风像刀子一样割在脸上。四下里都是光秃秃的山峁和土梁，汾河边上已结了厚厚的冰，身上穿着棉衣也挡不住寒风刺骨。运城是晋南战略重镇，原城防设施为日军构筑，后来经过阎锡山、胡宗南多年的经营，城防工事非常坚固，城内遍布街垒和各式巷战设施，城外壕沟纵横，堡垒无数。攻城是一场攻坚战。战争已经迫在眉睫，王震将军做了动员大会：全体指战员要不怕吃苦，打下运城过大年。此言一出，全体战士倍受鼓舞，大家出来几个月了，真有点想家了。

开始攻城了，战场上炮火连天，硝烟弥漫，战斗异常激烈，几处城墙被炸开口子，攻城突击队的几次冲锋都被击退，伤亡很大。渤海教导旅的战士打得很顽强，在第三次进攻中，二团炮兵连奉命配合三团作战。炮兵连只有一门八二炮，条件特别艰苦，瞄准备器都是战士自己动手制作的。可别小看这门大炮，正是在它的掩护下，步兵连续往前冲锋，与敌人展开了巷战。战士们个个勇猛拼搏，与敌人展开生死搏斗。激烈的战役进行了七天七夜，城防终于被攻打下来。运城解放了。

战争已经过去几十年了，从雒炳辉的讲述中依然能够感受到血染战场的激烈和炮火纷飞的紧迫。

傅炳申两唱空城计

说起安邑战争时，雒炳辉的眼神变得极有神采。

运城解放后敌军极度恐慌，连夜向临汾方向鼠窜。战争从夜晚开始，夜晚混战，常常分不清敌我，有时还误伤了自己人。但是，战士们的士气却越来越猛。雒炳辉说起了让他终生难忘的一件事。

事情发生在汾河边上。在追击敌人的过程中，十六团一营三连副班长傅炳申同志收容了七个伤病员。时值隆冬季节，汾河两岸一片冰天雪地。刺骨的北风像利刃似的从河面吹来，给赶路的伤病员增加了不小困难。傅炳申找了个避风的地方，安顿病员们稍事休息，准备过河，继续追赶部队。

太阳就要落山了，落日隐隐地浮在天边，风吹在身上更冷了。他们终于赶到了汾河边上三家店的地方。隐约听到从汾河北边传来枪炮声。大家不约而同地说："我们旅的部队在北岸同敌人接上火了。伤病员们赶紧收拾行装，准备渡过河去，赶上主力部队。"

就在傅炳申带领7个伤病员打算动身的时候，突然从河对岸跑过来几十个人，他们慌慌张张的样子，傅炳申判断，这是一股被我军打垮的散兵。怎么办？眼睁睁地看着敌人从眼皮子底下逃跑吗？不行！打吧，手下七个人都是伤病员，全部家当，只有两条火枪，十几颗手榴弹。如果同敌人死打硬拼，他们是经不起折损的。敌我力量相差悬殊，时间不许傅炳申多想，唯一可能的：只能给敌人摆个"迷魂阵"，出其不意地突袭敌人，造成敌人心理上的紧张、失常，从精神上压垮他们，迫使敌人就范。想到这里，傅炳申镇定地对大家说："看来，咱们得演一出'空城计'了。咱们八个人，一条火枪、十几颗土炸弹难道还活捉不了几十个敌人吗？"他让七个伤病员迅速隐蔽在河沿的陡坡下，作好战斗准备，见机行事，策应他收拾敌人。

听着敌人的脚步越来越近，傅炳申耐着性子算着最好的时机，他知道，只能给敌人一个措手不及，如果不把握好时机，就是凶多吉少。终于脚步疲沓的敌人涌到河边了，傅炳申突然从河岸上"呼"地站出来，他一幅大摇大摆地的样子，站在敌人面前，用威严而轻松的口吻对敌人喊话："弟兄们！我们早就在这儿恭候你们了，缴枪吧！河这边全是我们的人……"跑得心惊胆战的溃兵，冷不防地见到傅炳申高大魁梧的身躯，看他从容不迫的样子、威风凛凛的神气，以为已经落进了包围圈里。于是，几十个敌人乖乖举起了双手，把2挺机枪，6支步枪交给了傅炳申。傅炳申一抬手，7个伤病员一跃而出，把敌人连人带枪押上河岸。这时敌人才明白过来：哪有什么重兵啊！他们面前除了高个子的傅炳申，其余七个都是伤病员，不是胳膊吊着绑带，就是脚上一瘸一拐的，因为胆怯，他们糊里糊涂地做了俘虏。

大家还沉浸在缴敌的喜悦中，不远的地方出现了黄压压的一片人群。敌人追过来了。眼看敌人要过河了，已经来不及再周密地考虑作战部署。傅炳申当机立断，指挥一个伤病员把俘虏押到一个山丘后面隐蔽好。将其余六个伤病员编成3个战斗组，沿河占领有利地形，一溜儿摆开。他亲自带领一个组，扛上一挺机枪，守住敌人必经的滩头阵地。一切部署妥当，傅炳申动员大家说："同志们！我们刚才摆了一个迷魂阵，演了一出'空城计'，打了一个漂亮仗。眼下敌人又送上一块大肥肉，咱们也就用不着客气了。"说完大家按他的指挥迅速隐蔽在河沿上等待敌人。

等敌人蜂拥到河这边十几米的地方，傅炳申带着一个端机枪的战士，从前沿阵地上"呼"地跃上沟坎，像铁塔似地立在堤坎上，举起机枪威严地堵住敌人的逃路。仓皇溃逃的敌人，被这突如其来的天降神兵吓傻了。一个个像木桩似地钉在原地不敢动了。傅炳申把手往腰里一插，把那颗露在外面的手榴弹在手里晃悠了一下，他随手往后一拨拉，一幅像是要开火的样子。就听见他洪亮又严肃声音：弟兄们！你们已被包围了！你们前面一个连刚刚被我们缴了枪，你们是缴枪，还是要较量较量呀？一时间，敌人不明他们的来路，又不摸虚实，吓蒙了。这时敌军右侧"哒哒哒"地响起了机枪声，子弹从敌人头顶上"嗖嗖"地飞过去。突然响起的枪声，让敌人更加惊慌，霎时敌营中引起了一阵新的混乱。

"三营！"傅炳申向右前方一挥手，厉声制止道："不许放枪！"他的声音、姿态，庄重、威严，仿佛在敌人的右翼，真的有个三营似的。傅炳申见敌人军心动摇，乘机下令："弟兄们放下武器！听我的口令，向后——转，齐步——走！"就这样敌人乖乖地缴枪投降了。这时五个伤病员一齐跃出战壕，飞快地卸下敌人武器上的枪机。在傅炳申的指挥下，敌人背上空枪，被押上河岸。等他们看清这支队伍的实力时，已经是七个伤病员手下的俘虏了。

傅炳申派人把先前的几十个俘虏押来，他和七个伤病员站在高高的汾河岸上，数着俘虏：一共三百三十四人。伤病员们望着傅炳申高兴地说："这一场兵不血刃的战斗，打得真漂亮！"

雒炳辉的讲述充满对战友的崇敬，战士们的勇敢、机智就像是发生在身边的事情一样，那么真实、生动。往事历历在目，往事依然在心。可一切都过去了，那些在战场上英勇奋战的战友们，都已成为时光中的永恒，成为他今生忆念的一部分。陕西永丰镇战役非常惨烈，敌我双方伤亡惨重，雒炳辉说，当时他们连100多人，只剩下18人。

"我现在过的生活，我很多的战友们都没有见过，我很知足。"雒炳辉轻轻地说。

到最艰苦的地方去

雒炳辉是在永丰战役中受伤的。雒炳辉说他很幸运，只受过两次轻伤。他很平淡地说，炮弹皮打在腿上，现在已经好了，轻伤不算啥。雒炳辉说的轻伤，指的是不影响生命的弹伤。在他眼里死不了人的，就是轻伤。雒炳辉现在走路，两腿并拢，小碎步往前挪着走，已经不能正常迈步前行了，这些都是战争年代留在生命里的痕迹，当时虽不致命，却伴随一生。

雒炳辉说，当年因为年幼当的是卫生兵，一直在卫生队照顾伤病员。来来回回地运送伤员，给他们包扎、救治，见过了太多的血腥和死亡，这辈子活着比啥都重要。

1949年，识字的雒炳军成了连里的报务员。战争时期大家都知道报务员肩负的职责有多重要。那时候每天要值班，值班期间 24 小时人不能离开。这个工作他一直从事了 6 年。雒炳辉觉得这个工作虽然重要，但是自己年轻，应该到更艰苦的地方去。

刚到新疆到处是荒凉的戈壁，一切都需要从头开始。在他的一再要求下，他师部调到了团部，领着人开荒种地。雒炳辉不怕艰苦，人很耿直，刚到新疆时大家都住地窝子。有个别干部要搞特殊，命令战士给他盖房子，雒炳辉看不惯这种作风。平时并不善言谈的他，竟然跑去跟人理论：你为什么要搞特殊，大家都能住地窝子，你为啥不能住？他眼里容不下这种"特殊"的作风。

雒炳辉干活肯下苦力，吃苦干活总走在前面，当他知道连队的生产条件更艰苦时，他又要求到连队去开荒。年轻人就要去最艰苦的地方。雒炳辉又从团部到了连队，在连队他当副连长，带头和大家一起从事生产。

后来，因为雒炳辉为人公正，处事公道，组织上又派他到学校当管理员。按说这是一个轻松的工作，在那个年代简直是肥缺。那个物资缺乏的时期，雒炳辉管理的是物资，这是和每家生活息息相关的。他管理的库房里有羊毛、煤、煤油等生活里常用的物资。

从前学校冬季分煤，是班里指派人去管理员那里拉煤。雒炳辉当管理员却反过来了。他事先把煤分好，然后用小推车送到各班门口，再招呼大家推走。他说，这样做是怕孩子们在推煤的过程中浪费。

"别人家分的煤都是大块大块的，到我们家就是煤渣子，为这我妈没少跟他生气。"陈登祥的女儿说，"他把好的都分给别人，没人要的就是我们家的。他管学校的作业本，粉笔，铅笔等物资。可是我们自己的作业本，还得自己掏钱去商店买。"

只要他当保管员，任何人都别想从他那里拿一根粉笔。所有的东西，他都按规定登记造册，一支铅笔都不能出差错。要是别人在路上捡到东西，交到他那里，他也会登记上。他在保管员岗位上一直干到退休，只要他在，团里的人都放心。

雒炳辉的女儿和女婿喋喋不休地说这些的时候，老人在边上默默地听着，既不分辩也不接话，好像是在说别人的事。深秋了，风渐寒冷，雒炳辉老人的屋子里却一室暖阳。雒炳辉住的是一楼，60 多平米的房间收拾得干净整洁，如今年龄大了，3 个子女轮流来照顾他。

生活是甜的

"我现在的生活这么好，我什么都不能干了，国家还每个月给我发工资，养着我，生病住院国家还给报销。共产党好，我对现在的生活很满意。"雒炳辉说。"我从小受过很多苦，17岁当兵到了部队，就把部队当成家。这么多年是部队锻炼了我，培养了我。当兵打仗，我经受过枪林弹雨，看见那么多战友倒在敌人的枪炮中，我比他们幸运。多干点活，受点累是应该的。和他们失去生命相比，苦和累都不算啥，命运很苦，可生活是甜的。"雒炳辉说。

那天采访完见我再三要走，老人对我说："你在我家吃饭，你不在这里吃饭，我不高兴。"话说得很朴实，却很诚恳。

他女儿说，"我爸爸说，你如果不在这里吃饭，他会不高兴的，你就成全了老人家的心意。"

再三推辞不过，我只好从命。

午餐是米饭，有红烧羊排和花菜烩丸子。羊排烧得软烂，红萝卜很入味，味道鲜香可口。老人吃了大半碗米饭、几块羊排，胃口不错。

廉颇老矣尚能饭，这该是人至老年最好的状态，午后的阳光暖暖地照在身上，温暖舒适，老人不说话的时候，脸上始终挂着暖阳般的笑容，如沐春风。

简介：朱奎福，男，汉族，1931 年正月十六日出生，1948 年 9 月加入中国共产党，山东省莱阳县人。1947 年 3 月参加革命，历任警卫员、通讯员等职。1952 年后历任驾驶员、汽车运输公司调度等职。1991 年离休。

永远跟党走

——记渤海军区教导旅老兵朱奎福

张靖

革命家庭

革命意志坚如磐石，英雄气概荡气回肠。

这辈子令朱奎福最自豪的是，他出生于一个革命家庭。在他的家庭里，个个都是革命战士。

朱奎福从小就耳闻目染英雄事迹。朱奎福有弟兄 4 个，大哥、三哥早早就参加了革命的部队，坚定不移地跟着共产党的队伍打日本鬼子，打国民党。家中仅剩下未参军的二哥和他兄弟两个，虽然二哥未参军，可二哥和二嫂都是共产党员。战争年代，二哥长年为部队长途抬担架，积极支援前线作战，从战场上将伤员转移安全的后方，二嫂也不甘人后，是当地响当当的妇女会主任。

在这样一个革命家庭影响下，朱奎福一心向往革命。在幼年的记忆中，共产党的队伍是人民的队伍，只有共产党才能让老百姓翻身得解放。

小小年纪的朱奎福，曾经亲眼目睹了日本鬼子的各种暴行。朱奎福的家前店乡后店村坐落在四通八达的公路旁，日本鬼子侵略中国时，他的家乡便遭了灾。由于交通便利四通八达，日本鬼子每每路过村庄时，总会进行一番大扫荡。这些家伙一进村庄便烧杀抢夺，简直无恶不作，当地百姓恨透了他们。

只要日本鬼子一来，人们个个便如同惊弓之鸟一般，立即躲起来。幸好山东莱阳县是山区，到处是重山沟壑，老百姓躲藏起来非常容易，可即便再容易藏身，当地人们也不愿过这种天天担惊受怕的日子，况且日本鬼子一来，让老百姓的财产遭到了极大的破坏，鬼子的行径让当地百姓苦不堪言，为了保卫家乡，当地不少青年都纷纷加入抗日的队伍中去，他们发誓一定要把日本鬼子赶出中国去！

"参军必须参加共产党领导的队伍！"在当地人的心目中，共产党就是自己的队伍，专门替老百姓打天下，是一支能让千千万万的老百姓过上好日子的队伍，于是，年轻人但凡参军，也要参加自己的队伍。

往事难忘，朱奎福至今还清楚地记得八路军抗击日寇的情景。

40年代初，在莱阳的大地上，到处战火纷飞，烽烟滚滚。当年，八路军就驻扎在离村10公里的地方。一天，八路军在莱阳与鬼子进行了交战，两军对垒，由于敌人武器装备非常先进，人数众多，敌众我寡，而八路军只是小米加步枪，为了将鬼子彻底赶出莱阳，八路军战士个个英勇奋战，毫不妥协，这场仗整整打了一个星期，才彻底把鬼子打跑。战斗进行得异常惨烈，许多八路军战士便牺牲在这片大地上。

"到处都是累累弹孔，斑斑血迹，场面十分惊人。"老人不由得陷入了沉思。

正是这种山河破碎、生灵涂炭的景色，令一大批有志男儿纷纷投奔到革命的队伍中去。

投身革命

一人当兵，全家光荣！

1947年2月，渤海军区教导旅成立后，很快来到山东莱阳招兵时，当地的年轻男子纷纷报名参军，16岁的朱奎福看到别人参军时，心里不由羡慕不已。

一天，朱奎福出门不久便遇到了本家叔伯兄弟朱金奎，还有同村的董瑞，3人见到面后一起萌生了参军的念头，3个人越说越心痒痒，一拍即合。于是他们在村外经商议后，决定一同参军去。可3个小子商定后，并没跑回家告诉自家的家人，而是直接在地里挖了数十个地瓜（红薯），点燃树枝烤熟了揣在怀里，连家也不回，一起跑了十七八里的报名处，直接报名参军了。

尽管朱奎福参军时并没让家里人知道，可报上名后的朱奎福心里别提有多开心，因为能成为一名革命战士是朱奎福心中多少年的梦想，他早就和村子里大部分年轻人一样，一直立志要以身报国，打倒蒋家王朝，解放全中国，让家乡父老都过上好日子。

参军后，由于年龄小、个头小，朱奎福被分配到渤海教导旅供给部（部队后勤部）。来到后勤部不久，领导看着这个勤快机灵的小子十分喜欢，于是被分配给部队领导当警卫员。接着，他又被抽调到通讯排当通讯员。

朱奎福至今还清晰地记得首长的名字叫张仲瀚。由于战事紧张，刚刚组建的新部队由于时间紧迫，部队经过简单的集训后便出发了。由于新兵太多，路途中，新战士边走边训练，朱奎福和许多新战士一样，经过严格训练后，很快成长为一名真正的革命战士。

随着解放战争全面铺开，部队一路马不停蹄，经过莱州、寒亭、周村、惠民等地，1947 年 11 月，部队进入河北，从此，部队的番号也由渤海军区教导旅改为西北野战军第二纵独六旅，开始了解放西北的伟大征程。

南征北战

"这辈子跑过的地方太多了，行军打仗哪会在一个地方待着。"朱奎福说着陷入了往事的沉思之中。

是啊，战争年代，部队南征北战很少在一个地方驻扎太久。随着战事不断扩大，部队经由河北献县、河间、望都、涞源等地后进入山西省。进入山西省后，部队在灵丘、五台等地行动（晋东南地区）。

在枪林弹雨中穿行，只要一提起战争年代，仍然能感到当时惊心动魄的气氛。

1947 年底，当第三次攻打运城时，为了阻拦我军的进攻，敌人提前做好了各种准备，不仅兵力增强、工事严密，而且火力配备不断加强，他们不光全部修复了以前被我军摧毁的工事，同时又在城东增修了不少碉堡。

在攻打运城时，朱奎福所在的部队和阎锡山的晋军相遇，敌我两军狠狠打了一仗，此次战斗格外激烈与残酷，在我军战士的英勇杀敌下，最终我军取得了战斗的胜利，攻下了运城，宣告运城解放。

随后，部队奉命靠近山西的运城、河津、侯马、临汾一带。

1948 年夏，部队由山西经过黄河，进入陕西省，在韩城、合阳、澄城、大荔、黄龙一带，参加过大大小小多次战役，在黄龙山麓反击战中，朱奎福所在的部队和胡宗南所率领的国民党部队打了一仗，这一仗，独六旅胜利完成了黄龙山麓阻击战任务，并创造了我军1个步兵团抗击敌军1个装备精良整编师的著名战例。战斗结束后，十七团一营二连获得二纵授予的"攻如猛虎、守如泰山"锦旗一面。

1949年2月，部队又新改编为中国人民解放军第一野战军一兵团二军六师，张仲瀚任师长。

1949年初，为了防止兰州马家军逃至新疆，部队急驰直插青海，最后解放西宁。

革命信念，坚定不移。从参加革命的那天起，朱奎福就地跟部队走南闯北，由于作战英勇，曾获得过三枚"八一解放勋章"。

一路西进

"祁连山太冷了，由于前面翻山的战士没发冬衣，许多战士冻死在山上。"躺在床上的朱奎福，依稀还记得当年翻山的情景。

解放西宁后，部队经过短暂的休整和补充供给之后，于是便奉命开始翻越祁连山。

1949年秋天，部队经大通河、门源等地。由于要翻越祁连山，战士们纷纷做好出发前的各种准备。谁都知道祁连山不仅海拔高，山势峻峭地势险要，而且山里的气候变化无常，此时并不是翻山的最佳季节，尤其祁连山深处已是冰天雪地，大雪纷飞。

然而，部队在短暂的时间补充食物及准备御寒衣物后，便开始出发了，由于天气非常寒冷，作为后面的部队，战士们不但发了冬衣，还每个人身上带了捆木柴，以防不备之需。

翻越祁连山，部队经民乐后终于到甘肃张掖，后经临泽、高台等地到达酒泉后，最后终于与大部队会合。

随着兰州、青海、宁夏相继解放，西北战场的主要问题就剩下解放新疆。毛泽东充分考虑到新疆的历史和现状，作出了争取和平解放新疆的决策。

然而，在敌对势力的挑拨下，一部分人企图分裂新疆。1949年，朱奎福随部队到达酒泉后，部队开始紧急集合，由王震司令员做动员并下达命令，要求部队立即步行急驰入疆。

由于形势非常紧张，部队入疆后先到达哈密，然后兵分几路，一路沿天山经鄯善、吐鲁番、托克逊过甘沟直插南疆，一路沿天山北麓经巴里坤去北疆，还有一路经达坂城到乌鲁木齐市。而朱奎福所在的六师一直到达焉耆，部队到达焉耆后，立即就地安营扎寨。

全国解放的形势一片大好，鼓舞人心，朱奎福与战士们的身上有使不完的劲。

此时的新疆，天寒地冻，滴水成冰，天气十分寒冷。由于新疆经济十分落后，百业凋零，物资奇缺，1949 年 12 月 25 日，中央军委发布《关于 1950 年军队参加生产建设工作的指示》，决心在全军立即开展大生产运动，从根本上解决部队粮饷问题。从此战士们开始了屯垦戍边的艰苦创业。

1950 年初，为了自给自足，整个部队全体官兵都投入到轰轰烈烈的大生产运动，朱奎福和战士们一手拿镐，一手拿枪扎根边疆，开荒造田，挖沟排碱，种稻洗盐，推广植棉。

"前半生为解放大西北浴血奋战，出生入死，后半生为开发大西北披荆斩棘，死而后已。"这是对当年朱奎福这些老兵们最真实的写照。

直到 1954 年 10 月，随着新疆生产建设兵团的成立，农二师归属于兵团建制。

司机生涯

茫茫沙海，烟波浩渺。当年那个偷偷从家乡跑出来投身革命的朱奎福，做梦也没想到有一天自己也能开上大汽车到处奔跑。

1952 年，由于朱奎福所在的部队供给部，有一大批从国民党那里缴获的汽车。这么好的汽车急需年轻的汽车司机，此时的朱奎福便进入了领导的视线，由于他机智灵活，很快被调到了供给部汽车班（后为汽车排）学开车。朱奎福至今还清晰地记得师傅叫张健，是个河南人，排长是张振忠，是个山东宁津人。

解放初期，虽然司机看起来是个非常不错的职业，可只有运输班的司机们才知道，这项工作不仅非常辛苦，而且还十分危险。

50 年代初，新疆一切百废待兴，各种物资十分缺乏。尤其是部队师部驻守新疆焉耆地区后，小到生活日用品，大到机器设备，个个都需汽车拉运。作为汽车班，由于当时西线铁路通车终点只到陕西宝鸡，运输主要任务就是从内地往师部拉运各类物资，所以大部分物资必须由宝鸡拉往焉耆。

从焉耆到宝鸡，几千公里路程啊，从此朱奎福驾驶着大汽车奔波于大漠与荒滩之中。

热爱工作的朱奎福，一工作就没白天没黑夜的。车队一共就那么十几辆车，要干的活却排成了长队，由于路途遥远，朱奎福一去就是按月计算，拉运货物顺利时一个多月，不顺利时，一来一回3个多月。夏天烈日炎炎，冬天寒风凛冽，长年在外奔波吃尽了苦头。

由于北方的天气十分寒冷，一到冬天，跑长途的朱奎福就得全副武装，棉帽、大皮袄、老毡筒，因为长期出门在外，哪有暖暖和和的旅店住，有时不定走到哪就能在车上过夜，而且谁也无法预料会发生什么意外情况。由于交通不发达，沿途的道路坑坑洼洼十分难走，很多地方根本就没有路，尤其到了干沟地带，崇山峻岭、山路弯弯非常危险。不仅如此，那里道路十分狭窄，一到下雪的时候，路面打滑，稍不留意大车便会翻下山崖。长途拉运，司机最怕汽车坏到路上，一旦坏到路上，在前不着村，后不着店，真是叫天天不应，叫地地不灵。

天有不测风云，人有旦夕祸福。

一天，车队一位姓陈的老驾驶员要去乌鲁木齐。由于两家关系非常好，临走前，陈司机见到朱奎福的妻子迟桂花，还忍不住跟她开玩笑道："桂花，爸爸要到乌鲁木齐去了，想要什么就说一声，等回来爸爸给你买花生吃！"说完，笑呵呵地走了。

然而，这次长途运输并没有像陈司机想象得那样顺利，汽车行驶到干沟时，竟坏在了半路上，陈司机和副驾驶室两个人被死死困在了山上。冬天干沟的夜晚零下几十度，身上穿得再厚也不顶用。结果，这位富有经验的老司机被活活冻死在了车上，而副驾驶员最后被过往的人员发现送到了医院，然而，被抢救过来的副驾驶的手却因此被冻伤残。

草木含悲，风云易色，只要货车司机一提起他们曾经的经历，个个都有一把辛酸泪。

长年驾驶汽车，哪会不遇到危险。朱奎福永远也忘不了1955年的冬天，那年朔风劲吹，寒气逼人，又是一个奇冷的冬天。

一大早，准备妥当的朱奎福早早便来到了自己心爱的大汽车旁。今天的车有些反常，往日车几下子就打着了火，可由于气温急骤下降，汽车发动机怎么也打不着，他越着急车越不听使唤，于是他不得不拿起摇把子开始挑车，可摇了半天，汽车还是纹丝不动。怎么办，眼看着时间一分一秒地过去，可汽车犹如同他作对般的不管用什么办法可就是打不着。

眼看就要耽误时间，这时的朱奎福已心急如焚，手上不由加了把劲儿，正当他用力摇时，大概由于用力过猛，摇把子突然猛地弹回，巨大的反弹力正打在了他的额头上，瞬间将他打昏过去。

这次意外事故，让朱奎福整整在家躺了一个多月，头痛得如同炸裂一般。由于当地医疗条件有限，受伤的朱奎福并没有住院治疗，而是一动不动地躺在了家里。这次受伤，让他的大脑留下了终身的后遗症。从那以后，他经常头部眩晕，而且记忆力严重下降，经常什么事情都不记清楚。

往事不堪回首，正是那段艰辛的奋斗才能生命显得格外有意义。

从开始开车那天起，朱奎福就一心扑在了工作上，长途拉运，朱奎福再也顾不上自己的小家庭，由于他长年不在家，出发前第一个儿子还未出生，等他回到家时，儿子已经快满3个月了，第二个孩子出生时，他同样还在遥远的兰州。

随着宝鸡——兰州铁路修建的延伸，运输物资最初从宝鸡开始随着铁路向西延伸，即宝鸡、陇西、定西、兰州、武威、张掖，酒泉、嘉峪关、安西、疏勒河、柳园、星星峡、哈密至大河沿（吐鲁番）。而朱奎福拉运的路程，也一点点缩短。

师部开车

吉星高照，时来运转。

几年后，朱奎福已成长为一名老司机，由于驾车技术十分娴熟，1956年，朱奎福调到了农二师师部小车班工作段，专门给领导开车。

那段日子是幸福的，在开小车期间，朱奎福见到了许多他所敬仰的机关的老领导，如阳焕生、谢高忠等。在他的记忆中，这些领导们不仅平易近人，而且工作非常敬业，凡事都必须亲力亲为。在朱奎福的印象中，谢高忠是个山西原平县人，中等个儿，只要一工作起来从来不分白天黑夜。

由于农二师分布面积广，团场与团场之间相距甚远，为了检查工作，这些领导整日奔波在团场的田间地头，及时了解掌握每个团场的生产种植情况。

此时，师部仅有三辆车，朱奎福的小车便是其中一个。跟着领导下团场，少则几天，多则一个多星期。这些老首长，一到团场经常几天几夜也不回家。作为一名领导，谢高忠对整个团场的生产情况简直了如指掌，就连每个团场有多少亩土地面积，各团种植什么农作物都一清二楚。只要一到团场，他便直接和当地职工同吃同住，从来不搞任何特殊化。而且这些领导一心扑在工作上，每天都在团场与连队之间奔波，极少坐在师部机关的办公室里。别看他们个个都是农二师的领导，可他们从来都没有官架子，对下属也非常关怀，平时总是问寒问暖，让下属非常感动。

而且这些领导一工作都不要命，从不顾及自己的小家庭。他们的孩子也如同其他孩子一样都被送到师部托儿所，而且个个都是全托，每星期只有星期六下午才把孩子接回去，待一个晚上后，第二天下午便早早将孩子送到了幼儿园。

在给师部领导开车期间，朱奎福也一刻不闲，曾拉着领导、机关人员、技术人员，对现属农二师的三个主要垦区全过程参与了勘探勘定工作。

作为一名老司机，即便给领导开小车也有遇到突发状况。

1966年冬天，寒风凛冽，大雪纷飞。

一天，朱奎福开着小车正准备去乌鲁木齐出差。当车走到冰达坂时，此时地面上结了一层薄冰，车走在路面上直打滑。不仅如此，由于冰达板多处道段非常狭窄，仅容两辆车通过。当他驾驶着车往上行驶到第二个盘山道时，他正专心致志地驾驶车，突然迎面来了一辆大汽车。可此时的路面实现太窄了，他根本无处可躲闪，瞬间连人带车一同滚下山崖。正当车往下翻滚时，幸好不远处有一个台阶拦住了翻下的车辆，车才没掉进山崖。

就在这时，坐在副驾驶位置的同事李金斗，关键时刻临危不乱。趁着破碎的车窗，艰难地爬了出来。接着，又将朱奎福从车上硬拖了出来。这次车祸看着惊心动魄，所幸两人谁都没有受伤，两人望着对方不由地长叹了一声。

决不能让国家的财产遭受损失！看到心爱的小车受损，朱奎福再也顾不上浑身的疼痛，两人立即跑到了附近找了辆吊车，才把小车吊了出来，一口气将车送到了乌鲁木齐修理站。

当拿到修好的车辆时，他这才露出欣慰的笑脸。

汽车调度

做好本职工作，全心全意为职工服务。

随着铁路线不断向西延伸完善，火车也终于由内地通到了新疆大河沿。火车通到了新疆，拉运物资就更方便了。

1966 年，农二师在大河沿成立一个转运站。由于工作需要，朱奎福被调到了大河沿转运站担任汽车调度工作。离家千里，转目成往事，这一去便是 22 年。

作为大河沿转运站，此时存在的意义非凡。新疆交通虽然得到了很大改善，可由于基础设置不完善，火车仍未通到库尔勒。而 60 年代，兵团农二师的建设工作正在全面展开，各种物资需求数额巨大，所有物资必须要到大河沿长途拉运。从库尔勒到大河沿，虽然只有几百公里路，可一回趟家并不是件容易的事。

一到工作岗位，朱奎福便全身心地投入到工作中，而且从不找借口私自回家，只有每月报账时才回家看看，由于转运站工作繁忙杂事很多，报完账朱奎福从不多留片刻，办完事回家看看又立刻走人，此时的家如同旅馆一般。

有了转运站，朱奎福便有了忙不完的事情，拉货、拉人、调动车辆，小到日用百货，大到机器设备，每天都忙得团团转。不仅管拉货，还要管拉人。因为当地不通火车、班车，二师职工出行极不方便，每天转运站挤满了人，探家的、回家的、办事的，只要经过转运站人们都来找他想办法，看着他们着急的样子，朱奎福把他们每个人的事都当成了自己的事来办。

由于车辆十分紧张，出趟远门非常艰难。运气好时，搭上车就能走人；运气不好时，等一个多星期也没车。有时候等车的人多了，由他做主不拉货直接送人。作为一名二师人，他深知一大家出行的困难，尤其是塔里木地区的人员，出来一趟非常不容易，一路上根本没有现成的车辆，几乎全靠搭车，回老家探家，假期只有一个多月，光路上一来一回最少就得耗上半个多月。

建设新疆、扎根新疆，多少军垦一代付出了辛酸的泪水。即便如此，在二师这片土地上，一批批有志青年依旧前赴后继，不畏艰难。1952 年先后来了两批山东女兵；1954 年又来了一批山东女兵；1956 年来了一批河南人；1959 年来了一批湖北人、江苏人。接着，又来了一批上海人；1966年来了批北京人。他们如同一支支蒲公英，飞翔在农二师的角角落落，播下种子，开花结果。正因为有了他们的辛勤与奉献，大西北这片荒凉的土地从此变得生机勃勃，五彩缤纷。

春华秋实，辛勤工作。从 1966 年离开家，22 年来，朱奎福不远千里长年奔波在异乡的土地上。直到 1988 年，已经 57 岁的他才从大河岩调回库尔勒，工作还是调度，工作依旧还是那么忙，团场秋收、粮食收割、粮食拉运，所有车辆使用仍由他负责调配，样样事情都少不了他。

虽然回到了库尔勒，可工作的地点离家十几公里，一来一回要跑几十公里，年近六十的朱奎福，每天骑着自行车奔波在路上，渐渐地他感到体力不支……

恩爱夫妻

每一个事业有成的男人背后，都有一个默默奉献的好妻子，朱奎福也不例外。

长年在外工作的朱奎福，幸好有个勤劳贤惠、善良、知书达礼的好妻子，家里的大大小小的事情他从不过问，全靠妻子一人硬撑着。朱奎福有 4 个孩子，而妻子迟桂花，既要上班工作，还要照顾孩子，不管再苦再累，她从来无怨无悔。

雪粒飘洒如碎纸纷飞，扑扑瑟瑟地敲着窗台。天还没亮，迟桂花便早早起床了。作为一名幼儿园的阿姨，她每天要先将自己的孩子穿好衣服送到幼儿园，接着还要照顾更多的孩子。为了不让幼儿园的孩子们冻着，她要提前两个小时上班，在所有的孩子没送来之前，她要提前先把房间烧得暖暖和和，房间打扫得干干净净。

幼儿园是名副其实的托儿所，由于大家工作都很繁忙，职工们的孩子们刚满月就一个个送进了托儿所。

一个人带着十几个孩子，托儿所就是孩子们的家，吃喝拉撒全由阿姨负责。作为幼儿园的阿姨，不光要看护孩子，还要全心全意地照顾孩子，给孩子洗头、洗澡、洗衣服，样样事情少不了。由于条件有限，为了给孩子们洗衣服，大冬天里，迟桂花常常用刺骨的冰水为孩子们洗洗涮涮，由于长期使用冷水，十个纤纤细指已严重变形丑陋不堪，一到变天，便疼得她整夜睡不着觉。不仅如此，晚上还要开大会，每天一直忙到十一二点才能休息。

舍小家为大家，一心扑在工作上。而朱奎福倒成了甩手掌柜，家里大小事全然不顾。为了支持丈夫工作，妻子再苦再累也从不让他分心。大女儿得白血病，一病就是 8 年，在这期间，朱奎福从没请过一次假私自回家看望孩子。为了带孩子到上海、乌鲁木齐等地看病，妻子一个人带着孩子四处奔波，无论再累再苦，妻子都默默咬牙坚强地硬挺着，直到女儿去世前的一天，朱奎福才匆匆忙忙跑回来。然而，就在他回来的第二天，大女儿便永远地离开了人世。

"老朱这辈子只喜欢工作，家里事情都和他没有关系。"说这话的时候，妻子有些埋怨，更多的时候是无奈。

弓弦有张弛，夫妻有进退。尽管如此，夫妻俩感情才非常好，两口子从来没吵过架，已经84岁的妻子和90岁的他，两个人还跟年轻人似的照样有说有笑地开玩笑。

发挥余热

虽然已经脱去军装很多年，但朱奎福却脱不下对部队的眷恋。

退休不退党！退休后的朱奎夫，一天也没忘记过自己是一名共产党员。虽然从不热衷于干家务活的他，却对党支部开展的各项活动格外积极，一有时间就去社区发挥余热。作为兵团二师中联客运的一名退休老干部、老党员，他不仅认真参加党支部的各项活动，还积极主动为党支部收党费、为退休的老干部发报纸，平时支部各项活动总少不了他，由于他工作积极，每次带头学习，成为一名支部委员。

辛勤耕耘，果实累累。这位一直忠于党的事业的老兵，荣誉接接踵而至。朱奎福在2012年的"创先争优活动"中被评为"离退休好党员"；2013年，被二师中联客运评为"发挥余热好党员"；荣获2014年度离退休支部"发挥余热老党员"荣誉称号，2015年被公司评为库尔勒片区老干部支部发挥余热好党员。

沧海横流，方显男儿本色。虽然年迈的朱奎福已躺在床上不能活动，而他骨子里军魂依然挺立。永远跟党走，永不掉队，他不会忘记参军及入党时的初衷与誓言，并为之奋斗了一生。永远跟党走，与党同心同德，朱奎福老人的老兵精神和爱国情怀，将代代相传，永不消逝。

简介：魏寿耆，男，汉族，1934年6月出生，山东省宁津县人，1955年加入中国共产党。1947年2月入伍，历任渤海军区教导旅二团一营卫生员、药剂师等，1959年后任第二师焉耆医院副院长。1994年6月离休。

记忆的荣光

——记渤海军区教导旅老兵魏寿耆

兰天智

第一次见到魏寿耆时，他刚刚出院不久，躺在床上吸氧。我坐在他的床边和他交谈。当我提出谈谈他参加过的战役中难忘的往事时，他轻轻摆了摆手说："说这些没啥意思啊，让别人认为这是在摆什么功劳啊，我自己的事情，给子女们也从来没有讲过。前段时间就来了好几拨人采访，我都没有说，你打了好几次电话，拒绝你来也不好意思。"

"这不是摆功劳，这是我们的精神财富，要把你们的这些英雄事迹载入史册。"我说。

"不说了，不说了。摆什么功劳啊！"看着他很不情愿的样子，聊了一会儿，我只好打道回府。

第一次采访未能如愿。

过了几天后，我再三联系，他终于同意了我采访的请求。

那天，我们约定下午四点钟见面。当我再次来到他家时，他坐在轮椅上，已经在客厅里等我。虽然已进入耄耋之年，但在他身上军人的本色尚未褪去，令我感动和钦佩。

"那真是阶级兄弟啊！"

好汉不提当年勇！

我们刚开始交谈，他又说那句话："说这些没啥意思啊，摆什么功劳啊，那么多死去的战友，他们才是真正的英雄啊。1947年底，在第一次战役打山西运城时，我们二连连长崔金山就牺牲在了战场上。"

"您参加了哪些战役？"我问。

"参加的战役多了，第一仗打的山西运城，后来过了黄河，打的宜川、瓦子街、合阳、眉县、澄城县、扶风县、荔镇、永丰镇、白水等地的解放战争都参加了，和国民党在'拉锯'，他们在那边，我们在这边，打过来扯过去。"魏寿耆表情凝重地说。

在采访的过程中，他总是很低调，始终不提自己的事情，在他心里装的最多的还是他的战友。

在他的记忆中，最难忘的是永丰战役。他告诉我，永丰战役伤亡较大，尤其是一连、二连的伤亡更厉害。

他像讲故事一样娓娓道来：那天夜里，部队强行坑道作业。到了半夜，坑道尚未全部完成，有的坑道却已被敌人发现。为避免坑道遭破坏，提前向敌人发起了第二次总攻。顿时，炮火点亮了夜空，硝烟笼罩了永丰镇。十七团、十八团，勇猛地打退了坚守的敌人后，主动冲击，冲入了镇内，分别向东、西两面纵深猛烈突击，扩大战果。其时，各友邻部队也从不同方向冲入镇内……

魏寿耆滔滔不绝："那时打仗打红了眼，战友牺牲很多啊！本来我是带着一批伤员，到团部卫生队去进行包扎处理，这里面就有一连的排长杨和顺，他'挂花'了，左胳膊被打伤了。我回到战场时，他也跟着我回来了。他回来后，直接冲到了一连的阵地，一个手拿着枪打，还拿下了一个碉堡。我到营部汇报，营长说：'谁叫他回来的，他都伤成那样了……'"

"同志们，冲啊！为牺牲的战友报仇……"魏寿耆似乎就在战场上，双手抱在胸前，做出了持枪冲锋的动作。他说，在战场上，根本不需要动员，战士们喊着口号就冲上去了。

说到这里，他的眼里涌动着泪花，他哽咽着说："牺牲了那么多战友，现在提起来，我的心里都难受啊，那真是阶级兄弟啊！"

宁可牺牲自己，也要保护战友

魏寿耆今年88岁，头发斑白，精神欠佳，行动不便，听力也不好，说话时需凑近耳朵才能听清，但他思维清晰、眼睛尚好。他提起司号班长杨善梅的故事时，我把杨善梅写成了杨善民。他在我的采访本上扫了一眼对我说："不是人民的民，是梅花的梅，是杨善梅。"

魏寿耆告诉我，那时，他是一营营部的卫生员，杨善梅是营部的司号员，他们几乎天天在一起战斗。

提起这段往事，魏寿耆显得有点兴奋。他告诉我，当时在军营，日常的生活、训练、作战基本上都是靠号音指挥，司号员对数十个号谱都非常熟悉，背得滚瓜烂熟。比如说，什么是集合号、什么是起床号、什么是冲锋号、什么是撤退号、什么号在叫连长……就连吃饭、睡觉、转移等都有不同的号谱，不同的连也有不同的号谱。营长下命令、跟上面联系，都是靠司号员吹号，比如调哪个连长，司号员一吹军号，连长就知道了，别人听不懂，敌人更不明白吹的是什么号。

"司号员鼓鼓嘴，千军万马跑断腿。"这句当年流传在军营的顺口溜，就形象地说明了司号员的重要地位。营长、连长到哪里，司号员、卫生员就在哪里。魏寿耆对我说，卫生员和司号员牺牲的比例也是最高的。"我们营就牺牲了两个卫生员，两个司号员。"

魏寿耆说，永丰之战是一次规模大、歼敌多的村落攻坚战，也是西征途中最壮烈的一次战役。在这次战役中，他们一营二连和三营八连还荣立了战功。他记得很清楚，在攻打永丰镇的时候，营长一声令下，杨善梅就如离弦之箭一样，跑出20多米远的地方"嘟嘟嘟……"吹响了军号，听到这鼓舞士气的号声，战士们像黄河的水一样奔涌而上，冲向了敌人，在一片喊杀声中展开了殊死的搏斗。这一次歼灭了不少敌人，敌人的七十六军就是在这里全军覆灭的。

"为啥要跑出去？"我不明白。

"保护领导啊，敌人都知道，哪儿有号哪儿就有指挥官，敌人的枪炮就打过来了。"

他长出了一口气，感叹道："这是一种自我牺牲精神，宁可牺牲自己，也要保护战友。"

"司号员就是我们电影里看到的冲在最前面、站在最高处吹军号的那个人，确实很危险，也很勇敢，英勇无畏。"我说。

他一听，笑了，慢悠悠地说："那是在拍电影，其实不是那么一回事儿，司号员不可能跑到最高处吹号，那不成了敌人的靶子吗？毛主席说过，在战场上，要消灭敌人，还要保护自己，自己都保护不好牺牲了，还能消灭敌人吗？"

他给我讲了杨善梅吹号的一次经历，"推翻"了我说的"司号员冲到最高处吹号"的错误认识。

在黄龙山战役中，为掩护西北野战军主力部队向西府行动，独六旅十七团、十八团奉命到澄城以东的坡底岭阻击胡宗南的部队罗烈所部整编第一师。十七团正面接敌，顽强抵抗。敌人反复冲锋，双方打得非常激烈。

"杨善梅很灵活啊！敌人的枪炮子弹就像雨点一样密密麻麻射过来。这时，营长下令让一连冲锋，杨善梅在敌人的枪林弹雨中，躺在地上吹起了冲锋号。顿时，号声响彻山谷，阵地上一片火海，战士们在一片喊杀声中和敌人展开肉搏。这是需要勇气和功夫的，没有那个功夫，躺在那里能吹响吗？如果他站在最高处吹号，那不就成了敌人的靶子了吗？"说着，他陷入了一阵沉思中，似乎又回到了炮火连天、硝烟弥漫的战场。

过了好一会儿，他才缓过神来，从旁边拿出了一沓密密麻麻写满电话号码的 A4 纸大小的硬纸板，寻找起杨善梅的电话号码来。

"挂花"了也不知道，依然在抢救伤员

采访的过程中，他不愿提起自己立功的表现，他的记忆中只有战友。在我的一再央求下，他才给我讲述了他受伤的一次经历：

"也是在永丰镇。当时打仗都有个经验，如果天气好、晚上月光清澈，那就安全睡觉吧。如果晚上天阴下雨，晚上就有行动。因为晚上刮风下雨，敌人从来不会出来，我们就乘着夜色去包围他们。部队的指示是：要精战、夜战、包围战。那时，团部、连队都有侦察员，把敌人的情况都侦察得一清二楚。

那天夜里，天气阴冷，侦察员把掌握的情况向营长汇报后，营长下令立即行动。我们很快包围了敌人，把敌人打疯了，他们狗急跳墙跑到了房上。敌人在房上从上面往下面打，我前面有个医生，他的胳膊被打断了。医生后面还有个卫生员，姓刘，就在这里牺牲了。子弹就是这样，是不长眼睛的。天亮了，我看到我的绑腿上黑乎乎的一团，像火烧了的一样。我仔细一看，原来是腿上的血浸透了绑腿，血迹都干了，我才知道自己'挂花'了。"

停顿片刻，他又说："那时候打仗，思想很紧张，精神高度集中，自己挂着花都不知道，依然在忙着抢救伤员。我的命好，没有打到骨头，只是把我的裹腿打穿了，把肉皮打伤了，我的命还是好啊，哈哈哈……"

说到这里，魏寿者笑得很开心，像个憨憨的小孩。"'挂花'后还给我发了挂彩费，现在叫慰问金。我们用挂彩费在老乡家里买了一只鸡和一些鸡蛋，和战友们一起吃了，算是改善了一下生活。"他又一次笑了，笑

得很灿烂，在那写满岁月疤痕的脸上，笑出一个个括号来。

在我的要求下，他慢慢弯下腰，挽起了裤子。我看到，在他的左腿上，有一道七厘米左右的伤疤。伤疤像一条河，在流淌着岁月深处的那段峥嵘岁月。

这一次，魏寿耆荣立了一次三等功。

"还有一次，是在黄龙山，那次也打得异常激烈。敌人正面攻击失利后，增派了一个团在排炮掩护下，从三面向三营的阵地扑去。阵地上顿时一片火海，有几处已被敌人打开了缺口。危急时刻，我们一营接到命令，要冲到敌人的背后去打。就在这个过程中，突然出现了敌人的飞机。飞机飞得很低，敌人的驾驶员都看得清清楚楚。敌人的子弹像雨点一样向我们射来，有时打到砂石上火星四射，石头渣子和漫天火星溅到我们的脸上，顷刻间，我们被浓浓的硝烟笼罩了。"

说到这里，魏寿耆用手捂住了鼻子，似乎又嗅到了战场上的硝烟味。取开手，他又接着说："我们是人民解放军，英勇无敌，敌人的几发炮弹怎么能封锁住我们进攻的步伐？我们最终还是冲过了敌人的火力封锁，一阵猛烈射击，把冲到我们前沿阵地的敌人打了个晕头转向。"

就在这次战役中，他旁边就有两个人牺牲了，一个是医生，一个卫生员。"那个时候，就听天由命了。打仗就要不怕死，怕死你也活不了，你不怕死时，也不一定能死掉……"魏寿耆笑着说。

提起战场上救人的事，魏寿耆的表情一下子显得悲伤起来："抢救伤员的过程是特别揪心的，战友们有腿子断的，胳膊断的，我们在前线进行简单的包扎和止血，然后再抬到后方进行救治。在战场上，打死打伤的人太多了，也不知道叫啥名字，长什么模样，只知道救治战友，这是我的工作啊。"

"战争就是血的教训，战争就是教科书。战场上，我救过不少战友，战友也救过我。我们三十三团团长付炳辉你听说过没？他是 1948 年地方干部参军，后来是指导员。他在重机枪连，在一次战役中，敌人打过来了，离我很近，敌人喊话我们都能听得到。他冲我说：'小魏，这里很危险，你赶快走，赶快走，我在这里抵抗'……战场上的事情说不清楚，瞬时变化啊，如果我不及时走开，说不定就被打死了，也可能被敌人抓走了，敌人离我很近啊。"魏寿耆一脸认真地说。

此时，我想起了电影中的片段，在生死关头，那些英勇牺牲的英雄，总是把生的希望留给自己的战友！

难忘参军的情景

魏寿耆出生于山东省宁津县柴火店区魏家村，1947 年 2 月，不到 13 岁的他就参了军。直到现在，他也很难忘记当初参军时情景。那段埋在岁月深处的记忆的荣光，是他此生的光荣，也是他们家族的光荣。"参军的那一天，我穿上了新军装，身披两匹红布，胸前戴着一朵大红花，还为我找来了一头骡子，把骡子也打扮了一番，在头上挽了一朵小红花。"魏寿耆提起当时的情景，显得很幸福："那时我还小，骑不到骡子上，还是我们村的党支部书记魏文林把我抱到了骡子上，把我送到了集中点。在离开村庄时，我骑在骡子上，村里的人们站成两排夹道欢送，喊着'一人参军，全村光荣'的口号……"魏寿耆松弛的脸上开出了灿烂的花朵。这是心底溢出的荣光激流浇开的幸福之花！

他笑着说，当时还不知道魏文林是他们魏家村的党支部书记，那时的党员身份都是秘密的。直到 1957 年，他参军 10 年后回家探亲时，魏文林也来到了他家，他才知道魏文林当时就是党支部书记。

更让他难以忘怀的是，10 年后回家探亲时，他家门楣上挂着的那块"一人参军，全家光荣"的牌子。"共产党没有忘记我们，祖国没有忘记我们，当地政府也没有忘记我们，春节、八一建军节等逢年过节都来慰问我们，让我们很感动啊。"魏寿耆激动地说。

是啊，为了保家卫国参军，不光是他家的光荣、魏家村的光荣，也是我们祖国的骄傲。强大的军队是我们国家安全的基础和保障，正是因为有了这一批批革命前辈的牺牲、一代代无名英雄的付出，才有了我们今天幸福安定的生活。

如今，时光早已把当年风华正茂的小伙子雕刻成一个经历过不凡沧桑岁月的耄耋老人。

初心永不变

耄耋之年的魏寿耆，在党已 66 年。提起入党的事情，他记忆犹新："1947 年，那是在攻打山西运城的战场上，我就递交了入党申请书，表都填过了，结果因为我的年龄太小，就没有如愿。到了第二年，由王庆安和张文义（音）两名党员介绍我入党，还是因为年龄小，结果批下来是加入了共青团，成了一营唯一的共青团员。1953 年，六师召开党员代表大会，我还参加了党代会。直到1955年5月，我才加入了党组织，这次我的入党介绍人是齐春亮和李义。齐春亮是剧团唱京戏的，他经常扮演关公。"

"为什么把每次的入党介绍人都记得那么清楚？"我问道。

"他们是我的引路人，不能忘啊！"

参军初期，由于魏寿耆年龄小，就把他分到了山东渤海军区教导旅二团一营卫生所当卫生员。经过解放战争的锤炼，来到新疆后，他被分配到步兵六师休养二所一连当护士。后在西北卫生干部学院等多次培训学习后，成了药剂师、医院副院长等。

在九死一生的炮火硝烟中，在薪火相传的革命征途上，魏寿耆经历了一次次血与火的淬炼。在人民军队的行列里，从当卫生员的严谨细致，到当突击队员的英勇无畏；从永丰战役冲锋在前，到陇青战役舍生忘死，魏寿耆在每一个战位上，都践行着自己神圣的入党誓言。

蓦然回首，如烟的往事历历在目，似乎就发生在昨天。

魏寿耆想起了翻越祁连山的艰难："翻越祁连山时快冻死了，上面下着雨，下面踩着雪，人在云彩里走啊。我们六师是后尾，四师、五师在前面，穿的衣服很单薄，冻死、冻伤的战友很多啊。我们在青海听到消息后，赶快补充了衣服。在行军时，背上柴火，给每人发一个辣椒。在特别寒冷的时候，咬一口，还不准一次吃完。一方面御寒，一方面要刺激提神。"

他记得很清楚，在青海西宁行军前，还给他们每个人分发了一小碗肉干，装在口袋里，没有命令还不能吃。部队都是统一行动啊！

"1949年底，我们本来在酒泉，在春节前就进驻新疆。当时，天气冷，汽车紧张，我们就在酒泉过了个春节。一个人分了四分之一的锅盔，这是很难忘的。现在想想，那时坐汽车太难了。因为汽车特别紧张，我们坐在车上，人挨着人，只要坐在车上就动弹不得，动都不能动。停车后，战士们都下不来车，人都僵硬了。一个连只有一辆汽车，汽车的驾驶室上面也坐着人。"魏寿耆说，部队刚进驻新疆时条件也很艰苦，没有住的地方，吃的也不够，驻地环境很荒芜，遍地芨芨草，野猪到处跑……

魏寿耆告诉我，初到焉耆时，虽然条件很艰苦、环境很荒凉，但战士们的思想一点也不荒凉，劳动热情都很高。开荒、修渠都是利用早、晚的业余时间在进行。早上天刚刚亮，就到了工地上干几个小时；晚上吃完饭，再到工地上；有时有月亮时，会干到很晚，那真叫披星戴月啊。为了节约人力，本来需要6个人干的活，4个人就干了，那时年轻，劳动热情高啊！大家都一样的，一不怕苦，二不怕死，根本不知道苦和累，谁都争先恐后地干，谁落后了脸上都不光彩啊。

这些埋在岁月深处的历史贝壳，被魏寿耆一一打捞上岸。"那时修渠腿子泡在水里，从渠中上来风一吹，皮肤都裂了口子，钻心地疼啊！大家休息了也不敢上来，还是把腿泡在水里……现在把这些讲给年轻人听，他们都不会相信。"他在我的脸上寻找答案。

我肯定地说："相信，相信，这是一种革命精神！这是热爱祖国、无私奉献、艰苦创业、开拓进取的兵团精神！"

他点了点头，肯定地说："对！这是一种革命精神！这是咱们的兵团精神！"

这些年来，这名在解放西北战争中获得过"人民功臣"奖章、"华北解放纪念章""解放西北纪念章"的战斗英雄，从部队到地方，从护士到副院长，他的岗位、工作、生活一直在变化，但他对祖国的赤诚和对党的忠心始终没有改变。

一员老兵，一名老党员，一个老百姓——魏寿耆的故事告诉我们：英雄，就是这样炼成的。然而，魏寿耆从不把自己当英雄。这就是英雄本色，这就是伟大又平凡的英雄。

在此，向一代英勇无畏的兵团老战士致敬，向催人奋进的革命精神、兵团精神致敬！

简介：袁京盛，男，汉族，1935 年出生，山东省商河县人。1947 年 2 月参军，1956 年加入中国共产党。历任渤海教导旅军政干部训练队学员、六师医院医生、二师焉耆医院科室副主任，副院长、党委书记等职。1994 年离休。

初心不改悬壶沐春风

——记渤海军区教导旅老兵袁京盛

李佩红

深秋的一个早晨，窗前梧桐正黄，河边霜叶似火。袁京盛老人和从前无数个早晨一样，早早地起来做早餐，吃完之后，从报箱里取出《绿原报》《巴音郭楞日报》和《生活报》坐在沙发上阅读起来。生活在巴州的老军垦最关心第二师和巴州的发展与变化。别瞧他已 88 岁，精神头好着呢！不失当年雄风……

我要当兵去

1947 年 2 月，春节后不久，商河县完小刚开学，河床还未解封，树木仍虽未发芽，擦过面颊的风已有了丝丝的暖意，冬季很快要过去，春天的脚步不远了。

一天，袁京盛背着书包刚走进学校，就发现学校气氛与往常不同。院子里聚集了很多人，有教员也有学生。见一位穿着褪了色的黄军衣的军人站在一张课桌上挥着手对大家说，"我们刚打走小日本鬼子，老蒋又发起内战，妄图争夺胜利果实。同学们，希望你们积极参军，打老蒋，保家卫国。"

"好男儿就应该披戎装、跨战马、保家卫国上战场。"

这位军人的话像一个火种，一下子点燃了少年袁京盛内心深处的火苗，当兵的渴望熊熊燃烧。

当时，商河县建立了新政权。国共谈判破裂后，八路军第 359 旅派干部来组建渤海军区教导旅，组织动员参军。后来，袁京盛听说这次的征兵工作在他们商河、宁津、陵县和临沂等县同时展开。袁京盛毫不犹豫地报了名，和他一起报名的学校的学生还有 4 人，他是其中最小的一个。他回家把这个消息告诉了父母，在他的预料之内，父母反对他当兵。父母心疼他的年龄太小了，你虚岁才 13、个子没有柜台高，还是没长大的孩子。当兵是要打仗的，打仗是会要命。让自己的孩子上战场，人之常情，哪个父母舍得？何况他是家中的长子。山东人的传统观念里，长子是家里的顶梁柱，撑起整个家族。他走了，家里三个女孩，弟弟还小，田里的活全靠父亲一个人。见儿子去意已决，父母虽然万般舍不得，但是作为一家之主的父亲没有过多阻拦，他只是说，"儿子，我们的意见是不同意。你长大了，自己的主意自己拿吧！免得以后你后悔。"

从商河县到阳信县五十五公里，袁京盛穿着母亲做的布鞋和四位同学一起步行前往。其中有两位女生马素珍和薛霞，旁边有一辆牛车，走累了，就轮流坐到牛车上休息休息，步行两天才到达阳信县。脚磨出了血泡，可心中有信念，前方有目标，袁京盛和同学一路走走停停笑笑，没觉得苦。

小兵袁京盛

部队在山东阳信县集中，司令部和政治部驻扎在老官王村，山东渤海军区教导旅在老官王村成立，华东局领导机关及邓子恢、张云逸等领导转迁在北街村，舒同及华东军区政治部驻大韩村、小韩村，华东局组织部驻黄金寨村。袁京盛参军后分到教导旅政治部宣传队。

袁京盛个子小，军装穿在他的身上像长袍子，袖子长，衣服长，裤子长，走路一甩一甩的，谁看到他都想笑。

袁京盛年纪太小了，出来没多久，他开始想家了。他挺聪明，知道自己不能擅自离队，他去找军政部组织科科长王振文。天真无邪的袁京盛见到王振文也不惧怕，对他说，"我不当兵了，我要回家。"

袁京盛现在回忆起来不由得笑出声，那个时候的领导教育他，绝对不是批评讲道理，而是把他当孩子哄。

王振文望着这个个子瘦小，却长得方脸宽额，一双大眼睛亮如星辰，黑色瞳孔没有一丝杂质。他一下子就喜欢上这个小兵娃子。

王振文问："你为啥回家？"

袁京盛说："我想家了。"

王振文又问道："这么多的大哥哥，大姐姐陪着你一起学唱歌，一起学扭秧歌，一起学文化。这里多好啊。"

袁京盛仍然回答："不好、不好，我要回家。"

王振文摸着袁京盛的头说："不行，不能回家。你觉得政治部宣传队不好，那我给你去找一个好地方你去不去？"

袁京盛想了想说："去。"

"那好吧，我给你写个条子，拿着我的条子，你拿着我写的条子去找司令部第一科科长。"

过了几天，袁京盛就调到了军政干部训练队。

当时，考虑到参军的绝大多数是农民子弟，基本没文化，有的连队甚至连一个写花名册的人都没有。渤海教导旅去几个学校动员学生参军，后从渤海二中、胶东军政大学招收一批，共一百多人组成军政干部训练队，袁京盛是训练队里最小的学员，两个多月时间他在训练队学习军事和政治。训练队毕业的学生大部分充实到各个连队担任参谋、干事、文化教员、副指导员等文职人员，袁京盛毕业之后分到卫生部看护排。那时的袁京盛没有想到命运在此一锤定音，从此像一棵大树扎根在卫生战线，再也没挪动一步，而是向着高处一步一步，一年一年走向生命的繁华。

人人喜欢的小卫生兵

当了卫生兵的袁京盛跟着医生学习简单的外科包扎、卫生知识、药理知识，平常在卫生部打扫打扫卫生、提水、扫扫地，干一些力所能及的杂活。袁京盛人老实、干活踏实，每天嘴里哼着小曲儿进进出出，像一条快乐的小鱼，很快卫生部的人都认识了他。

其实袁京盛打心眼儿里喜欢政治部，政治部里年轻人多，热闹好玩。特别是黄铭科长，袁京盛对黄铭科长又爱又怕。自从袁京盛入伍到政治部，宣教科科长黄铭就特别喜欢他、关注他，罚他站也最多。黄铭把袁京盛当成开心果，很像游击队员对待小兵张嘎。大家学唱歌时，黄铭经常把袁京盛单独叫起来，站在队列前独唱。袁京盛太小，站在一群大人跟前，还不到别人胸脯高，唱歌常常跑调。"去，罚站。"黄铭故意板着脸。大伙一看见袁京盛罚站那副委屈可怜又可爱的模样，忍不住哈哈大笑。

"笑什么笑？叫你们出来一样罚站。"黄铭说完自己也笑了。

有一天，黄铭从外地出差回来，左转右转看不到小兵袁京盛的身影，问他去哪里了，得知袁京盛到了卫生队后，专门把袁京盛叫他跟前。袁京盛怕他，老远给黄铭行了一个军礼，"小鬼，过来。"黄铭招呼袁京盛到他身边问，"在那儿习惯吗？回来吧。"

袁京盛大脑有点蒙，他没敢说黄铭找他的事。卫生部黄陞仁部长不等袁京盛回答，抓起来电话打给黄铭，说了一句他不去，就把电话挂了。

空闲时间，袁京盛爱跑到政治部找那些大哥哥、大姐姐们玩儿。黄铭科长见到他又说，"叫你回来你不回来。"

袁京盛红着脸回答，"我怕部长不高兴。"

黄铭是真的喜欢小兵袁京盛，又一次要求把袁京盛调回政治部。这回卫生部认识到问题的严重，专门把袁京盛叫到办公室正儿八经的谈话，"你自己好好想一想，你回政治部我们这里人也不会少，你在我们也不多你一个，要我说留在卫生部好好技术，将来全国解放了，不打仗了，你可以回家当医生。"

听到这个话，袁京盛眼睛一亮。他舅舅是中医，在村里很有名望。少年懵懵懂懂的意识中，医生是受人尊敬的职业。

于是，袁京盛下定决心留在了卫生部。

当兵半年之后，有一次，不知谁找来一杆大秤，把袁京盛挂在上面称了一下，他只有63斤。就是这样一个精瘦的小兵，跟随部队走过漫长而又艰苦卓绝的西进之路。

出发前，召开大会，王振文科长专门到卫生部找到小袁问："你还想不想家了？"

袁京盛嘿嘿一笑："不想。"

回答得很干脆，王振文科长摸摸袁京盛的头说，"好，这就好。有啥困难来找我。"

1947年11月下旬，从山东庆云县一路西进到河北武安进行了交接，部队再次休整一周。山东渤海军区教导旅自此归入西北野战军序列，更名为西北野战军第二纵队独立第六旅。从此，这支由渤海翻身农民组成的部队，义无反顾地开赴西北，开始了保卫延安、解放大西北的征战历程。

战争中锻炼成长

战争是残酷的，有战争就有牺牲，就有伤员。

袁京盛入伍后然后经历的第一场战役，是在山西运城。伤员陆续撤下来，有一天轮到袁京盛和另外一名叫葛辅青的女护士一起值夜班。护士给伤病员换药、喂药、查看病情，袁京盛给伤病员打水、送水、倒屎尿。下了夜班，一夜没睡的袁京盛上眼皮打下眼皮。护士葛辅青说，小袁，"把你衣服脱下来，我给你洗一洗。"

要强的袁京盛打脖子一拧说，"我不脱，脱我自己会洗。"

"哪怕啥？你就和我弟弟一样。脱下来我给你洗洗，看你脏的。"

袁京盛红着脸把衣服换下，葛辅青拿去了。

刚开始行军时，袁京盛觉得太苦了，每天行军上百里路。个子小，要背着自己的被子，背着自己的干粮、水和急救包，脚底打出的血泡破了，染红了袜子，他咬牙坚持。两条腿像两根木棍，没有了知觉，机械地往前移动，一旦坐下休息就起不来了，两条腿疼的站不住。行军打仗全靠两条腿，遇河过河，遇山爬山。他最怕冬天过河，河水冰凉刺骨，经过河水之后，穿着湿鞋子继续前进，那滋味别提多难受了。袁京盛回忆当年，两条腿的踝骨处，全是小孩嘴巴似的裂口，可以磨过来磨过去，不断地往外渗血，疼痛难忍。就这样袁京盛坚持着不让自己掉队。

1948年春天，部队沿黄龙山继续西进，打了一系列硬仗，最著名的是"荔镇抗击战"。部队到达陕西宝鸡荔镇，麦苗已长到过膝处，田野一片绿油油的，草长莺飞，好一派自然风光。西府战役中部队插入敌人后方，攻占了胡宗南的后方基地宝鸡。宝鸡战略地位重要，历来为兵家必争之地。胡宗南恼羞成怒调集主力倾巢而出，同时派遣另一支兵力由陕甘公路北上，企图与马步芳部合围将我军聚歼于屯子镇以西地区。宝鸡守不住了，部队有序撤退。动员所有的战士，拿走的全部拿走，不能拿走的烧毁，绝不给国民党留下。袁京盛背着几包炸药，加上自己的行李、干粮袋儿和水壶，小小个子被压成了"土行孙"。经过1年多的行军磨炼，此时的袁京盛远非刚参军时的袁京盛，他已练就了一双钢铁脚板，紧跟着大部队，一步不落后。

5月6日，我军第2纵队独六旅（十六团、十八团）抵达荔镇宿营，原计划回撤到解放区。7日拂晓，炮声大作，飞机从头顶呼啸而过，国民党军突然向我军发起进攻，屯子镇方向也传来激烈的枪炮声。这时彭德怀司令员和第1、2纵队主力还在屯子镇。情况万分危急，张仲瀚旅长想到将在外军命有所不受，战场形势瞬息万变，在生与死的面前审时度势当机立断是关键，他下令6旅第16团、第18团主动抗击，不惜一切代价死守阵地，绝不后退一步，为彭德怀司令员和全军主力安全撤离。面对国民党军兵力数倍于我军，战斗开始后第1营阵地失守，第18团团长陈国林扛着一挺冲锋枪奋勇杀敌，夺回失去的阵地，不幸牺牲。第 18 团政委于侠和副政委阳焕生继续组织部队顽强作战，一直坚守到下午 5 点，才由第 359 旅接替第 18 团继续阻击敌人。

这场战役打的异常惨烈，2 纵独 6 旅在荔镇抗击战中打得英勇，打得顽强，打出了军威。十八团团长陈国林、三营营长李文泉等老红军、老八路及连排骨干壮烈牺牲，有的连队一百多人最后只剩下 18 个人。时隔 40 多年后的 20 世纪 90 年代，时任国家副主席的王震在会见客人时又一次谈起荔镇，深情地怀念张仲瀚，称赞他有全局观念。荔镇主动抗击，使西野转危为安。

1948 年冬季，部队到达渭南市蒲城县。永丰镇战役期间，一批一批伤员从前线撤下来，老百姓自愿帮助解放军抬担架、运送伤员，伤势严重的病人再继续送到后方。袁京盛从来没有见过这么多的伤员，他每天的工作任务是给护士们打下手，护士让他干什么他就干什么，帮助护士包扎、打水、送饭、倒垃圾，整天忙得团团转，跑得比兔子还快。听到受伤的战士痛苦地呻吟，袁京盛心急如焚，他想，多干点累点苦点没关系，只要这些伤员哥哥和叔叔们能活着。永丰战役后，14 岁袁京盛突然觉得自己长大了，战斗期间，每天都有几十名甚至上百名伤员运过来，他目睹医护人员镇定自若、有条不紊救护着，目睹官兵们为了胜利团结一心、众志成城，目睹了老百姓腾出自家房屋让解放军住，拿出自家粮食送给解放军；目睹了国民党伤员热泪纵横、感谢解放军救治他们，国民党溃逃了，把他们甩下不管，解放军救了他们的命。袁京盛打心眼里佩服解放军、佩服共产党，暗自庆幸自己的选择是正确的。他找到卫生院的领导，郑重上交了入党申请书，要求加入中国共产党。领导拍拍他的肩膀说，"小袁你的心我知道了，你还不到 18 岁，从不能入党，过几年你就可以入党了，好好干，学好技术，救治伤员。"从那一天起，袁京盛的心里一直揣着入党的信念。1956 年，袁京盛加入了中国共产党，至今已经为党整整工作了 65 年。袁京盛自豪地说，"能为党工作这么多年，是我的光荣，是党对我的信任。"

一定要找到队伍

六旅休养所分 3 个连，靠近前线 2 个连，后方 1 个连。伤员从前线运送下来像接力赛一样，一级一级往后方送。卫生部有个连专门负责着运送伤员。按照常规，若前后方休养所距离近，连队就零散送伤员，如果距离远，警卫连派一个班，由排长带着，一挺轻机枪，战士自带常规武器，护送伤员。伤员有被担架队抬着的，有骑着牲口的，轻伤还有步行的。

袁京盛一直在前方的护送连。从荔镇出来，从前线下来了一批伤员，几十名伤员。领导说这次不派警卫连了，跟前方后勤供应部队一起走。出发的时候，供应部队已出发，距离护送伤员的队伍一两公里路，护送伤员的队伍走得慢，前方队伍走得快，渐渐拉开了距离。谁料，突然从一个村庄里冲出一队国民党骑兵。袁京盛他们行进路线与敌人犬牙交错。开始，大家以为是假扮成国民党的我方侦察班。后来发现不对，村里的骑兵越来越多，与护送伤员的队伍相隔一段距离并行前进。走着走着发现国民党骑兵队准备从前面包抄整个队伍，企图消灭解放军有生力量。过了一会儿，国民党冲着护送连跑过来，护送连没有任何武器装备，指挥员发现右侧有一条深土崖，便命令大家向右侧撤离。袁京盛个小腿短跑不快，为加快速度，他边跑边扔掉了干粮袋、行李背包、十字包和衣服。敌人很狡猾，为躲避反击，开始呈扇形包围，后来发现解放军没有武器，无法对抗，便直冲过来。袁京盛身后跟着两个骑兵越来越近了，敌人狰狞的面孔都看得清清楚楚，骑兵用马刀砍杀解放军。宁死不降，当这个念头跳上脑海时，袁京盛已跑到了深沟边上。国民党追兵也逼近崖边，举起砍刀的刹那，袁京盛想都没想一跃跳下深崖，同他一起跳下去的，还有叫外号李黑子的李文峰。土崖几百米深，如果直接落到底部，必死无疑。土崖边缘不规则，有的地方如刀削斧劈直入崖底，有的地方有弯弯曲曲的斜坡。命不该绝，袁京盛和李文峰去的地方正好有几十米斜坡，加之穿着长及大腿的棉衣，年纪小，身体柔韧性好。人落到斜坡上，缓冲了一下，接着又连滚带爬落到崖底。袁京盛摔蒙了，以为自己死了，过了一会儿，他睁开眼，活动活动胳膊腿儿，没事。除了手和脸划破，骨头竟然没断，起来还可以走。李文峰一只鞋子掉了，剩下布袜子。袁京盛发现下雨冲出了一个小洞穴，俩人钻进洞穴，趴在里面不敢动。没想到国民党兵也下到了沟底，四处寻找他们的踪迹。两人迂回曲折找到一条上崖的路，来到塬上，看到一位老百姓，

这里的老百姓痛恨国民党，看他们是解放军小战士，很热情地给他们指路。告诉他们哪一个方向有国民党，哪一个方向有解放军。这位百姓给他俩拿来几个馍，端了一碗浆水。心疼地对他们说，"快吃，把这浆水喝下去对身体好，凉水会拉肚子。"

饿了一天的袁京盛和李文峰三下五除二吃完馍馍，吃完桨水。袁京盛第一次喝这种酸酸的桨水，觉得挺好喝。

三大纪律八项注意，袁京盛背得滚瓜烂熟。他从衣袋里掏出钱要给这位大叔。大叔说啥不要，对袁京盛说，能把钱留着路上用，去追赶部队。吃几个馍馍没关系。这一碗桨水不仅救了命，还让袁京盛体会到，解放军是咱老百姓的队伍，有了人民的支持才能打胜仗，从而更坚定了跟党走的决心。

又走了整整一天。傍晚时分，他们身后来了七八个人，其中有一个骑马的解放军战士。

骑在马上的军人问袁京盛："小鬼，你们是哪个部队的？"

袁京盛说："我是二纵队独六旅卫生部的。"

骑在马上的军人说："哦，我也是独六旅的，我是十六团团长陈实。我的腿负伤了，不能到前线带兵打仗了，现在是二纵队参谋处处长，跟着我一块走吧。"

按照陈实处长的指引，袁京盛他们最终找到 17 团。又过了几天，前方打仗的部队全部撤离回来，袁京盛他们终于归队。为此，袁京盛荣立一等功，1950 年给他补发了一枚人民功臣纪念章，一直珍藏至今。

回到部队，卫生所所长见到他们一个个像土豆蛋似的，又脏又黑，激动得上前紧紧地拥抱住他们说，"你们回来了，回来了就好。"

翻越祁连山

1949 年 9 月 5 日，西宁解放的当天，王震率领第一兵团部队到达，宣布野战军前委关于第一军留驻青海建政，第二军兵出祁连，准备向新疆挺进的决定。

袁京盛跟着大部队，从甘肃到青海，青海又到甘肃，从天水出来走到河州，准备跨过祁连山。祁连山"山上不长草，风吹汽车倒。"10 日，王震率领第一兵团第二军离开西宁，这次二军六师不是前锋部队，在西宁待命。

袁京盛所在的二军六师在西宁待命期间，等来了东北运送过来的新的棉质服装，棉衣发给战士之后开始翻越祁连山。师长张仲翰考虑缜密，给连队配发几瓶酒、每名战士发点牛肉干，并要求每名战士背一截木头进山，有些战士不理解，嘟嘟囔囔私下议论，部队行军每天步行七八十里，而且全是山路，上上下下非常困难，战士背着自己的背包、枪支、水壶、干粮袋儿，再加一节木头，背负的太多，有些不理解很正常。听从指挥，服从命令是军人的天职，战士们没有一个人抱怨。路上没有人烟，袁京盛他们早晨早早出发。天神仿佛有意考验这支部队，一路又是雨、又是冰雹、又是雪轮番上阵，他们顶风冒雪一直走呀走，身上的棉衣都湿透了，冷又硬，像钢板一样沉重，路上饿了，嚼一两根牛肉干充饥。晚上到达了一个叫窝堡的地方。战士们看见四周全是荒草，没有一棵树木，这才感佩张仲瀚旅长的英明。连队有木柴，可以烧水做饭，吃热乎饭，喝点酒，身子暖和好多。袁京盛所在连队的人挤在一间羊圈里，羊圈太小根本躺不下，战士们一个挤着一个斜靠着睡觉，第二天吃过早饭后，还有些木头没有用完，他们就把木头放在羊圈，以备后续部队使用。连长担心袁京盛和魏寿耆两个小兵掉队，便命令他俩提前出发。头天下的雪融化了，山路泥泞不堪，鞋里灌满冰冷的泥水。魏寿耆没穿棉裤，走一会儿冻得受不了，从背包里拿出棉裤，自己都穿不上，袁京盛帮他把棉裤穿上继续赶路，山路蜿蜿蜒蜒，一会儿就得过一条溪流。既然鞋已湿，那就蹚着水过河，袁京盛的小腿腕上，本就裂满血口，冰水一次次激发，如箭射刀割，疼痛难忍，两条小腿宛若冻萝卜。两人一直走到晚上，天晴了，山路变得平坦，马上要出山了，连队也赶上他俩，晚上住在清水县。独立旅穿越祁连山虽然很苦，但还算顺利，没有冻死冻伤人员。

两次见到张仲瀚

1949 年 9 月，解放西宁前。

正在行军的袁京盛看到一个军官模样的人坐在门前的石头上，突然对他摆手，示意他过去，没走到他跟前，就听到他喊口令了，"立正、敬礼、礼毕，稍息！"见袁京盛军姿标准，很有一股子精气神儿。他笑了，对袁京盛说，"小鬼，以后见着我，别忘了敬礼哦。"袁京盛走到他面前，他帮着袁京盛把背包解下来，用手掂了掂，又把干粮袋掂了掂，卫生包掂了掂，估计能背多重的东西。亲切地问袁京盛，"小鬼，你是干什么的？""报告首长，我是独六旅卫生院看护班的副班长。""小鬼，你坐过汽车没有？"袁京盛摇摇头说，"没有。""好，你坐着等着我。"袁京盛心里乐开了花。不一会儿首长坐着一辆美式吉普车汽车来了，示意他上车。袁京盛快速跳上车，汽车在路上飞驰。袁京盛感觉自己生出一双翅膀，和鸟一样飞翔。很快，到了宿营地的山坡上。首长说，"小鬼，到地方了，你回部队吧。"袁京盛给首长敬了个礼，撒腿就跑了，跑一会儿回头看看，首长还站在那里望着自己。袁京盛一下子想起父亲的身影，一股暖流在心里流淌。

回到班里，别人才告诉他，这位首长是他们的最高长官、师长张仲瀚。

部队还没有抵达西宁，国民党部队望风而逃。西宁在西部算是繁华的大城市，和平解放西宁，西宁的所有日常生活节奏没有打乱，甚至还有电影在放映。解放军大部分都是没有文化的农民，哪里看过电影啊？部队休整期间，有些战士冒着被关禁闭的危险，偷偷去电影院看电影。袁京盛他们队有一个药房的小兵，相对自由，他偷偷去看电影了。影院在西宁东门外，电影《春蚕》是无声电影。电影结束，张仲瀚师长发现不少战士外出看电影。解放军部队严明、私自出行不报告回去要被处罚。张仲瀚师长体恤士兵，理解大家的心情，站起来大声喊，军人不要走。等老百姓全部离开，张仲瀚说，"咱们当兵的都是些土包子，没见过电影，叫他们再给咱们放一场好不好？"

战士们振臂高呼，"好！"

放电影的又为大家放了一场电影，回到部队后，谁也没有关禁闭，也没有受处分。

第二次见张仲瀚师长是在张掖。政委熊晃问卫生部要一名通信员，卫生部就把袁京盛派去。袁京盛走在司令部门口，一眼看到师长张仲瀚坐在对门的椅子上。袁京盛看到他，心里特别激动，声音响亮地喊了一声报告。

张仲瀚一下认出了眼前这名目如星子的小兵："进来。"

袁京盛没有忘记师长的要求，双腿一并，右手折起，来了个干净利落的敬礼。

"小鬼，你来干啥？"

袁京盛回答，"卫生部派我来给熊政委当通信员。"

"你还不够炒一盘子菜的。"张仲瀚师长笑笑。

"哼，小瞧人，我也是一名老兵了。"袁京盛心里不服，眼睛偷偷地剜了张仲翰一眼，没接话，快步走去隔壁熊政委房间报到。

袁京盛把行李解开没多大会儿，熊政委把他叫过去，写了个纸条，让他带着条子回去。条子上写着：袁京盛同志作为副班长当通讯员可惜了，再换一个人。机灵的袁京盛分析，肯定是张仲瀚让他回去的。张仲瀚一向爱兵如子，考虑到袁京盛年纪太小，通讯员的工作又辛苦又危险，他怕把小兵袁京盛累坏了。

组建焉耆医院

部队进入新疆之后。

六师安插在天山南麓、塔里木盆地北部的广大区。1950 年 2 月，袁京盛随六师卫生部及休养所一、二连到达焉耆。

1953 年 6 月，步兵六师更名为中国人民解放军新疆军区农业建设第二师，六师医院也随之改称为农二师医院。1954 年 10 月 7 日，新疆军区生产建设兵团成立，农二师归属兵团。1969 年 7 月 1 日兵团党委命名农二师医院为农二师第一医院。1975 年 5 月兵团建制撤销，农二师医院随师归属巴音郭楞蒙古自治州（以下简称巴州），更名为巴州第二人民医院。1982 年 4 月兵团建制恢复，巴州第二人民医院更名为农二师第一医院。1985 年 3 月，正式命名该院为农二师焉耆医院。

医院安置在焉耆县永宁街。建院时，一穷二白，治疗条件极其简陋，医疗设备极其匮乏，两个医院加在一起只有一台显微镜、只能做简单的化验，有一张简易的铁皮手术床，用手推车运送病人，妇科检查床是战士们用木头制作的。当年 6 月由于住院病人增多，病房紧张，六师医院决定迁至开都河南岸（即现医院所在地）。租借民房 106 间，以便能够收治较多的伤病员。晚上打针，护士提着马灯沿街挨家挨户找病人，有的医生还被狗咬了。袁京盛从护士很快转为药剂科，负责给病人发药，每次发药也要在街上挨家挨户地找病号。和平年代，一方面自己动手盖医院，另一方面尽快大量培养医护人是医院当前最重要的任务，派出大量人员往石河子军区卫校、国内各大医院进修学习，提高医疗水平。至 1954 年底才结束了借用民房的历史。袁京盛从 20 世纪 50 年代起，先后到石河子卫校学习 3 年，系统学习了内科专业医疗知识，到新疆医学院学习超声波技术，到大连、广州学习进修。经过组织培养和自己的不懈努力，袁京盛一步一个脚印，脚踏实地工作进步，从一名护士、药剂师、医生、科室副主任，一直升为副院长、医院党委书记，直到 1994 年离休。

焉耆医院当时在整个巴州地区技术是数一数二，经常帮助巴州医院会诊、手术。当时，焉耆、和静、和硕等地基本为牧区，牧民患包虫病的人非常多，医院外科发挥战地医院的优势，先后为千余名患包囊虫的病人手术治疗，挽救了病人的生命。这项外科手术技术当时在国内处于领先水平，医院代表二师去北京参加了表彰大会。1953年医院首次发现了南疆人畜共患布氏杆菌和肉毒杆菌。医院迅速壮大，最终发展为具有内外科、妇产科、小儿科、精神病科、放射科、检验科、功能检查科、留观科药剂科和机械科等医疗技术全面的综合性医院。袁京盛担任党委书记期间，医院年年获得先进单位称号，他经常教育医生，对待病人要像对待自己的亲人一样，尽最大的努力救治患者。他常说，一位病人去世，对单位和医院都是一件小事，但对一家庭那就是天大的事，救活一个人等于救活了一个家庭。小时候，女儿袁慧记忆里，父亲经常不在家，父母工作忙，自己经常吃不上饭。那个时候没有电话通信不发达，遇到危重病人，半夜睡得正香，常被"砰砰砰、砰砰砰"的敲窗声惊醒，就听到外面的人焦急地喊，"袁医生，袁医生，急诊、急诊。"父亲总是匆匆忙忙地穿上衣服，赶去医院救助急诊病人。那个年代也没有餐馆，一些远道来的团场的病人，没地方吃饭，不管认识或不认识，父亲都把他们领到我家吃饭。

在女儿心里，父亲是平凡而伟大的，他舍小家为大家，为了医院的工作，儿子10岁了才敢要二胎。在家家户户至少四、五孩子的年代，他家只有两个孩子。为了工作，父亲一辈子只回过两次老家，一次是1957年，一次是1972年，每次说到这儿，父亲就会掉眼泪。袁京盛的妻子比他大3岁，是父母包办婚姻。1951年湖南女兵进疆，1952年山东女兵进疆，都有部分女兵分到医院，也有姑娘对袁京盛表示过爱意，袁京盛一一回绝。1953年部队动员战士接家，把根扎在边疆，屯垦戍边。袁京盛工作忙回不去，寄书一封让妻子自己来焉耆。

没有出过远门的李秀容拿着自己丈夫写来的地址，踏上了万里寻夫之路，一路打听，辗转复辗转，到了西安新疆军区办事处，由新疆军区办事处负责把家属分期分批送到新疆，到达焉耆那天，还是因为工作忙，袁京盛托战友刘玉堂去接他妻子。

下车的女子很多，都在各自寻找自己的丈夫，刘玉堂不认识袁京盛的妻子，只得大声喊，"谁是李秀容？"

只见一个眉清目秀的女子，背着一个很大的花行李包，怯生生回答，"我是。"刘玉堂也没多解释，手一摆说，"跟我走。"

李秀容见来接她的人脸很陌生，心里不免紧张，虽说分开6年，袁京盛小时候的相貌她还依稀记得。

走到医院刘玉堂才告诉她，袁京盛今天有事。

李秀容一颗悬着的心落了地。夫妻见面，俩人你看着我，我望着你，惊讶无比。都说女子十八变，袁京盛参军时，李秀容根本不知道，一别六七年，她已经出落得如花似玉。在李秀容眼里，从前，她没把袁京盛又矮又瘦的小孩儿放在眼里，如今，站在她面前的是仪表堂堂的男子汉。俩人难掩幸福激动的心情，借一间土房子，两张单人床并在一起，就算结婚了。当年父母包办婚姻，俩人懵懂无知，如今重逢，爱意如开都河的春水，涨满心湖。

在女儿的记忆中，父母伉俪情深、恩爱有加，如一对鸳鸯夫唱妇随，从未红过脸、没有吵过架。唯一一次是父亲等着上班见爱人还没做好饭，内心焦急抱怨了两句，拿着一个馍馍走了。爱人李秀容不放心，做好饭之后和女儿一起给袁京盛送到医院。袁京盛说他吃过了，两人和好如初。每年过春节，三十晚上包饺子，袁京盛都会给一双儿女讲奏响凯歌进新疆的故事。让儿女不能忘记根本，不能忘记现在的和平与幸福是多少烈士鲜血换来的。受家庭的熏陶，袁京盛的儿子子承父业，在兵团总医院担任检验师，女儿在巴州科技局工作。

1956年，21岁的袁京盛光荣地加入了中国共产党，从此，他更加努力刻苦地学习医学知识，提高自己的医学能力和水平，治病救人，救死扶伤，无论医院如何改革变动，他始终不忘初心，牢记使命，矢志不渝地坚守医疗战线，一生没有脱离，直到退休后，医院返聘他继续为党工作。

可以毫不夸张地说第二师建设史上，没有他们这一代人的付出，就没有现在的二师大发展、大繁荣，他们是一代奠基者、奉献者，他们用自己的钢铁脊梁支撑起子孙后代的幸福生活。铁门关市革命历史纪念馆建好后，袁京盛让女儿开车拉他去参观，历史岁月一帧帧地滑过去，袁京盛仿佛又回到了那个艰苦卓绝的岁月，热血重又点燃，表示今后余生仍将发挥余热，不忘历史，以史为镜，以报党恩。

简介：折进忠，男，汉族，生于 1930 年 3 月，1959 年 12 月加入中国共产党，山西太原人。1945 年 7 月参军，在渤海军区教导旅任通讯员。1955 后，一直担任汽车驾驶员。1986 年 11 月离休。

风雨兼程

——记渤海军区教导旅老兵折进忠

张靖

国难当头　匹夫有责

人的一生总有一些无法难忘的事，眼前的这位老兵——91 多岁的折进忠，虽然已经行动不便，耳朵有些听不见。然而，提起战争年代依旧令他百感交集。

往事如同一些零散的碎片，尽管残缺不全，坐在轮椅上，折进忠的脑海里依旧还会浮现出一些生动的场景，提起战斗、行军、开垦、驾车奔跑……那大段的影像如同滚滚潮水般汹涌而来，怎么也不肯退去，让他心潮起伏。

1930 年出生的折进忠，对于日本侵略中国这段岁月依旧记忆犹新。在家乡，他亲眼看见子日本鬼子践踏家乡的情景。当年，日本侵略山西太原时，鬼子据点离他的家仅有 10 公里。从此，他的家乡就遭了殃。由于离得非常近，鬼子的扫荡格外频繁。踏上中国的土地，他们肆无忌惮地在实行三光政策——烧光、杀光、抢光，见啥抢啥，不仅如此，临走前还扔一把火，把老百姓的房屋和院子也烧了，这些家伙杀人放火无恶不作。

"国破山河在，城春草木深。"在侵略者的铁蹄下，家乡一片凄凉的景象。在折进忠的记忆里，村庄白天几乎见不到老百姓，只有晚上鬼子离开时，村民们才敢偷偷摸摸回到自己的家里，回家如同做贼一般，这种滋味让百姓感到十分屈辱和仇恨。由于鬼子无休止地扫荡，令当地老百姓苦不堪言，他们恨不能立即赶走这些侵略者。

国难当头，匹夫有责。折进忠亲眼看见着日本鬼子的暴行，从小就暗暗发誓：一定要把鬼子赶出中国，一定要誓死保卫家乡！

1945年7月，才年仅15岁的折进忠就义不容辞地参加了革命。折进忠的家有弟兄3个，母亲早早就去世了，为了参加八路军，他只身一人投奔了革命的队伍，成为一名小小的革命战士。

背上行囊，远离家乡，折进忠至今还清晰地记得自己参加的部队叫独四旅。独四旅是支很有名的队伍，部队老兵多，经验丰富、战斗力强，其中旅、团、营、连、排等主要骨干和部分战士都是原红二方面军红二军团经过长征的老红军，不仅意志坚定，而且作战能力非常强，对折进忠的影响力很大，折进忠很快成为独四旅十一团一营二连的一名战士。

1947年11月，独四旅与三五九旅会师吕梁地区，组建晋绥野战军第二纵队；12月，独四旅第十一团编入三五九旅七一九团；1948年3月，第二纵队奉命西渡黄河，改称为西北野战军第二纵队独立第四旅。

1949年2月，中央军委决定，第二纵队改称中国人民解放军第二军，王震任二军军长兼政委。

随着部队的编制的不断改变，折进忠成了王震将军部队中的一员。提到王震将军，折进忠不由得笑着说："那是位非常勇猛，智勇双全的将军！"

奔赴战场　奋勇杀敌

1947年，由于折进忠战场上表现突出，机智勇敢的他成为炮兵营的一名炮兵。

作为一名炮兵，从此，折进忠肩负重任穿行于枪林弹雨之中。在此期间，他曾经参加过大大小小的战役，宝鸡战役、盘龙镇战役、永丰战役、黄龙山麓反击战。他至今还清晰地记得在陕西宝鸡的那次"西府行动"。

1948年4月，独六旅在同官西北之庙湾镇一线集结，旅属十七团游弋于澄城、合阳、白水之间，迷惑牵制敌人，掩护西府行动。15日，传达西北野战军马栏会议精神，动员指战员在以攻取宝鸡为目标的西府行动中立功。

虽然说人才是决定战争胜负的主要因素，但武器同样也是不可忽视的重要因素。武器方面如果相差太过悬殊，也会对战争的胜负产生重大影响。

由于我军军事力量薄弱，缺少兵工厂，大部分火炮都是从敌军那里缴获而来，炮与炮弹的数量非常有限，有的步兵师甚至连一门火炮也没有。作为一名炮兵，折进忠深深知晓肩上的重担和任务，有了炮与炮弹，就有了打击敌人的有力武器。行军途中，折进忠总是一人亲自扛着炮弹行军，战斗打响后，他更是注重保护好每一颗炮弹，射击时，不管对方火力多么凶猛，他总是沉着冷静，决不随意浪费一发炮弹。

宝鸡战役打响后，我军和敌军打得异常激烈，作为一名炮兵，折进忠时刻做好射击准备，听从命令，在关键时候随时对敌军进行火力攻击，这场战役打得非常艰苦，一直打了几天几夜，才彻底击溃敌人。

革命战友　情深似海

作为一名炮兵，虽然守着部队震慑力最强的武器，有时也会遇到意想不到的危机。

在陕西，折进忠所在的部队在和阎锡山的部队相遇，经过一系列的战斗后，我军将敌军打败，战败后的敌军溃不成军，四处乱逃。

一天，经历了一场激战后，折进忠所在的部队发现一股敌人正在潜逃，战士们很快就找到了他们的藏身之地，原来这些家伙全都躲在一个大院子里。

找到了目标就要立即采取行动！于是，折进忠和战友们很快就将敌人团团围住，然而这些家伙虽然如同丧家之犬一般，可他们却并不甘心束手就擒，而是不断进行顽固反抗。他们藏在暗处，不断地从院子各处向外扔手榴弹，此时虽然这些家伙已是瓮中之鳖，可我在明，敌在暗，形势并不容乐观。

正在这时，按捺不住的折进忠和几个战士准备奋不顾身地冲进去。躲在暗处的敌人发现后，随之子弹如雨般地扫射过来，眼看几颗子弹向他射过来，只见身边一位战友纵身一跃，一下子将他扑倒在地。此时，折进忠虽然毫发无伤，但要不是身边的战友奋力扑救，他早就中弹倒了，正因为战友的舍命相救，才让他幸免于难。

提起这次遭遇，折进忠无限感慨地说："在那个年代，战友们非常友爱，甚至比亲兄弟还亲，很多战士为了自己的战友，不惜牺牲生命。"

是啊，革命友情深如海！在战争时期，许多先头部队的战士们，为了掩护后面的战友冲上去，往往用自己的身体去堵住枪眼、顶住炸药包，因此被炸得血肉横飞。为了新中国的解放，有多少英雄前赴后继，舍生取义。

屯垦戍边　开荒种田

兵出南泥湾，威猛不可挡。

身经千百战，高歌进新疆。

——摘自张仲瀚的《老兵歌》

1950年，折进忠跟着王震将军的大部队一同挺进新疆。

这么大的一支部队进入新疆，必然少不了庞大的军费开发。然而，刚刚成立的新中国一穷二白，无论是工业、经济都十分落后，甚至连老百姓的普通温饱穿衣问题都无法解决。1952年，毛泽东主席向驻疆10万将士发布命令："你们现在可以把战斗的武器保存起来，拿起生产建设的武器。当祖国有事需要召唤你们的时候，我将命令你们重新拿起战斗的武器，捍卫祖国。"既然毛主席老人家都发话了，从此后，折进忠和战士们一手拿镐，一手拿枪，开始了屯垦戍边的生涯。

"那时候的生活太艰苦了，什么也没有！"折进忠一提起当年的情景直摇头。

没来到新疆之前，人人都说新疆苦，但战士们没想到新疆条件远比想象的还要艰苦。折进忠刚到新疆时，到处是一望无际的荒原、戈壁、沙漠、草地，有时走一天一夜，甚至连一个村庄和人影都看不到。

来到新疆后，部队师部很快在焉耆地区驻扎，面对荒凉的盐碱滩，战士们斗志昂扬，不改变荒原决不罢休！

面对一无所有，困难并没有吓倒战士。没有吃的，大家就吃玉米粉、高粱面等粗粮；没有住的，战士们就自己动手挖地窝子，割芦苇扎苇把子搭房子；没有土地，大家甩开膀子就在盐碱滩上开垦平地。

此时战士们，虽然也有发放军装，可很多战士身上仅有一套军装，甚至连换洗衣服都没有。开荒种田，一天一身臭汗，衣服硬得如同铁片。没有水，大家就喝开都河的水；河边的蚊子多的一抓一大把，尤其到了晚上，轻轻一抹满脸都是蚊子血。可即便如此，战士们谁也没觉得苦和累，而且个个干得热火朝天。大家心往一处想，劲往一处使，只想着好好地开发新疆、建设新疆，把新疆建设成自己的第二个故乡，让子孙后代们都过上好日子！

此时的折进忠什么都不想，他只想着每天开荒都能得第一。可部队里有这种想法的战士太多了，战士们个个都想上进，谁都不甘落后，于是干活时大家你追我赶，开荒成绩一天比一天显著。

由于折进忠干起活来不要命，还是次次得第一，别人的休息的时候他不休息，每天一大早别人还没睁眼，他就悄悄跑到了地里面，由于他表现突出，战绩辉煌，开庆功大会时，折进忠光荣地荣获了"一等功"。

跋山涉水　风尘仆仆

"屯垦废，则边疆乱；屯垦兴，则边疆宁。"自从王震带着部队进入新疆后，边疆各地发生了翻天覆地的变化，新疆的历史也从此翻开了崭新的一页。

随着兵团建设的步伐的不断加快，物资需求日益增加。由于新疆经济落后，当地各种物资十分缺乏，再加上交通运输跟不上，对生产建设产生了极大的影响。

农二师最早的汽车运输是靠解放战争中缴获的 5 辆美式大道吉和吉姆西起家的，可那里车很旧，很难正常运输。1955 年，兵团按每万亩 1 辆的标准，陆续配拨车辆，到了 1960 年，老解放、吉斯型车已达到 170 辆。

为了加快兵团建设步伐，50 年代末，农二师成立了汽车运输公司，而工作业绩突出、个性沉稳踏实的折进忠就光荣地成为了农二师二运司的一名司机。

为了尽快进入角色，从此，折进忠日夜刻苦钻研汽车技术。从前他虽然曾是一名炮兵，接触过机械设备，可毕竟开炮和开车是两种完全不同的职业，对他来说司机还是一门新生事物。为了能尽快驾驶车辆，折进忠每天寝食难安，就连睡觉都想着如何挂挡，如何倒挡。不学好开车绝不罢休！在他的不懈努力下，终于很快掌握了各项开车和修车技术。

60 年代初，火车并没有通到库尔勒地区，大量的物资需要到宝鸡去拉运，从宝鸡到焉耆，两千多公里的路程，一来一回少则 1 个多月，多则 3 个月。作为一名汽车司机，折进忠根本没有时间顾及自己的家庭，在长途跋涉中，从此日夜兼程风雨无阻。

五六十年代，由于交通不发达，许多地方并未修公路，道路极其难走，很多地方根本就没有路，即便有路也是坑坑洼洼，高低不平，遇到平原还好，遇到山区根本无法预测各种意想不到的危险。尤其夏天六七月份的时候，正值雨季，山洪说来就来，许多路段被洪水泥石流将路段冲垮，车辆根本无法前进。不仅如此，作为司机，还最怕车坏在路上，新疆地域辽阔，百十公里连个人影也瞧不见，遇到车坏，往往前不着村后不着店，真是叫天天不应，叫地地不灵。

　　一天，折进忠的一位同事的车不幸坏在了道路的拐弯处，坏了的车辆又不能挪动，于是同事只好趴在地上修车。谁知山道弯弯，根本看不见眼前的障碍物，再加上后面的车辆跑得快，等看到前面的车辆时压根来不及刹车，汽车一个俯冲下去，"呼"的一声瞬间将人压死。得知同事出事的消息，折进忠心里非常难过，作为一名老司机，他太知道路途中的各种意想不到的危险。

　　他难过地说："那个年代，路不好，开车太辛苦了，不知道什么时候会遇到意外和危险，稍不留意就会出事。"

　　是啊，汽车司机原本就是一个高危行业，作为一名司机，无论路途再艰难，可折进忠心里想的只是如何按时完成任务，再难也要及时把货物安全拉运到目的地。

　　一天，折进忠接到任务到焉耆送货，此时正是雨季，连续几天乌云密布，倾盆大雨瞬间从天而降，连续一段时间后，只见地面泥泞不堪，非常难走。当折进忠拉着货物走到经过 27 团路段时，正准备过桥，只见桥面都是水，由于连日瓢泼大雨，滚滚的洪水顺河直下。

　　可是不管再难必须要完成任务，这时的折进忠依旧决定继续前进。正当他开着车小心翼翼地过桥时，随之沉重的车身压得桥梁"咯吱"一声，桥梁突然断裂。面对这突如其来的状况，折进忠根本没来得及刹车，顿时滚入桥底。幸好桥下面的沟并不深，可车屁股却一下子陷到了桥底下。此时的他动又动不了，出也出不去。

　　正在这时，他的车被过往的路人发现，立即到附近找来吊车将车吊出后，才将他救出。面对这次可怕的灾难，折进忠首先想到的不是个人的安全，而是车辆和国家财产。

　　谈起那次意外，他笑着说："幸好车没损坏，只要国家的财产不受损失那就是最大的幸运。"

舍小家　顾大家

　　心系团场，忘我工作。为了拉运货运，折进忠从来顾不上自己的小家。

　　一天，折进忠接到了一项任务，要去巩乃斯林场拉木头。接到任务时，一向雷厉风行的他很快做好了各项出发的准备，可临出发前，年幼的儿子却没人看管，怎么办？总不能把幼小的孩子独自扔在家中。

他思考再三，为了不耽误工作，他并没有找上级领导，而是带着儿子一同上林场。

巩乃斯风景秀丽，山花烂漫，森林茂密，溪水淙淙，可森林里也不乏各种凶猛的野兽。这里不仅是最好的休养地，同时也是熊和狼的家园，它们不时出没在森林和山谷里。由于儿子正是好动的年龄，对山中的一切都感到十分好奇，稍不留意便跑得不见了踪影，此时的折进忠，根本没有时间看护儿子，为了不让自己为孩子分心，于是他经常吓唬儿子道："再乱跑，当心被熊和狼吃掉！"

谁都怕被儿狼吃掉，吓得儿子再也不敢乱跑了，从此后只好紧紧跟着自己的父亲。

在林场拉木头的日子非常艰苦，由于木头属于重型物质，最怕没装好车，货稍装偏，就会翻车。因为通往巩乃斯道路不但狭窄，而且弯弯曲曲，一面靠山，一面是悬崖，稍不留就会翻下山去。所有，每次装车时，折进忠都格外用心监督，每次行走这段路时，他总会小心翼翼，唯恐国家的财产会遭受损失。

平安出车　日行千里

日行千里，安全第一。

作为一名老兵、老党员、老司机，折进忠时刻把国家的利益团场的利益放在第一位。

他时时牢记安全重于泰山，在几十年的司机生涯中，他总坚持"宁停三分，不抢一秒"，坚持做到不超速、不抢道、不违章、不与人赛车、不开快车和飞车，不管奔走多远，出行多少天，他都严格按照道路交通规则正常行驶，创出了行驶120万公里没出事故的佳绩。为此，单位特意为他颁发了荣誉奖彰。

在工作中，折进忠不但拥有一流的驾驶技术，一流的维修水平，同时更拥有良好的职业道德。他始终不忘自己是一名共产党员、一名老兵，平时总是不断要求自己，遵守工作纪律，一切行为听指挥，遇事总是多请示、报告，从不擅自作主张。

1985年，开了一辈子车的折进忠终于离休了。作为一名老兵，折进忠一辈子对党忠诚，兢兢业业，任劳任怨，单位领导与同事对他评价作出了很高的评价，一致认为他是一个踏实肯干，为人厚道的人。

　　经历过战火硝烟，无论生活中遇到什么困难，折进忠从不给组织找麻烦，总是尽量自己想办法解决，无论工作还是生活，他从不计较个人得失，不管遇到什么好处，他首先想到的总是别人。无论领导安排任何工作，他从不挑挑拣拣拈轻怕重，任何时候都任劳任怨，无怨无悔，他用实际行动见证了一位老兵的忠诚。

　　每一个兵团人都是一部长篇小说，每一个老兵都有一个传奇的故事。正是因为有了他们，我们头顶的天空才如此宁静安详，正是因为有了老兵的无私奉献与牺牲，今天的生活才如此美好与灿烂。

简介：李凤祥，男，汉族，1930 年出生，山东宁津县人。1947 年 12 月参加革命。1954 年入党。历任渤海教导旅干校文化干部、六师侦查科二科测绘员、二师勘察设计队勘测组组长、22 团基建科土管科科长等职，高级工程师。1991 年离休。

测量河道与大地经纬

——记渤海军区教导旅老兵李凤祥

胡岚

联系李凤祥老人时，他女儿事先交代，不能提前告诉他，要等他吃过午饭再说，要不他会激动的。见到李凤祥果然如此。老人已经 91 岁了，精神抖擞，神色激动，早早就在楼下等我。李凤祥能说会道，说起话来滔滔不绝。

在老人的叙述中，一幕幕往事如在昨昔。

饺子盛在帽子里

在李凤祥 91 年的生命中，给他留下印象深刻的那个春节，要数在黑池镇过年了。

这是李凤祥当兵过的第一个春节。一大早天还没亮他就起来了，帮着炊事班添柴加火，跑前跑后。天幕隐隐地透着蓝，风凉得刺骨，他一边担水呵气不时地搓着手，两个脸冻成了红苹果，还是掩不住眉眼间的喜悦。蹦蹦跳跳地与来往的人招呼着。今天要包饺子，他掩不住地兴奋。出来这么久了，部队行军节奏又急又快，这段时间一路上都在追着敌人打，现在终于可以好好过个年了，关键是还能吃上白菜饺子了。一早他就跟着炊事班忙前忙后，和面、剁馅、擀皮、包饺子，大家一起干得热血沸腾，灶上支了口大锅，冒着热气，饺子在锅里翻腾，像调皮的小猴，上下翻滚，翻出好看的水花。饺子熟了，饺子熟了！吃饺子啦，吃饺子了！吆喝声像爆竹一样响亮，一声一声地在大院里炸开，喜悦在空气中回旋。大家都被欢天喜地的气氛感染了。先来的打了刚端走，后面的又接上来，大家有序地排队，个个眼角都堆着笑。树上的麻雀好似受了传染，在枝头跳来跳去。可是正当欢喜中，就听见集合号吹响了。军号就是命令，一切行动听指挥，服从命令是军人的天职。要出发，饺子还没吃到嘴里，碗不够，后面的人还等着前面吃过了，再用他们的碗吃。眼下就要出发了，顾不上许多，好多人把帽子摘下，盛几个饺子在帽子里，一边走一边吃，帽子里汤汤水水，走一路流一路，吃完饺子，喝完汤，风一吹手里的帽子就变硬了。风寒天冷，军令如山，站队就出发了。

金贵的涝坝水

行军很艰苦，喝的都是涝坝水。涝坝水，是下雨天积蓄在大小不等的深浅坑里的积水。人、马、牛畜都喝，非常脏，没有别的水喝。还有一种是窖水，山西高原缺水，下雨挖个很大的窖，上面留个小口（怕用大罐子装多了，想多提都不行），只能用小盆、碗舀出来，走到跟前一看上面全是孑孓，跳来跳去，多得不计其数，看着让人恶心，水烧开了以后上面厚厚一层孑孓，只能沉淀一下，再喝。那时水金贵得很。谁家女儿出嫁，先看看男方家里有几个水窖，水窖象征着财富，家里没水窖连喝的水都没，谁嫁给你呀。水就这么金贵。李凤祥接着说，一次他们驻扎在一个老太太家。她家院里有个水缸，他们得闲就给老人家挑水。水井在村西头，老太家在东头，有几百米远。水井有80米深，用来汲水的井绳很粗，要2个人才能抬动，80米长的绳子，堆在地上是一大捆，一个人拿着很费劲，得2个人抬着，2根绳子，每根绳上挂1个桶。这个桶上，那个桶下，交替着把水提上来。他们挑了两担水才把老太太家的水缸装满，老太太感动地哭了，她说，水缸是陪嫁来的，从她结婚起这个水缸就没有挑满过。那时的老百姓太苦了。战士们发的衬衣、鞋子舍不得穿都送给他们。战士们将就穿旧的，老百姓也把战士们当成亲人，那个年代虽然艰苦，但是大家心好，都会把家里仅有的东西拿出来，真是把他们当成人民子弟兵了，李凤祥感慨地说。当时三大纪律八项注意要求很严，解放军的部队就是要为百姓着想，不能动百姓的一针一线，就是这样的群众基础，才凝聚了军民一心，共同抵抗敌人的情感。

山西白莲镇有个金水沟，沟很深，沟底里常有积水，老百姓去那里担水，路特别难走，下到沟里打上水，再爬上陡坡，水几乎晃了一半，李凤祥年龄虽小人却勤快，爬山上坡尤其稳当，他担的水很少洒漏，特别受老乡欢迎。李凤祥他们住金水沟这边，恰好利用地势在那里围追国民党，国民党的队伍往前面有埋伏，后边有追兵。我军埋伏在密林里，敌人在明处，我们的部队能看到他们，他们却看不到我们的部队。我们一部分人在前边堵着，后边又设有追兵，敌人往前走不出去，向后又没有退路，就这样前后两边夹击，打死了国民党1000多人。那些尸体两三天就臭得不行了，也得忍着，捂着鼻子走。在那里打仗真是吃了不少苦，打起仗来大家都很拼命，流血牺牲也不怕。最艰苦的是还缺吃少喝，天寒地冻忍饥挨饿。白天走路还好，脚不会冻，最难受的是晚上脱了鞋睡觉，早上起来一看，鞋子冻的嘎嘣硬，穿不进去。只得在火上烤烤，冰化了才能穿。不脱鞋吧，走了一天脚很痛。那时候真叫苦，老百姓也苦，都没有吃的，战士们在老百姓家吃饭，菜是以盐、辣子面为主，没钱付，吃了几顿饭就给老百姓打多少欠条，后来由政府去给老百姓还账。

多少年过去了，说起攻打永丰镇都像是昨天发生的事，忘不了记忆深处留下的惨烈、炮火、血流、死伤。敌人火力猛、工事坚，敌人一个军压缩在一个小土城子里。敌人大部队还在外围往外赶，我们的部队只能硬拼，红缨枪、镰刀、棍棒都用上了，往死里拼，当年没有武器，能打赢全凭不怕死的勇气和拼命劲，死伤不计其数，实在是太惨了。战场上的拼杀声，惨叫声，一轮人冲上去，倒下，再一轮冲上去，说是无畏，身在其中就会被带动被感染，那么多战友倒下，后来的又冲上去，我们的部队打进去又被打出来，一次又一次突击，敌人也不甘示弱，反扑过来，他们的枪弹一阵乱射，炮火更是凶猛，一轮一轮扫射过来，有的战士被炸成了两截，倒在血光中，那种不服输的信念，置生死于度外的勇气让敌人胆战心惊，敌人就败在士气涣散上。直到第三次才袭击成功。李凤祥说，他1947年参军，参加战斗30余次，救死扶伤，见了太多的血流成河，看过了无数鲜活的生命倒下，能够活下来，太不容易了，他很珍惜现在的生活。

开荒种地

战争结束了，1949年底响应党的号召，大部队就到新疆屯垦戍边了，确保边疆长治久安。

刚到新疆四野俱是戈壁，空阔辽远。黄沙万里，戈壁万里，一眼望不到头。树木很少，荒凉得很。刚开始没有房子，战士们用芨芨草、红柳枝捆在一起，搭在一起，挡住戈壁上吹来的风，晚上把脑袋往衣服里一钻就睡觉。天当床，地当被，人躺在戈壁上，苍苍茫茫，茫茫苍苍，戈壁寂静，你挨着我，我靠着他，天地间的辽阔、豪气渐渐浸入体肤，那时的人心胸开阔，没有谁会计较更多，想是和生活的环境有关的。起先是抵御寒风肃杀和冰冻严寒，日子一天天地熬过。天气渐渐变暖，气温渐渐升高，身上的棉衣穿不住了，又没有替换的衣服。战士们先是把棉衣、棉裤里的棉花掏出来，棉衣就成了夹衣。新疆的春天很短，几阵大风吹过，热浪连着热浪，夏天就急匆匆地来了。夹衣穿不住了，战士们又动手把夹衣拆成单衣。战天斗地忙生产，战天斗地为生产，在战士们面前没有什么困难不能克服。

风里来雨里去，走荆棘涉戈壁，单衣被遍地荆棘挂破，有些战士干脆就把长裤剪成短裤、长袖剪成短褂。一个人效仿另一个人，一群人带动另一群人，积极乐观的情绪你传递给我，我感染着他，大家就这样以苦为乐地干活。看着眼前开辟出越来越多的地，想想地里将会长出庄稼，长出粮食，绿油油一派生机盎然的景象仿佛就在眼前，所有的劳累都烟消云散了。暑热袭来，战士们索性光着膀子开荒、挖渠。没吃的，就吃盐水煮麦粒，挖野菜以草根充饥。夏天蚊子多，双手一拍能拍死几十个。蚊子吃牛羊，也吃人。实在受不了，战士们开荒时，就先跳进泥洼里糊上一身泥，你看看我，我看看你，一个个泥人，谁也不稀罕谁，谁也不嫌弃谁，刚开始大家还哄然大笑，再后来就习以为常了。看着火热的劳动场面，谁会想到这是一群缺吃少穿的人呢。

夏日白天长了，干活的时间也长了。为了鼓舞大家的士气，连队之间、班排之间又展开了轰轰烈烈的劳动竞赛。看谁的工效高，开荒的质量好。劳动竞赛开始了，各单位又像战争时期那样及时总结干活经验。挖戈壁时突破一点，形成一线，全面开花；运沙石时，前拉后推、密切配合等。劳动十分艰苦，许多战士手上打了血泡，脚上也磨起了水泡，依然你追我赶地比赛着干。各营连之间还经常总结交流经验，鼓励好人好事。推广先进的经验和做法，工效不断提高，开始每人每天二三立方，到后来提高到五六立方。有人编了段顺口溜：野麻当成钢丝床，吃根咸菜似香肠，天为帐，地当床，喝口开水赛鸡汤。哪里困难哪里去，塔里木人最坚强。

当时缺吃少喝，就着盐水下饭，偶尔有咸萝卜吃就很不错了，平时里连个油花都见不着。开荒种田种粮食，种蔬菜、种哈密瓜、种西瓜。李凤祥说，那时他们吃西瓜，抱一个西瓜过来，一拳头打到西瓜上，瓜裂成几瓣，掰开就开吃，一人一吃瓣，吃得豪气十足。当时条件艰苦，有的吃就不错了，哪里还讲究，把西瓜切成小块儿吃。

慢慢地生活就好了，一年比一年好啊。

修建十八团渠

随着大面积开荒造田，各垦荒地区还开始了较大规模的水利建设。李凤祥是学测量的，他学的是地形测量。他说那些年跑过的地方多的记不清了，刚开始为了引水修渠道，塔里木六七个团场，冲克大渠道，十八团大渠，李凤祥都参与了。

说起测量，李凤祥眉开眼笑，他说，现在还会算经纬度。从前走到哪里都背着仪器，把仪器架在高高的木架子上，测量河道，在大地上测量纬度、观测角度、长度，用三角计算经度纬度。那时设备简单，计算很复杂全部要自己算。当时，工程技术人员很少，没有任何机械可以利用，丈量全要靠手算心算，干活完全依靠双手用镢头和十字镐，一镐一镢地挖掘。三年间，共计兴修大小渠道长达 2920 公里，起土 3140 万立方，其中，比较大的工程有：焉耆解放第一渠、十八团大渠、阿克苏胜利大渠以及焉耆解放二渠。

说起十八团大渠，不能不提王震将军。新疆茫茫戈壁，不缺地唯独缺水，如何解决荒原上用水，迫在眉睫。为了不和地方老百姓争利，给新疆的少数民族群众多办好事。王震将军经过考察，在一张军用地图上，从霍拉山和库鲁克塔格山之间孔雀河流出的峡谷口，即在铁门关峡谷出口处的艾乃孜至吾瓦之间，划了一道粗粗的红线，这是一条战略性的新渠构想，就是 62 公里长的十八团大渠。

经过多次测量、测算大渠要动工了。这一条大渠，要灌溉即将开垦出来的万顷土地。1950 年 9 月 15 日，大渠开始施工。当时的主要工具是坎土曼、铁锹、十字镐、柳条筐等。十八团渠沿线是荒无人烟的大戈壁滩，战士没住处，官兵们就挖地窝子、搭帐篷、野外露营；没水，就用大车和马到几十里外的大墩子驮水。水，每人每天只有一茶缸水喝，仅够维持生存。生活清简到无，没有水洗脸、没有水刷牙。由于饮水不足，很多战士嘴上结了痂，干裂、脱皮。即使这样，想想在不久的将来，出现在大家面前股股流动的滔滔渠水，工地上又掀起了劳动热潮。

在水渠设计线路上，有 300 多座坟茔挡在了大渠的必经之路上，这时，王震司令员作出了指示："人民利益高如天！"十八团成立以政委阳焕生为组长，库尔勒县领导及各营营长为骨干的迁坟工作组。经过军民协商和塔依尔·艾来木大毛拉耐心地解释工作，众多坟主最终理解了解放军修大渠是对恰尔巴格、上户村村民做出的一桩好事，是要把千年戈壁变成绿洲，造福乡亲们的利民举动。少数民族村民都觉得遇到了自己的军队，都积极主动开始迁坟。仅用 5 天时间，迁坟工作就顺利完成。那时的兵地关系好，部队为老百姓着想，老百姓也支持部队工作，朴实得如同一家人。

李凤祥说，那时都是军民一同劳动的。王震将军也和战士们一同搬运冻土块，同吃同住同劳动，这样的事是很鼓舞人的。看到将军和战士们一起劳动，大家的干劲更足了，工地上常常是，你追我赶，自发地展开了劳动竞赛。

经过八个月的艰苦奋战，期间各方面都付出了艰辛的努力。建设期间大家克服了恶劣天气的影响，克服了风餐露宿的艰难，不分日夜地紧赶快干，终于 1951 年 5 月 15 日，十八团大渠开闸放水，周边几十里内的各族人民都来庆贺。大渠奔涌，河水喧哗拍击着两岸，像是唱起了欢乐的歌谣。一位 108 岁的维吾尔族老人从 30 里外的家中骑着小毛驴赶来了。老人敲着维吾尔族小鼓，唱着激情的颂歌。握着战士们手说："你们就是人民的玛洛瓦！我活了 100 多岁，从来没有见到这么好的军队！"

在十八团渠开闸放水的典礼上，战士们把新修的大渠起名叫"建新渠"，寓意建设新疆的意思。王震将军来到典礼现场后，对干部战士说，"这条大渠是你们十八团修的，也是解放军进军新疆修建的第一条大渠，就叫'十八团渠'。"

剪彩后，王震将军纵身跃入水中，动情地对部队干部战士和老乡们说："同志们，下来吧，让河水洗去我们战斗的征尘。"随着喊声干部战士和现场的老乡们纷纷跳入渠水中，欢腾雀跃，渠上渠下成了一片欢乐的海洋。有一张照片定格了那个瞬间，几十年过去了，那欢乐激动的场面，是在场每个人都难忘的经历。只有体验过极度缺水的人，才能真正体会到水是生命之源。

汩汩流动的十八团渠，如今已经成了地标性的建筑。它见证了那些年艰苦垦荒，热烈奋战的激情岁月，那是一代人青春和生命的留痕。如今很多人已经逝去，但说起它的人，总是饱含深情、热泪盈眶。曾经为了生命之水，无数人忍饥流汗，无数人拼命挖掘，河流不言不语，却又鲜活生动地滋养了几代人。光阴荏苒十八团大渠至今不休不止，斯人已逝，渠水长流，河流见证了他们不屈的意志和闪光的青春。

再见巩乃斯桥

　　父亲年龄越来越大，趁着他腿脚灵便，李丽决定带父亲去一趟巩乃斯。李丽是李凤祥的女儿。小时候，李丽就常听父亲说起他测量过的渠道和桥梁。说得次数多了，渐渐就上心了。十八团渠离家近，父亲经常去。巩乃斯桥建好以后，他却没有去过。时间过去那么久了，父亲心中惦记的大桥还在不在？退休以后时间也宽裕了，李丽想替父亲完成这个心愿。

　　2021年夏天，李丽带着父亲去了一趟巩乃斯。一路上李凤祥很激动，那是他70年代工作过的地方。他不停地给李丽说，当年修这座桥很不容易。路很难走，弯道又多又陡，汽车从那里经过还得小心横风，天气太冷了，九月底就封山了。当初把钢筋、水泥从外面运进去太不容易了。车到不了的地方，全靠人拉肩扛。河水又冷又急，有了这座桥，车可以一直开到二十一团。

　　夏季的巩乃斯山林青翠，车行驶在山路上，转过几道弯，一座桥出现在面前。

　　"巩乃斯大桥！巩乃斯大桥！就是这，没错，就是这座桥。这就是我当年修的桥。"李凤祥指着桥激动地说。"这么小，这就是你说的巩乃斯大桥。"李丽说。

　　桥是李凤祥参与勘察设计的，几十年过去了，多少次在他梦中出现。如今真切地出现在眼前，像梦一样，可确确实实就在眼前了，李凤祥像孩子一样开心，一趟一趟地在桥上走。走过来，又走过去。走过去，又走过来。站在这边照张相，站在那头照留张影，最后还要求家人一起在桥边合影。

　　风蚀雨浸，桥身斑驳，水泥砌的桥墩依然结实，桥身左右各有三眼孔，是为了泄洪留的洞。桥在，记忆在，逝去的青春却再也回不来了。三十多年过去了。眼前的风景青青郁郁，从前觉得那么宽那么长的桥，出现在眼前，却不觉得宽大了。看到父亲情绪有点低落，李丽说："爸爸桥没变，是现在建设的桥越来越大了。是我们见的大桥太多了。从前没有路，受条件限制。现在都是机械化建设，想建多宽就建多宽。你们过去能建成这么大的桥已经很了不起了。"女儿的话，让李凤祥的心情好受些。这在当初就是最宽的桥。

　　是时代发生的变化太大了。"一桥飞架南北，天堑变通途。更立西江石壁，截断巫山云雨，高峡出平湖。神女应无恙，当惊世界殊。"毛主席的词写出了李凤祥的心声，描写的多像这里。风雨如晦的岁月，桥便利了人们的出行，生活富足的年代，桥更像一位见惯风雨的老人安然守护着往来的行人。它已经与四时景物，浑然一体成了与巩乃斯林场和谐的风景。巩乃斯河水流或湍急或平缓，喧嚣也好寂静也罢，日夜东流，像不动声色的时光悠悠缓缓地逝去。

见过巩乃斯大桥后，李凤祥变得平静。那些提心吊胆的日子与建桥的辛苦都值了，桥依然在。多年来的心事终于可以放下了。春夏秋冬，树叶绿了又飘零，一座桥从它建成的那日起就担负了它的使命，便捷、通畅让两岸的人走动方便。一座桥负担的使命与时间无关，它比人存在得更久远。

人活不过一座桥，活不过一条渠。回顾从前的岁月，最困难的岁月并没有虚度。塔里木团场的土地上留下了李凤祥的足迹，他丈量过的土地、桥梁、河道、山川大地，有他留下的汗水和热爱，那些足以抵抗开荒种地的艰苦时光，这一生过得平凡，但却无悔。

往事如风

离休后的李凤祥有了更多的时间。他喜欢写作，经常在报纸上发表些小文章。他关心群众，热爱生活。1980 年李凤祥和老伴去旅游，过祁连山时从前艰难行军的岁月又在眼前，他作了一首诗：

过祁连

当年西进过祁连

山高路险瘴气绕

多少英雄此长眠

如今我又过祁连

身如长龙一声吼

谈笑风生过祁连

改革开放无限好

祝愿战友笑九泉

李凤祥的老伴于中民，年少时是村里的儿童团团长，参加过华东抗大，后来到了华东专区工厂工作，也是一辈子的老革命，老伴 2019 年去世，她的照片一直挂在李凤祥的床头。李凤祥说，"我很想念她。"

往事如风，悠悠而过，逝者已矣。如今鲐背之年的李凤祥思维敏捷、健谈。他的 4 个儿女生活得都很好。"最小的儿子、儿媳都是博士后，儿媳妇还被习近平主席接见了呢。"老人说得自豪。

简介：李焕晨，男，汉族，1930 年 11 月出生，山东省临邑县人。1947 年 1 月入伍，1948 年 9 月加入中国共产党。在渤海军区教导旅二团卫生队任卫生员，1959 年后历任团卫生队医生、队长等职。1987 年 2 月离休。

把心留在塔里木

——记渤海军区教导旅老兵李焕晨

兰天智

92 岁的李焕晨老人，身板硬朗，精神矍铄，头发虽然斑白，但依然浓密地向后梳着，似乎是在向岁月表白不服输的姿态。

他的听力很弱，戴着助听器也不奏效，我凑近他的耳朵大声说话，他仍然听不到。我们的采访只能以我"写"他答的方式进行。幸好，他的视力还算可以。

就这样，我写一句，他摘下眼镜，凑近本子看了问题后，身子靠在沙发上，仰头闭眼，努力从记忆的海洋里打捞出岁月的散叶。

"我死不了，你就没事"

三五九旅扩军，在山东组建渤海军区教导旅，年仅 16 岁的李焕晨从山东临邑参了军。他告诉我，那时他在二军六师十六团卫生队，他参加过陕西、甘肃、青海等地的解放战争。

李焕晨说，在运安战役中，十七、十八团包围安邑，我们十六团从运城东南角攻入，配合野战兵团主力攻歼运城之敌。

运城位于黄河转弯处的三角地带，依山凭河，历来被视为晋西南战略重镇。防御设施，原为日寇侵华时所筑，又经胡宗南、阎锡山所部多年经营，城外壕沟纵横，明碉暗堡林立。城头构筑堡垒，城墙上备有三层掩体发射点，由胡宗南和阎锡山的保安团、保警队防守。

"那时，敌人有 1 万多。"李焕晨用手梳理着银发说，"先打的运城，然后打的安邑。攻打了 3 次后，才将运城攻克，歼灭了很多敌人。"

李焕晨告诉我，运城解放后，安邑之敌极度恐慌。部队抽回兵力部署进攻之际，敌人连夜突围，向临汾方向鼠窜。"我们休息了半天后，得到命令开始跟踪追击，最后将逃跑的敌人全部歼灭。"

"这一次，我抓了两个俘虏，一个是国民党保安队的队长，一个是警卫。"李焕晨的思绪慢慢变得清晰："那天我们在一个山沟里。到了下午，我和一个炊事班长，下到半山腰的一个村里，看看能不能找点菜吃，那个炊事班长害怕，我说，没事的，我死不了，你就没事，走吧！

到了村里后，在一个小台子上站着3个人，我就在纳闷：昨天晚上在这里打了一仗，怎么这里还有人呢？又一想，可能是这里的老百姓，我们就没有在意。炊事班长走在前面，他下去后，突然跑过来一个人把他抓住了，后面又跑过来两个人把他摁倒在地，他开始在那里叫唤。那时，我带着手枪。我一看炊事班长被抓了，就掏出枪，对着他们说：'别动，把手举起来。'"

说到这里，李焕晨伸出手来，把手捏成个手枪的样子，仿佛回到了当时的现场——

"班长有点傻了，我对班长说：'把他的枪下了。'我看到那个人屁股后面有个枪杆，他问我：'在哪？''屁股后面啊。'对方是3个人，一个是保安队的队长，还有两个警卫。把枪下了后，我对他们说：'站一边。'那3个人就站在那里。站在边上的一个人看着情况不妙，就开始向山那边逃跑。我那时年轻气盛，胆子大，靠到一棵树上，就朝他打了一枪。我看他站起来了，结果刚站起来就滚下去了。"

停顿了一会儿，李焕晨说："这一仗下来，我们也牺牲不少人。"

"大家都在打仗，我立了什么功？"

"那时年轻气盛，什么都不怕。"李焕晨说，解放西北的战役他都参加过，彭德怀司令员、王震司令员他们都经常见。他感叹，现在身边的战友不多了，有的在战场上牺牲了，有的年岁已高老去了。

"在您参加过的战役中，最难忘的是哪次战役？"我在采访本上工工整整地写下这段话。

他摘下眼镜，凑近本子看完后，戴上眼镜，身子往后一仰，靠在沙发上，闭上眼睛，思索片刻后，朗着声说："记忆最深的算是西府陇东战役，西府陇东战役是最艰难的一次战役，最终还是从胡宗南的手中夺过了那只他心心念念的'宝鸡'。"

　　李焕晨看着前方向我娓娓道来，似乎前方就是那个炮火连天的战场："部队动员全体指战员发挥勇敢顽强、连续作战精神，争取在以攻取宝鸡为目标的西府行动中立功。那时我还小，不知道什么叫立功。"

　　"宝鸡为陇东、汉中、四川的交通枢纽，为胡宗南在西北的唯一供应基地，攻取这只'宝鸡'，对我们部队来说，可是我们丰盛的大餐——可获得大量物资，解救部队粮慌。

　　我记得我们先是向乾县挺进。十八团的一个营与敌人的二〇三师搜索营的一个连在铁佛寺相遇了，随即将敌人包围，在这里打了2个多小时的激战后，全部歼灭敌人，俘获100余人。我们十六团在铁佛寺西南武则天陵高地击溃由乾县增援的敌人，敌人有两个营。后来，敌人的增援部队陆续向乾县开进，我们就在铁佛寺待命。

　　过了几天，乾县的敌情发生了变化，我们十六团到武功县南面阻援，以十八与十六团的一、二营由北、西两面攻城。当十八团主力进至城郊时，与敌人相遇，当即包围歼击，俘获敌人80余人。十六团准备攻城，一个营行动有点迟缓，未能进至指定地区，丧失战机，敌人增援部队的一个团进入了武功县，并以攻为守，向我们十六团的阵地发起猛攻。我们仓促应战，形成对峙状态。敌人3次向我们发起了进攻，战斗异常激烈，我们十六团、十八团誓死抵抗，予敌重创，坚守到最后。苦战了3次，打死了很多敌人，胜利完成了掩护主力攻夺宝鸡的任务。

　　西府陇东战役结束后，有一天开大会，通讯员让我上台，我问上台干吗？他说：'你傻瓜啊，你立了一等功。'我问他：'我立了啥功，大家不都在打仗吗？'那时，我不知道什么是立功。

　　原来，我一个人抓了5个俘虏，立了一等功。那是在陕西乾县的事儿。有一天，在一个水池边，看到几个敌人。我朝着水池内开了一枪，没有想到水池内漂上来一条鱼。那几个敌人一看傻眼了——那么远还能打到鱼，枪法真厉害。其实那是碰巧了，结果把5个人都抓获了。"

我们是大部队，怕啥？

　　在整个采访的过程中，李焕晨多次说：那时候年轻好胜，在他的印象中，任何艰难困苦都算不了什么。今年，我采访过很多抗美援朝战争的老兵，也采访了不少渤海军区教导旅的老兵，这是我第一次碰到这么有骨气的老人。

真的，李焕晨不怕苦难、不怕牺牲的那种英雄气概，在他身上现在依然存在。随着采访的深入，我才明白，他的底气和英勇来自他心中的后盾——部队。"我们是大部队啊！"话语中总是透出一种优越的自豪感。

当我问道："在战场上您最危险的一次遭遇"时，他看了后，"哈哈哈……"笑了起来，俄顷对我说："那个时候不知道勇敢不勇敢，就是不怕死，不知道害怕，追啊，打啊，也没有感觉到身边的危险。有一次，是在运城战役上，前面有敌人，我们不知道啊。我那时穿三号衣服，有点松松垮垮，突然感觉衣服被人拽了一下，结果一看，衣服上的棉花出来了，被敌人在衣服上打了一个洞，但我也没有感到危险和害怕。"

李焕晨继续讲述："有一次算是危险，但也没啥事。那是在青海。有一天，我们到一个村子里去吃桑椹。我那时年轻，好胜、勇敢，我第一个爬到了桑树上。还没有吃多少，我往远处的山沟沟里一看，有一群骑着马的壮汉向村子里走来。我一想，不好，这是马步芳的骑兵，我立即从树上跳下来，告诉了副队长郭振强（音）：马步芳的部队来了，赶快撤。他还在犹豫，我说不能再耽误了，赶快通知其他人撤啊。说着，大家迅速撤出了村庄。那一次算是危险，差点被马家部队包围在村子里，不过也没事。"

过了一会儿，李焕晨感慨道："我们是大部队啊，不是游击队，也不是一个人在战斗，大部队在战斗，怕啥？战斗苦不苦、难不难、危险不危险，部队的首长知道，他们绝对不会打没有把握的仗。"

正是因为有了这样的"靠山"，李焕晨在每一次战役中都英勇战斗，不怕死，死不怕，不断抓获俘虏，歼灭敌人。曾获得过"毛主席的好战士"光荣称号，现在还保存着这枚由中国人民解放军原总政治部颁发的"毛主席的好战士"纪念章。

在他的一只黑色的皮包内，还珍藏着"解放华北纪念章""西北解放纪念章""全国人民慰问人民解放军代表团"赠送的纪念章、"庆祝中华人民共和国成立 70 周年纪念章""光荣在党 50 年""在新疆工作 30 年荣誉奖章""纪念渤海军区教导旅建军 70 周年""纪念中国人民抗日战争胜利 60 周年"等诸多纪念章。

最难忘的是战友

这些年来，很多往事如海底的珊瑚一样淹没在李焕晨记忆的海洋里，一时无法打捞出来。对于李焕晨来说，现在要说最难忘的，是他的战友。

一个是他的两个入党介绍人彭学华和栾俊普（音）。李焕晨告诉我，那时，他是彭学华的警卫员，每天跟着彭学华驰骋在战场，彭学华出生入死，雷厉风行，对他的影响很大。栾俊普原是河北的一个地方干部，在枪林弹雨的年代，带头参军，后来成为部队的司务长。

1948年3月，经过了一次次战斗洗礼的李焕晨，在彭学华和栾俊普的介绍下，在炮火连天的战场上，面对党旗庄严宣誓：我志愿加入中国共产党……时刻准备为党和人民牺牲一切，永不叛党……

还有一个是在战争中牺牲的战友。"他们都走了，在战争中牺牲了，我们现在的和平幸福生活，就是那些战友们用生命换来的啊！"说着，李焕晨的眼里有点润湿了。

李焕晨长长叹了一口气，然后对我说："在澄合战役中，战斗进行了好几天。有一天，我们十六团在迅速夺取壶梯山时，我的一个战友'挂花'了。我上前包扎，他握着我的手说：'把我的这把冲锋枪拿着，以后的战役很难打。'他的话刚刚说完，就牺牲了。"李焕晨哽咽着说，每次战役都要牺牲很多的战友。直到现在，战场上那些难忘的情景时常萦绕在他的梦境中。

在采访的过程中，李焕晨总是以"彭德怀、王震的大部队"为荣，歼灭了无数国民党的部队。更令他自豪的是，自己的身影还出现在了电视剧里。

他对我说："电视剧《彭德怀》你看了吧，有一个镜头，彭德怀在那里站着，马、骡子驮着弹药从他旁边经过，后面有个小战士，穿着灰蓝的军装，背着灰挎包，我一眼就认出来是我，我在那里站着，我们是彭德怀的部队。那是过去拍摄的真实镜头，肯定是当时拍的镜头，哈哈哈……"

让李焕晨觉得好玩的是，在黄龙山战役中，一个连长说："同志们，我们到山上去看看。当我们爬到半山腰，路边有一个敌人的尸体，我上前踢了一脚，传来了哗啦的响声，我翻过来一看，一个白色的布袋子里装着半袋子银圆。原来，他还是国民党的一个头头。"

把心留在了塔里木

英雄卸甲，气概未褪。李焕晨放下手枪，拿起了手术刀，成了远近闻名的"李一刀"。

因为有着部队上卫生队的经历，部队挺进新疆后，李焕晨一直在卫生队工作。后来，把他调到了十六团劳改队卫生所。到了这里后，就把他派到卫校学习。这时，他所在的十六团要调到乌鲁木齐。战士们把他的行李都装在了车上，可他还是没有去。他觉得这样走了，总有一种说不清道不明的牵挂。

从卫校学习回来，他就来到了塔里木。从此，他就与塔里木结下了不解之缘。

在塔里木，他在好几个劳改队的卫生队工作过，从现在的 32 团到 33 团、34 团、35 团的卫生队，换了很多地方，但从未离开过塔里木。

其时，卫生队归工程处管辖。从工程处分开后，就到了团场的卫生队当队长，一直到离休。李焕晨告诉我，有了部队上卫生队工作的基础，再加上多次到兵团医院进修学习，他对外科手术很是娴熟。

战场上的英雄，在医院也是一把好手。在他看来，没有碰到太难的手术，切除胃溃疡、肠胃炎、肠梗阻、阑尾炎、胃切除术、静脉曲张切除等一般手术都可以做。"一个单位就靠一个人做手术，每周做半天手术，做了多少年了，都非常熟悉了，没有什么难不难的。"李焕晨如此说。

在卫生队，就他一个人主刀。每次做手术，一站就是半天。有时，好几个手术连在一起，一个接着一个做。当我问他"累不累"时，他总是轻描淡写地说："那时候年轻，那都不是事。"

记得有一次，他刚到 32 团卫生队不久，卫生队来了一个患者，这是一个 40 多岁的男人。这个男人双手捂着腹部，身子折在了一起，疼得大声叫唤，额头的汗珠子像雨点一样往下掉。

经检查，李焕晨确诊患者为急性化脓性盲肠炎，有穿孔的危险，需要马上手术。一听手术，患者及其家属犹豫起来，对他抛出了不信任的目光，提出要转院。李焕晨耐心地给他们做工作：如果转院，最近的医院是尉犁县医院，也有六七十公里的距离，加上路途颠簸，谁能保证不出意外？如不及时手术，盲肠穿孔会有生命危险的。情况万分火急，李焕晨来不及多想，一边苦口婆心地继续给家属做工作，一边安排护士马上准备手术。

李焕晨心急如焚："再不能耽误了，时间就是生命！"看着患者疼得快要昏厥了，患者家属这才同意手术。

对于李焕晨来说，进了手术室，就是上了战场，一切迅速而有序的展开。时间一分一秒地过去，麻醉、开刀、摘除……一项一项完成。

两个小时后，手术结束，患者被推出了手术室。一切顺利。患者家属送来一面锦旗表达心声："医术精湛，真情救人！"

金杯银杯，不如老百姓的口碑。就这样，李焕晨的名字在塔里木慢慢传开，如蒲公英的种子一样，被吹落进人们的心里。

在 32 团，提起李焕晨的名字无人不晓，被人们亲切地称为"李一刀"。在这片荒芜的土地上，李焕晨用一把手术刀和一颗仁爱之心，镌刻出"只有荒凉的沙漠，没有荒凉的人生"的华彩篇章。

离休后，李焕晨走出了塔里木。也许是要追寻"落叶归根"，在其妹妹的一再邀请下，回到了江苏睢宁县。他在这里买了一套房子，和妹妹居住在了一起。

江苏睢宁县是国家园林城市，这里绿水流翠，人杰地灵，空气清新而湿润，宛如一个天然的氧吧。在塔里木生活了大半辈子的李焕晨，刚来到这里，感觉挺新鲜的，交通阡陌纵横，环境清新优美。然而，住了一段时间后，那股新鲜劲儿一过，李焕晨认为，虽然这里是国家级园林城市，住着宽敞明亮的楼房，但他觉得还是塔里木好——在他的心底，总是与塔里木有一种说不清道不明的情愫。于是，半年后，李焕晨又回到了塔里木。

他这一走，令他的妹妹一家人难以理解——无论是经济、交通、医疗、教育，还是居住环境，哪一点比塔里木落后？堂堂一个国家级园林城市，怎么就不及哥哥心中的塔里木？

人们常说，亲情难舍，故土难离，难在哪？难在他的根在这里，塔里木是他永远走不出的牵挂，是他精神的皈依，是他灵魂的寄托。

是的，他把心留在了塔里木。他舍不得曾经在枪林弹雨中一起战斗过的战友，舍不得他曾经抛洒热血的这片土地，舍不得塔里木的大漠胡杨、一花一草……

他一个人养活了一家人

李焕晨是他们兄弟姐妹中的老大，此生没有生养孩子。他从江苏回来后，和他的侄子李仁昌居住在一个小区里。

"他把我养大，我把他养老。"随着采访的深入，李仁昌给我讲述了一段令他难忘的历史。

李焕晨是李仁昌的大伯。"要不是大伯，我可能也饿死了。"李仁昌记得特别清楚，那是 1961 年的事儿。那时候，家中本来都很困难，雪上加霜的是，他的老家又发生了严重的自然灾害，把他的父亲饿死了。

李仁昌的父亲被饿死后，李仁昌的奶奶给远在新疆的李焕晨捎来了一封信。其时，李焕晨在 32 团卫生队。

收到家中的来信，李焕晨得知家中发生的不幸遭遇后，心中难过极了。同时，他也作出了一个大胆的决定——把全家人接到塔里木来。

那时，李焕晨的津贴少得可怜。他从战友处借了 280 元钱后，回到了山东老家。

1961 年 10 月初，李焕晨把母亲和大弟的孩子以及小弟一家五口人，还有邻居家的一个孩子，一起接到了 32 团。广袤的塔里木用她的博大胸怀接纳了这些来自患难中的人们。

就这样，他靠着微薄的收入，把两个弟弟的孩子，一个个抚养大。而他自己结婚后，再也没有生养孩子。

他用爱的脊梁撑起了这个家！这是多么无私的爱，这需要像塔里木盆地一样广阔的胸怀。

他恰如大漠深处的胡杨，用顽强的生命向大漠默默奉献一抹色彩的同时，也将自己的根系深深扎进了深爱着的这片土地。

塔里木需要像李焕晨这样的胡杨，他们也需要塔里木的养育和包容。李焕晨的侄子、侄女们长大后，也一直在塔里木工作。他们用勤劳的双手默默无闻为塔里木的发展增砖添瓦，为塔里木的建设贡献青春和力量。

此时，我想起了兵团人耳熟能详的那首打油诗：献了青春献终身，献了终身献子孙，子子孙孙都献去，屯垦戍边江山稳！

正是因为有了像李焕晨这样数以万计的兵团人，一代接着一代干，革故鼎新，自强不息，才使曾经荒芜的塔里木充满了勃勃生机，才使亘古荒原变成了广袤的良田，才使大漠变成了绿洲……

这些变化的背后，浸透着兵团人的汗水和心血，蕴含着兵团人的艰辛和付出。如今，天山南北发生翻天覆地的变化，新疆各族儿女的生活日新月异，新疆生产建设兵团功不可没，屯垦戍边的战士们功不可没。

简介：孔宪智，1934 年 1 月出生，山东省宁津县人。1947 年 3 月参军，1950 年 3 月加入中国共产党。历任渤海军区教导旅一团卫生员、二纵队卫生部调剂员、六师卫生部医院司药、农二师医院副院长、院长、书记等职。高级政工师。1993 年离休。

岁月悠悠寄我情

——记渤海军区教导旅老兵孔宪智

李佩红

从儿童团员到解放军战士

1934 年元月，孔宪智出生在山东宁津县贫困的农民家庭，家里大大小小 5 个孩子，他是男孩中的老小。宁津县是革命老区，有深厚的红色底蕴。如果不是八路军组织抗日，在村里组织孩子们学习，孔宪智根本上不起学。孔宪智在的农村小学，大小孩子 100 多，年龄相差悬殊，十七八岁和十一二岁的孩子在一个年级读一样的书，读来读去都是小学；有的娶妻生子了还在上小学。第一年上学只有一本《国文》，有的是自己家里祖传下来的，有的是借来的，书都很破旧，没书读时，老师拿着八路军油印的政治课本和小报给学生上课，一个老师包打天下。受革命的影响，孔宪智大哥和二哥先后参军抗日，小小年纪的孔宪智也参加了抗日儿童团，站岗放哨传递情报，帮助八路军打鬼子。

1947 年春节刚过，孔宪智也度过了 13 岁生日，身体虽没拔个，但已是有模有样的英俊少年。一天上午，学校里来了一位穿黄军装的青年男子，他是本县武韬家人，名刘春玉，是当时渤海军区教导旅一团卫生队的指导员，他被村里的干部们簇拥着，光彩耀眼，里里外外的大人孩子们都投以羡慕的眼光。刘春玉一到学校就给学生们讲话，才知道是来动员参军的。先讲了全国的形势，再说到蒋介石要来夺我们土改胜利果实。为保卫胜利果实，动员学生报名参军，年纪小的可做卫生工作，等等，这一讲，当时孔宪智和有七八个一同孩子报了名。孔宪智那时还不懂得参军打仗意味着什么。但是，革命道理早在抗日战争时期就已经潜移默化影响孔宪智了。那时小孩子们站岗放哨，贴标语撒传单，抗日游行开大会，读的书都是八路军的政治课本，土改时监督地主开斗争地主的大会，儿童团都是少不了的角色，孩子们都充满着好奇和羡慕当兵人的心理。对孔宪智来说，报名参军是顺理成章水到渠成的事，并不感到突然。报了名就各自回家和父母商量决定。我回到家，父亲到区里开会去了不在家，母亲问我还有谁报了名，我把报名的人说了一遍，母亲说："那些大孩子都去了你也去吧。"当时大姐正回家帮母亲做针线，不大赞成，家里只剩下孔宪智一个男孩子，都走了，谁种地。但母亲既然同意了大姐也不再说啥。参军的事情就这样决定了。下午在学校吃烙饼鸡蛋汤，村干部和老师陪同欢送。次日，10男5女共15名"准兵"，乘坐一辆牛车，经乐陵、惠民地境内，到了山东阳信县小伏家村——渤海军区教导旅一团卫生队驻地。

孔宪智分到一团卫生队当卫生员。一到部队，练兵挖防空洞，过集体生活，很不适应，天黑了不敢出门大小便，睡觉尿床的好几个，我就是其中之一，男孩中就有两三个爱哭的，郭家寺的郭俊山同志就哭个不停，我因天热吃午饭时把帽子脱下结果弄丢了受到批评（那时的受批评就是挨骂大哭一场）。

当兵没几天发了军装，棉袄袖子空半截，裤腰提到胳肢窝，裤腿脚还长老大一截，一同参军的时立荣（女）为我改制了下，才得以穿上。现在想来有些滑稽可笑，但当时觉得自己挺威武。行军时，看看自己还真有点可笑，首先是那套最不称职的灰色棉军装，老长的裤腰，别在小胸脯上棉袄外显得鼓鼓囊囊裤腿角，挽起老长一截，厚厚的堆积脚背上那双不合适的爬山鞋，用两条两指宽的布袋子全做鞋袢，不这样做就会挂不住脚，再看那件棉袄都盖住膝盖了，像个短大衣秀也是挽起一大截。身上的背包、挎包、喝水缸子、饭碗、面口袋干粮袋一应俱全，就像满了物件的小熊，可爱笨拙。

孔宪智被分配到二纵队，终生难忘第一次练兵。

"一、二、一"入场，然后分投弹、射击（瞄准）跳高、跳远、单双杠等各一队，互相交换。孔宪智第一次投手榴弹投了7米，不算落后，他认为这个成绩还满意。第一节单杠是让别人抱着上去，一会儿就掉下来了，逗得旁边人哈哈大笑。跳远是孔宪智最喜欢的课目，不费大力，也不需用很多诀窍，各种课目没有硬指标。

最经受考验的是夜晚突然紧急集合，不准点灯，要在规定时间内起床穿好衣服，按要求打好背包，不能遗漏携带物品，打好绑腿，班长带队到指定地点集合。这个课目老不及格是要受批评的。第一次搞这种训练大家都很狼狈，丢三落四，背包不但打得不好，还有跑一阵就散了的，不能准时完成。不过练得时间长了，自然就又快又好了。这里最关键是睡觉时要把携带的东西放好放整齐，紧急集合时伸手可得。这套本领是军人永远的基本功，终身受用。练兵结束了，不知怎么糊里糊涂被评上了卫生队唯一的工作模范，得到了一枚奖章和一些物质的奖励。

向着大西北挺进

行军过程中遭遇的第一个敌人，不是国民党兵，是行军本身。都说，铁脚板是练成的，一点没错。行军是磨炼意志的硬功夫，偷不得半点懒。

行军没几天，孔宪智脚上打了许多血泡，着地就痛得钻心，办法只有一个，那就是坚持，少走一步到不了宿营地，治疗办法就是将针烧红从泡上穿过一根头发，两头打结免得掉出来，行军到了山东省德州，拇趾上的血泡感染化脓，肿得老粗，在德州休息一周脚趾感染也没好就出发了，穿不上鞋，就把好好的鞋挖个洞，让脚趾露在鞋外面，继续行军，至今还可见右脚拇趾甲长成了畸形。走的路多了，自然磨成了铁脚板。只要鞋没有毛病，怎么走也不会打泡，所以，人们对一双合脚的鞋十分珍惜，旧了也舍不得丢掉。发了新鞋在部队休整时穿，穿后别在背包上待用。

第二个敌人是疾病和疥疮。

当年的卫生条件差，患疥疮成了军人的职业病。被褥是借的老乡的，两人一条通腿睡，互相传染就在所难免，那时没有穿衬衣一说，单衣棉衣都是净身穿，又没空经常洗，虱子成堆成串成窝，来不及一只只捉，就脱掉衣裤，沿着衣缝用牙咬，咯咯吱吱一咬一串。俗谚"疥是一条龙，先从手上行，腰上练三遭，腚上扎老营"，一旦染上，奇痒难忍。孔宪智的小腿就有多处感染化脓，隔着绑腿往外流脓流水，涉水过河也不解绑，最难熬的是背上长疥疮，也没有办法挠，树干、墙角、门框都成了挠痒的工具。手上长疥，挠起来方便，可以一面行军一面挠，两不误，流血也罢，流脓也罢，反正是要挠。可谓是千疮百孔，到处流水流脓。孔宪智的疥疮一直害到1949年进疆未愈，历时3年，新疆和平解放了，孔宪智也从疥疮的痛苦中解放出来。

行军打仗最怕害病，自己受罪、部队减员，削弱部队战斗力。战争年代的特点就是一切为了战斗的胜利，不可能因为你有病就不行军、打仗，你要是病在部队休整时期，当然可以休息、治疗，甚至住院，要是病在战斗过程中，你就只能靠意志、靠坚持，治疗用药品很有限，那种痛苦的"熬"是无法用文字表达的，头疼、脑热、咳嗽不当病，那时医疗条件有限，顶多要几片阿司匹林吃，当时军中有谚语说"阿司匹林陀氏散，又治咳嗽又治喘"，现有"红汞一点碘酒一点，好不了不管"。可见治疗之有限。1948 年初，一场激战之后，孔宪智离开了他所在团，调到师卫生部学习，一堂课没上，又开始著名的西府战役，战役结束后，已是夏季，部队进入休整。孔宪智所在团流行起回热病。卫生队队长、伙夫、马夫，几乎无人幸免。此病疫大大削减了卫生队的战斗力，几乎没人能正常工作。老红军彭学华队长把孔宪智和陈志喜同志从师部学习班调回团卫生队工作。没有多少日子，孔宪智也染上回归热，还好部队正在休整，为防止传染，把他一个人放在老乡的一间空房子里，地上铺着草，他躺在草窝里。这病主要是高热、头痛，烧得站不起来，就在地上爬，尽管炊事班给他做病号饭，可他好几天不吃也不喝，直烧得从嘴里呕吐出许多蛔虫，那味道到现在想起来还恶心，只有经历过的人才能体会。更可怕的是没有药治疗，孔宪智记得彭队长给他服了三片磺胺片，那药片已经发黄了，结果全然无效。十余天后，体温自然下降，逐渐痊愈，躲过了一劫，这时部队人员基本病愈，都是熬过来的，看上去人人都拖着虚弱的身体。就在这时，彭队长又派孔宪智去后方学习。时值盛夏，走了好几天，翻过黄河到了陕西省稷山县修仁村，此村处汾河畔，传说是薛仁贵汾河湾射雁的地方，并因此而得名。这里是二纵队后方医院驻地，医训队就设在这村庄。入医训队还进行了考试，考试的方法和题目是主考在台上讲愚公移山的故事，我们在下面记录，讲完收记录阅卷，孔宪智算及格，主考是后来新疆生产建设兵团第一任卫生部长周衡，时任二纵队卫生部医务科副科长。课没开，孔宪智的回归热病复发，被送进了二纵队后方医院，那时候这就是大医院了。医院全部设在老百姓的民房里，孔宪智被送进一个大院子，交给护士就算入院了，院子的土地上铺了两领苇席，护士叫孔宪智坐在苇席上，把我身上的衣服全部脱光，鞋和帽子都不例外，全部打包登记挂标牌送去消毒。消毒的设备就是在平地上挖一个约两米见方的坑，深约 1 米，坑底安装一个铁锅，锅上面的土坑上横放数根木棍，像蒸馍算子那样，把脱下的衣物放在上面，坑口用木板封住，加石头压紧，使其尽量少漏气，灶口在坑外以便烧火，消过毒的衣物由医院保管。孔宪智一个人在一间空房子里住了10 来天，没打过一次针，没吃过一片药，倒是抽过几次血，护士送饭送水到身边。每天都有一群医生查房2次，每次都有好几个医生把他浑身上下敲打一遍，胸前背后听一阵，再问有什么感觉，有什么变化等，天天如此，不厌其烦。大概到了10多天的时候，一个下午，2个护士十分谨慎地给他打了静脉针。天黑醒来，孔宪智的烧退了，头也不痛了，一身轻松，因瘦得皮包骨头，走路轻飘飘站不稳，在医院又住了四五天，医生吩咐出院了，护士把出院证交给孔宪智。

　　1949年夏天，部队第二次占领宝鸡，驻军宝鸡市区，逛街时吃了从未见过的西红柿和其他小摊贩瓜果，患了痢疾，剧烈腹痛，发烧，脓血便，也没有有效药物治疗，煎熬了两天，部队出发了，任务是快速西进，打仗变得不是主要任务了。从陕西的宝鸡出发，经甘肃临夏进入青海循化，过黄河，克西宁，在西宁稍住，再出发过祁连山，出青海，入甘肃张掖，共行军两三个月，抵达甘肃酒泉，一路行军中，孔宪制始终处在病魔的折磨之下，腹泻脓血便就不必说了，吃饭也大大受影响，天天掉队，身体不好，更加疲劳，实在不行了，吃点阿片类，这种药有止疼作用，但收效甚微，病依旧不好。那时候常吃的药，有股炭末、次硝酸铋之类的收敛药，有时候也用复方樟脑酊，急救水等还有佛累努尔，总之，没有一种真正给力的药，几个月下来？把孔宪智拖垮了，直到酒泉有了硫黄药，孔宪智的痢疾才算止住。

战役中忙碌的卫生小兵

　　1948年3月5日至3月底，黄龙山战役期间，孔宪智在二纵队步兵六师卫生队学习，部队驻在白水县一带，说是打蒲城，夜行军经白水县城向蒲城方向进发，过大沟时有人误坠悬崖，经过一夜的行军。第二天到达目的地已经是中午时分，准备接收伤员，孔宪智和魏寿耆同志奉命到军部去取蒸馏水，军部没有现成的，故临时烧制了几瓶，等他们拿回部队驻地时，部队已经出发，问当地老乡，老乡指给他们部队出发的方向。两个小孩兵，在不知敌情我情的情况下，沿着老乡指给的方向追赶部队，追到半夜，才赶上部队，夜里下起倾盆大雨，道路又异常复杂难走，下沟上沟道路泥泞，坡陡路滑，天黢黑看不清路，人们不停地摔跟头，上级命令把绑腿解下来互相拉着以防掉队。长途行军，尤其在上下沟时常有人滚下坡去，走到白水天才亮，人人成为落汤鸡，身上脸上糊满了泥浆。上午，部队各回到前天出发的村庄住下，大家都在老乡的一个打麦场上点着火烤衣裳。孔宪智和魏寿耆回到部队，虽然滚得满身泥浆，身上没有样干净东西，但每人带的那两瓶蒸馏水（像普通酒瓶那样的瓶子瓶颈细又长）小心地放在挎包里，没有被泥浆污染，完好地交给了司药长。

1948 年 5 月间，在西府战役中，部队在荔镇打抗击，当时，孔宪智在步兵独六旅卫生部工作。一天，非战斗部队和平常一样正常出发行军，走了一阵，身后突然发生密集的枪炮声。部队加快了行军速度。在战争中枪炮声不稀罕，但枪炮声迅速接近队伍，炮弹已经在我们身边爆炸，密集的枪炮声就在孔宪智他们身后了，部队行军队形被打乱，指挥员命令部队赶快跑。这些后方队伍除卫生队外，还有后勤部的人员马匹，一时间满地是人马，潮水般向前涌，炮弹在人群里不停地爆炸生命系于千钧一发。他们一面跑一面回头张望，能看到前沿的指挥员提着枪向下撤，后撤几步又卧倒射击，机枪、步枪声震耳欲聋，且战且退的状态持续着，人们才意识到形势之严重，大家顾不得往后看了，只顾向前奔跑从早晨一直跑到中午，才脱离炮弹的轰炸，退到一个小村庄，重新集合队伍，吃点干粮，命令继续出发。孔宪智记得再出发后的行军路线道路极其难走，下一个大沟都是羊肠小道，像是很久都没人走过的样子，有的地方驮东西的骡子不能走，常有人和骡子摔到沟下的事发生。

陕中战役时，在卫生队奉命急速夜行军，跑了一整夜，天蒙蒙亮才到达目的地。他们迅速准备接收伤员，布置手术室（那时的手术室都是利用老乡大一点的房子，内用被缴获的降落伞布制成的帷幕，罩在房子里面，像个和房子一样大的蚊帐，内设多个用门板搭成的临时手术台，大量伤员就是在这样的手术室里经过初步处理后再转送到医院去），孔宪智负责支起蒸馏器（那时的蒸馏器也是用废旧炮弹壳土造的），烧蒸馏水供应手术室需要的盐水和麻药，都是随配随用。配制过程极为简单，那时没有专用的盐水瓶，用的瓶子是五颜六色、高的低的、大的小的圆的方的扁的，什么样的都有，只要是瓶子拿来洗干净消毒就用，真有像现在大啤酒瓶子那样的。蒸馏水用大量杯量，氯化钠是片剂，每片 0.9 克，每 100 毫升放一片即可，然后用普通漏斗加脱脂棉过滤，用消毒纱布盖上瓶口即可。麻药也是如法炮制，不过是粉剂用普通天平秤量，配制好拿到手术室就用，好在多为外用或只作皮下或肌肉注射。枪炮声在远处轰鸣，担架来来往往，伤员从手术室出出进进极为繁忙，烧制蒸馏水和配药并不轻松，主要是保证供应不能间断，各自的工作效率极高，人们都顾不上吃饭，炊事班把饭送到现场，随时有人吃饭，也随时有人吃饱了就走，像一台机器紧张有序地转动。

早饭过后不久，忽然来了命令，要求立即停止工作，伤员立即转移，收拾东西，火速撤退，于是忙乱起来，首先伤员被抬走了，接着就是收拾东西，打包的打包，装箱的装箱，收拾停当搬上驮子。孔宪智他们3个十四五岁的小兵，负责把驮子抬到骡子上。3个人矮，人小抬不动，还得找人帮助。二纵队的模范王作礼是护士班长，他经常帮着把驮子抬到骡子上。正在这时，最无奈最困难的事发生了，在紧急情况下，正在烧着的蒸馏器不好处理，不可能等其自然冷却，尽管不停地用冷水浇还是烫得不能摸，很难把它绑到驮子上去，情况越紧急越着急，总嫌降温太慢，最后用一匹绷带布包裹起来勉强抬到驮子上，捆扎妥善。这时候枪炮声越来越近，大量从前沿阵地退下来的指战员像潮水一样涌过来，指战员个个荷枪实弹，表情严肃而紧张，八二炮拆开人扛着往下撤，他们还大声催促我们快走，说敌人就在后面。孔宪智命令药房其他两人每人跟着一个驮子，孔宪智自己也跟着1个驮子迅速出发，谁也不要等谁，跟着部队向后撤，保护好驮子，那这东西都是卫生队的家当，这是孔宪智第一次给别人下命令，因为过去药房只有他一个人，只会这3个饲养员跟着3个驮子跑药房，新来的这两位同志，一个叫王俊民，一个叫赵俊升，他们都是韩城一个中学的学生，也都只有十三四岁，是当时的热血少年，刚参军到部队不久。2人毫不迟疑地带着驮子跑了，孔宪智也带着驮子跟在后面，一直跑到半夜，到了宿营地。

艰难困苦中转运伤员

1948年5月，西府战役中，西北野战军第二纵队六旅卫生队奉命转运一批伤员的任务，由卫生队医生王守仁同志带队，共10名卫生人员，孔宪智在其中。还有一个步兵班，一个副排长带队，配备轻机枪一挺，负责护送。任务是：120副担架，3辆马车，把伤员送往距我们驻地只有五六里路的某村纵队卫生部伤兵转运所在地，送到后赶快回来。担架队出发了，王守仁医生和向导在前头带队，随后是每个人负责十几副担架，孔宪智跟在3辆马车后面，最后是警卫班，成一路行军队形迅速有序地前进着。很快到了指定地点，村子里竟无部队驻扎，出乎意料，一打听才知道部队已经转移了，不知去向。他们立刻又赶回原驻地，发现我们的部队也出发转移了。从此，他们就成了一支脱离了部队的孤立的队伍，顷刻间茫然无措。

出发前听说千阳县城已解放，向导说距千阳不远。于是，他们便暂且向千阳县城进发，中午赶到千阳县城。千阳，一个西北小县，城里一片萧条混乱，街道两旁有几家低矮的商铺，有关着的也有开着的。他们临时开进一家骡马客栈休息，把伤员和抬担架的人员都安排在客房里，占据了所有的客房，客栈没有主人管理，任我们随意使用栈内房屋。

安顿完后，王医生带着两个战士外出了解情况去了。2名战士回来后说，部队早已转移了，这里目前都靠地方武装维持着，由地方武装给我部队提供午饭，并叫大家饭后赶快离开，向北进山到高岸镇一带寻找部队，不可拖延。目前形势复杂，部队具体情况还不知道，叫大家要有思想准备，地方人员天黑前将全部撤离千阳。面对这种情况大家都紧张起来。大约过了1小时，饭就陆续送来了，食品种类繁多，有包子、饺子、面条，有凉的有热的，各种烧饼大同小异，各色小吃一应俱全，一看就知道，这些食品不是一家一户做的，而是千阳县城食品店里凑起来的。只有面条里有点蔬菜和辣椒，都是用大水桶送来的，其他都不带菜，看来是有什么拿什么，只要是吃得就行。吃面条没有碗，大伙发现骡马栈里停着的一辆马车上运的是陶瓷，用草绳子捆着，于是就一捆捆搬来为我所用，用完后全部再放回车上去，不过没有捆扎，就那么凌乱地放到车上了。慌忙吃完了饭，部队赶紧出发了。王医生前面带队，没有向导，孔宪智仍跟着3辆马车。部队行动缓慢，距离拉得很长，前面的走得很远了，后面的才出发。离开千阳，沿着大路，一直向北前进。黄昏时分到了大山口，担架队都在那里集中了，山口没有大路，马车不能前进。大伙讨论如何转运伤员，一时拿不定主意。正在一筹莫展时，远处像有得！得！急促的马蹄声传来。大家骚动起来，警卫班立刻散开卧倒，架好机枪，观察动静。马蹄声到了跟前，才看出是自己人，一问才知道是我军某部的侦察兵，他们大喊大叫哪部分的！还不赶快走！敌人就在我们后面，快走！说着加鞭催马向深山里狂奔而去了，留下一串急促的马蹄声。大家立刻紧张起来，车上的伤兵也躁动不安了。突然，在他们来的方向响起枪声，枪声越来越近，随后机枪声炮声就地响了起来。接着，大量驮骡向我们蜂拥而来。驮骡队的人头上一律缠着羊肚毛巾，一身农民打扮，一眼就能看出他们是陕北根据地的支前民工，平时常见他们随部队行军。他们头也不回地直往山里冲，卫生队也顾不得问发生了什么事，枪声说明了一切。顷刻间敌人像洪水一样向队伍冲过来，部队一下子被冲散了，车上的伤员跟着担架呼啦啦向山里跑去。路上、山坡上、河沟里，漫山遍野都是人，难以想象，在生命攸关时人们迸发出的巨大求生欲，敌人继续穷追不舍。孔宪智听到身后敌人乱喊乱叫，脑子一片空白，两腿只是机械地往前跑，不知道目的在哪里，也不知道敌人会不会追上他，夜色里越跑越见不到人，周围一片空荡荡的，夜深了，下起雨来，枪炮声也渐渐远了，天麻麻亮。孔宪智没有见到自己队伍里的人，只是偶然能看到一两个掉队的民工，但驮东西的骡子一匹没看见。

孔宪智一个人已走了一天一夜，大概是因为精神紧张的缘故，不感觉累，也不感觉饥饿，只是两腿拖不动，好像光迈步不前进。走着走着，见前面好像有人家，走近一看，才看清是王医生站在路边，他抓住孔宪智喃喃地说"就差你一个了"，问孔宪智后面还有没有伤员。王医生告诉他，"这里离高崖镇不远，卫生队就住在这户人家，就等你了。"回到老乡家里，看到伤员只有两个坐担架的，还有几个和同志坐在一起。没有见到警卫班的战士。王医生关照，今天要轮流在路边站岗，每人一小时，看还有没有我们的伤员。

王医生回到房子和大家说："咱们开个会吧，情况大家都看到了，估计警卫班的同志们参加了战斗，不知被敌人冲散到哪里去了，伤员才到了8名，我们在路边等到明天，碰到伤员就接回来，明天的事明天再说，同志们连续走了两天一夜，先休息吧，明天一定想办法搞点吃的。"同志们虽然都疲惫不堪，但还是禁不住议论这两天一夜行军各自遭遇的事情。站了一夜的岗，收容了两个能走的伤员，全连坐担架的伤员共10名。天亮了，大家都迟迟不起床，觉得比昨天还疲惫，难怪人们常说：不休息还好，一休息就爬不起来了。脱离部队两天两夜了，最着急的还是王医生，他催促大家赶快起来，开个会，开始工作。

会上王医生说："我们不能再等了，现在派3个人给伤员换药，更换绷带，2天2夜了，又淋了一天雨，伤口会感染的。其余的人跟着我和老乡商量粮食的事，再不吃饭，我们就没法行动了，今后我们的任务还很繁重。"

三个人给10名伤员换药，伤员的伤口大部分感染了，有的还生有蛆，顺着绷带往外爬，连担架上爬的都是。王医生要求在老乡的锅里烧盐开水冲洗伤口，然后消毒包扎好。安排妥当换药的事情，王医生带着其他人找老乡商量粮食的事，结果没费多大劲老乡就给了一部分粮食，于是到粮房里装了大半筐玉米棒棒，倒了半口袋麦子，给老乡打了借条。王医生叫大家赶快把玉米棒棒搓成粒，和麦子一起放到碾子上碾碎。不能用磨磨面，太慢来不及。因为人多，玉米棒一会儿就搓完了，把那两匹捡来的驴套上碾子帮忙，很快就把玉米和麦子压碎了，老乡帮忙在他们家的大锅里煮出了玉米麦子干饭。等给伤员换完了药就开饭。只要把饭盛在行军碗里，伤员都能自己吃。就是这样的饭个个吃得津津有味，除在千阳吃了顿午饭外，这是第二顿真正填饱肚子。吃完饭，王医生叫大家充分休息，自己带着两个人到外面了解情况、观察地形去了。高崖镇，其实不过就是山村里多了几户人家，有几户商铺的门都关着，镇上显得冷清，见不到几个人。最后找到一位老人打听情况，得知昨天这里挤满了部队和驮骡队的人，当天晚上就开拔了。想找个向导也未能如愿。老汉告诉我们，听说部队到花花庙方向去了，20多里路翻一座山就是。

了解情况回到住处，警卫班的同志们仍无消息。王医生决定不等了，出发去花花庙。两副担架轮流抬着，捡来的两头驴子叫两个较重的伤员骑上，其余的都跟着走。王医生说，我们要积极寻找部队，哪怕找到兄弟部队也好。因孔宪智年纪最小，让他跟着两个骑驴的伤员走，其他轮换抬两副担架把没吃完的玉米麦子饭分别装入干粮袋，每人两行军碗，一顿也不够。收拾停当出发了，开始虽然缓慢但还算可以，上山就更缓慢了，走不多远休息一次，都说抬不动，也难怪，他们大多数是十五六岁的半大孩子，开始两个人轮换，后来改为四个人抬一个担架不轮换，最后孔宪智也抬一阵子，轮着休息一下，真是太困难了，现在怎样形容都不过分，上山难下山更难。上下一座山，说20多里路，走了差不多一天，到天黑才走到山下一个小村庄的外边，也不敢盲目进村。又饿又累，就在路边两个没住过人的窑洞里住下，吃了点玉米麦子饭就和衣而睡了。第二天早上出发，路过跟前那个小村庄，想到老乡家找点吃的，没找到，村里连人都见不到，几个人在老乡家里找到了一些核桃，每人装了一干粮袋，权当干粮，一边走一边砸着吃。在川里行军比上山轻松了些。这是卫生队抬着伤员走路的第二天，也是脱离部队后的第四天。到第5天中午，路过一个村子，大家又累又饿，想在这个村子休息一下找点吃的，空荡荡的人家只找到锅里剩的一些锅巴。卫生队一边走一边吃着干锅巴，正走着，碰到前面的收容人员。说明了情况，一位干部模样的人对他们说，"你们就这样抬着伤员走太危险了，你们都是些孩子，又掉了队，这样不行。"说着派人到前面向部队汇报了情况。走了一阵，看见前面的部队正在等他们。这支部队有担架队，有卫生员，他们六纵队的一个团。部队首长决定把坐担架的伤员交给他们的担架队，其他能走的和骑驴的伤员全部骑上他们的马，跟在他们队伍后面。遇到了救星，大家喜不可支。这就是解放军，这就叫兄弟部队，军队对一家、军民一家，想不打胜仗都不行。

正走着巧事发生了，左边的山坡上下来几个人，越走越近，他们还好像牵着牲口，再走近一点，发现他们好像穿着解放军军装。大家警惕地注视着他们的动静，等走到跟前一看，原来是出发时保护卫生队的警卫班，一个人也不少，个个衣冠不整，全身像被泥巴糊过，狼藉不堪，相对发笑。王医生说："啊！你们可来了，需要你们的时候一个也见不到，现在刚好了一点，你们却这样回来了"。他们说，"进山时敌人冲了上来，敌人好像发现我们不是战斗部队，所以肆无忌惮地冲，驮骡队有少量枪支都在民工手上，分散而无战斗的组织者，一冲而散了。我们抵挡了一阵，终因寡不敌众，无法阻止敌人的冲击，驮骡队有伤亡，物损更大，驮的东西几乎全扔掉了，才突围出来一部分民工，否则，不堪设想。我们撤退后钻进了深山，才摆脱了敌人的追击。当夜下着雨，我们在深山里转了几天，找不到你们。山里老乡吃饭成问题，今天我们在山上发现川里有部队行动，不知敌我，才慢慢下山窥视，巧遇你们。"

第一天，真的路过一个叫花花街的小镇，休息时孔宪智到一个老乡的药铺找水喝，药铺里没人，他拿了老乡一双半旧的布鞋，犯了群众纪律，出来后撕了半截绷带当鞋祥，立刻穿在脚上，挺合适，原来脚上那双太大不合脚的鞋换下来别在背包上，没舍得丢。穿着这双偷来的鞋，从中午走到天黑，不行了，脚后跟痛得要命，走路更不行了。王医生批评孔宪智犯了群众纪律，"回去你再作检讨，你也不想想，这鞋底这么薄，是咱们穿的吗？刚穿上图个轻快，出问题了吧，快换下来！要不明天就不能行军了！"孔宪智赶紧把原来的鞋换上。跟着兄弟部队整整走了3天。脱离部队第7天天很晚的时候，他们终于找到了自己的部队，悬了几天的心终于踏实。

当夜部队渡过泾河。河上没桥，准备涉水过河。个子小的有拽马尾巴的，有扶着驮骡背上的箱子的，还有的把绑腿解下来互相牵拉的，更有人物色一个高个子人跟在后面，个别人还有脱鞋脱裤子的。四野黢黑，河水哗哗地流淌，水流湍急，河虽不宽，但水深浪大。孔宪智淹到腰腹以上，站不稳被大家拉着拽着过了河。黑夜里过这样的河，两岸上的战士们不放心，大喊大叫："张三注意！李四注意！慢一点不要着急！抓住绑腿不要松手！"不管有用没用反正就是只管喊，好不热闹。过了河穿着湿透的衣裳冷得发抖，唯一的办法就是奔跑，队伍稀稀拉拉，拖得很长，跑了几里路，到了一个村庄，才休息、做饭烤衣裳。

转运伤员七日过去了，稚气未脱的孔宪智仿佛一下子长大了，成熟了，个子也窜出去一大截。

深入敌占区运硫黄

1948 年冬，14 岁的孔宪智第一次奉命执行任务。

由于生疥疮的人太多影响部队战斗力，考虑到他个小，目标不大，而且识字。让他装哑巴，和本地人老赵和老秦带上五匹驮骡，到镇上驮硫黄，治疗疥疮。取货的地方跟敌人隔着一条沟。第二天上午，化装停当出发了，孔宪智穿了一件破烂不堪的不合体的黑色棉袄，有的地方打着补丁，有的地方就叫它破着，露着棉花套子，穿一双不大跟脚的破棉鞋，走起路来趿拉的，头上围了一条脏兮兮的羊肚子手巾，脸上糊点煤炭末。其他人也大同小异，颜色有点参差不齐，就像一伙驮煤的穷雇工。初生牛犊不怕虎的孔宪制觉得这装束像演戏，科长说演戏也得演好，不能演砸了被敌人识破。

一行人上了马出发，第一天住在了小王庄，孔宪智曾从这里路过多次情况很熟悉，该村庄十户人家，人超不过百口，村里村外工事林立，家家户户的战壕沟，从院外通到院内，从院子通到屋内，房倒屋塌，断壁残垣，在拉锯战中，人民付出了惨重的代价。孔宪智他们一行拿出带的面粉请老乡给做了面条吃。老乡认出来孔宪智，他说，"你们不是驮煤的，欢迎回来。驮煤的人家哪有那么好的面吃，你们的脸还是不够黑，还得抹黑点才行，尤其是脖子。"于是各人又都请老乡往脸上多抹了些煤黑"补补妆"。

第二天按计划必须到达另一个更小的村庄。在拉锯战中，孔宪智曾在这里住过两次，有几户房东还认识，无法保密了，这身打扮心照不宣。此村距取货地方七、八里路，孔宪智一个人徒步去镇上了解情况，饲养员老秦弄了一根棍子，将老乡的一个破粪筐子挑在孔宪智肩上，饲养员老赵反复叮咛，装哑巴，别说话，有情况就先回来另想办法。

孔宪智肩上挑着个破筐子，游游荡荡，懒懒散散，朝 × 镇走去，心中有事不觉得累，加上路熟，很快就到了目的地。他在镇外观察了一下。这一天是赶集日，街上行人熙熙攘攘，孔宪智发现不像有敌军驻扎，也没有岗哨和新筑的工事，于是大着胆子混入了人群，进入镇内。集市很热闹，小摊小贩叫声不断，零散的国民党士兵在采购驻扎物品，人担的马驮的，向镇西门方向走，看样子大概觉得半个多月没打仗了，有点懈怠，他们不大留意周围的人，不紧不慢地走在人群当中，有的甚至于不荷枪实弹。孔宪智绕到西门外，站在沟边上，隔着河遥望河西，则是另一种景象了，有许多工事，不时有岗哨出没，目送那些敌人的士兵和老百姓挑着担子赶着马、驴走向河西岸的沟顶，河面上横着一座小桥。孔宪智回到镇里。天色渐晚，集市开始稀落。照指示又回到镇东头，找到预定的路线，拐进一个胡同，找到那个门牌号。门敞着，为安全先没进入，也不叫门打招呼，只从门前掠过，斜眼轻扫院内：有几个穿袍戴帽商人打扮的中年人一闪而过，孔宪智的心一提，一个念头闯入脑子，"进不进？"于是转身回来，门牌无误，进！成败在此一举。孔宪智左手提筐右手拎棍进了青砖门楼。待穿过门楼过道入院落。院落寂静无声，一个商人打扮的中年人一掀门帘，从上房走出，左手提着大褂下摆，右手拍打着胸前的衣裳，迎上前来，笑容可掬地问问，"哎，要饭的吗？我打发你，你就走。"

孔宪智一听有门，按照事先约定好的接头暗号回答，"不要饭的，是问路的"，

那人露出了一点微妙的变化，随即走近了些，"你问哪条路？"

"不是，我问姓路的路家。"

那人听，随背靠院门，把门关上"你找错了，请便吧"说着使眼色暗示房子里面说话。孔宪智激动的怦怦跳，要是平常早高兴地跳起来，现在不行，明知道是进屋，还得认真地说一句"往哪走，请你指点"，这八个字一出口，那人立刻拽掉孔宪智手里的筐子，夺下手中的棍子，抱着他想高高举起，未能如愿，只是在地上嗷了两下，把他领进上房，那人喊着"来啦！"应声从里屋出来几个年轻汉子，个个像读书人，还有一个穿戴整洁的老人，他们高兴地端详着孔宪智，把他看得不好意思，进屋坐下，老人吩咐做饭，然后发话："你们赶快把货集中，绑好驮架子，到夜里驮骡一到，把驮架子搬上骡子就走，免得耽误工夫，这一切必须在天黑前完成"，话一落他人都准备去了，老人抚着孔宪智的肩膀说："小同志，你现在要听我的指挥"，这是出发前首长交代过的，说着老者进屋拿出一个布包裹交给孔宪智，"这是五匹牲口用的笼嘴棉花之类，笼嘴用带上绑紧，把蹄子包起来扎紧，走起来没有声音，吃完饭赶快回你的宿营地，这一切都要在你们宿营地准备好，才能人不知鬼不晓，鸡不叫狗不咬地把牲

口带过来。"孔宪智真没想过，办这点事还这么复杂，这里都做得如此周到细致，不由得想到，部队每次休整都有大批药材送来部队，来人多为商人打扮，今天才知道，他们不知付出了多少代价，经过多少人的手才得以从西安运到部队，这次任务才叫孔宪智开了眼界，长了见识，更加深刻地认识到，解放全中国，不光是部队在打仗，还有千千万万的人民支持。

孔宪智对老人的嘱咐回答坚定而充满信心，老人高兴地说："到目前为止，你任务完成得很好，你没来之前，只知道要来个小兵，却没想到就这小个人"，说着用手比画着矮小的样子开怀地笑了起来。饭来了，送饭的是一位手脚利落的老大娘，两手端着个木盘，上放着一碗面，还有辣椒、盐面子、醋壶子，把饭放下，惊奇地看了我一眼，对老人说，"呀！才这么嘎嘎小人呀"。一碗面，把孔宪智撑得够呛，吃完饭抹抹嘴角，老人又打听了些部队的情况，然后老人叫了声"老大！安顿好了吗？要叫小同志尽快走"。那中年男子从外面过来说准备好了。老人说："你出镇的路线，和来时一样，记准不可走错，一会儿安排人送你出镇，再熟悉一下路，你们二人要拉开距离，不讲话，各走各的"。孔宪智把包裹包好装在筐里，背在肩上，木棍提在手里。中年人告诉出门向北，然后就先出门走了。孔宪智紧跟在后面，没人送，遥遥看着那中年人，聚精会神地关注着，心里默默地记着这条路可能作为标记的东西，拐了两个弯，到了镇外，混入晚归的人群，向来时的方向走去。走了一会儿回头看看，那中年人还站在镇外一个高台上遥望着他，北风吹起他袍子的下摆，谁也不向谁致意。孔宪智心里有一股说不清道不明的感情，默默地告诫自己"克制着，不要往后看，要黑天了，快走。"

孔宪智赶到了宿营地，把情况向同志们一传达，都很高兴，按照指示，晚饭后睡了一会儿，赶快起来，给牲口绑好，用棉花包好蹄子，黑夜里出发了。按预定的路线进了镇，镇里静得怕人，带着没有声音的骡队摸到那家人家，门仍敞着，驮队鱼贯而入，里面一切都准备妥善，没有寒暄客套，迅速把带的驮架解下来，把捆扎好的驮架子抬上骡子背。用手摸得出，麻袋里装的是像洗脸盆大小的硫黄坨子。神不知鬼不晓，按原路出了镇，当夜又回到阳坡村，大家享受着胜利的喜悦睡觉了。天不亮，孔宪智带着这支驮骡队，踏上了返回部队的路。当太阳像火球一样从东方升起的时候，已经离开阳坡村20多里路了。

这次行动受到了上级的表扬。

冰河造就的英雄

1949 年春节前，原本严寒的冬天，似乎感知到了新的时代即将来临，空气中有了丝丝春天的气息。

这一年，孔宪智 15 岁了，已然是经验丰富的老兵了。这一天，他带着驼队到前纵队领补给返回部队的路上，又接受了新的任务，渡过黄河到河津县购买部队需要的办公用品。按照计划孔宪智买完办公用品来回四天即可赶上部队。部队在韩城一带展开过拉锯战，孔宪智近的村庄很熟悉。一个人轻车熟路，脚下生风。大约下午 2 点左右，听到了黄河的咆哮声，不远就到了禹门渡口西岸边，那座唯一的简陋草房就在眼前了。这是渡船人的房子，它虽然破旧而简陋，却不算小，有几间挺宽敞的房子互相通着，大门朝南，最东边的一间房顶上冒着烟，周围空无一人，冷冷清清。孔宪智径直走进去，进了东间屋。屋里只有一位看来不下 50 岁的老大爷，正靠在炕头上，叼着旱烟袋抽烟，见有人进来，从嘴里取下烟袋，让孔宪智坐在土炕上。一切都像往日一样顺便，老大爷问来干什么，孔宪智说要到河东去，请老大爷开船渡一下。老大爷默不作声，沉默了一会儿才说，"孩子，今天渡不过去，河上游冰封了，渡口上冰块太多，船不敢下水。"孔宪智缠着老大爷想办法，说不过河不行，有任务不能耽误。老大爷把孔宪智的背包拽下来放在炕上，领他向河边走去。老大爷领着他来到河边，只见那大大小小的冰块从狭窄的禹门口上面的山谷里冲出来，雷鸣般咆哮而下，整个河面奔腾澎湃势不可挡，声音震耳欲聋，对面站着只见嘴动而听不到声音，现在再加上冰块哐当哐当的撞击声，则更山摇地动般的恐惧。

孔宪智惊呆了。老大爷不说话，说也听不到，只是用手紧抓着棉袄的大襟，抱着肚子，脸上冷冰冰的。停了一会儿，老大爷把孔宪智拉到禹门口的西山脚下，向北指着禹门口上游山谷的深处说，"黄河这样的冰封我也没见过，听老人说 60 年前有过一次冰封，到第二年开春才能摆渡，渡船是没有指望了，你真要过，有胆量就从这里沿着河边的山坡一直向北，记住不要远离黄河边，大约六七里路，听说那里的黄河真正冰封了，有人从那里的冰封河面上到河东去过，你可以去看看，不能过一定要回来，不能盲目行动。"

孔宪智心里装着任务，决定去试试。前方没有路，孔宪智沿着河边在起伏重叠的山坡上，找着可以下脚的地方，心里着急，脚下就快，不多时就一身大汗，那时没有衬衫，棉袄贴着肉，汗水把棉衣湿透了，到一个平坦点的地方，全身凉飕飕的，都是那凛冽的北风做得怪。又走一条向上的羊肠小道，然后，顺着弯弯曲曲的小道向山上爬去，越爬越高，右边的黄河仍在脚下，走着走着前面稍宽阔了一些，又出现了多条相互交错的小道，路边能见到一些稠密而干枯的野草，周围还有一些乱蓬蓬的灌木丛，层层叠叠的丘陵在山底下把东西的山坡连接起来，像一条起伏的带子，沿谷底向南北延伸，看不到头。又走了一会儿，一个牧羊人穿着皮毛大衣，抱着放羊鞭子，赶着大约二三十只羊迎面而来。孔宪智还没来得及打招呼，那人倒先走过来，这汉子看来40出头，个子不高，却很壮实，他右手举起打了一个响亮的鞭，神色诡秘地喊了起来，"小同志！是不是要到河东去呀！"孔宪智快跑几步回答，"是呀，走这条路对吗？"羊倌显得更神秘了，说着到了我跟前，压低说话的声音，指了指前方的一条小路说"从这里下去，就能从冰上过黄河，过到河东，再不要回到禹门口，直接爬上对面的山，翻过那架高山就行了"，说完做了个鬼脸，"禹门口有站岗的。"说着打了个响鞭，吹了声口哨，赶着他的羊走了。

　　显然，羊倌把孔宪智当成开小差的了。顺着他指的方向走去，到了谷底，果然看到河面上迭起的冰峰，高而厚的积雪上，似曾有一条走过的小路，在起伏的冰峰间通向河东，心想，这就是黄河上在这里百年不遇的冰桥了。河面上空无一人，连只鸟都看不见，只有带着嗖嗖声的北风，不时卷起河面上的冰雪，一阵大风过后，山谷中寂静得连空气都要凝固了，孔宪智真有点害怕。他站在河边观察、犹豫再三，抱着拼死一搏的决心，鼓起勇气，扎紧绑腿，紧紧背包，系鞋带，下到河面。河面上冰雪叠嶂，忽上忽下，曲曲弯弯，脚下打滑，像走在群山峻岭之中，因为着急一连摔了好几个跟头。小路经过一个冰丘顶，孔宪智不敢离开小路半步，只好艰难地往上爬，一连两次爬到半截又滑下来，但终于还是爬了上去，还没等迈开腿下坡，一屁股滑了下去，无法控制，结果被卡在2个小冰丘之间，大腿好像被一个东西挂着下不去了，仔细一看把棉裤扎破一个大口子，从棉裤的口子里流出血来，他用力翻了个身，才脱离了那东西，仔细一看，原来是一条大鱼头朝下冻在了冰丘上，长长的尾巴露在外面。孔宪智没敢久停，顾不上腿上流血，两眼紧盯着黄河东岸，胜败在此一举，冲过去就是胜利。跑着跑着一下子跌倒在河东岸的山脚下。胜利了，回头望望对岸的山峰不胜欣喜和骄傲，摸摸大腿的伤处血也不流了，只是冷风从破棉裤腿吹进来，刺骨的冷。行军常识告诉我不能停下来，要不就会冻伤、感冒，那就麻烦了，于是赶紧沿着黄河东岸的山坡，向禹门口东岸前进。正走着，见两个哨兵走过来，"同志，有介绍信吗？"

"没有"

"没介绍信你不能过。"

孔宪智急了，慌忙把科长写给留守处的信拿给哨兵看，哨兵说不行，坚持叫孔宪智回河西去，孔宪智和哨兵磨了半天，诉说了黄河冰桥危险不好过，天又晚了，明天还得到河津执行任务，哨兵还是不放行。说着，孔宪智委屈地哭了。

眼看天快黑了。哨兵忠于职守死活不放行。绝望的孔宪智猛地擦干脸上的泪水，横下一条心，气愤地向哨兵顶撞了几句，走回了来时的路。

憋在肚子里的那股恶气赶路，自言自语，发了一路牢骚。回来的路熟，大约一个多小时就回到了禹门口，又回到老大爷家。老大爷看到孔宪智懊丧的样子，不住地安慰他。在老大爷家喝了点水，赶紧按来时的路向前方的一个小村庄走去。正走着，一辆军用吉普车颠簸着迎面开来，因为路不好，开得不快，但是看清车上坐的什么人时，吉普车就从身边过去了，留下了一片飞扬的尘土孔宪智回头看看，车上有人向他招手，示意他到车跟前去。孔宪智走到车跟前一看，招手的原来是后方医院的王院长，车上还有好几个人，都不认识，王院长在车上看到了孔宪智，不知道这么晚了还干什么去，所以打招呼问个究竟。车上坐不下，王院长叫孔宪智再走回禹门口，反正没有几步路。又回到禹门口，汽车停在屋子外面。王院长问孔宪智干什么去，孔宪智就把到河东执行任务，过了河岗哨不放行等等说了一遍，委屈的眼泪在眼里打转转。王院长安慰了一番，把孔宪智拉到房子里，才发现这房子里墙上挂着一支步枪，另一面墙上还挂着一管箫。王院长叫他在房子里等着，一会儿和他们一起过河去。孔宪智心踏实了，像遇到了救星，把枪拿下来玩了两下。一个首长模样的人态度严肃地问他，

"你到河东到底是干什么去！"

"到留守处执行任务。"

"我看你就是开小差的。"首长顺手从孔宪智的上衣口袋里抽出那100万农民币，"看，这不是拿着钱开小差是什么？你这个小鬼不老实哦"。

正说着王院长过来和首长说："渡船不能渡了，撑船的老大爷和警卫员想办法去了"，首长点点头问王院长："这个小鬼是哪个单位的？"王

院长告诉他是卫生队的，到河东执行任务，让哨兵给堵回来了。"这个小鬼有点意思"，首长笑了笑说。

黄昏已经过去，天色暗了下来，房子里点上豆油灯，一团光亮映在首长的脸上，他们在一起议论着什么，孔宪智昏昏睡去。等王院长叫醒他的时候，房子里挤满了人，个个手里都拿着水桶般粗的木榔头，老大爷从门外进来，一挥手"走吧"，好像下命令，不容置疑。

夜幕降临了，河面上除了哐的巨响，什么也听不到，一片漆黑。大家排成一队，一个跟着一个拿榔头人的后面，他们手里都提着马灯，出发了。开始走的还是进山的那条路，不一会儿感觉不对了，发现不是走在山坡上，而是走在河边的冰上，最前面的先用木榔头在冰上敲砸，发出铿铿的响声，然后喊一声高亢的号子，后面拿榔头地也跟着喊应一声，听不出喊的什么，只是告诉不要说话。连续不断的号子声、榔头的铿铿声，此起彼伏，由前向后，回响在河面上空。人们屏住气，踏着拿榔头人的脚印，缓慢地向前移动。约莫过了半点钟，队伍前面的声音从右前方传来，这是拐弯了，向南。又过了一会儿，砸冰声、号子声慢慢稀落下来，前面马灯排成一串，在河面上缓慢的移动。再往前走，人们聚在了一起。啊，这就是又到河东了呀。拿榔头的人和老大爷站成一队，首长和他们一一握手，说着感谢的话，最后给他们每人发了几包蜡烛和两块银圆，依依告别，他们顺着原路走了。点点灯光消失在河面上的黑夜里，一场惊心动魄的冰上渡河成功了，人们的心总算放在肚子里了。首长领着他们向那哨兵走去，孔宪智发现还是那个哨兵，只不过又增加了一个。那哨兵似乎认出了孔宪智，没有说什么，孔宪智走近哨兵说了声："我又回来了"，就赶紧跟着首长们走了。走了大概三四里路，到了距禹门口最近的一个村庄，对于这个村庄，孔宪智不陌生，好几次随部队过黄河从这个村路过、休息、吃饭，这个村挺大。进了村，大家在街上等着，王院长叫警卫员去找村长。没过多大功夫，警卫员领着村长来了，是一个50开外的老年人，王院长对他亲切地说："请你给派一辆快马车，王司令员不在这里住，要到镇上去"。孔宪智一听才恍然大悟，闹了半天首长就是王震司令员，从前只听说过，没近距离见过面。

村长一听直点头，嘴里连续地说方便，方便。不大一会儿，村长带着一挂双套马车哗哗响着赶过来了。安排王司令员上了车，王院长把村长叫到跟前说："请你给这个小同志找个地方住下，做点饭吃，明天他要到河津"，村长连连点头好说，好说。王院长不放心，对孔宪智说："你就住在这里，明天再走，我们走了"，说完上了车，一阵大车轱辘的哐当声和叮当响的马铃声消失在村子尽头，向东去了。

村长把孔宪智领到村子边上一间破房子跟前，叫开门，一个披着破棉袄的人开门出来了，村长下命令似的说："这个人今天就住在你这里。村长说完走了。"孔宪智让村长给他派饭，村长不耐烦地把脸一沉，"说这么晚了，谁给你做饭？"今天休息吧，明天再说。孔宪智无奈地喝了瓢凉水躺下。天快亮时，一阵杂乱的响声把他从梦中惊醒，他习惯性地一骨碌爬起来穿衣服，打背包，把房东也折腾醒了。他点着灯，问这么早折腾啥？"有情况，快走。""做梦了吧？打什么打？今天是大年初一放鞭炮呢。"房东说完又缩回被窝。孔宪智胡思乱想了一会儿又睡着了。

起床后，孔宪智绕着村子找了半天也没找到村长，说是去拜年了。能把村长等来，村长又说大年初一谁都不做饭没法派。一天多没吃上饭的孔宪智又饿着肚子上路了。中午到达河津县，直接去留守处，找到二娃子，这才美美地吃了一顿饱饭。临走时，二娃子从蒸笼里抓了3个馍，塞在孔宪智的衣袋里，说别再饿着。二娃子把孔宪智要带回去的东西准备好，为快点赶回部队，孔宪智直接往回走。

吃饱肚子心情爽快，脚下有力，太阳还老高，又到了那个村庄。孔宪智直接找到村长家，"晚饭一定给你做，按规定你先到你们粮站交粮票，领粮拿粮来，我找人给你做。"这下，孔宪智又蒙了。他粮票用完了，无奈之下只好饿着肚子睡觉了。1949年大年初一就这样过去了。

第二天起床，想着吃完了昨天那三个馒头好有劲儿走路。没想到馍馍已经冻得邦邦硬，孔宪智硬着头皮走进一户人家要了点儿油和菜，和长工两人捣鼓半天，结果因为油不熟，做出的饭难以下咽。孔宪智将就着吃了些，赶快过河追赶部队。

有来时的经验，心中自觉有数，无所顾忌，沿着河岸径直向河谷走去。走上一个小山坡，远远看见昨天过河的那条冰丘起伏的小路上，挤满了人，这回好了，不怕没伴，孔宪智加快脚步走近前一看，原来是一支民工担架队，大约有100多人，队伍拉得很长，有坐着的也有站着的，几乎占满整个河面那条小路，不知道他们为什么不前进，走到他们队伍前面一看，吓了一跳，原来在距河西岸三四丈宽的地方，出现了一道小河一样的流水，这是昨天所没有的，这支担架队就是因此被困在这里不能前进。看得出，担架队的领导人很着急，千方百计想探明水的深度，有的沿着这条流水上下跑着，企图能找到新的过河的道路，可又不敢盲目走远，一无所获，现场来来往往都是人，各想各的办法，都想找到过河的出路。最后，有一个人身上绑了一条长绳，把绳头交给水边的人，他用一根担架用的长竹竿探着水深，居然向冰冷刺骨的水里小心缓慢地走去，岸上的人拉住绳子，死死地盯着水里的人，那紧张的气氛好像空气都要凝固了，那人缓慢地向前移动着，吉凶莫测，但看得出他移动的速度越来越快，水淹到大腿根了他仍继续前进着，前进着，大家屏住呼吸，那人就到对岸了，他动作艰难地爬上岸去了。顷刻间人群一阵欢呼。领导一声号令"冲过去呀！"，人们乱哄哄顺着那人的足迹呼啦一下子跳下水，后面的人也快速地涌进了水里。

孔宪智一看这情况，也跟着下了水，真是人多能壮胆，走了没几步就冻僵了，水里挤成人疙瘩，担架队的领导大声叫喊要快！不要停！孔宪智个子小，水没过大腿齐腰了，整个下半身像在水里漂着，他两手保护着背上的药品，挣扎着最后抓住了担架队的竹竿，攀上岸，一下子瘫软在雪地上，连刚才在水里的那点劲都没有了，但心里明白，不能停，要站起来！孔宪智奋力站起来，随着人流，沿着河岸上的山坡连滚带爬地向前进，好像身后有人催促着，追赶着。人们越走越拉开了距离，当孔宪智爬上一个小山头时，回头看看刚才过河的那个地方，人们还在拥挤着，忽然一声巨响，河面上的人们忽然散开了，惨烈的呼叫声顺着嗖嗖的北风传到了山上，山上的人们也停住了，张望着发出声响的地方，不知发生了什么事情。

等后面的人慢慢赶上来才知道，刚才涉水的河面，水下是一块巨大的冰支撑着，由东向西岸倾斜了下去，把这块巨大的冰嵌在那里，刚过河时还有漂浮感，它承不住人们的压力移动了，被急流的河水从冰封的下面冲走了，正走在冰上的人们被吞没了……

孔宪智身上的鞋袜、整个棉裤和半截棉袄，都冻成了冰疙瘩，像打了石膏一样，解不开裤子，当走出40多里路以后，贴身的那面，由于人体的温度和不停地运动，开始有点变软，外面还是硬得像铁板。脚不那么麻木了，但痛了起来。他感到疲惫、冷冻、饥饿一起袭来。

坚持就是胜利，努力才有希望。

孔宪智艰难地走到了一个小村庄，问一位老妇人要了半块冻得硬邦邦的馒头，一边走一边用手捧着暖暖馒头边走边啃，到韩城已入夜。孔宪智心想早点赶回部队，走夜路往回赶。大概因为害怕的缘故走得飞快。仗着对道路的熟悉，黑夜里隐约能看到柏香边的树木和房子的轮廓。

　　精神上的紧张状态解除了，两腿却好像灌满了铅，重得拉不动抬不起，两只脚钻心的痛。半夜三更哪里去呢。按理说该找院领导，找房子住下，可又不知道院领导住在哪里，总不能满村子去敲门找人吧。干脆去找几个熟悉的同志吧。于是孔宪智敲开了一家的门，出来开门的同志见他半夜回来愣了一下，赶紧把孔宪智拉进屋里。全房子的人都闹醒了，点上灯，一看孔宪智那样子都慌了，全班人都起来穿好衣裳，帮助他把全身的衣裳都脱掉，把他塞到他们的被窝里，把炉子捅开，烧上水，全体人员忙了起来。北房住的几个女同志听说孔宪智回来也都跑了过来瞬时北屋也热闹了起来，也捅着火炉，几个人拿着一件棉衣烘烤，希望冻成冰的衣裳快点融化。忙乱了一阵后，不烤衣服的人，男男女女七嘴八舌问孔宪智，这两天发生了什么事，得知一天还没吃饭，来不及去炊事班做饭，就把房东老乡叫起来做饭，还一个劲地要快点，不大功夫水烧开了，孔宪智先喝了点水，身上暖和了些，就是腿和脚痛得厉害，不敢动弹，好几床军被盖在身上，真像到了家。

　　房东大娘把热气腾腾的面条端上来了，几个人把孔宪智扶起来坐着，把别人的大衣披上，呼噜呼噜一下吃了两大碗，面条里放了不少姜片子、辣椒、胡椒之类的辣东西，把他辣得满头大汗，同志们都很高兴，个个露出欣慰的笑容。

　　天亮了，同志们报告了院长，留下 2 个人看护孔宪智，其他人出操去了。炊事班送来了早饭，饭后陈院长和总务科王科长来看他，领一套伤病员被服，赶快给他换上，穿裤子时才发现，孔宪智的腿脚肿得老粗，红红的发亮，像两节透明的红萝卜。费了很大的劲才把棉裤穿上，袜子穿不上，换了几次，才找到了一双最大的布袜子，棉鞋无论如何穿不上，不能站也不能走。院长命令孔宪智暂不回部队，住院治疗，于是几个人把孔宪智抬进了病房。住了四五天，院长和王科长给他派了一匹马，战士们帮他收拾好东西，把脚用厚厚的棉花包起来，背着送上马背，跟着到卫生队开会的领导出发了。70 里路没下马，也没有吃饭，一气就到了卫生队。

　　到了队部，科长和通讯员把孔宪智扶下马，背回屋里，先放在了科长的炕上，捅开火炉，科长坐在炕边守着，一脸阴沉不说话，看得出科长很伤心。过了一会儿说："这次休整任务很多，原以为到河东执行任务路近些也比较轻松，谁想到弄成这个样子"，接着，科长详细询问了一路上发生的事，孔宪智从头到尾汇报了一遍，当汇报到渡冰桥哨兵不放行，如何遇上王震司令员和王院长、村长借故不给做饭，回来时涉水过河的危险、向老大娘讨吃的，以及到了前方医院的情况时，科长的眼里含着泪花，揭开被子看着孔宪智的腿脚，泪珠滴在包脚的棉花上，然后把被子盖好说："你身上不是有百万块钱吗？"要买的东西买不到，孔宪智说着，把钱掏出来交给科长，科长又一次流了泪，用母亲责备孩子的口吻说："笨！这钱不能买饭吃吗？口袋里装着钱饿肚子！"孔宪智傻乎乎地看着科长哭出了声，说不清是委屈、是难过、是幸福还是光荣。科长一看不行，赶快收拾局面，先擦干自己的眼泪，然后劝孔宪智不要哭，说着唐部长和杜政委来看孔宪智了，一进门就说："哎！怎么哭起来了，听陈院长说咱们的小英雄任务完成得不错嘛，很有点老兵的样子了！"刚受了科长的关爱，又受到部长的表扬，有点不好意思。部长、政委问长问短了一阵子，临走时说："赶快叫炊事班把过年的饭送过来给咱们的小英雄庆祝一下。"不一会儿，炊事班长和通讯员还有炊事班的老李，3个人抬着蒸笼和盆子碗，直接放到炕头上，炊事班长说："这是给你留的过年的饭，虽然初五都过了，饭菜一样不少，反正天冷也坏不了！"说着打开笼屉，满满的一笼，一律用的是行军小瓷碗，老班长一面往外拿一面报着菜名，这是红烧肉，这是辣椒鸡，这是烧牛肉……先吃着，一会儿我给你做油面吃，老班长眉梢挂着喜悦滔滔不绝。

科长说："谢谢班长，这么多菜他怎么能吃得完？我建议咱们一块在这里吃，庆祝新年，庆祝小英雄完成任务胜利归来，好不好？"老班长推辞不过上了炕，神秘地从怀里掏出一个小扁瓶：我就知道你们有这一招，这是好酒呀，说着倒进茶缸子，孔宪智推不过喝了一点呛得直咳嗽，老班长哈哈大笑："看我的！"端起茶缸喝了一口。当兵的吃饭特点就是快，不大一会儿，酒也喝完菜也吃光，老班长收拾盆碗拿走了，最后留下一句：咱们的小英雄想吃点啥，说话。吃完了饭，科长说好好休息吧，裴娃子陪着你，要拉尿他背你。

过了五、六天部队出发了，孔宪智骑着科长的马行军。时间不长，孔宪智的腿脚完全好了。

当了一回接收大员

1949年9月间，解放军进入甘肃酒泉，国民党西逃的部队宣布起义。大量人员物资集结酒泉，医疗药械方面的人员物资，由西北野战军二军卫生部接收。二军卫生部安排药材科科长刘喜春带领伤兵转运第二所当司药的孔宪智和手术队司药米国振，前往原国民党联合勤务总司令部第八补给区药库实施接收工作。

刘科长率两人步行前往国民党军药库，离药库老远，就叫他们一怔、停步、赶快整理衣帽，走路也不自在了。原来国民党药库主任率全体官兵列队夹道欢迎他们。走到近前，药库主任对着刘科长"啪"一个立正敬礼："欢迎刘科长来库整肃库务！"刘科长赶紧还礼，握手寒暄一阵，随即进入院内。药库会议室布置一新，一条长案，上铺黄色军毯，两排座椅左右分开，全体坐定后，库主任宣布请刘科长讲话，双方互相介绍了人员。

库主任请示刘科长交接事宜，刘科长站起来宣布了相关事项，宣布完后，刘科长继续说："现在就到药库去看看，必要时抽样查点，大家看这样行吗？"大家齐声说好，于是众人一起进库交接。库房很大，如一个个连起来的大礼堂，宽阔洁净，库存物资排列有序。孔宪智他们哪见过这么多东西，真是要鸟枪换炮了。交接依次进行，每到一库都有士兵抱着一摞账册，两名士兵手持开箱器等候命令似的站立一旁，刘科长指着其中一箱说："打开这箱清点一下"，士兵闻声搬出箱子，当面打开，孔宪智和米国振走向前，看着库管员一五一十地数着箱内的药品数量，报告与账册相符，账册上划了红线，红线以上表示曾经发生过的出入账目，以下是接收后发生的账目，宣布此库结束。每个库都是如此，但绝大多数全凭库管员报告就算，不再抽查。

最后接收化学试剂库时，库管员表现出一脸难色，不能流畅地报告库存，库主任赶紧插话："化学试剂存量很少，平时都不是整瓶发出的，只能开瓶称量发出，因此数量没办法报得很精确，请刘科长指教如何交法为好？刘科长见那一排排大小不等的瓶子，不仅种类繁多而且数量不一，样样秤量办不到，反正库管员不更换，刘科长于是提出：鉴于这种情况，账面上有多少算多少吧，反正库管品不换，记录在案，此多为紧缺物资，妥善保管就是了，大家看这样行不行？"众人都齐声说好，库管员连连称是，脸色由阴转晴。整整忙了一上午。准备离开时，库主任笑嘻嘻地对刘科长说，"明天中秋节了，想请诸位赏光到舍下坐坐"，刘科长虽无此思想准备，但还是一口答应了。同来的路上，刘科长对我们说，"怎么样？今天见识了一下吧，人家比咱们正规多了，咱们缺药的日子难过，他们一堆堆放在药库里，品种多数量大，大部分是战场上用的东西，咱们今后日子会好过点儿。"孔宪智说他从宝鸡害痢疾，一路掉队，就因为没有药治。这次接收工作，小孩兵当了一回接收大员，装模作样就是了。刘科长表现得异常出色，不仅年轻帅气，而且文质彬彬，业务熟练，知识渊博，和他们交流毫不逊色，拿起一个印着外文的瓶子，一看便知道是什么药。说起来也难怪，孔宪智在卫生部药材科工作时，他与众不同的就是勤学苦练，批评我们不努力学习，就是知道玩，他的挎包里，装着毛笔墨盒子，用毛笔练写英文字，嘴里不停地嘟噜英文单词或会话。我们都有钢笔，他却不用，这就叫怪，那时行军打仗学英文的实在少之又少。

回来后向部长汇报，请示了明天请客的事，部长答应了，要求好好团结他们，嘱咐了一番，暂且不说。回来后孔宪智服了三天从国民党药库拿来的磺胺呱，痢疾彻底治愈。

长途跋涉进焉耆

1949年冬，部队进军哈密休整后，过了1950年元旦，乘汽车到吐鲁番待命。在吐鲁番过完春节，就动员徒步进军焉耆，命令大年初五出发。

当时孔宪智在二军卫生部暂编第三医院工作，这个医院是在酒泉与原国民党两个医院整编而成，因此部队人员年龄参差不齐，而且带着部分眷属，徒步行军困难就多了点。

此次行军路线的自然条件大不同于内地，一路戈壁荒无人烟，天寒地冻，单兵负重增加，连续行军、增加了行军的艰巨性。二军卫生部系统的部队，因路上帐篷有限，分若干批先后出发，每批100余人，孔宪智这批是暂编第三医院的全部人员、物资和眷属，加少数卫生部的人，由卫生部杜宏鉴政委带队。每批配卡车一辆，负责运送物资和眷属，还负责沿途的给养供应，随部队行军。方法是：卡车拉上物资和眷属提前出发，先到宿营点卸下物资和眷属，到指定地点领取三顿饭的给养，运回宿营点卸下，再装上物资和眷属赶下一个宿营点，如此反复。眷属不住帐篷，另安排有房子的宿营点。车上配四名装卸车人员，虽然不用走路，但任务异常繁重。个人装备军被一条、大衣一件、干粮袋一个、挎包一个、水缸子饭碗各一个、行军水壶一个，顺带洗脸盆一个。沿途点设固定数量的圆形帆布单帐篷，只能容纳本批行军人员。到达点上，炊事班烧一锅水煮一锅面疙瘩，没有菜。柴火是汽车随给养运来的，成麻袋的馕定量供应略有余。吃面疙瘩就馕，每站如此。每天一个馕权当第二天的午饭。晚上每帐篷一支蜡烛，两个人搭伙睡觉，一条被子铺，一条被子盖，上面盖着大衣。孔宪智和郑永泰搭伙，他每天都尿床，所以一路上被子都有点湿。那时不存在有意见的事，而是自觉自愿地谅解，以此为荣。到点必须洗脚，脸盆通用。

行军路上异常枯燥，部队非常疲惫，但情绪还可以。行军途中唱歌、呼口号、行军比赛，讲究互相助等等。期间还办了一份小报，名叫《行军快报》，八开页每天一张，宿营后约稿，晚上趴在帐篷里点着蜡烛用毛笔书写而成，编辑两三人，主笔是酒泉起义的冯建才，年纪不大却颇有书写绘画功夫，小报当晚必须完成，第二天出发后传阅或集体宣读。

行军中走出了几个飞毛腿，最出名的莫过于潘碧征，他可以比大家早到宿营地几个小时，而且走得轻松，毫无倦态，是当时公认的飞毛腿。

部队大年初五出发，第一站约40里热身，在四十里堡有房子住，第二天到托克逊有房子住，头两天队列尚整齐，虽然都是戈壁滩，但每天都能见到人烟。从托克逊出发，起步就爬了30里大坡，没有路，就在戈壁滩上走，随时可见牲畜的尸体骨架，走进阿忽不拉沟山口（左边就是甘沟），有一碗口大的水流，离山口不远宿营，第一次享用帐篷，晚上很冷，早晨起来枕边就结冰。在阿忽不拉沟山里行军两天甚为艰苦，山里没有路也没有人烟，高高低低爬上爬下；住帐篷，晚上休息不好，行军速度很慢。第五天到了桑树园，其实一棵桑树也没有，只有一间道班房，里面没人，只是个地名而已，好处是这里是通往南北疆的公路，道路平坦多了，而且视野宽阔。第六天出发到库米什，这段路是出发以来让人感到最长的，感受了耐力的锻炼，一路队列有些混乱。在库米什住了房子，虽然不好，但晚上能烤火，比帐篷好得太多了。第七天又进山到了榆树沟，一在路边能看到不少大榆树，但现在几乎看不见了，据说是70年代的一阵做家具风被偷伐光了。榆树沟无任何标志，地名而已，依山傍路搭设着帐篷。下站是和硕县（就是现在的乌什塔拉），这段路是一路上最长的一站。凌晨三点出发，准备在这180里上经受最后的考验。一路上真的"溃不成军"了，像散兵游勇，一路上三人一伙，五人一团，在公路上缓慢地向前移动，飞毛腿们早已远离部队前进了。到了和硕县住房子，算条件最好的了。经过了这一天的行军，有的人真的垮了，请过路的汽车带到焉耆几个。第九天往清水河（即现在的和硕县城），这一站好些，行军接近尾声有一种胜利感。一路上也能见到几户人家，还有些小树林什么的，显得不那么枯燥，从清水河出发到焉耆就更有点生了。就要到达终点行军的人，也有了精神。3月到达焉耆，借住在民房里。那时，焉耆部队不是很多，到了焉耆不久就要过"三八"妇女节了。孔宪智他们被编入步兵第六师医院，迁驻开都河南岸的永宁乡，很快就参加了生产誓师大会。

自力更生大生产

3月19日，步兵六师在焉耆师范学校召开生产誓师大会，从此拉开了大生产运动的序幕。

医院驻在焉耆县永宁乡，除留下少数医护人员维持医院日常工作外，其余全部开往夏拉苏木生产地区。夏拉苏木喇嘛庙，没有道路，芨芨草比人高，常用芨芨草打个结做进入生产区的路标。芨芨草粗如筷子，拔下一根，底部可做成双很体面的筷子。靠博斯腾湖边的芦苇比房子还高，粗如小面杖，可做箫笛吹。此处偶见一、两顶蒙古包。部队开垦的是曾经耕种过又多年撂荒的小片土地，都是渠灌，不靠天吃饭。

这里生活环境恶劣，没有住房，只有一处用泥土垛起来的残垣断壁，重用泥土垛高，上面盖上芦苇作为伙房；还有一顶帆布单帐篷，其余都是住地窝子了，这一切都要在部队到驻地的当天自己解决。孔宪智和宋占稿两人挖了一个地窝子，其实就是挖了一个方形的深坑，在一角边上留一个斜坡下去，这就是门户，在坑的两个边上前后各留一个约80厘米的土台，权当凳子，上面搭上捆绑结实的碗口粗的一排苇把子，就是一个既隔潮又防寒的床。两床之间靠墙留一个小土台，权当茶几，上面放着自己用小瓶做的煤油灯、莫合烟、喝水缸子、饭碗等，这就是家了。虽然简陋，却冬暖夏凉。单帆布帐篷不好，白天太阳晒得热得要命，好处是帐篷有门，晚上把里面的蚊子打完，把门关上，没有蚊子咬。地窝子就没有门，只能整夜的用蒿草薰。夏天，这里的蚊子真是吓人，小咬、牛虻一应俱全，还有一种大蚊子像小蜻蜓，看起来多而可怕，常包围着人，驱不散，赶不走，但它却不大咬人；小咬几乎看不见，咬人却极狠，太阳一落就是它们的天下，开始不知道它们的厉害，狠挨咬了几天，后来用蒿草薰效果也不好，当时又没有蚊帐，逼得人们把棉被拆掉，把被里子的四角一栓，挂起来像个蚊帐样子，但低得可怜，只能爬进去，晚饭趴在里面吃，晚上躺在这样的蚊帐里，听到外面蚊子的哼哼声，像工厂的机器轰鸣。晚上站岗，夏天穿棉衣戴棉帽，脚蹬长筒毡筒，头用布蒙着。一早一晚干活时却没办法防蚊子咬，那就咬吧。有的同志背上被咬得感染了，当时有人说，只要蚊子不咬，愿拿出全部津贴买肉喂蚊子。开荒全凭一把坎土曼，坎土曼是万能工具，没有铁锹和锄头，坎土曼不够用，从当时的苏联进口。土地高出的地方叫沙包，有的沙包很大，千百年没见过水，要一坎土曼一坎土曼的挖平是很费力气的活。那时比赛，讲究连续挖几百下不停，那动作十分规范整齐，排着队把坎土曼高高举起，落地只听"嚓"的一声，坎土曼挖进土里，用力一拉，把土甩向远方，周而复始，像现在做广播操一样。人们不相信这地能长庄稼，说这地方种铁都不生锈还能长粮食？播种用搂沟，收割用镰刀，人背肩扛入仓，粮仓都是自建的。有牲口的单位可用马车帮助运输。干起活来两头不见太阳，还经常开展劳动竞赛，没有星期天，偶尔休息一天；司务长还为节省粮食只开两顿饭。就是这样高强度的劳动和恶劣的条件，人们热情仍然很高，劳动虽然苦，但和战争年代相比好多了。人们还苦中取乐，在一个空地方挖一个土坑，放满水就在里面洗澡。孔宪智自学了识谱唱歌，还制作了土电影。半年没发津贴费，把钱拿去建设乌鲁木齐的马路，建设纺织厂、拖拉机厂等，莫合烟没有保障了，人们只好各显神通。过了一些时候每人发了半公斤莫合烟。生产比打仗费衣服，又没有多少替换的，办法就是破了就补，补了又破，那就再补，像是穿着百家衣，衣袖没法补了就耷拉在胸前擦汗用，还节省毛巾，光脚赤膊者比比皆是，不足为奇；刚开始生产清一色的男子汉，竟有赤身裸体者，这就是个别的了。

进疆前后经过几次整编的部队，再不是清一色的年轻人了，也有了年纪比较大的、知识分子阶层和从来没有吃过苦的官绅，劳动对于他们就更是苦上加苦了。刚开荒时人手一把坎土曼，排成队向前挖，具有比赛意味，不一会儿就参差不齐前后有别了，于是就有了许多劳动中的故事，体力不支经常挂着坎土曼休息的，称作常给坎土曼"号脉"，谁休息的次数多就说某人"号脉"多，劳动工地常常是笑声一片。

年纪稍大的人坐着挖地，坐着割麦子，人们叫他"老洋缸子"（维吾尔族老年妇女），他也不生气，收工时照样哼出几句字正腔圆的京戏来，平心而论，这些同志虽然工作效率不高，但的确经受了锻炼，尽心尽力了。总之，各种各样的人群，天南海北都是同志，五湖四海都是战友，吃着一样的饭，穿着一样的衣，干着一样的活，没有贫富之分，没有贵贱之别，千苦万苦大家共同品尝，收获的喜悦大家共享。

开挖南大渠

20 世纪 50 年代开挖的十八团渠很有名，一条奔腾不息的大渠，渠水清澈，银光闪烁。渠边有一座红褐色的花岗岩纪念碑基座上巍然屹立着肩背步枪、手握坎土曼的军垦战士塑像，周围环绕着青松翠柏。人民解放军在这里创造了辉煌的屯垦戍边壮举。

在新疆，水就是粮食，水就是生命。1950 年开始大生产，缺水矛盾突出，决定兴修水利。库尔勒地区开挖了十八团大渠，由六师十八团完成故得名，大渠 1950 年 9 月 15 日动工，渠首位于孔雀河铁门关峡谷山口的艾乃孜，经上户、大墩子及吾瓦地区（即 28、29、30 团垦区），沿途老乡均受益。殊不知，1950 年 10 月底，焉耆地区也相继进行诸多水利建设，如南大渠北大渠等，孔宪智参加过南大渠的开挖工程。

南大渠于 1950 年 10 月破土动工，引水于开都河，渠首位于焉耆西北 8 公里处，渠尾至塔什店东端的达吾提入孔雀河，全长 40 多公里，灌溉面积达 67.23 万亩，共有五条干渠。1951 年秋后，当时孔宪智在六师卫生队工作。因为粮食作物基本收割完毕，卫生队大部分人员进入南大渠开挖工地。工地伙房设在露天地。没有房子也没有帐篷，吃饭更是露天，吃的喝的都是苦水。用几根木棍支撑搭成架子，周围及顶都是用普通单人羊毛毡围起来的简易棚子。挖渠，每人一把坎土曼，三个人一组，两个人抬抬把子（用红柳条编制的两人抬东西用的工具），一个人用坎土曼往抬把上装土，两个人抬走，回来放下空抬把，把装好土的抬把再抬走，两个抬把轮换。如此，不管是抬土的还是装土的都没有间歇时间，劳动强度很大，来回一路小跑，才能不耽误工效。11 月底，渠底挖出来的水已经冻冰，人们还是赤脚劳动，因为穿着鞋，鞋里容易灌土，不但塞得脚痛，而且经常清理鞋里的土影响工作效率。上下工两头不见太阳，如遇上有月光则必须加夜班干到下半夜。自己搭建的简易棚子，夜里经常被大风卷跑，片毡不留，人们到天亮才发现睡在露天里，太疲劳了，睡着就醒不来，任凭大风肆虐，被窝里、脸、鼻子、嘴都充满沙子，外面做饭用的锅盆也都装了不少沙子。干到年底，天气太冷了，暂时休工回驻地，回来时孔宪智的棉裤两膝部就是两大朵棉花露在外面，随便找块布补上就是了。

经过无数个日日夜夜的苦战，1952 年 8 月 1 日南大渠竣工。亘古自由流淌的开都河水，被解放军驯服了，乖乖地顺着纵横交错的渠道流入戈壁滩，灌溉万亩良田。至今，南大渠的渠水还是无怨无悔地流淌着，用金子般的雪水灌溉着良田，惠及各族人民。

跨出国门援助巴基斯坦

安定下来的军人，结婚安家是大事。

1952年，部分山东女兵分到二师。当时一起参军进疆的有孙秀芝、孙凤梅、孙香莲、孙香兰，她们可是大名鼎鼎的山东文登县乳山坦埠村的四姐妹、四朵花。孙香莲是二师第一代女拖拉机手；孙凤梅是劳动模范，被大家称为"火车头"；孙凤芝是大家公认的劳动能手，在兵团战天斗地20年，39岁英年早逝；孙香兰1953年调到医院当护士，因工作与孔宪智相识。1956年6月，两人结婚，婚后生有一儿两女，夫妻伉俪情深，琴瑟和鸣。

1968年，国家援助巴基斯坦修筑喀喇昆仑公路，公路从我国新疆喀什至巴基斯坦的塔科特，全长630公里，一期工程156公里。据说这条公路，中国境内由我国负责修建，巴基斯坦境内由巴方修建。中国如约完成后，巴方则远未完成，要求我国出境援助施工，当时我国正处在"文化大革命"时期，国家交由新疆军区成立办事机构具体负责此项任务。绝大部分援外人员由兵团各师抽调，少数军队干部参与，组建了喀喇昆仑公路筑路指挥部（简称筑指），下设若干大队，各大队下设若干中队，共9000多人。医疗卫生工作由南疆军区某医院负责。以第二师为主和部分第三师人员参与，组成筑指二大队2100多人，大队部机关设行政办公室、政治处、后勤处、工程科、卫生所等。孔宪智就在卫生所工作，所长韩凤歧，三个医生、四名护士、一名司药、一名化验员、一名救护车司机，共十人。

当时孔宪智在二师医院工作，师里要为筑指二大队抽调一名外科医生，首选孔宪智。那时把执行援外任务当作一种信任和光荣，人人羡慕。孔宪智哪里知道等待他的是比国内还要艰苦的环境和生活。1968年8月援巴部队陆续出发，孔宪智8月6日出发，一行约500人，在库尔勒开了欢送大会，几十辆卡车的队伍浩浩荡荡颇为壮观。医务工作人员只有孔宪智一人，3天后到了喀什，从喀什军分区药库临时领取了部分医疗必需品。在喀什休息半天，继续前进到塔什库尔干住下，次日傍晚前到达老羊圈（红其拉甫边防站），500多人全部住在帐篷里。此处海拔约5100米，有高山反应的人很多，主要是剧烈头痛，恶心呕吐。孔宪智感觉尚好，把每个帐篷巡查了一遍，帐篷外都有人呕吐，查完帐篷已经半夜，他的头也开始痛了，像裂开一样，有恶心无呕吐，睡不着觉，吃了点药，熬到次日早晨，竟无力收拾自己的行李物品，还是反应轻点的同志们帮他收拾并拿到外边集合。

出了国境，汽车行进在雪线以上的便道上，坑坑洼洼拐拐扭扭，十几公里走了2个多钟头，到了部队第一个宿营地。这里除有几顶帐篷外什么也没有。只有少数人高山反应轻些，绝大多数人队在帐篷外面的石头上抱着头晒太阳，有的人呕吐，人们不吃饭也不想喝水，成箱的压缩饼干没人问津。住了没几天，继续前行到了大部队的驻地，据说海拔降低了200米，头痛轻了些，仍不能多活动，又不能不干活，比如搭帐篷就是很吃力的工作。卫生所至少要搭五顶帐篷，有医务人员住的、病人住的，还有药房和处理病人用的等等，还要摆开工作的摊子。工作效率都不高，有的帐篷部件几个人拾着都很费劲。

做不熟饭，烧不开水，水烧开了手指还可以伸到锅里搅动，馍馍蒸不熟发粘，米饭像用水泡烂的，吃起来绝没有饭的香味。后来每个单位发了一个高压锅，因不实用而无人使用，即便是24小时不停地蒸馍，也供不上一个中队的人吃饭，所以大多数人还是吃半生不熟的饭。

不适应高山环境成了一个严重问题，直接影响职工健康和施工进度。在山上蔬菜极少，从国内运来烂掉很多损耗甚大，地又没有，所以吃的基本上是干菜，人们也不适应。初到国外，一个迫在眉睫的问题，就是迅速打通便道，以便人员物资运到筑路沿线，否则人员将无法展开，物资和设备也无法运到位。人们既不能工作也无法生活，即便是千军万马也无用武地。工程兵打便道速度很快，一天一个样，主要是炸药当先，大的石头炸药一蹦，不用搬运自己就飞走了，当然有的地方还得机械和工具。便道自然很简易，能通车就行，走在便道上的车速度很慢，在通车的情况下继续维修，使其逐渐成为可长期使用的便道。没多久，一个大队的施工路段基本展开，进入正式施工阶段。

全线施工现场蔚为壮观，第一道风景线就是大批施工和生活物资源源不断地运来，沿途能看到钢钎摞得像小山，在几十里筑路线上，运送各种设备的车辆络绎不绝；一部汽车抛锚在路上，没几个月就被拆卸成只剩下一个车架子，真是开了眼界，咱从哪见过这么多物资只要能想到的都有，到两年后他们回国时，路上的东西还没收拾完。每个单位食堂的面粉袋摞得像房子高，营地一律崭新的棉帐篷，员工清一色蓝制服。空压机、推土机等设备，开始多为国产的，后来日本的推土机，瑞典的摩托风钻也陆续进来，功效大增。

　　工程很艰巨，首先要克服高山反应带来的困难，再就是要适应筑路技术。员工们为了争速度都打干炮眼，在山洞里打干炮眼几分钟就得换一次人，即便是戴着口罩，人们出来还白面人似的天天傍晚炮声隆隆，天天要躲炮，就像防空一样不敢怠慢。有一次卫生所杨双有在帐篷里没出来，险些被一块砸穿帐篷的石头砸伤。大爆破也叫人开眼界，一汽车一汽车的炸药运进洞里，一炮能把一座小山搬走，河流改道，当公路延伸到100多公里处时，高山反应大为减轻了。

　　工程人员主要就是手砸伤得多，也时有牺牲，二大队牺牲了40多人，全都葬在了喀什的烈士陵园里，这是一条用烈士鲜血铺就的中巴友谊之路。

　　作为随队医生，孔宪智不用冒着生命危险，但也时时处在危险之中。他的工作是及时处理自己力所能及的伤病员，把重病人护送大医院救治。经孔宪智处理的以手指被伤的为多，而且一旦被砸多为骨肉模糊，砸成肉饼，往往不能保指功能，严重者大多需要转院。

　　修路的地方是巴控克什米尔地区。线路就是一条峡谷，施工两年半没有离开过峡谷，谷底是汹涌的河流，两岸是陡峭的大山，有时搭帐篷都找不到一块平地，不是搭在坡度较小的山坡上，就是搭在河滩的鹅卵石上，有70公里之后才偶尔见到散落的小村庄。当地老百姓比新疆更落后，见不到像样的庄稼地，羊羔长得像小狗一样大。居民多数穿的是麻织物，颜色和当地的土色接近。

　　1969年冬天，为迎接国内慰问团搭建松枝彩门（山里实在没有搭彩门的材料），某中队两个员工上山找松树枝，其中一人不小心落入山谷，另一个人下山报告，通知卫生所去抢救。当他们开着救护车到达某中队时中队的员工已经全部进入山谷中，当时傍晚，大家都没吃晚饭。卫生所的全部人员蹚过一条河，随着员工们的引导进一个山谷。孔宪智仿佛又回到了战争年代。这山谷没路，也从没人进来过，非常狭窄，像一个V字形，谷底不少原始树木，两边陡坡上积雪没融化，孔宪智他们只能沿着谷底长树的地方缓慢地攀登。天很快黑了，最早进入山谷的人给后面的人指路每隔一段就点着一堆火留下一个人，用喊话和后面的人联系，走到半夜，不知经过了多少火堆，仍未得到落入谷底的人的可靠消息。人员在继续前进中听到从前方传来话说，都不要前进了，落入谷底的人已经找到了，正抬着往回走。其他人都停下来了，卫生所的人扛着担架继续前进，走了很长时间，和抬着伤员的人相遇了。孔宪智用几个手电筒照亮检查了伤员，伤员已经停止心跳和呼吸，没有血压，双侧瞳孔散大，肢体已经僵硬了。天亮了，一行人好不容易把牺牲的队员抬出山。次日开追悼会，专车送到喀什，葬在了烈士陵园。

1971年，孔宪智完成工作任务，返回祖国。

组建二师库尔勒医院

1973年，为方便库尔勒垦区职工医疗，农二师党委动议在库尔勒市筹建农二师第三医院，并于1973年7月12日给兵团写了报告，兵团于1974年1月批准农二师成立二师医院一分院，床位250张。1975年2月，根据兵团指示，改农二师一分院筹备组为二师库尔勒医院。1975年5月，农二师库尔勒医院筹备组连同筹备中的医院，包括房地产等全部财产原建制并入巴州卫生系统，医院更名为巴州第四人民医院。

经过三年的紧张筹备，终于在1976年6月26日正式开院收治病人。医院虽然开始收治病人，但极其简陋。院址是原二支队的房产，领导班子发扬艰苦奋斗、自力更生的优良传统，带领全院职工自己动手建病房，建宿舍把全院的苇拱房、土拱房等民居房全部油漆粉刷，就连建高压线路所需要的11根水泥电线杆也是全院职工用人力车从20里以外运来的。孔宪智于同年九月从内地学习归来，奉命直接到医院报到，那时叫巴州第四人民医院。医院条件十分简陋，但毕竟为广大人民群众增添了一个治病救人的医院。当时的医院硬件设施虽然不好，但社会口碑依然很好，不少病人慕名而来，这其中包括一些领导层也常来，社会上也流传着第四人民医院服务态度好的美誉。

孔宪智被分派到医务办公室工作。说是医务办公室其实就是除财务、总务外的综合办公室，什么事都管。办公室只有孔宪智和腾里沙两人，办公室工作真是上有千条线，下有一根针，只要不是总务、财务上的，不管院内还是院外的都归办公室负责，工作之杂可想而知。科里来叫看病人得去，来叫手术的要去，去参加上面的会，组织本单位的会，都得去办，开会还得领着大家唱歌。

开院不久，孔宪智就建立了病案保管制度，完成了病案姓名索引，医院领导给予了很大的支持，并极重视这项工作。医院从零开始，要人去创造，要人去改变。全院职工多系军垦第二代，有限的几个骨干带领着一批自己培养的初级人员，再加上几个"文革"中的毕业生就是医院的全部在职人员，这些人年轻而进取，他们渴望知识，勤恳好学，朝气蓬勃，绝无萎靡不振之气，无消极散漫之风。领导班子团结协作，齐心创业，和职工同吃同一起劳动，无专横跋扈之不规，无尔虞我诈之恶习，工作心情舒畅惬意。

1979 年，医院划归巴州卫生学校附属医院，院名不变，称一个医院、两块牌子。医院原领导班子只剩下一个行政副院长，其他都调走了，组织上任命孔宪智为副院长，1982 年孔宪智提拔为院长。经过了 5 年不稳定期之后，1984 年 11 月 1 日正式划归第二师。孔宪智一直在医院里干到 1993 年正式离休。

回忆是对历史的关爱，时光细水长流，悄无声息地老去。孔宪智老人常常陷入回忆，他的一生都交给了人民军队，交给了屯垦事业，他觉得无愧于军队，无愧于兵团，无愧于党，无愧于祖国。他们这一代的奠基者、创业者们的峥嵘岁月已经过去，未来属于成长中的年轻人。孔宪智写书，讲老一辈艰苦创业故事，教育年轻人不忘初心，永远保持艰苦奋斗的作风，为祖国的繁荣昌盛做出他们应有的贡献。

简介：刘玉朴，男，汉族，生于 1932 年，山东宁津县人。1947 年 2 月革命。先后任主治医生、院长、书记等职。在二军六师曾获得甲等工作模范荣誉称号，立过一等功。1992 年离休。

丹心赤诚，此生无悔

——记渤海军区教导旅老兵刘玉朴

胡岚

被大火烧醒

照片上那个少年，头戴五角军帽，身着棉军装，扎着绑腿，双手背在身后。一幅老成持重模样，照片上的人与解放战争年代电影上的战士没有什么区别，仔细端详却又不同。照片上的人身量并不高，脸上稚气未脱，那严肃的表情让青涩稚嫩的脸，平添了几分庄重。宽大的棉军服长到大腿，扎在腰间的宽皮带，让人显得挺拔精神。这张黑白照片，一下子把记忆拉到从前的战争岁月。

"爷爷，那是您？"

"是啊，那年我只有 16 岁。"

"16 岁就打仗，不害怕？"

"不害怕，人在那个环境，做该做的事，是自然而然的。抗日战争时期，我就是儿童团团员，站岗放哨查路条，这些都干过。那时年龄小，就忙着查路条。日本人来扫荡，晚上就躲在庄稼地里。"老人家说得很轻松，一幅乐呵呵的样子。

照片上的人是刘玉朴。看着眼前清癯矍铄的老人，时间像个魔法师几十年时光倏忽间走过，照片上的人稚气未脱，而眼前的老人已至鲐背之年，如果不是事先知道，无法把 2 个人联系到一起。一个是 16 岁的青葱少年，一个是鲐背之年的白发老翁。时间过去了，照片勾连了过去与现在，战争的硝烟，炮火连天的昔日，倒地的尸体，流血、伤残的肢体，都随着时间消散了，都成了旧事。老人的讲述，让往事重新又鲜活起来。

　　刘玉朴参军的时候才 15 岁，部队领导看他太小了，就安排他去了师部卫生队护理伤病员。那时他的工作主要是给伤员包扎、给伤员换药、护理重病伤员，照顾他们的吃喝拉撒。接收来的伤员太多了，也没有地方住，只能在百姓的夹道里、门洞里，铺上麦草救治伤员。有的伤员负伤很重，只有呼气没有吸气，只能听到一声声吹气的声音。有时呼吸不上来，听着让人揪心。那时条件差没有吸痰器，刘玉朴就嘴对嘴地帮他们把痰吸出来，给他们接大小便、喂饭，没有任何怨言。条件虽然简单，却尽心尽力，刘玉朴跟着卫生队抢救了好些危重伤员。

　　部队上三大纪律八项注意要求很严，一进老乡家院子，要先扫院子，再贴封条。老百姓家的厨柜上都要贴上不拿群众一针一线的标语。刘玉朴说，他们那时没盆没碗，都是借老百姓家的。从谁家借的，临走还得还到谁家。从哪借的碗盆都要还回原处，就连铺的麦草也要送回去，走时还要把卫生打扫干净。刘玉朴年龄虽然小，但是他肯学肯干，抢救伤员，总是跑在前面，护理起病人更是耐心细致，很多危重伤员硬是经过他精心的护理，摆脱了死亡线。因为刘玉朴的突出表现，1948 年他被授予一等功。

　　永丰战役打响了，战争异常激烈，敌我双方死伤惨重。刘玉朴他们卫生部任务就更重了，有的时候为了抢救伤员，连饭都顾不上吃，那时恨不得长出三头六臂，根本分不清白天和晚上。有一次为了护理一个危重病人，刘玉朴守在他床边三天三夜没有睡觉。室外是寒冷的冬天，风声、枪声穿梭在空中，呼呼呼呼，眼前躺着几个伤员，呻吟声、呼噜声、辗转反身的木板声不时地在耳边穿进穿出。刘玉朴从外面拾了点柴火，在屋子里生起了火，那个危重伤员浑身发烫，烧一直未退，刘玉朴丝毫不敢大意。一面留心他的伤势，一面怕炉火熄灭。那天后半夜，看伤员好点了，刘玉朴给他喂了点粥。刘玉朴看着伤员睡了，坐在床边竟然睡着了，裤子蹭在炉子上烧着了，噘，刘玉朴一个激灵，疼醒过来，才看见裤脚已经着起来了，慌得舀起水浇灭，熄了火，他顾不上换裤子，又忙着去看护伤员。其时他已经连续三个晚上没合过眼了，实在是太累了。

光荣入党

　　当年为了配合淮海战役，阻止胡宗南集团调兵增援中原战场，收复与巩固澄城、合阳、白水地区，解决部队粮食问题，保障部队进行冬季整训，西北野战军决定在 11 月中旬发起冬季攻势，再歼胡宗南集团二至五个师，改变渭北拉锯与相持局面。

1948 年 11 月 16 日，独六旅所属十六团，十七团攻克东马村，全歼守敌四三团，俘敌官兵 1100 余名。27—28 日，独六旅十六团配合友邻部队于永丰以南的楼子原担任抗击任务。十七团、十八团与四、九两旅和三纵二旅全歼永丰镇守敌七十六军。

永丰战役的胜利，彻底粉碎了胡宗南所谓"重点的机动防御的新战术"，巩固了澄城、邰阳、白水地区，拖住了胡宗南集团，配合了淮海战役，解决了部队粮食问题，为冬季整训创造了条件。

参加永丰战役时，刘玉朴 16 岁。战斗结束，他光荣地加入了中国共产党，那是 1948 年 12 月 18 日。70 多年过去了，这个无上光荣的日子永远印刻在他心里。他说，他的入党预备期只有 3 个月，一般人的预备期是半年。因为打永丰镇刘玉朴的突出表现，获得一等甲等功，刘玉朴提前加入中国共产党，1949 年 3 月 18 日转正。这些光荣的时刻，是刘玉朴一生中发光的日子，过去的再久也永难磨灭。

永丰镇战争结束了，大部队已经开始撤离了。刘玉朴他们给伤员的手术还没做完。国民党的援兵已经进来了，就住在隔壁院子。他们只能抓紧时间悄没声息地做完手术，背起伤员赶紧撤离。已经三天三夜没睡觉了，刘玉朴困得人都站不住，腿也迈不动，但是撤离的时间到了，必须离开。

走不动也得走，必须要走。刘玉朴累得直想睡，人又小，战友们很怜爱他。一个战友走在他边上，拿绑腿牵着他走，就这样刘玉朴边走边睡，一路磕磕绊绊地到了营地。好在年轻，到地方睡一觉就又活蹦乱跳了。

因为刘玉朴勇于救人，护理伤员、救治伤员、打饭、端屎端尿，一点都不嫌弃，及时抢救伤员有功，1948 年永丰战役结束，刘玉朴获步兵独六旅西北甲等工作模范。

刘玉朴说，永丰战役部队缴获国民党的枪炮弹药，医疗器械充实了部队的战备。"多亏了运输队长蒋介石，他真是大家的好后勤，给我们送了很多装备。"老人说得风趣幽默，听得人哈哈大笑。

困难岁月积极乐观

生产年年富，当兵的穿着破裆裤。拾棉花时，裆都磨破了。夏天把棉花掏出来当单衣穿。

"爸爸这个人很乐观。在'文革'中他被批斗。但他始终说，我相信我自己，我16岁就入党了，我不可能是反革命。爸爸身上挂了三块牌子，'走资本主义道路''三反分子''死不改悔的走资派'。他每天要出去认罪，去捡粪，当年妈妈担心他想不通。可是爸爸比我们想象的还坚强。那段时间，他该请罪就请罪，做完了就到老乡家里打扫卫生。他每天要捡一车粪，他到老乡家里去捡粪，一来二去的熟悉了，那些老乡知道他是好医生，每次都把粪给他留着，有病了，也悄悄地叫他去看。回家时，他总是用小手绢包点好吃的，给我们带回来。从来不提在乡村老乡家，躬身打扫鸡圈羊圈、捡拾粪肥的恶臭和苦累。在外面承受的不公平待遇，回到家他从来不提，总是若无其事地自己承担。爸爸的脾气好，从来没打过我们姐妹，他对病人也特别好，给人看病总是好脾气地交代清楚。家里最困难的时候，爸爸把自行车卖了，给我们买东西吃。在爸爸那里从没觉得有什么困难。每个月就发那么点工资，他一样过得快快乐乐。他常说，今天的事今天完成就好，其他事情不用去想。"刘玉朴的女儿刘进说。

刘玉朴始终相信党，坚信对党的忠诚。正是这种积极乐观的信念，支持他走过了困难岁月。

和平年代不忘学习

哪里艰苦到哪里去。1949年响应党的号召，刘玉朴所在步兵第六师进军新疆，刘玉朴跟随部队来到新疆焉耆。1953年，按照上级有关命令，已享受副连级待遇的刘玉朴与大部队一起就地转业。

步兵第六师到达焉耆接受了国民党医院，后改为步兵第六师医院（现农二师焉耆医院）。医院位于开都河南岸，因此被称为河南医院。刘玉朴在医院任看护班长。秉持一贯的作风，刘玉朴又一次投入到忘我的工作中。在工作中他严格要求自己，对待病人像家人一样温暖体贴、尽心尽力地为广大群众服务。1951年再立一等功。

1955年，刘玉朴被派到新疆军区后勤部卫校（兵团卫校前身）进修，学习药剂学专业为期两年。刘玉朴是药剂二期学员。当时卫校实行五分制。刘玉朴在学校学习刻苦认真，不懂就问，不会就学，只到弄懂为止。医学专业知识还好，他有多年的实践经验。难在文化课，代数、方程、微积分、化学，还有拉丁文，以前从未学过的知识，一下子都涌在面前。

难吗？难啊。难咋办？学呀。刘玉朴一心扑在课本上，哪个不懂学哪个。刘玉朴说，"那时的老师水平可高了，教我们化学的是大学教授，人很好，讲得好，待人也好。老师们知道大家是战士，文化基础差，只要我们肯学，他们就耐心地讲解。"学起知识来，刘玉朴从不怕难。他把老师讲的内容都背下来，把不会做的题都搞懂做会。两年下来，刘玉朴每门功课都是五分。学习期满，成绩优秀的刘玉朴，留校当教育干事。

刘玉朴 1955 年与张阿珍结婚。张阿珍是山东人，比刘玉朴小两岁，1954 年进疆，小学五年级毕业，是个有文化的女兵。刚到新疆张阿珍被分到农二师北大渠工程处。背过石头、挖过水渠、骑马放羊、看骡子推磨，兵团创业时期的苦活累活，她都干过。后来她又在托儿所当阿姨。用她的话说就是，都是革命工作，没有什么好坏，都能干。因为张阿珍有文化，组织上又派她去学医。学习两年，毕业后分到工一团当妇产科的主治医生。

"我妈妈对病人可好了。她经常把擀好的面条端给病人吃，我们自己都吃不饱。妈妈性格开朗，待人和气。"女儿刘进说起过去的事。刘进是刘玉朴和张阿珍的大女儿，现在已经退休了。一碗面条对于现在的人来说，实在不算啥，但在那个缺衣少食的灾荒年代，于病人却是雪中送炭的好事。对于身在医院的父母来说，他们做的这样的事太多了。

刘玉朴留校后，张阿珍也到了乌鲁木齐工作。不承想，到了乌鲁木齐后，张阿珍水土不服，在那里待了半年，又拉又吐。无奈之下，刘玉朴只好申请返回焉耆。"要不是妈妈，我们差点就成了乌鲁木齐人。"说起过去的事，刘进开心地大笑。人有时也像植物，有的植物生长在此地能活得很好，换到另一个地方却无法存活。命运的事谁也说不清楚，乌鲁木齐和焉耆相距不过几百公里，都在新疆大地，一个是首府城市，一个是小县城，细微生态环境的不同，造成了不同的人生。就这样刘玉朴回到焉耆工程处（前身是工程支队），在那里依然从事医疗工作。原来焉耆工程处的人都知道医生刘玉朴。

后来，刘玉朴又去过八〇二三医院进修，1964 年去马兰五四六医院进修，1974 年，到福建医科大学进修。这些学习进修的机会，刘玉朴一直很珍惜，对他来说，学习充电是最辛苦也是最快乐的事。他说，医生这个职业就是要干一辈子，学一辈子。看书是学习理论，治病是实践，必须要理论和实践经验结合才能更好地治病救人。只要是工作需要，不管多难，他都会去学。

在女儿刘进的印象中父亲特别爱学习。她清楚地记得当年父亲评副主任医师，半夜半夜地背单词，学得特别刻苦。50 多岁了还在学习外语。

刘进说，当年她在上英语班，父亲把她的字典拿去用，字典上贴满了纸条。上面写了好多英语单词。刘进还记得当年，母亲张阿珍教父亲学分数的事，父亲特别肯学，肯花功夫钻研，他的文化基础差，学起来很困难，可他就是不怕，越是难，他越肯钻研。她说，我父亲这个人是一辈子都在学习。他特别重视自己的业务学习。他自学心电图，整天抱着书看，边看边抄，在书上密密麻麻地写满批注。就这样，刘玉朴学会了做心电图、看心电图。可以利用先进的设备更好地为病人医治，学得再辛苦，他也很开心。平时读书，只要看到好东西就拿钢笔抄下来。

"父亲就是我们工作学习中的好榜样。"刘玉朴的3个女儿，在父亲的身传言教的影响下，学习都很自觉。刘进说，她们小时候回到家先帮妈妈做饭，然后就去做功课、看书。她们理所当然地觉得，认真读书学习是很自然的事，家里就是这样的氛围。工作以后，刘进在农二师技校当老师，二女儿在库尔勒公路管理局工作，是单位的高级工程师，小女儿是巴州财政局会计师事务所的会计师。

父亲直到现在还在读书看报，活到老学到老，他就是这样做的。

3个女儿没有一个人从医。说起从医，女儿刘进接着说，那年她卫校毕业想回医院工作，被父亲拒绝了："我在医院当院长，你回医院干什么？"

就这样刘进失去了当医生的机会。另一方面，张阿珍说，"当医生太辛苦了，我们受过的苦再不想让孩子们受了，那些提心吊胆地担心病人安危的日子太煎熬了。"

在医院工作一辈子，不论刮风下雨，只要有人病人，刘玉朴拿上听诊器、体温计，抬脚就走。"听、敲、视、触"，听声音，摸脉搏，看病全靠听诊器。听诊器拿来一听就知道，有没有肺炎，有没有心脏病，那时看病没有先进的医疗设备，全靠实践经验。冬天有人抱着孩子上门，解开裹着的斗篷，刘玉朴就在家里接诊。深夜里有人跑家里叫他，他穿起衣服就走。看完病披上衣服再回家，路坑坑洼洼的不好走，常常走的一脚泥，一脚土，回到家已是半夜。遇上急重病人，他就守在医院连家都顾不上回。

冬天有人从院墙上翻进来，"咚咚咚"地敲窗户，说病人头疼得厉害，刘玉朴立即穿上衣服出诊。尤其是急性疼痛，抢救病人时间就是生命。这些年他抢救的病人有心脏病，心脑血管病、急性脑膜炎，都是些耽误不得的病。过年过节也不例外。家里常常连团圆饭都吃不完，刘玉朴就被人叫走了。

刘进说，有一次大年初一，建工连的一个工人急需输血。刘玉朴知道大家都在过年团圆，他不好意思找别人去，就自己去给病人输血。家人知道，他才献过两次血，几次献血时间挨得太紧，怕他身体吃不消，但刘玉朴还是坚持自己去。爸爸就是这样的人，他认准的事，谁也阻止不了。

要是有重病号，就提心吊胆地担心病人，白天晚上都要去查房，连觉都睡不安稳。这样的时候太多了，太纠心了。刘玉朴、张阿珍经历这样的时刻太多了。做医生就是要对病人负责，这是医生这个职业决定的，既然选择医生就要有责任心，这样一做就是一辈子。刘进说，父亲这样要求自己，也这样要求女儿。那年她在卫校当老师，学校组织献血。父亲说，"你当老师的就要带头输血，我当院长，我都带头输血。"

救人救了一辈子。不管是当官的也好，老百姓也好，刘玉朴都是随叫随到。他经常给医生护士讲课，自己要学，还要叫带着手下的人学习。凡是对爱钻研的医务人员，刘玉朴都鼓励他们提高业务水平，找机会送出培训。刘玉朴认为，提高技术也是对病人负责的表现。

此生无悔

刘进记得1970年父亲带她们回老家。爷爷很生气，不理刘玉朴。

爷爷气呼呼地说："你回来干啥，你还有家？"

"您后悔来新疆吗？""不后悔，当兵的就得服从命令。"

刘玉朴说，1948年，他父亲背着大棉被在战场找到他。战争时期，打来打去的太危险了，父亲竟然能找到他，要是走错了，走到国民党那里不就完蛋了吗？事后想想，又后怕又幸运。

当年一起打过仗，一起开荒建设新疆的老战友们，离休后大家还常常走动。老战友之间，闲暇时间打打麻将，聊聊天，关系特别好。都是一起出生入死的战友，没有什么比这样的情义更难得了，这一生刘玉朴很知足。他说，当年供给制时，大家把钱放到一起，一起花钱，在一起都不分你我，特别开心。现在好多人已经不在了，很怀念他们。

刘玉朴说，他年年立功受奖，战争年代是英模。就只遗憾一个事，那就是当年办身份证时，工作人员把他的名字写错了，璞写成了朴。几十年来，新疆发生了翻天覆地的变化，已经赶上内地的一些城市了。在这里生活了这么多年，心里早已把这当作家乡。孩子们、孙子孙女们都已长大成人。现在他们年纪大了，帮不了孩子们了。前段时间老伴张阿珍崴了脚，受伤躺在床上。老伴说，孩子们平时都忙没有时间。这些天全靠刘玉朴照顾，他照顾得特别好，动作很麻利，当医生练就的基本功还在。老伴满意地说。

刘进说，"父母亲退休以后全心全意地支持女儿们的工作，帮忙带孙子孙女，给我们做好吃的，让我们安心工作。下班回到家里有就热气腾腾的饭菜，父母健在就是我们的福气。"

灯下炉火可温，围坐家人可亲，这就是人生最好的日子啊！

简介：陈德林，男，汉，1929 年 7 出生，1949 年加入中国共产党，山东宁津县人。1947 年参军，曾在渤海军区教导旅警卫连任警卫。1954 年后，先后担任班长、副排长、区队长、队长、厂长、政治指导员等职。1988 年 7 月离休。

历经战火　初心不改

——记渤海军区教导旅老兵陈德林

张靖

少年立志　精忠报国

对于普通孩子来说，12 岁，还是个懵懵懂懂的年纪，正是贪玩调皮的时候，而对于陈德林来说，12 岁的他已经是一名名副其实的小战士。

能生长在革命老区，陈德林是幸福的。"少年强则国强，少年独立则国独立。"梁启超的《少年中国说》曾经影响了一代革命者，让那些寻求中国未来的有志之士，先从孩子教育身上找到希望。1935 年，为了让村里的孩子学知识、学文化，地下党组织派专人到山东宁津一带教孩子们念书。能让孩子学文化，这是多少人都求之不得的事，当地百姓纷纷把家里的孩子送去学习，年仅 6 岁的陈德林也幸运地上了学。

作为一名农民的孩子，能够读书识字是一件多么不容易的事啊！老师是一位年轻的地下党，不光教村子的孩子们学知识、学文化，还大力宣讲革命的道理。为了更好地开展工作，这位地下党经常利用晚上时间召集村里的老百姓开会。在会上，他不仅引导大家反封建、反剥削、反压迫，还倡导贫苦的百姓打破黑暗的旧社会，砸碎压在人民身上的枷锁。同时，他还经常用半导体收音机让老百姓收听国家大事，开阔眼界转变思想，以此唤起百姓的觉悟。他的话，如同一颗扔进湖中的一颗石子，让麻木的人们心里掀起了巨大的波澜。

夜色苍茫，只有村庄里那盏明亮的灯光却冲破了黑暗，点燃了人们心中的希望。

光明仿佛就在眼前，每到晚上，在一间不大的房子里汇集了许多的男男女女，灯光下，人们都用渴望的眼神盯着这张年轻的脸，聆听着共产党宣言，聆听着共产党人的铮铮誓言，他们急切地渴望着一个新时代的到来。

在这里，陈德林不仅学到知识与文化，同时也增长了见识，他断断续续上了 5 年学，这在 5 年中，他已经由一个目不识丁的孩童，成长为一个能读书看报的少年。然而，这美好的一切却随着日本侵略中国戛然而止。

1937 年 7 月 7 日，全面侵华战争开始，中国大地陷入日本践踏与蹂躏之中。在山东宁津出生的陈德林，很小时就亲眼看见了日本鬼子的各种劣行。为了保卫家乡，小小年纪的他便积极参加了当地儿童团。可千万别小看儿童团，尽管他们年纪小，可在抗日年代一样发挥着巨大的作用。

儿童团主要任务便是给村子站岗、放哨、输送情报。别看年纪不大，可陈德林干得却格外卖劲，由于战争年代人员复杂，有日本人、汉奸、国民党，为了防止敌人混入其中打探到八路军的消息，陈德林和其他儿童团成员，时刻站在村口检查，凡是外来人员一律必须检查相关证明后才予以放行，不然就将来人扣起来交给八路军。

传递消息，更是儿童团的拿手好戏，日本人为了控制八路军活动，给每个村子发放良民证，没有良民证的人员便进不了城，以防止共产党和八路军随意出入。别看日本鬼子诡计多端，可共产党照样有各种对付他们的好办法。到处都有地下党，村村都有儿童团，陈德林和其他团员正好利用年纪小，不引人注意的优势，及时进城为地下党和八路军传递各种情报。

作为儿童团的成员，他们不光送情报，很多时候还要为村子站岗放哨。日本鬼子每过一段时间都会进村烧杀掠夺。可是有了儿童团，老百姓的损失便会极大减少。

一大早，陈德林和就其他孩子站在高高的山岗上瞭望了。站得高看得远，只要鬼子一出城，孩子们便会仔细盯着他们的去向，一旦发现鬼子朝往哪个方向走去，就立即跑向附近的村子向他们传递鬼子进村的消息。村子里的老百姓一听说鬼子要来，便立刻牵着牲口带着粮食藏进山里。由于这些儿童团机智灵活，让凶神恶煞的鬼子一次次扑了个空。

八路军帮老百姓打鬼子，八路军帮助百姓过好日子！在山东革命老区，陈德林和家乡的百姓们，早就把共产党当成了自己的队伍。

1945 年，日本投降后，共产党立即就在当地全面实行土改，没收地主阶级的土地，将农村所有的土地统一分配，消灭剥削与压迫，让家家户户有田种，个个老百姓都有饭吃。村子里虽然土地并不多，可每个人平均都能分到两亩地，陈德林家 6 口人，便分到了 12 亩，有了这 12 亩土地，麦子、玉米想种什么就种什么！年年种植的粮食根本吃不完。有了余粮，过上了好日子，八路军打仗时，家家户户都出来送军粮，为战士们抬担架，送自家的孩子参军到前线。

1946 年，蒋介石撕开了假和平的脸面，露出了狰狞的真实面孔，公然发动了内战。为了坚决打倒蒋介石，彻底解放全中国，当地百姓纷纷送自己的孩子去参加革命。

明知道此行可能一去不复返，小小年纪的陈德林，还是义无反顾地投身参加了革命。

自从参军后，陈德林便光荣地成为渤海军区教导旅警卫连的一名战士，负责保卫首长的安全。

为了彻底粉碎胡宗南集团"机动防御"部署，西北野战军遵照中央军委"将战争引向国民党统治区"的指示，开始由内线作战转入外线战略进攻。

1948 年 2 月，陈德林跟着部队抵达黄河东岸禹门口樊村镇，准备强渡黄河。谁知，当部队来到陕西禹门口时，此时的敌人得知解放军要渡黄河早已有准备，他们不仅早早修建了工事，还在河对面架起机枪疯狂扫射，不仅如此，利用空中优势，敌机白天不断对黄河河面进行轰炸，企图阻碍我军过河。

然而，蒋家王朝必败，我人民解放军必胜！这是历史不可逆转的趋势。为了确保部队安全过河，先头部队的战士们冒着枪林弹雨强行渡河，为大部队过河扫除前方敌人设置的障碍。此时，陈德林所在的警卫连也没闲着，他们专门负责打飞机。敌机一开始非常猖狂，不仅飞得很低，而且不断对着河面扔炸弹，可是有了警卫连的频频扫射，吓得敌机扭头就跑，再也不敢贴近河面。

虽是冬季，只见黄河依旧波浪滚滚，水流湍急。为了渡河，当地老百姓纷纷捐献出来船只，支援解放军过河。几十条木船形成一支浩浩荡荡的过河队伍。由于船少人多，为了减少不必要的牺牲，部队决定采取晚上统一行动。漆黑的夜里，只见河面上人头攒动，战士们一个个排好队伍，有条不紊地悄悄渡河，经过一天一夜的行动，所有战士们全部顺利渡过黄河。

进入瓦子街地区后，战士们很快加入西北野战军发动的进攻中，并在瓦子街战役中，大获全胜。

急中生智　抢救战友

波涛风起浪涌，革命信念更坚定。

陈德林这位久经沙场的老兵，渐渐成长为一名成熟的战士。他曾经历过运城战役、安邑战役、合阳战役、永丰战役等大大小小多个战役，然而，最令他无法忘怀的还是合阳县发生的那场澄合战役。

1948 年 8 月，国民党企图将西北野战军赶到黄河以东的山西地带，此时彭德怀将军正准备带着部队进入陕西黄龙。为了及时粉碎敌人的梦想，彭德怀将军带着部队迅速进入陕西黄龙后，并立即摆出了口袋阵，意在将国民党的 36 师一网打尽。

然而狡猾的敌军很快发现我军的意图，并未钻进我军事先设计好包围圈。"他们不进来，我们就打出去！"于是，陈德林所在的部队，在壶梯山整整打了一天。上午，由于战场上硝烟四起，敌人误以为壶梯山已被我军占领，于是不停地扔炸弹，随之敌军的大炮也不断地在阵地上狂轰滥炸。面对敌人的疯狂行为，我军躲在山里并不出击，当敌人炮火停止以后，我军这才纷纷冲向阵地，趁着迷漫的硝烟，战士们趁势攻进敌人的阵营，最终将壶梯山一举占领。

战斗还没完全结束，夜晚，疲惫的战士们在老百姓家好好休息了一晚。

第二天一大早，战士们便起床了，王震将军通知大家抓紧时间吃饭，马上要赶到澄城县王庄镇。尽管大家并未耽误时间，可没想到当陈德林跟着警卫连到达王庄镇时，敌人已经提前到达，并派遣两个团的兵力死守在那里。而此时陈德林所在的部队只有一个警卫连，敌我两军兵力明显悬殊，怎么办？此时警卫连并没有后退，而是毫不犹豫继续发起进攻。

为了保护首长的安全，陈德林和警卫连全部投入了战斗，与敌人展开英勇拼搏。前有敌人机枪扫射，上有飞机炮弹进行轰炸，情形十分危急。正在作战的陈德林与敌人打得难舍难分时，突然身边一颗炮弹爆炸，只见弹片四处横飞，其中一片弹片"嗖"的一声飞向腿部，令他不由一震。此时他却根本顾不上，端起枪继续向对面的敌人扫射。

天黑以后，枪声戛然而止。这时，陈德林才开始检查自己的腿部，发现竟丝毫没有受伤，原来他打着厚厚的绑腿，弹片弹到腿上瞬间而落，并没有伤及骨头。这次虚惊一场，总算有惊无险，令他感到十分幸运，幸好有厚厚的绑腿保护。

然而，陈德林虽没受伤，却发现一名警卫排排长昏迷不醒。由于天气高温炎热，已经几天没喝一口水的排长显然中了暑。人命关天，陈德林立即将情况报告给指导员，并要求自己护送排长到安全的后方。指导员批准了他的请求。

护送伤员送到后方时，要经过一片高粱地。此时，排长已经奄奄一息，眼看着他嘴巴不断口吐白沫，再没有水喝后果不堪设想。可阵地上根本没有一滴水，活人哪能让尿憋死，陈德林立即决定为他找水。

就在关键时刻，16团的机枪连强攻了上来。看到机枪连，陈德林心头不由一阵狂喜，原来机枪连续作战枪管发热，必须用水进行降温，所以机枪连一定备有急用水。

果然，跟他想象的一样，机枪连确实有备用水。然而，当他背排长跑过去时，连长却说什么也不同意将水给他们。对于机枪连来说，此时的水就是机枪的生命，没有水机枪就无法消灭敌人！

总不能眼睁睁地看着战友死在自己的面前，在他的再三央求下，连长终于给了他小半缸水。看到这小半缸水，陈德林不由得饥渴难忍，原来他也好几天没能喝上一口水了，可面对这救命的半缸水，他强忍着饥渴，用力掰开排长的嘴，将水一点点灌进去。奇迹出现了，水刚刚喝下去，一直昏迷不醒的排长，十几分钟后竟然睁开了眼睛，看到身边的陈德林，忍不住抱着他大哭道："你可是救了我一命，如果不是你我可能永远也醒不过来了。"

此时，战斗依然却打得难解难分，由于16团的机枪连的及时赶到，将连续作战的警卫连全部换了下来，兵力大大增强。打到半夜时，终于一举将敌人全部打退。当警卫连冲到阵地上去清理打扫战场时，个个如同发了大财般高兴得合不拢嘴，原来里面尽是敌人的枪支弹药。这次收获真是不小！但是，在这场战役中，我军也牺牲了不少的战士。战斗整整进行了两天，我军最终还是彻底消灭了敌人的36师。

事后，陈德林为排长解暑救人的这件事还成了部队的宣传典型。年底，部队在召开大会总结经验时，专门将陈德林救人的事迹作为案例，向全军进行推广和学习。

陈德林关键时候抢救战友，荣立'三等功'，同时还入了党。

一项特殊的任务

在战争年代，不光上战场英勇杀敌很重要，同时，教化战士也很重要。

1949年，随着解放战争接近尾声，国民党大势已去，很多将士看清局面，纷纷主动率部起义。然而，虽然国民党的部队放下武器愿意投诚，但许多士兵的思想并没有完全转变过来，而且他们身上依旧还保存着在国民党时的各种劣习。

在甘肃临洮县，部队接受了一支起义的部队，为了彻底让士兵们转变思想观念，真心加入共产党的部队，成为一名合格的革命战士，部队组织专人为他们讲授革命道理。对这些起义的士兵开展思想教育，陈德林便是其中一员。

可谓新旧两重天，共产党优待俘虏，对不愿留下来的士兵发送路费回家，这让起义部队的士兵们很受感动，几乎没有人回家，都纷纷参加了人民解放军。为了让他们彻底扭转思想，尽快让他们改变观念，部队组织起义人员学习革命史，学习"三大纪律八项注意"，让他们明白共产党官兵一致，没有剥削和压迫，是专门为人民打天下的队伍，是让老百姓翻身做主人的队伍。同时也将蒋介石的各项政策作为对比。尤其是人民军队的"三大纪律八项注意"让战士们个个感受深刻，使他们深深认识到人民解放军是支先进优良的部队，只有共产党才是新中国的希望。

通过感化与教育，一个多月后，战士们的思想有了极大的转变，使他们才真正开始走上了革命的道路。

一路向西平匪患

半楼月影千家笛，万里天涯一夜砧。一路向西，离家乡越来越远。

随着胜利的号角吹响，一路上人民解放军所向披靡，随着全中国的解放，新疆也得到了和平解放。

1950年，寒风萧瑟，乌云密布。刚刚和平解放的新疆，依旧危机重重。在这片辽阔的西北大地上，国民党残余、当地反动势力依然存在。尤其是乌斯曼的土匪到处肆意横行。

部队进入新疆后，一路经过吐鲁番、干沟等地。走到干沟处，陈德林和战士们还未到达目的地，便停下了前进的脚步。原来，山沟里到处藏着乌斯曼的土匪，这些家伙无恶不作，平时躲在山里面什么也不干，过段时间就下山来抢劫老百姓的财物，让当地百姓苦不堪言。部队驻扎干沟听说后，决定立即先剿匪、后进军，只有清除患隐，才能还百姓一片宁静的天空。

经过侦察，陈德林和战友们很快得到消息，一股土匪就躲在附近山里面。既然得到了土匪的消息，那就事不宜迟，立即采取行动！命令下达后，战士们分别守在不同的山口上。整整3个多月后，部队最终将乌斯曼土匪消灭了一部分，剩余一部分狼狈逃窜，他们逃到青海不久，很快又被当地的革命武装彻底消灭。

人民的军队人民爱。消灭了土匪，当地百姓的生活终于安定下来。当地的少数民族同胞纷纷打开家门，欢迎人民解放军的到来。为了感谢共产党，感谢人民解放军，不少百姓纷纷主动捐献出自家骆驼和马，为解放军拉运粮食和物资。

扎根边疆　无私奉献

忠心耿耿，无私奉献，陈德林从来想到的就不只是自己。

1950年，来到新疆后，部队在张仲瀚的带领下，来到新疆焉耆县后，并在此地设置师部，准备长期驻扎。

为了缓解军费和粮食压力，不给国家增加负担，部队决定就地开荒，自给自足。当开荒大生产的号角在大西北吹响后，整个部队全体官兵上下一致，一个不落地全部投入到开荒生产的运动中去，就连警卫连也不例外。

朝曦初露，晨色初明，战士们就开始下地了，只见整个戈壁滩上一片繁忙的景象，装土的装土，挖土的挑土，你追我赶，谁都不肯落后。每人一天一亩地，为了多开荒、多开地，战士们每天披星戴月，天不亮便到工地上了，一直干到天黑，才回到营房。开荒生产的日子是艰苦的，由于没有住处，陈德林就和战士们住的是地窝子，吃的是粗粮面，喝的是盐碱水，可大家依旧干劲十足，并实现了"当年开荒，当年生产，当年收粮食"的不朽战绩。

一提起开荒的往事，陈德林忍不住地笑了，仿佛又回到了那个热火朝天的场面。

在焉耆地区，仅警卫连一个连几个月便开出了上千亩荒地。这些贫瘠的土地，虽然一开始产量并不高，第一年种玉米，第二年种小麦，到了第三年，战士想种什么就种什么！一望无际的田野，到处是金灿灿的麦，雪白的棉花，战士们个个笑开了颜。种的粮食不仅完全解决了战士们的吃住问题，而且根本吃不完，粮食交由师部统一调配。

军民团结一家亲，军民鱼水情谊深。有了粮食，部队并没有光照着自己过好日子，连续开了 3 年荒，土地面积已达上万亩。看到当地百姓人多地少，于是，部队便主动将大片开好的土地赠送给了当地老百姓耕种。

干校培训增才干

脱下军装换农装，奔赴农田"新战场"。随着战争的结束，陈德林从此也结束了军旅生涯。

1953 年 6 月 5 日，部队遵照中央军委命令，改编为中国人民解放军新疆军区农业第二师，而陈德林也彻底脱下军装，开始迎接新的生活，全心全意地投入生产建设中去。

1954 年，随着大面积土地的开展，让粮食问题也得到了极大地缓解。然而，在农二师建设中，基础设施建设还很薄弱。为了建设美好家园，陈德林调到了农二师工程支队担任区队长。此时的他，干劲十足，为了更好地完成领导交给的任务，独自带领着几十个人来到铁门关山脚下烧石灰。

山里的生活远比开荒种地还要艰苦，每天都要到山上打炮眼、炸石头，十分危险。工程队刚到铁门关山脚下时一无所有，没有窑就自己建，三个窑一年便烧了四五百吨。有了石灰就能盖房子！经济建设的步伐也越走越快，转眼间师部、学校、医院、商店一个个拔地而起，极大地改变了农二师的面貌，同时也极大地改善了人们的生活水平。

就在陈德林干得热火朝天时，突然他接到了一项新的任务，要他到兵团干校报到，参加干部培训班学习一年。能参加干部培训班，这可是个天大的好消息！陈德林兴奋得整夜睡不着。

1958 年，陈德林来了兵团干校，开始了学习培训的生活。这一年中，不仅学习了马列主义，同时还学习新疆各项政策，让他终生受益匪浅。这次学习机会十分难得，陈德林格外珍惜，别人休息的时候他总是还在学习，每天都要预习一下学过的课程。由于他学习认真，再加上记性好、理解能力强，门门功课成绩十分优秀，在结业典礼上，还获得了"优秀学员"的荣誉称号。

令陈德林感到十分高兴的是，学习期间，在干部培训班他见到了朱德和康克清夫妇。

一天，正在学习的他，突然看到了两个既熟悉而又陌生的人影。原来朱德和妻子康克清来到兵团后，特意提出要看看兵团干校的学员。当看到当年的这些身经百战的老兵时，朱老总心情显得十分激动，他逐一跟每个人亲切握手。

当陈德林亲眼见到自己敬爱的朱老总时，他忍不住连连说："感谢党的关怀，感谢首长的关怀！"。

幸福不忘毛主席，翻身不忘共产党！对于陈德林来说，作为一名老兵他是幸福的，他不仅见过朱德总司令，还曾见过彭德怀、贺龙、陈毅等许多开国功臣。每当想起这些，他感到无比骄傲。在他心中，最敬爱的还是毛主席，虽然一直没有机会见到毛主席他老人家，可陈德林心里却一直念念不忘，后来，他亲自跑去北京，去瞻仰毛主席的遗容。

行程万里，不忘初心。陈德林把对党热爱，对党忠诚全部都付之于行动。

山谷里的艰难岁月

岁月悠悠，往事难忘，令陈德林一生最难忘的还是山谷里的那些艰难岁月。

1960年，由于工作需要，陈德林被委派到干沟石膏厂。此时石膏化学原料奇缺，农二师特意在此地建了一个石膏厂。

在此之前，这里原本由一个劳改队驻扎，由于山中条件十分艰苦，为了实行人道主义，上级领导专门进行了人员调整，将劳教人员换回去，重新由当年的老兵驻扎石膏厂，并成立一个指挥部，而陈德林作为干部成为石膏厂的副指挥，亲自带着几十个人采集石膏。

此时正是冬季，干沟的冬天不仅气候干燥，而且根本看不到人烟，只有一眼望不到边的崇山峻岭。光秃秃的山上连一滴水也没有，不仅环境条件恶劣，而且生存条件极差。干沟里面没有植物，只有重叠的山脉和凛冽的寒风。冬天的山里异常寒冷，在如此艰苦的环境下，陈德林依旧每天带领着战士每天在山洞里打炮眼、炸山，不仅又苦又累，而且还十分危险。由于干沟离焉耆路途遥远，供给根本没法完全满足。作为副区队长陈德林，既要负责全厂的生产，还要负责山里所有的生活日用。最艰苦的是大山里根本没有水，全靠汽车从外面长途拉运。

山水贵如油！不长期生活在大山里，根本无法体会不到水的珍贵。由于用水紧张，食堂洗菜的水用来蒸馍馍，蒸完馍馍水还不能倒掉，一盆水战士们再反反复复用很多次，作为副区队长的陈德林有时还能洗上脸脚，可普通的战士平时根本没水洗脸。即便如此，断水现象还是经常发生。

一天，由于山下供水不及时，山里面一下子断了水。当时山上没有任何通信设备，根本无法和外界联络，没有水，山里吃饭饮食全成了问题。

正在紧要关头，一名战士告诉陈德林说北山后面有水，这可是个好消息。可北面山沟离石膏厂有30多公里呢，又没有运水设备，如何把水运回来呢？再难也要去！当天，陈德林便派出30名战士，没有盛水的设备，大家就用裤子将冰块儿背在肩上。大家翻山越岭，终于才把冰块运回营部，解决了一时的燃眉之急。

不光吃水困难，而且大家住宿的条件也十分艰苦。山上根本没有房子，职工们只能用石头堆围成一个圈，所有的人员住在一个大帐篷里，虽然里面烧着炉子，可山里的深夜又黑又冷，战士们还是浑身冻得瑟瑟发抖。

由于陈德林所在的石膏厂在马鞍桥处山峰最高的地方，因为只有那里才有石膏。每天在山里打炮眼，放炮炸山十分危险，稍不留意便会被炸伤遍体鳞伤，不仅如此，工作时还时常会有滚动的石头砸伤。无论条件再艰苦，大家依旧个个干得汗流浃背，经过一段时间努力，在干沟炸了大大小小十几个座洞。作为副区队长的陈德林，每天都要守在工地上，每过一段都有车辆将成车的石膏送往乌鲁木齐。

大山中的粮食十分缺乏，经常有了上顿没下顿。为了填饱肚子，人们便把树皮剥下来吃，找到什么就吃什么。一天，支队长到山上来看望大家，为了接待支队长，陈德林让他住了条件最好的棉帐篷。正当支队长去营区到食堂看望大家时，只见一个职工竟然趴到煤堆里在捡扔掉的菜根吃。支队长见此情况非常生气，把陈德林叫来好好地训了一顿。可陈德林没有办法，没有吃的，总不能让大伙都饿死在大山里。

从山上下来的陈德林，已经不成人样。由于长期没水洗脸，黑黑的脸上只露出一双大眼睛，妻子见到他后，竟然半天没能认出他来，当看清是又黑又瘦的丈夫后，妻子忍不住与他抱头痛哭。

往事不可追忆，那些艰苦的岁月如今却成了陈德林最无法忘却的记忆。

回忆往事　无怨无悔

令陈德林感到最自豪的是，他一生中见过很多大领导，尤其是刘双全，他至今还念念不忘。

对于这位当年从山东宁津出来的兵团司令员刘双全，不仅与陈德林是一个县的老乡，同时还是一起从家乡来参军的。在山东宁津，两家人仅隔着几里地，是近得不能再近的老乡。

1958年，陈德林去兵团干校学习时，刘双全的妻子和陈德林一起成为了干校同学。虽然已成为兵团司令员的刘双全，可不管走到哪儿，总是对当年一起出来的老战友念念不忘，退休后的他，有好几次特意跑到27团去看望当年的老战友加老乡。见到了老领导，这些老兵们别提有多高兴了，大家一回想战争年代，不由得把酒言欢举杯同庆，场面其乐融融。尤其是刘双庆，每次见到老兵时，心情都非常激动，和他们一起吃饭，一起叙旧，一起合影留念。

可如今，再提起当年的战友，陈德林的心里却十分伤感，当年这么多的战友，如今仅剩下他孤零零的一个，他忍不住有些暗黯然神伤地说："新中国成立70周年的时候，二师专门慰问老兵，并且每人发了一套军装，当时虽然只参加了15个，可大伙心里都十分高兴。"在27团的他，由团里派专车接送，令他感到无比自豪。岁月不可留，这些老兵们一个个都已离开了他。

已经92岁的陈德林，记忆力依旧非常好，回想往日历历在目，仿佛如同昨日一样。提起当年的那些战役，陈德林既快活又精神振奋。"渤海军区教导旅参加过10次大的战役，解放了10多座城市，对于新中国成立曾经做过了巨大贡献！"

坦然走过，甘愿付出，不以成败论英雄。是啊，作为渤海教导旅的一员，陈德林是幸福的，也是自豪的。他非常激动说："国家并没有忘记我们这些老兵，如今能有这么好的生活，要感谢党，感谢国家，感谢第二师！"

苍山如海，残阳如血。远去的战火硝烟已一去不复返，战旗背后是一部部不朽的英雄史。回望漫漫征途，老一辈的革命精神将永远流传，永放光芒。

简介：尹华，男，汉族，生于 1924 年，山东宁津县人，中共党员。1947 年 1 月参加革命，渤海教导旅二团二营战士。历任副连长、营长、参谋长、副团长等职，1984 年离休。

我心里，新疆是最好的地方

——记渤海军区教导旅老兵尹华

胡岚

四年发了 400 元钱

"我们四年才发了一个红本，400 元钱。"

"4 年的工资，400 元钱？"，我被尹华这句话惊到了，想迫切地逆时间之流追溯。

尹华，1924 年生，今年 99 岁。老人个子很高，面容清癯，说话嗓门很大，山东口音，精神矍铄。说话间，露出一口整齐的假牙，想到他即将百岁高龄，洁白整齐的假牙，不过是岁月在他身上的标配。老人很健谈，他说，这一生最大的遗憾就是不识字。

"我这个人记忆很好，虽然不识字，但那些战士的名字、组织上传达的文件，说过的事，一遍我就能记住，就是现在思维也很好。"说起这些，老人笑了，他骄傲的样子很是可爱。

"新疆啊，要是没有我们兵团，发展不了这么快，现在到处都是绿洲，哪像我们刚来的时候。"尹华说，"那时喝的水像醋一样，是黄的，还不够喝。"

刚到新疆，真正地体味到了什么是地大物"簿"。茫茫戈壁，除了零星的红柳芦苇，就是望不到头的荒野，苍茫远阔。和家乡的绿野青山相比，这儿太辽阔了，除了他们部队几无人烟。簿，是贫瘠，太荒凉了，人在那里久了都会觉得时间是停止的，盐碱地不长庄稼，这一处和那一处没有什么区别。

当年他们坐着从国民党手里接收的戛斯车奔赴新疆。那时流行这样一

227

句话"一去二三里,抛锚四五次,修理六七回,八九十人推。"虽然是破车,但也好过徒步。风一程,雨一程地来到新疆。刚到新疆,以为只要刨开荒地,就可以播种了,哪曾想到这里缺水。先要头年冬天趁没有结冻时先刨好地,来年春天才能播种。他们到新疆时,已经十一月上旬了,再过20天,开都河就完全封冻了,开都河一结冰,渠里就没有水了,必须要在短短20天内刨好地,第二年才能开荒生产。

"借人"刨地

那时人少,最后还是"借人"一起刨地。

说起借人,尹华又说了一件事。

"借人",指的是之前是起义部队的人,没有受过革命教育,认为当兵便是吃"皇粮",听说部队要在这里大量开荒生产,非常奇怪。刚开始大家一起干,边干边给他们讲解放军到新疆来,不但要保卫祖国边防,还要参加边疆建设,使新疆各族人民都摆脱贫穷、落后,过上幸福的好日子。在共同劳动中,他们对解放军有了初步的认识,思想上渐渐有了转变。他们这才意识到只有解放军才能保护广大人民的利益。军民一起下地干活,大家同吃同住,共同劳动,个个都铆足了劲干。在解放军的影响下,他们逐渐认识到了国民党和解放军的区别,认识到只有解放军才真正替老百姓着想。他们也都是有父母亲人的人,也惦记着家里的亲人,给他们讲解放军的政策,告诉他们家乡的人也过上了当家作主的生活,他们干得就更踏实了。说起来他们也是受国民党剥削,出身穷苦的人,渐渐地在劳动中觉悟,在劳动中改造。思想认识的转变,让他们也成了建设新疆的主力。当年为了不耽误第二年春天的开荒,就借了部分起义部队的人一起浇地,在大家一起努力下,在短短20天在冰冻之前,把来年要开荒的地浇了一遍。尹华说,共同的劳动生活最能教育人、改变人。

开荒劳动时间长、强度大,每人每天只有半斤粮食,根本不够吃,吃饭记账,不发工资。渴了喝涝坝水。饭送到地里都是沙子,碜牙,也得吃。井里的水不够喝,只要一出水,等不到清,就舀起来连土一起喝。天不亮就起来干活,有时候烧的汤里面还漂着地老虎,把地老虎挑出来,继续吃。早上喝糊糊,加一勺咸菜,没菜就加点盐。

没盐就舀碱坑里的硝,狠狠地熬,当盐吃。

中午两个菜坨坨,一碗菜汤,吃不饱。夏天还好点,灰灰菜、马齿菜就是好菜。冬天最难熬，能吃的东西少。学校一个星期上一次课，孩子们都去打土块盖房子。

那时候大家都住地窝子。墙上弄个洞就是窗户。风在窗外吼，冷得打抖，地上垫点草或苞谷秆就能睡觉。干累了，倒头就睡，不知道失眠。醒了爬起来就往地里跑，比赛着干活，谁也不甘心落后。活干得多，粮食还不够吃。

尹华说，有一次比赛干活，干得浑身疼，两只手臂都肿了，第二天手臂都抬不起来，穿衣服都困难，一个星期后才好。那时候真是年轻，不知道累啊，睡一觉，第二天又充满干劲。

热血青春

戈壁滩上，他们又开始了另一场没有硝烟的战争。

荒原上响起了铿锵的脚步声，响起了战争的号角，那是与风沙、与盐碱地、向恶劣的生存环境挑战的生命强音。经过浴血奋战的人都有一颗不屈服的心，没有什么能摧毁战火中淬炼的钢铁意志。种树挡风，开荒建粮仓，他们又开始与荒原作战，与贫瘠的土地作战，与恶劣的自然环境作战。

北方的风是冷硬的，三月的风吹醒了开都河，河水开始解冻了，焉耆河畔泛出生机。开都河两岸，哈尔莫敦荒原上，红旗招展，红柳吐翠。

在初春寒风料峭中，翻开了荒原上的一犁新土，这一犁，犁出了荒原上的第一道曙光，犁出了初春大地的春雷声声，在部队有序的组织下，向荒原要生产，向荒原要粮食。一场轰轰烈烈的大生产运动开始了。

说起建设生产的故事，在尹华的讲述中，那些青春往事好像发生在昨天。

大家在一起把战争中的热情和干劲发挥得淋漓尽致，那火热的开荒场面这辈子都难以忘怀。有的战士衣服袖子磨破了，就剪成短袖，还美其名曰"真凉快"。还有的战士裤子磨成渔网了，到食堂拿起剪刀"咔嚓"几下，长裤变短裤。六月天，没有单衣，索性光着膀子，战士们真是把战争中不怕吃苦，不怕受累的干劲发挥到了极致。

有一段时间，部队断了蔬菜，战士们就用馍馍蘸着盐水吃。粮食没了，吃树叶，吃草根，有的战士吃了大量的沙枣，大便都屙不出来。有的人饿的浑身发软。大家心中只有一个信念，开荒，向荒原宣战！战士们都铆足了劲，每天汗水湿透全身。早晨起床时，地窝子里又添了一层土，每晚收工时，大家都是牵着串走路，十有八九，是因为缺乏营养患了夜盲症。

修排碱渠

然而大自然是残酷的。开垦出来的土地大批撂荒，到秋天收获最多的是苇子草。症结就是盐碱地。

1952年，苏联专家柯夫达来到农二师的垦区。当他看过了吾瓦（现二十九团）的土地后说：这是世界上罕见盐碱土，是根本不能种植的，要想改变它，除非地下铺一层一米厚的石膏。

土壤学理中明确指出：可耕土地的一米土层里，最高含盐量不得超过1.5%，而苏联专家看的这个库尔勒垦区，平均含盐量3.5%，最高达到10%。在焉耆垦区，含盐量达2%—4%。站在这些土地上，放眼望去，映入你眼帘的不是黄沙，不是戈壁，也不是芊芊野草，而是那白花花（白碱）、黑麻麻（黑碱）的盐碱。现实的确很残酷。

有人打起了退堂鼓动。

"退吧，这里完了，不能犹豫了，搬到北疆去。"部分盐碱最重的单位传出了这样的声音。

"坚决不能退！我们这支老部队什么困难没战胜过！""是呀，都是从枪林弹雨中走过来的，死都不怕，还有什么能难住我们！"解决难题的人叫陈炳昕。他中等个头，人长得结实，一双明亮、坚定的眼睛让黝黑的脸庞上充满了智慧和神采。这位在渤海湾边长大的农民的儿子，战争年代，曾是一名战争英雄，在敌人的枪林弹雨中冲锋陷阵，出生入死。进疆10多年，他已从一个基层干部锻炼成长为农六团（现二十九团）的团长了。困难面前有我们，我们面前无困难。过去，他让敌人倒在他的刺刀下，现在，他又要把盐碱这个大自然的"敌人"踩在脚下。

陈炳昕总结了50年代初期种水稻失败的教训，得出科学的结论：盐随水来，也随水去。如果解决了来水有源、去水有路的问题，不但水位不会上升，也可治服凶恶的盐碱。1963年6月10日，在农六团召开的党委扩大会议上。陈炳昕详尽地阐述了他试种水稻的设计方案。得到了副师长张俊德同志的支持，得到了全团干部和军垦战士的支持。陈炳昕的种稻洗盐法，很快用在了生产中。

1964 年，喜讯从乌瓦这片被苏联专家判了死刑的土地上传来。人们第一次从这片含盐碱高达 10% 的土地上收获金黄的稻谷。试种 618 亩水稻，平均亩产 174 斤。取土化验，土壤内的含盐量下降为 1.08%。第二年继续扩大试种，一连许福生小组在 321 亩的面积上获得亩产 986 斤的纪录；试验站张金水种的 30 亩稻田，竟获得了单产 1337 斤的高产纪录。这些数据是来自现实土地上收获的汗水和智慧的结晶，这在当时，不亚于爆炸一颗原子弹，在西部戈壁上激出金灿烂的麦浪和稻香。

因土地充分脱盐，次年，他们又在种过水稻的土地上试种棉花，水旱轮作的结果又获得了预想不到的丰收。

成功了！盐碱地上获得了大丰收，大家再也不用为吃不饱肚子发愁了。

他们的成功经验迅速推广到塔里木垦区，不久，塔里木垦区相继种植了数万亩水稻，也获得了巨大的成功。

但是，焉耆垦区不适应种水稻。但他们借鉴这个治盐的办法搞农田基本建设，深挖排渠，就是后来被广泛运用的排碱渠。排碱渠的成功运用是改良提升南疆土地利用的最好实践，排碱渠能够使土地脱了盐，它的广泛运用为农业生产奠定了基础。

这样一干就是 4 年啊，4 年以后一个人发了个红本，上面有 400 块钱，就是 4 年的工资。

土地没有辜负喂养他们的汗水，盐碱地上出粮食了，战士们终于不用为吃不饱肚子发愁了。

体力上的累和苦都不算啥，和那些死去的战友相比，活着最重要。战争又浮现在眼前。那是一生中都挥不去的记忆啊，让人懂得流血、残疾、伤痛、死亡意味着肢体的残缺，甚至生命的消失。那种惨烈让人瞬间成长，懂得无畏、英勇、胆识，也更加珍惜活着的生命，上战场是战斗，开垦荒原更是战斗，是与贫瘠土地与困难的生活作斗争，只有经历了生活的磨难、挫折的人才更加理解生活的真谛。尹华说到这些，神情变得凝重。

把红旗插上去

1947 年 2 月新组建的渤海军区教导旅在山东阳信县成立，金忠藩同志任教导旅第二团团长。同年 11 月，教导旅归属西北野战军建制，更名为西北野战军二纵队独立第六旅，二团改称十七团（现在的二十一团）。

在王震、王恩茂等领导同志指指挥下，这支山东建军部队参加了解放华北、解放大西北的许多次战役。打瓦子街时，尹华是机枪手，那次战争太激烈了，他断了六根骨头。

仗打起来了，都不知道疼。当时是为了抢枪，尹华奋不顾身地往前冲，眼里只盯着敌人手里的枪，不想坡太高，尹华从高处摔下来，摔断了骨头，情况危急顾不上疼痛，腿上受了伤也不觉得。密集的枪声就在耳边穿梭，哪里顾得上疼痛，只有不停地打，争取主动才有可能保住命。

当时，战争非常激烈只有豁出命去拼了。你不打死别人，就会被别人打死，一个劲地往前冲啊，墙都塌了。有些受伤的人跑不出来就被踩死，只有上过战场的人才能真正体会，什么是你死我活，什么是流血牺牲。

攻打永丰镇是 1948 年 11 月 26 日开始的。

在王震司令员直接指挥下，二纵队三个旅向永丰镇进攻。守敌七十六军 2 万余人放弃外围阵地，龟缩在永丰镇内，依仗镇外高大的寨墙，构筑防御工事，固守待援。在部队领导的统一指挥下，我军第二天向永丰镇发起总攻，因敌人炮火阻击，第一次总攻失利，但是我军用大炮把寨墙轰开一条豁口。独六旅十七团团长金忠藩和十八团团长于侠分别率领部队冲进寨墙，指挥十七团、十八团从豁口冲进去，然后分别向永丰镇左右两个方向扩展。镇内敌人很快做出应急反应，他们组织交叉火力疯狂射击，封锁这条豁口，并强迫士兵对我军进行反冲锋。围绕这条不大的寨墙豁口，敌我双方展开激烈的争夺战。

炸开豁口向里冲锋！

耳边是呼啸的枪声，子弹擦破头皮而过，冲在前面的人挺身站在豁口旁边，组织轻重机枪快速射击，用火力压制敌人的反扑。在战士们顽强无畏的进攻下最后终于把豁口炸大，爆破成功，豁口又宽了许多。由于这条豁口是用炮弹和炸药炸开的，地面不平，还残存着 1 米高的一截寨墙，冲锋的战士要首先登上这段寨墙再跳入镇内去。与此同时，敌人也在作垂死挣扎，他们在其猛烈的炮火支援下，又在豁口的后面堆集沙袋，企图堵上豁口阻挡我军向镇内进攻。

金忠藩同志看到敌人的动向，他迅速跳过豁口进入镇内，组织十七团的部队冲击敌人。此时此刻，绝不能让敌人筑垒成功。向另一侧攻击的十八团进展也很快，独六旅副旅长贺盛桂同志亲临现场指挥。豁口很快扩大了，突破口增大了，大部队源源不断地通过豁口冲了进去。

其他两个旅从另外的方向冲入永丰镇内。经过激烈的巷战，我军干净、彻底地全部消灭了镇内的敌人。此役歼敌2.5万余人，生俘敌七十六军军长李日基和参谋长高宪岗，缴获该军全部武器装备和军用物资。这次战役我们的装备得到了很好的补充。

有了武器，打起仗来就勇猛了。

冲锋的号角吹响了，"打东西汉村的时候，红旗是我插上去的。"尹华说起来满是骄傲。经历过生死、战火、硝烟，活下来的真不容易。

"我们村一共去了30多个人，只有我一个人活下来了。"尹华说得平淡，时间过去了，战争、死亡、伤残、担架、流血，那些经历这辈子都不能忘记。只不过活着的人更理解生活来之不易，那是无数人用流血和牺牲换来的。苦又能苦到哪去，累也累不死。

我们的团场像花园

尹华生活在三〇团。他说，现在团场建设的可好了。宽宽的马路，绿树成荫。高大的杨树、榆树长得郁郁葱葱像列队的战士，路旁、院子有鲜花盛开，大家都住进了楼房。现在地里没啥活，干活不累了，再也没有从前干体力活的辛劳。要播种时，一个坑里只播两颗种子，拖拉机一趟跑过去很快就完成了。铺膜、浇水，都完全机械化了，现代化农业生产把人解放出来了。"我们的小区干净漂亮，绿化得好，规划得漂亮，四季有不同的果木花卉，春有繁花夏有浓荫。有人打扫卫生，有人来收垃圾，每个月只要交点物业费。从前楼房前的空地可以堆东西，现在不行了，全都停止了小车，现在大多数家庭都有车了，生活啊，发生了翻天覆地的变化。我活了90多岁，苦也吃了，罪也受了，好日子也让我赶上了。我们的党太了不起了，只有共产党才能让老百姓把梦想变成现实，我替我的战友们看到了。"尹华笑起来露出一口大白牙。

从前贫瘠的土地在他们的改造下，正发生着日新月异的大变化，戈壁荒原变成绿野千里，城市面貌一天一个样。更重要的是他们奋斗过的土地，撒下他们热血和青春的土地，长出了他们用汗水和心血浇灌出来的绿洲。

后来，尹华回过几次山东老家，家乡的好山好水也没能让他留恋。新疆的漠风和辽阔让这个山东人深深地爱上了这里。在经过了近一个世纪的岁月，有艰辛，有坎坷，有磨难，有幸福。他动情地说："当年吃了那么多苦，走过这么多地方，新疆是最好的地方。"

简介：苏玉山，男，汉族，1928年3月出生，山东省惠民县人，1948年加入中国共产党。1946年11月入伍，历任渤海军区教导旅三团一营炮兵、班长等职，1959年后任30团二连连长。1985年离休。

兵团人的精神丰碑

——记渤海军区教导旅老兵苏玉山

兰天智

悠悠渤海，巍巍天山。从东到西，勾勒出一张英雄的图谱……

深秋的阳光洒在杜鹃河内，泛着粼粼波光，金灿灿的树影如油画一般在水中铺开。苏玉山老人的家就掩映在杜鹃河畔的静谧中。

那天，当我敲开苏玉山老人的家门时，也为人们揭开了一段尘封已久的峥嵘岁月，如同开启了一瓶陈年茅台。

我和苏玉山老人交谈起来。今年93岁高龄的苏玉山，在党74载的苏玉山，依然精神饱满，思维清晰，身子骨也还硬朗，只是被岁月折弯了腰。银色的头发有点稀疏，一张国字脸上刻满了岁月的沟壑。

让人钦佩的是，他耳聪目明，现在还能看书。沙发上的一本《从渤海到天山》破破烂烂，不知被他翻看了多少遍，有些篇章还用笔勾画出来。看得出来，他对这本书的真挚情怀——书中流淌着他们的青春和热血，宛如十八团渠水一样奔流不息……

从民兵升级入伍

苏玉山传奇式的民兵生涯，将我带回到那个战火纷飞的年代。

苏玉山出生在山东惠民县申桥乡，父亲曾是村长，常常掩护八路军转移；哥哥在惠民专属当兵，后来升为训练教官，为部队培养了一批批战场勇士；而苏玉山很小的时候就参加了村里的儿童团，负责站岗、放哨、送信等一些力所能及的活儿。

"为了不当亡国奴，可真是全面抗战，热情高涨。"战争的烟火弥漫在苏玉山的整个童年。

1938 年，日本鬼子出现在他们村子里，村民们开始了另一种艰辛的生活，苏玉山常常听着炮声走在上学、放学的路上，战火的燎烧容不下一张平静的课桌。

"老百姓的命，说没就没了。"苏玉山说，日本鬼子越来越猖獗，越来越惨无人道。1942 年，日本鬼子进村砍树、抓劳工，修筑惠清公路。村民们谁都不愿意给日本鬼子修路，不能让日本鬼子的扫荡得逞！

无奈，日本鬼子只能自己抓劳工。被抓去的劳工，每天早晨 8 点多就出发，晚上太阳下山才能回家，还得自带干粮。

就在这一年，苏玉山的父亲被日本人杀害。

"我要为父亲报仇，坚决把日本鬼子赶出中国！"愤怒的火焰在苏玉山心底点燃，他参加了村里的民兵队。民兵队当时只有 17 人，因为他出生于革命家庭，大家都比较信服他，很快他就成了民兵队队长。

从此，苏玉山就带领民兵暗中"调戏"日本鬼子。在村民们修公路的时候，偷偷在公路两头放鞭炮，偶尔再放上几枪，让日本鬼子辨不清真伪，成了"惊弓之鸟"。他们如此这般，主要是想分散日本鬼子的精力，从而让被抓的劳工少受点罪。当然，有时也能打死一两个日本鬼子。

日本鬼子遭遇了几次他们的偷袭后，修筑公路的进度明显慢了下来。掌握了鬼子情况的苏玉山就开始和八路军联系，想伏击一次鬼子。

没过几天，民兵队就接到来自八路军方面的情报——有三个连的日本鬼子即将从王玉村经过。苏玉山迅速按照八路军的安排，派人在村庄附近埋伏下来，静静等待八路军的部队到来，准备一同歼灭日本鬼子。

八路军的部队终于等来了。这一天，夜幕四合，村庄一片静谧。此时，从远处传来了沙沙的脚步声——日本鬼子来了。民兵队的十几个人毕竟没有经过这样的大场面，都有些控制不住自己的情绪。在一旁的八路军战士鼓励他们，给他们打气鼓劲，他们才坚定了信心，十几个人提起的心才稍稍平静下来。

当日本鬼子的人马经过一半时，"砰"的一声，一个八路军战士扔出了一枚手榴弹。顿时，向日本鬼子队伍进行猛烈的轰炸，炮火连天，枪林弹雨，让日本鬼子猝不及防，纷纷抱头鼠窜，但最终也没有逃出他们的埋伏圈。

"不把日本鬼子赶出中国，中国人民就没有好日子过。"苏玉山讲起战役的故事，显得很激动。

1945 年 7 月，时任惠民县荣华乡武委会主任的苏玉山带领民兵协助八路军，押送 200 多名鬼子和汉奸到 70 多公里外的历城县看守所，换回了自己的同胞，这是一件多么激动人心的事情啊。

因为父亲被日本鬼子打死，苏玉山担心母亲不同意他参军。为了保家卫国，1946 年 11 月，苏玉山偷偷从民兵升级入伍，成了惠民独立团的一名战士。1947 年 2 月，山东渤海军区教导旅三团组建时，他又成了其中的一员。

三团成立后，经过一段时间的紧张训练，于 1947 年 10 月开始进行"野外大练兵"，行程一千多公里，抵达了河北武安县。

苏玉山偷偷参军后，不敢跟家里人联系，也没有时间给家里人写信，母亲以为他死了，整天以泪洗面……

而如愿以偿的苏玉山正乐着呢。并且，这次加入的可不是地方部队，而是主力军——西北野战军第二纵队独立第六旅。终于到大部队打大仗了，不练好战斗技术哪儿行？苏玉山苦练技术，射击、投弹、刺杀、爆破，样样精通。

我的命是很多战友的命换来的

历史的指针拨回到 1947 年 12 月。第一次战役——运安战役打响了。

年仅 20 岁的苏玉山成了十八团一营营部炮兵班的一名炮兵。每次行军，都要背着两发炮弹，还要背 5 个手榴弹、两枚手雷以及干粮袋等，至少要负重 40 斤。他记得很清楚，第三次攻打运城战役显得异常艰难。攻击多次，都被敌人的凶猛火力所阻，伤亡很大。国民党守城部队不仅全部修复了以前被我们摧毁的工事，而且又在城东增修了不少碉堡。

"狠狠地打，必须要拿下！"战斗再次打响，炮手苏玉山三发三中，打掉 3 个大碉堡。剩下的两个大碉堡，另一个连的爆破勇士们冲了上去……双方激战 7 天 7 夜，拿下了运城，取得首次战役胜利。

苏玉山征战数次，历经安运、宜川、西府、黄龙山、瓦子街、荔北、荔镇、永丰镇等战役。直到现在，留在苏玉山记忆深处的还是战场的故事，尤其难忘那些离去的战友。

每一次战役，都与死神擦肩而过。让苏玉山难忘的是，在陕西渭南蒲城县攻打永丰的那场战役。

那是 1948 年 11 月，为配合淮海战役，阻止胡宗南集团调兵增援中原战场，并收复与巩固澄城、邰阳、白水地区，解决部队粮食问题，保障部队进行冬季整训，西北野战军前委于 11 月初召开会议，决定在 11 月中旬发起冬季攻势，再歼胡宗南集团 2 至 3 个师，改变与敌人"拉锯"和相持不下的局面。

在此次战役中，敌人的炮火非常猛烈。此时，他已经成为一名共产党员了。作为炮手的苏玉山随时都有牺牲的危险，但他从来不怕，一发接一发地轰击敌人。那时，用的是 82 炮。正当他在猛烈轰击时，一发子弹擦着头皮而过，把他的帽子打掉在地上。"九死一生啊，我的命是很多战友的命换来的，在这次战役中死了不少战友……"

说到此处，苏玉山的眼里闪着泪光，显得很悲痛。在整个采访的过程中，苏玉山更多的提及战友，他的心中始终装着别人，装着那些死去的战友。他翻开一本《历史的记忆——纪念渤海军区教导旅建军六十周年》的相册，指着照片一个个说出他们的名字：孟宪清、李法德、李禹山、王德洪、王天培、尹华……

在此次战役中，旅副参谋长张昱及政治部副主任刘英壮烈牺牲，全旅伤亡 500 多人。

永丰战役的胜利，彻底粉碎了胡宗南所谓"重点的机动防御的新战术"，巩固了澄城、郃阳、白水地区，拖住了胡宗南集团，解决了部队粮食问题，为冬季整训创造了条件。

西北人民解放军冬季攻势取得了巨大胜利！消息传开，令无数指战员兴奋不已。

苏玉山告诉我，1949 年 2 月，十八团改为中国人民解放军第一野战军步兵第六师十八团。此时的苏玉山已经成为十八团一营营部炮兵班班长。

苏玉山挠了挠头发说，在关系全野能否安全转移的战斗中，旅长张仲瀚临危受命，组织荔镇抗击，保住了野战军司令部和全军主力由此北撤回到边区的唯一通道。第二纵独六旅在荔镇抗击战中打得英勇，打得顽强，打出了军威。

苏玉山说话不慌不忙：在荔镇战役中，十八团奉命抗击国民党的轮番冲锋，坚守荔镇，掩护西北野战军机关脱离险境，成功转移，受到彭德怀司令员的亲自检阅和表扬。荔镇一战十八团以善打抗击战而名震西北战场。

说到这里，苏玉山慢慢起身，拿过那本《从渤海到天山》，翻开后，指着一段用笔在下面划过的文字，一字一句给我读了起来："张仲瀚同志亲自指挥十六团、十八团两团，先敌占领有利地形，不惜一切代价，与敌人展开反复争夺。到了下午，胡宗南的兵力越来越多，炮火也越泼越凶，三五九旅增援上来，一直激战到黄昏，保证了野战军主力经过荔镇，脱离了那个危险地带……

彭德怀老总离开荔镇时，他骑在马上，慢悠悠地走着，语重心长地说，'你们主动在这里抗一下，'又走了一阵，突然睁大眼睛说：'抗得好啊！'彭总关切地询问部队损失情况。他深沉地说：'要好好训练，这支部队将来要多出干部。'这一仗，独六旅确实付出了不小的代价，十八团团长陈国林同志就牺牲在这里……"

读到这里，老人再也读不下去了，眼睛里涌出了泪水，哽咽起来。

在此次战役中，除了团长陈国林同志外，壮烈牺牲的还有三营营长李文泉等老红军、老八路及连排骨干，有的连队100多人最后只剩下10几个人。

祁连雪山上冻死很多战友

那是1949年9月，十八团由青海翻越祁连山，向甘肃张掖方向挺进，为解放新疆做好准备。

"9月份，我们还穿着草鞋，到了祁连雪山，已是白雪皑皑。由于这里海拔高达4000多米，气温骤降，脚上都是冰疙瘩，上面是浓雾，下面是白雪，部队好像是在云中行走。"苏玉山说着，撩起自己的裤管，"现在到了冬天，我的脚后跟就疼痛难忍。前面的兄弟部队冻死了100多战友。我们得到情报后，就在原地生火取暖，背着干粮去拾柴火，可哪能找到啊，只好拾来牦牛粪来生火取暖。"

海拔高，战士们的斗志更高。苏玉山说，在行军途中，战士们又冻又饿，担心在途中睡着后冻死在路上，就给每人发几个辣椒御寒和提神。"瞌睡了就咬一口辣椒，还一次不能吃完，咬一口装起来，走一会儿，再咬一口……"

由于海拔高，再加上食物不足，不能按时就餐，苏玉山在翻越祁连雪山时开始吐血，身体极度虚弱。

从此，苏玉山的身体每况愈下。到了后来吃了食物，就开始呕吐，不仅吐血，还尿血。直到1968年，做了一次手术后才慢慢恢复。

苏玉山的很多事情，他都没有给家里人讲过，在祁连雪山吐血的事情，他的老伴也是从战友李万民的口中得知的。

　　随着全国战场形势的迅速变化，遵照毛主席、朱德发布的向全国进军的命令，第一野战军开始向西北和西南进军。

　　苏玉山满脑子都是战争的事。他说，那时国民党企图依靠胡宗南、马步芳牵制第一野战军，第一野战军前委分析局势决定先打青海马步芳的部队。苏玉山说，那是 1949 年 8 月，彭德怀向各兵团下达了进军兰州、歼灭"青马"的作战命令。

　　苏玉山记得很清楚，王震指挥的第一兵团，率第一、第二军和第六军发起陇青战役，直捣青海马步芳的老巢，截断兰州守敌的退路，配合第二兵团和第十九兵团歼灭"青马"主力。战役在甘肃省的陇西、临洮、临夏和青海省的西宁地区展开。

　　陇青战役是解放西北最后一次较大规模的战役。苏玉山压着指头说，这次战役相继解放了陇西、潭县、渭源、会川、临洮、康乐、宁定、临夏、永靖等地，防守西宁的马步芳残余部队在解放军军事压力和政治攻势下，也纷纷投降，"青马"军事力量全部覆灭。

　　苏玉山回忆道，在陇青战役中，人民解放军歼灭"青马" 26000 余人，历时 10 多天，进军千余里。

　　苏玉山说，他们翻越祁连山后，就向新疆挺进。

　　1949 年 10 月 1 日，举国同庆中华人民共和国成立。当时，十八团指战员行进至甘肃张掖，就地参加了庆祝中华人民共和国成立大典。

　　苏玉山告诉我，十八团在玉门等待了 1 个多月后，由玉门乘车出发，日夜兼程，于 12 月底抵达了库尔勒，拉开了屯垦戍边建设边疆的序幕。

平息暴乱　屯垦戍边

　　茫茫戈壁，荒无人烟。眼前的一切并没有动摇苏玉山他们的信念，十八团进驻库尔勒后，杂草丛生，沙包遍野，处处一片荒凉。但指战员的思想不荒凉——毛主席的指示"到新疆要为各族人民多办好事"始终在他们的心中、在他们脑中。

　　苏玉山记得很清楚，他们刚来到这里后，国民党的残余匪徒就想给他们来个"下马威"。当时，国民党驻库尔勒、轮台的骑兵团及焉耆、若羌的官兵相继发生暴乱。十八团到达后，首先迅速平息了暴乱，稳定了局面，并在各部营房驻地、要害部门、交通要道设置了严密警戒，严格执行部队纪律，很快得到各族群众拥护和信赖，打击了反动势力，安定了民心，混乱的社会秩序迅速得到安定。

苏玉山回忆说，动荡的局面被整治安定后，十八团抽调近百名得力干部，帮助各县进行民主建政工作。1950 年 2 月，成立了中国共产党库尔勒工作委员会，十八团政委阳焕生兼任工委书记。

正当民主建政工作如火如荼开展之际，轮台反动势力又纠集诱骗三千余名各族群众闹事，十八团党委指令驻守轮台县的二营营长贾清明采取果断措施，惩治首恶反动分子，对受蒙蔽的群众进行了深入细致的说服教育工作，很快又平息了动乱。

再一次熄灭暴乱的"火苗"后，各地的形势慢慢趋于稳定。于是，一场历史的大幕徐徐拉开——

"戈壁滩里么吆嗨，大生产里么吆嗨，十八团官兵真勇敢来，敢叫戈壁变良田……"

1950 年，遵照新疆军区发布的大生产命令，除了少数参加剿匪、担任国防、维持治安外，十八团各单位于三月份陆续到达指定的生产垦区，展开了农业开荒种地，拉开了十八团大生产的大幕。

那叫清苦呀！苏玉山说，其时，在没有工具、没有房子、没有换洗衣服、缺粮短菜的情况下，部队克服了难以想象的困难，不叫苦、不怕难，披星戴月，忍着蚊虫叮咬，手上磨起的血泡，把坎土曼把子、洋镐把子都染红了，没有一个人吭气。轰轰烈烈的生产运动，唤醒了沉睡了多年的戈壁荒滩，迸发出勃勃生机。

越是艰难越向前。在听了苏玉山的讲述后，我似乎也回到了指战员们热火朝天的劳动现场，深刻感受到他们"敢教日月换新天"的英雄气概和"不破楼兰终不还"的顽强意志。

此时此刻，我的心底油然而生出一串串诗句，伴随着对渤海军区教导旅老兵的敬畏从内心深处喷涌而出：

你们用铮铮铁骨

挺起了塔里木的脊梁

因为有了你们

茫茫大漠不再孤寂

戈壁荒原充满生机

新疆大地陡增了几分灵气

你们用昂扬的斗志

火热的革命热情
书写了屯垦战士的
责任和使命
赤胆与衷情

你们是一台台开垦机
青春是机器的双轮
心血是机器的燃料
青春已逝
燃料耗尽
沧海变桑田
大漠成绿洲

荒凉的大漠
印证了你们不荒凉的人生
那辽阔秀丽的农牧团场
阡陌相连的广袤良田
是你们的心血浇开的花朵
是你们的艰辛孕育的希望

而今
你们有的步入耄耋之年
有的已离开了人间
你们可曾听见
渤海在向你们呼唤
还有那十八团渠
仍在奔涌向前
那是从你们身体里流出的甘甜

呵，屯垦战士啊
塔里木河在吟唱
吟唱着你们的信念
塔克拉玛干沙漠

仍在书写着你们的热情与豪放

你们是天山上的一朵朵雪莲

用生命点缀了天山

你们是大漠中的胡杨

用赤诚点燃了沙漠

大漠因你们而

不再寂寞

天山因你们而

更加巍峨

……

这是对千千万万军垦战士的敬畏，也是对一代代兵团人的敬畏。

兴建十八团渠

坚定的信念催人奋进，征途漫漫，唯有奋斗！

经过1年多的艰苦奋斗，十八团的指战员让戈壁荒滩换了容颜，开垦出"处女地"14000多亩。

随着坑坑洼洼的荒滩变成了一马平川的平地，新的问题又凸起了——没有水如何发展生产？无论是发展农业还是畜牧业，水是关键的关键。

其时，当地百姓种地，也非常缺水。喝不饱水的庄稼犹如严重缺失营养而面黄肌瘦的孩子，连年产量提不上去。

这里缺水，但从来不缺精神。苏玉山说，为了保证部队大生产继续进行，不与百姓争水浇地，十八团在秋收尚未结束时，又投入到紧张的兴建大渠的任务中。

提起修渠的事，苏玉山激动起来：王震司令员亲自踏勘、亲自选址，并派水利专家勘测后，决定从库尔勒山口引水至吾瓦地区，修建一条30多公里的大渠，引水灌溉这片荒地。当时，初步将大渠定名为建新渠。

1950年9月15日，这一天，历史不会忘记，十八团指战员不会忘记，苏玉山也记得特别清楚。就在这一天，建新渠破土动工！十八团1000多名指战员在龙口至大墩子30多公里的工地上，按营、连、排、班分段划分任务，展开施工。浩浩荡荡的队伍，宛如一条巨龙，在亘古荒原上腾飞。

如此的壮举，必将被载入史册！

说着，苏玉山老人，慢慢站起来，来到一个电视柜前，找出了一张关于修建十八团大渠的碟片。打开 CD 机，将碟片放入后，屏幕上出现了修建十八团渠的场面。

苏玉山指着屏幕上热火朝天的生产场面说："这就是我们干活的场面，当时劳动工具很简单，只有十字镐、铁锨、坎土曼以及用红柳条编织的抬耙和挑筐，条件很艰苦，但大家的热情非常高涨，硬是一段一段'啃'出来了。"

戈壁沙砾硬，指战员们的意志更硬。用十字镐一点一点地"啃"，手磨破了，皮肤皲裂了，大渠一点一点挖开了。

画面中，奔流不息的十八团渠飞溅着白色的浪花，咆哮着、歌唱着、欢腾着横亘在万古荒原上。又如一条碧绿的飘带，轻盈地曼妙在戈壁荒原上。

苏玉山说，在施工的过程中，条件十分艰苦。因为沿线大部分为戈壁滩砾石，地质十分坚硬，十字镐挖下去火星乱蹦，坎土曼、十字镐挖不了多久就变成了秃头。团里只好抽调人员组建铁木工厂，锻造坎土曼、十字镐等挖渠的工具及其他农具。

"戈壁荒原什么都缺，唯独不缺精神、不缺意志。"苏玉山说，这段岁月淬炼了每一个人的意志，发生着改变的不只是身体，还有心灵。

那年冬季，天寒地冻，寒风刺骨，官兵们没有鞋子和手套，手足皲裂，鲜血染红了镐把；有的连队没有住房，没有水吃，就挖地窝子或搭帐篷宿营，但所有指战员无人叫苦、无人喊累。反而在工地上充满了愉快的歌声，欢声笑语在戈壁荒滩的上空始终回荡。

苏玉山感叹：从渤海到天山，曾经遥远的塔克拉玛干变得触手可及。来了，就要像胡杨和红柳那样扎根大漠。屯垦戍边的每一天都不会空虚，现在回忆起来没有一天后悔的。有了这样的信念，青春的斗志便超越了那巍巍天山……

经过八个月的奋战，大渠胜利竣工。

这一天，十八团每一个指战员不会忘记，这片土地上的人们不会忘记，历史更不会忘记。

这一天是 1951 年 5 月 15 日，在放水典礼上，时任新疆军区代司令员王震将大渠正式命名为"十八团渠"。

"开闸放水！"随着王震司令员的大声宣布，一股清泉从闸门中奔涌而出，雪白的浪花飞溅到指战员们黝黑的脸上，亲吻着、呢喃着、滋润着。

王震激动地跳入渠中，跳跃着向渠边的人群挥手欢呼道："下来吧！把多年征战的汗水和灰尘洗掉……"

如今，十八团渠建成已经70年了。

70年来，十八团渠滋润着原本荒芜的戈壁沙滩变成了茫茫绿洲，养育着这片土地上的人们从一穷二白迈入了幸福的小康大道。

利在千秋，70年恰是风华正茂。如今，十八团渠依然像一首悠扬的蒙古族长调，奔流不息地歌唱着这片土地上的岁月悠长、和睦安详……

夕阳下，十八团渠纪念碑像一颗耀眼的星，碑上身披霞光的兵团战士，目光深邃地注视着十八团渠水滋润着的这片沃土，孕育着人们的希望和历史的辉煌，也孕育着兵团精神成为一座历史的丰碑。

祖国和人民没有忘记我

在苏玉山老人的家中，墙上挂着很多照片。每一张照片的背后，都蕴藏着一段感人的故事。其中有一张照片，是他和老伴以及儿子、儿媳在山东济南的一个英雄广场照的。在这里，有一座"中国人民解放军山东老战士广场记"的丰碑。照片中，苏玉山手指着自己的名字，脸上涌现出一份喜悦和自豪的表情。

还有一张照片，是近几年照的。照片中，他戴着"庆祝中华人民共和国成立70周年纪念章"及"光荣在党50年"的纪念章。

"党和祖国没有忘记我们，家乡的父老乡亲没有忘记我们，天山南北的人们也没有忘记我们，历史更不会忘记我们！"

苏玉山站起身，来到一个柜子前，慢悠悠地从柜子里拿出一个小箱子来让我看。

"庆祝中华人民共和国成立70周年纪念章""光荣在党50年""在新疆工作30年荣誉奖章""纪念渤海军区教导旅建军70周年""纪念中国人民抗日战争胜利60周年"还有一枚刻有"全国人民慰问人民解放军代表团赠"的纪念章……

箱底，有一张由中国人民解放军第一野战军第一兵团第二军第六师在一九四九年十月二十五日颁发的"奋勇前进立功证明书"，背面记录着曾参加过的战役：安运、宜川、西府、黄龙山、荔北、永丰等战役。

这位 94 岁高龄的老人，他将功与名锁入了箱底！他是一位在解放西北战役中获得过"人民功臣"奖章、"解放西北纪念章"的战斗英雄！

这是苏玉山老人的传奇故事，也是诸多渤海军区教导旅老兵的人生缩影。通过近段时间的采访，我了解到在新疆巴音郭楞蒙古自治州，这样深藏功名数十年的老兵还有很多：李法德、孟宪清、薛义田、齐克俭……他们是西北野战军的英雄图谱，也是兵团人的精神丰碑。

简介：陈登祥，男，汉族，1933 年出生，1947 年参军，山东宁津县人。先后在二十一团工程处一支队、建工一团、27 团、焉耆工程处、一支队、工一团、天宇公司等单位工作。1993 年离休。

风雨人生

——记渤海军区教导旅老兵陈登祥

胡岚

陈登祥和我见过的其他老兵不一样，到底哪里不一样一时又说不出来。在写下他的故事时，才意识到是他的平静。那平静是大海经历过波涛汹涌之后的波平如镜。如果不是回溯时光逆旅，你就不能体会到来自生活的风浪摧残、颠簸、覆灭，撕心裂肺的丧子之痛接二连三地袭来，让这个家庭经历风雨飘摇，肝肠寸断的死生离别。他身上散发出的冲淡祥和是经历过波澜后的不动声色以及对命运的接纳。他说的时候太平淡了，以至于我都觉得他没有什么故事可写。在整理与他聊天的过程中，发现他实在是太朴实了，竟然没有一句废话。我无意粉饰和虚美，对于一个老人来说，忠实的记录就是对他人生的一种最好呈现。老兵们太朴实了，少年时期用战争、用流血牺牲，换来了我们今天的幸福生活。在和平年代又把最好的青春投入到新疆的建设，没有兵团几代人的辛勤付出，就没有新疆现在翻天覆地的变化。

从硝烟中走过

陈登祥说，他经历了西北所有的解放战争。当时他是连队救护员，十大战役他都参加了。有运安战役、黄龙山麓反击战、西府陇东战役、瓦子街战役、永丰战役、壶梯山战役、荔北战役、扶眉战役、陇青战役等。

他至今记得在动员大会上，王震司令员号召全体指战员：要不怕吃苦，打下运城过大年。时在隆冬，大家听了都很激动，离家几个月，都想家了。

印象最深的战斗有瓦子街战斗、永丰镇战斗。永丰镇战斗很惨烈，消灭了国民党76军。山西运城安邑县的战斗，是陈登祥当兵后参加的第一次战斗。那时他在十七团（现在的二十一团）一营机枪连当卫生员。首战打的是国民党保安队。陈登祥说，原本他们新兵是打不过国民党正规军的，可是没想到国民党的保安队一打就垮，经此一役，战士们的士气就提起来了。刚开始战士们没有武器，敌人的两次突围，都是用红缨枪、用镐、手榴弹把他们打回去。那次战役，战士们收缴了敌人的兵器，信心大增。

当年参军时他只有15岁，是连队的救护员。15岁原本还是个孩子，不谙世事。领导让做啥就做啥，陈登祥跟随着卫生队救治了好多人。他说，国民党兵把我们的战士打伤了，伤员很多接连不断，一个刚包扎完，另一个就等着，有时忙得手脚不停，都包扎不完。虽然这样，但是大家有分工，秩序不乱。有专门负责运送伤员的人，陈登祥是救护员专门负责给伤员包扎。那时小也不懂打仗，死伤成天见，习惯了也就不感到害怕了。只要有人受伤了就去抢救、跑前跑后地护理伤员，包扎止血，打绷带。陈登祥给他们喂饭、翻身，端屎端尿。当年他们参军3个月就上战场，打第一仗害怕、第二仗害怕、第三仗害怕，后来知道害怕也没有用。在那个时代出生，去当兵打仗是很自然的事。生在那个时代，就做那个时代的事。大家都是为了以后不再受苦，为了以后过上好日子，想法很简单。战火硝烟见的多了，打仗就跟家常便饭一样，就不在乎了，看多了血流成河，生死伤残也没有那么可怕了。战争一打起来，大家都很拼命，不是你死就是我活，反倒是战士们不怕死的冲劲，让敌人害怕。战士们越战越勇，流血受伤的人也多了，时间就是生命，争分夺秒地抢救伤员，根本没有时间去害怕。陈登祥说得很朴实，流血的战争就是那样自然地发生、经历。他说，经历过战争就等于在漫长的岁月中经历了一种特殊的艰难。那种艰难与和平时期是不一样的。一个是兵荒马乱的生活，一个是安宁的生活。谁也不愿意打仗，可战争来了，必须要去还击，老百姓都盼望过好日子。

他说，看到战友在你面前倒下去，经历过生死以后，更体会到活着的不容易。后来再遇到挫折、困难，就都不算啥了。现在当兵的，他们体会不到我们那个年代的感受。和平年代的和平兵，接受的教育跟他们那时不一样。他们是战争年代的兵，穿上军装就得打仗，就会流血，就会有牺牲。

当年四处征战，陈登祥有幸见到了毛泽东、朱德、周恩来。他说，领导天生有一种威力，有领导的气度，他们往那里一站，什么都不用说就很鼓舞人。他说见到毛主席、彭德怀将军特别激动，在他们的领导下，中国解放了，中国人民太不不容易了，毛泽东真英明，他制定的路线，他所做的一切都是为了人民。毛主席太伟大了，为了人民安宁，靠小米加步枪领着穷人闹革命。我们从战争年代走过来，亲身经历了这一切，我们在那么艰苦的环境中，打了胜仗，让人民翻身做主人，没有人比我们更能地理解和体会胜利的来之不易。

那个年代武器落后，是党的方针正确符合民心，代表民意，战士们都是豁出命去打仗，在武器落后缺吃少穿的年代，硬是凭着勇敢和不怕死的顽强精神获胜的。陈登祥说，有时在想也许是因为武器落后，他才能侥幸活着，若是换成先进的武器早都被打死了。当年他们能赢多亏毛主席的英明领导，陈登祥发自内心地赞美。

命运的安排

1949 年是每个中国人都该铭记的日子。陈登祥清楚地记得，那一年他们在张掖庆祝中华人民共和国成立，紧接着就来到了新疆。一来就是一辈子。他说，从老家一路走到甘肃张掖，从玉门走到青海一直是用两条腿打仗，天天走路，刮风下雨都挡不住。当兵就得听指挥，党让干啥就干啥，到新疆搞生产、开荒种地。战士们到新疆当工作队、生产队、战斗队，直到 1953 年转业，脱下军装，1954 年又转为生产建设兵团。

陈登祥印象最深刻的是住地窝子，吃草籽馍馍的岁月。60 年代过着艰苦的生活。草籽在地里长得跟小米儿一样，把草籽撸回来搁锅里用碱水煮，煮完了以后捞出来再跟甜萝卜合在一块儿蒸馍馍，吃不饱只能充充饥，勉强能填肚子。住地窝子的那两年，是最艰难的时候。地窝子只有半人高，上面用木头撑着，人在里面得猫着腰，好在避风雨。多亏新疆干旱少雨。不下雨还好，一下雨就遭罪了。下雨了，水全部涌进地窝子，原本铺在地上的苞谷秆、芦苇全都打湿了，湿乎乎的，没法住，也得将就，当时只有那个条件。以前新疆雨水少，基本没下过大雨，这些年环境变化了，雨水也多了。十七团在焉耆盆地，焉耆雨水多，周围土地相对比较好，开荒出来就能种粮食，就有吃的。战士们凭着吃苦耐劳的好传统、艰苦奋斗的精神，经过两年的大开荒，把土地改造过来。曾经一毛不拔的戈壁荒滩长出了绿油油的庄稼，战士们用两只手挖镐、锄地、灌溉，收割从无到有，从荒原到绿洲，从缺衣少食到丰衣足食，从焉耆盆地到塔里木盆地，创造了戈壁荒滩变良田的奇迹，发生了翻天覆地的变化，如果不是共产党的领导，不是共产党的军队是做不到的。从前的库尔勒是戈壁滩，处在沙漠边缘，雨水少。能把沙漠城、把戈壁滩建成现在这样已经很不错了。陈登祥说得很自豪，从 1949 年到现在 70 多年过去了，他既是参与者，又是见证者，这个城市从无到有的蝶变、从贫瘠到繁荣的飞跃，他身在其中，知道其中的建设艰辛和变化的不容易。

陈登祥一直在卫生队工作。他说，从前在战场上是救死扶伤，到新疆以后就是治病救人。团场有卫生所，后来在学校当校医，直到离休。老伴王月娥，比他小九岁，1954 年进疆。两人在焉耆结婚，一辈子扎根在新疆。王月娥是保育员，在托儿所看孩子。过去孩子都送到托儿所，大人要开荒种地忙生产，没有时间管孩子，托儿所一管就是几十个孩子，吃喝拉撒全管。过去的人思维简单，人也特别单纯，孩子们都是在托儿所长大，带得也都挺好的，不像现在的孩子这么金贵。

陈登祥说，是命运的安排让我来到新疆，新疆比我们家乡好。宁津是个苦地方，不靠城市不靠河流，一片平原，全靠老天下雨，老天不下雨，连水都没有。他说，命运安排得好，最艰苦的地方是新疆，最好的地方也是新疆。就像歌里唱的，"我们新疆好地方，戈壁沙滩变良田""我走过多少地方，最美的还是我们新疆。"现在新疆建设的好，交通方便，生活、物质都不缺。在新疆生活六七十年了，见证了这个地方的变化，从戈壁到绿洲，从荒芜到繁华，现在已经是个现代化的城市了，相信以后会发展得更好。

陈登祥家里兄弟两人，他八岁时母亲就去世了。父亲又娶了继母，陈登祥跟着爷爷在一块儿生活到 15 岁，离家参军到部队。他到新疆后，回过两次老家，现在家中父母兄弟都不在了。他一直在说，还是新疆好，这边有我熟悉的战友和家人。

一辈子的战友

陈登祥和刘玉朴是同一天参军的，他们都是山东宁津人，到新疆又一起分在焉耆工作，在一个系统都是医生。他们俩太熟悉了，一辈子的同乡，一辈子的战友。最巧的是，那天上午采访刘玉朴，下午采访陈登祥，他俩告诉我的第一句话都是，对方在库尔勒。

陈登祥在团部卫生队，刘玉朴是在师部卫生处，他们都从事医生工作，热爱喜欢医生这个职业。1959 年单位派陈登祥到石河子医科大学普内科进修三年，后来又去过焉耆农二师医院进修。从前战火纷飞的年代没有机会好好读书，陈登祥很珍惜来之不易的学习机会，除了学好文化课，还要学习医学专业的知识，感觉一下子进到知识的海洋，像鱼游进了大海，视野一下变得开阔，眼界打开了，陈登祥每天除了上课，其余时间就贪婪地泡在书堆里，吸收各种知识养料，各方面技能在进修期间得到了提升。学习机会太宝贵了，从前看病全靠实践经验，现在有了理论支撑，实践与理论融汇在一起，陈登祥有种豁然贯通的领悟，这两次进修学习让陈登祥获益良多。

陈登祥说，那时他们被称为万金油医生，看 X 光片、心电图，跌打损伤都能看。现在医学分得太细了，医生看牙就不看耳，看耳就不看鼻，不像那时他们啥都会看。那时看病全靠"听、敲、视、触"，就是过去说的望闻问切。看病全靠眼睛看、耳朵听，时间长了，经验也丰富了，病人往那一站，用手摸摸，听诊器听一下，就能看出来是什么病，再下方开药。就像种地的，人到地里一看，就知道该种啥。现在做血常规、血项检查，依靠科学预判，就能确认是啥病。过去要是脚崴了，摔伤了、骨折了，没有 X 光，对接骨头复位再打石膏固定，全凭感觉和经验。过去当医生主要是靠实践干出来的，全凭脑子钻研、记住。以前医生用干针扎耳朵麻醉，给病人做阑尾炎手术，凭的是经验和娴熟的技能，现在医学进步了，医生做手术必须打麻药。那时给人看病必须要靠真本事，不像现在可以借助科学仪器。虽然过去的病没有现在这么复杂，那年头大病最多是肝炎、肺结核，现在生活好了，各种慢性病多起来，并发症相伴病情也变得复杂。如今，陈登祥和刘玉朴老人都长居库尔勒。"白发高歌需纵酒，青春做伴好还乡。"在他们则是白发笑谈战友情，青春做伴离故乡。人生难得在青春相伴，老来亦相伴。这样的情义除了人生伴侣，于朋友之间实属不易，人生忽然间数十年转眼即过，一辈子的战友宛如亲人，他们一起经历过出生入死战争，缔结的生死情，经过人生的风雨，成为一辈子的朋友，还能有什么比这个更珍贵？

感恩国家感谢党

陈登祥说，他们这一代人，生活过得比较艰难，经历了很多苦难。他说，这一生没做什么伟大的事，只是在时间上、在年代上，赶上了战争年代、建设年代。生在那个年代，活到现在，足够漫长的一生，能过上现在这么好的生活，要感谢毛主席当年的路线方针得到广大群众的拥护，中国共产党把国民党推翻了，现在习近平主席领导得好，人民的生活节节高。一个朝代有一个朝代的不容易，一个朝代有一个朝代的生活，他和战友们经历过不幸，可也赶上好时代了。和牺牲的战友们相比，活到现在已经很幸运了。

回首多年在新疆的工作经历，陈登祥说，他这一生没什么辉煌的成绩，没什么惊人的事迹，没有做出什么突出成绩，就是平平凡凡的一生。唯一自豪的就是当医生多年，看了许多病人，医治了许多人，没有出什么事故，这让他感到骄傲。谁有个头疼脑热跌跌撞撞什么的，都到卫生院来找医生看。当年很多人指名找他看病。过年过节家里都没有闲过，只要有人来叫，陈登祥放下碗筷，拿上听诊器就去看病。他说，医生就得给人看病，这就是为人民服务。半夜里经常有人叫急诊，三轮车在路上翻了，驾车坐车的人胳膊折了骨头断了，被叫起来，一路小跑着，穿过黑漆漆的夜晚，去处理伤情，有时还要输血，找人配型，采样，忙忙活活，一晚上忙下来，天也就亮了。

当年孩子在团场上完托儿所，接着到团场学校读书。团场的教育有限，那时考走的人很少，不能继续升学的孩子就留在团场参加工作。陈登祥的三个儿子已经去世。唯一一个女儿在他们身边，现在住的楼房是女儿给他们买的。孙子们都工作了，一个孙女在库尔勒保险公司工作，孙子在乌鲁木齐工作，还有个孙女毕业于乌鲁木齐医科大学是研究生，作为人才输出到苏州工作去了。老人说得风轻云淡，好像是在说别人的事。在他脸上已经看不出丝毫生活带来的磨难。

现在陈登祥和老伴年纪都大了，高血压、糖尿病、腿脚也不像从前那么灵便了。三个儿子早逝，白发人送黑发人的伤痛，他们都经历了。好在时间渐渐抚平了他们心头的伤痕，孙子孙女们有工作有出息，生活中还有什么比这更好的盼头。人的这一生太漫长了，谁在世间还不经历风风雨雨，生活原本就有笑有泪，现在他和老伴生活能够自理，生病住院有医疗报销，两个人每月的收入加起来有一万五千多元，足够他们安享晚年了。

陈登祥说，这一生他们拼尽全力去生活，经历过生活的饥与寒、血与泪、生与死的噩运，见过世事风雨，知道人的一生不可能一帆风顺，会有眼泪有欢笑有悲伤有忧惧，好在灾难和风雨都过去了。老人说得泰然、安详，他所经受的生活的痛苦和磨难已经过去了。他说，"生活一直向前，人啊要向前看，健康地活着才能感受生活的善意。"陈登祥的话平淡朴实，却包含着他对世事的智慧和通达。

简介：刘忠玉，男，汉族，1936 年出生，1966 年加入中国共产党，山东宁津县人。1947 年参军，历任渤海军区教导旅 2 团卫生所卫生员、警卫员等职；1976 年后，先后担任法院刑事庭庭长、法院副院长等职，1996 年离休。

用信念撑起的生命之脊

——记渤海军区教导旅老兵刘忠玉

张靖

革命家庭

在刘忠玉老人的记忆中，当年组建山东渤海军区教导旅时，有 80% 的战士都是山东宁津人。

只要一提起自己的家乡和家庭，刘忠玉的自豪感便油然而生。

原来，刘忠玉出生在一个革命家庭里。小小年纪的刘忠玉就对革命两字已不陌生，他身边的大哥、三姐、三姐夫、表叔全是当地的地下党，二哥也是民兵。而父亲则是村长。父亲之所以当村长，就是因为家中有很多的亲戚都参加了地下党组织，而作为村长，父亲一则可以利用身份掩护地下党组织，二则也可以为党做很多事情。

生长在这样的环境中，小小年纪的刘忠玉自然也不甘落后。1944 年，8 岁的刘忠玉参加了当地的儿童团。可千万别小看这些年幼的孩子，抗战时期，儿童团属于一种秘密组织，成员身份并不能对外公开。作为儿童团的他，便开始从事为村子站岗放哨，为地下党输送情报等工作。

当日本鬼子侵略中国山东时，小小年纪的刘忠玉便亲眼看见了日本侵略者的暴行。

一天，几十个日本鬼子和汉奸杀气腾腾地来到村里。一到村里，他们恶狠狠地让父亲把全村人召集在一起。原来，他们想以此利用老百姓来找到地下党和八路军。

这不是痴人说梦吗？可日本鬼子根本不管！为了达到目的，他们不择手段，让村民们互相揭发指证，说出谁是地下党和八路军的，不揭发就对百姓进行残害。可村民们怎肯出卖自己的亲人？没办法，鬼子见威逼不好，只好把矛头指向当村长的父亲，由他来进行辨别和指认。父亲坚决不肯指认说："虽然有时候八路军经过，可村子里根本就没人加入共产党！"

这种话日本鬼子哪里肯信，于是端着刺刀直接对着父亲。此时，母亲也正领着年幼的刘忠玉在场，眼巴巴地看着丈夫面对危险临危不惧。

如果说出地下党肯定被抓，如果不说刺刀便会随时刺向父亲。就在这紧要关头，周边突然响起了枪声，紧接着一阵噼里啪啦的响声，顿时把没有任何准备的鬼子吓破了胆，以为八路军来了，由于此次鬼子来的人数并不多，吓得立马扭头就跑。

原来，是隐藏在村里的地下党，见父亲有危险，伺机进行营救，除了零星的枪声外，噼里啪啦的响声并不是枪声，而是他们在油桶里放的一串鞭炮。可即便如此，还是把鬼子吓得魂飞魄散，以为中了八路军的埋伏。

面对敌人的威逼利诱，镇定自若的父亲面不变色毫不妥协，却让柔弱的母亲受了极大的惊吓，从此她一病不起，当年便去世了。

日本投降后，山东宁津也迅速得到了解放，成了解放区。而刘忠玉的家就成了当地的"堡垒户"，"堡垒户"是指专门掩护地下组织的地方，为地下党提供活动、休息、开会的场所，也是全村最安全的地方，借助于村长的身份，父亲经常秘密掩护地下党组织开展各种活动。而此时，哥哥、姐姐、亲戚的地下党身份也都随之公开。

1947年，全国内战形势发生了巨大的变化，此时作为革命家庭里的一分子刘忠玉毅然决定报名参军。他亲眼看着自己的亲人在锄奸、反叛过程中在当地做出的贡献，然而此时国民党组织的还乡团，依旧贼心不死，经常回来进行疯狂报复，为了解放全中国，为了让家乡人民真正过上好日子，于是年仅12岁的刘忠玉，毫不回头地跟着共产党的队伍走了。

一到部队，刘忠玉便成为山东渤海教导旅2团卫生队的一名卫生员，令他感到欣慰的是自己的大哥也在部队。由于年龄小，刘忠玉不能马上上前线，只能留在卫生队当一名卫生员，但卫生员需要一定的专业技术。由于部队刚组建不久，大部分战士都是新兵，于是部队对刘忠玉和其他战士们进行统一训练。其他战士都接受的作战知识、实战技巧等训练，而作为医务人员的他，主要接受的是医疗知识和技术的学习培训，在这里，刘忠玉学到了伤口包扎、伤口处理、伤员抢救等各种技能，学习期间，新学员们互相包扎，大家很快就掌握了最基本的医务护理常识。

经过一段时间的学习训练，刘忠玉很快成长为一名真正的革命战士。

永丰战役

回想起战争年代，刘忠玉老人不由心里一阵疼痛，其实他一直不愿再提战争年代，对他来说往事不堪回首，战争实在太残酷了，只要一想起那么多战友倒在血泊中，他便忍不住泪流满面。

在经历诸多的战役中，他永远也忘不了那场惨烈的永丰战役

1948 年 11 月，永丰战役在陕西永丰镇打响。此时我军一个军与国民党 76 军对垒，军长便是赫赫有名的李日基。此场永丰战役中，由二纵 17 团打主攻，作为 17 团的一名卫生员刘忠玉也参加了这次战斗。

战争在一片开阔的平原拉开帷幕，虽说一个军对一个军，然而敌军却占据着地理优势，由于敌军抢先占领着永丰镇，而我军要再想进入永丰镇，非常困难。国民党不仅凭借着坚固的城墙，而且还拥有各种先进的武器装备，要想攻进永丰镇，必须将厚厚的城墙打开一个缺口。可此时敌人的防守非常严密，要想打开一个缺口绝非易事。

进攻开始，敌人的枪弹非常严密，我军只好先采用炮攻掩护，再由战士们将炸药运到城墙下将城墙炸开。然而对面敌人的火力非常凶猛，子弹密如骤雨。刘忠玉至今还清晰地记得，当时作为排长的刘双全，亲自带着一个排的战士冲上去，一次进攻下来，全排 30 多人只剩下 8 人，而全连最后剩下的不到 20 人。

眼睁睁地看着战士们一个个倒在了敌人的子弹下，刘忠玉只要一提起这场战役，便控制不住自己，眼圈一下子就红了。

刘忠玉沉重地说："为什么我们的《国歌》里有一句歌词：把我们的血肉，筑成我们新的长城。现在的年轻人根本不懂里面真正的含义，因为这是一个真实的记载，为了新中国的解放，多少革命先烈用血肉筑成了长城，牺牲的战士太多了，很多战士明明知道要牺牲，但为了掩护自己的战友，毫不犹豫地冲在前面，而后面的战士就是踏着战友的血肉向前冲锋的。"

是啊！忘记过去就意味着背叛。老人又说："现在很多年轻人根本无法想象革命烈士们的坚定信仰，新中国的诞生是多少革命先烈用鲜血和生命换来的，习近平总书记提出让党员们学习党史，就是为了不忘初心，牢记使命，让广大党员更好地了解我党的艰辛发展历程，更好地建设新中国！"

作为一名卫生员，在枪林弹雨中抢救伤员，抢救战士们的生命，同时

要冒着极大的危险。

一天，就在战斗打得最激烈时，敌军企图进行增援。可是我军早就识破了敌军的意图，给予了强有力的打击，在我军强烈阻击下，敌军的增援部队一直无法到达。于是，敌军不断炮轰我军阵地。

此时的刘忠玉，正在一个猫耳洞里忙碌，忽然只听一声巨响，强大的冲击波，瞬间把他的耳朵震得鲜血直流，震动过后，虽然一片平静，但是刘忠玉却觉得右耳很背，听不到声音。后来，经过医务人员仔细检查才发现，由于炮弹震动过于强烈，已导致他耳膜穿孔，从此，刘忠玉只能靠着一只耳朵听外面的世界。

虽然这只聋耳对刘忠玉一生的工作生活都造成了极大的影响，可老人却笑得呵呵地说："总算捡了一条命，当时帽子一下子被打掉了，但没伤到其他地方。"

与死神擦肩而过

战争年代，刘忠玉老人曾多次与死神擦肩而过。

1948 年，刘忠玉部队在黄龙山行军时，一场突如其来的发烧怎么也无法退去。原来，由于部队生活条件非常艰苦，战士们一年四季只发两套服装，冬天发棉衣，夏天发单衣，还有时候，到了发服装时间根本无衣服可发。一人一套军装根本无法换洗，由于衣服无法换洗，身上的虱子多得数不清，就地点上一堆火，把衣服脱下来，用扫把一扫，掉进火堆里的虱子被火烧的噼噼啪啪直响。由于病虫害许多战士都感染得了回归热，而刘忠玉也因此大病了一场，发烧烧到 40 度。

此时部队正在行军，眼看马上要出发，可刘忠玉却还烧得昏昏沉沉，根本无法跟上部队。怎么办？部队只好将他寄养在当地老乡家，并交给了老乡三块银圆，要老乡好好照顾他。临行前，医生再次为他打了一针奎宁（当时为最好的消炎针），然后部队便出发了。

躺在病床上的刘忠玉，一直高烧不退昏迷不醒，整整烧了 7 天 7 夜，直到第八天时，他才渐渐睁开了眼睛。没想到竟然退烧了，身体还一天天地好了起来。

人们常说：大难不死必有后福。10 天之后，部队竟然又重新回到了当地，卫生队班长再次寻找他时，没想到他竟然还活着，而且已经大病痊愈，真是皆大欢喜，于是刘忠玉蹦蹦跳跳地跟着部队走了。

此时大病初愈的刘忠玉，身体依旧十分虚弱，每天行军任务很重，时间很紧迫。为了不掉队，大家便让他拽着骡子的尾巴行军，这样一天下来可节省不少体力。

刘忠玉至今还清晰地记得那些听话的骡子。别看骡子是牲口，这些牲口非常通人性。部队平时重要的物资，无论枪支弹药还是粮食，全靠骡子驮运，可骡子从来不怕辛苦，任劳任怨。有时急行军中，为了避免打草惊蛇，害怕骡子的脚步声会惊动敌人，于是战士们经常将骡子四只蹄子用草和布包裹起来。只要见战士拿着包裹物走来，骡子立即抬起蹄子，乖乖地任由战士们包裹。打仗时，战士们把东西一卸，几十匹牲口待在一个地方根本不用捆，仿佛它们都知道主人正在进行着一项神圣使命，一个个待在原地一动不动。平时行走时，只要枪声一响，骡子们就连走路的声音都格外小，唯恐惊动了敌人。

拽着骡子走的确行走确实省时又省力，可有时也会发生意想不到的时候。

一天，刘忠玉和战士们正在行军，一条河流挡住了战士们去路时，河水川流不息，虽然不是很深但流淌很急。还是老办法，由年幼的战士拽着骡子尾巴过河。由于河底下高低不平，被刘忠玉拽着的骡子前蹄一滑瞬间摔倒水中，骡子翻身从水中爬起，可正在拽着骡子尾巴的刘忠玉，结果手一松，一下子便被河水冲走了。

水流很急，被水流裹挟的刘忠玉根本爬不起来。正在危急时刻，后面的战士也牵着骡子跟了上来，见状一把用力将他从水中抓了出来，然后将他推在了骡背上。

绝望的刘忠玉终于又重新捡回一条命，他说："如果不是这些战友，自己早不知道要被洪流冲向哪里，恐怕早就没命了。"

是啊，人生总会经历无数磨难，可正是因为种种历练，才让刘忠玉在革命的道路上越走越远。

灾难并没有从此远离他。行军途中，刘忠玉突然又染上了疥疮，疥疮分为两种。一种是干疥，一种是湿疥，刘忠玉得的是湿疥，浑身上下都是脓包，每天又痒又疼，难受得他生不如死。行军一刻也耽搁不得，刘忠玉只能强忍着身体的疼痛。尤其骑马骑驴时，身上的血和衣服紧紧粘在一起，后来战士们用担架担着他，可后背的血又和担架粘在一起，痛得他死去活来。

直到部队休整后，战士们用大锅煮了满满一锅硫黄水，这些身患疥疮的战士们，跳进水里狠狠泡了一个硫黄澡，紧接着大家又用盐水泡，身上的伤口一沾上盐水如同刀割一般，痛得他直叫唤。

盐水过后是草药水，经过一系列治疗，身上的疥疮才终于结痂痊愈。

学习文化

在刘忠玉的记忆中，学习文化是一件非常重要的事情。

没有机会上学的刘忠玉，和部队中大多数战士们一样，一直都渴望着能够学习文化。这种强烈的愿望，来部队没多久就实现了。由于大多数战士都是穷苦的农民出身，并没有知识文化，为了提高战士们的整体素质，部队领导专门安排知识分子给大家上课。

学习条件尽管很简陋，教具仅有一块小黑板，可战士们却个个都学得很认真。为了尽快让战士们能记住生字，部队想尽了各种办法，在行军途中，让战士们每人背后背上一个字，几天后换一次。这些生动而又巧妙的办法，让战士们既不耽误行军路途，又学到了文化知识，可是，随着战事越来越紧张，学习文化也只能暂时告一段落。

然而，作为一支革命队伍，让战士们学习的机会还有很多。

永丰战役结束后，有许多负伤的伤病员。其中，有一名连长因在战场上长期作战，精神高度紧张以至造成精神错乱。这位连长只要一听到枪声便大喊大叫，往外冲，而整个卫生队只有刘忠玉能够让他安静下来。为了对连长进行更好的治疗，部队决定将他送往军区医院去治疗，而刘忠玉就成了他最佳的专职陪护。

到了军区医院，刘忠玉与其他不参加战斗的人员开始了系统的医学知识学习。医生姓李，教学几乎大多完全通过黑板，当李医生在黑板上写着心脏、肺等这些专业术语时，认识字不多的刘忠玉学得非常刻苦，生怕自己学不会，先用黄草纸写下来，然后再用棍子在地下反复练习。一个阶段下来，刘忠玉不仅不比那些有文化基础的学员差，竟然连整个生理解剖内容都能背诵下来。在此期间，刘忠玉不会就问，与他同去的战友李俊杰，有知识有文化，也成了刘忠玉的专职小老师，每逢遇到不认识的生字，刘忠玉总会向他请教。

真正系统学习文化知识，而是进入新疆之后。

1952 年，此时的新疆已经解放，暂时已无战事。为了加快新疆建设步伐，部队特意组织扫盲班对所有战士统一进行扫盲。为了针对不同学员的文化程度，扫盲班进行了分班，一年级、二年级、三年级，让战士们根据不同的文化程度来选择学习班级。此时的刘忠玉，调到了渤海教导旅17团政治处当公务员，参加扫盲班这是他义不容辞的事情。

这次学习非常专业和系统，战士们从最基本的拼音字母开始学起。由于字典很缺乏，很多人只能共用一本字典。认识了最基本的拼音，就打开了学习汉字的大门。于是，刘忠玉在学习的道路上一路飞速前进。

对于一向刻苦努力的刘忠玉来说，学习同样是伴随他一生的事业。

1954年，刘忠玉被调到五团团长杨有财身边当警卫员。杨团长是名久经沙场的老红军，由于当年没有文化，吃尽了没文化的苦头，特别重视学文化。

作为一团之长，杨团长不仅自己刻苦学习，就连身边的警卫员也从不放过。为了督促刘忠玉学文化，他每天都要亲自给刘忠玉布置作业，光认识汉字不行，还要学数学，从加减乘除法开始，无论工作有得多忙，杨团长从不放松刘忠玉的学习，每天都要按时检查和布置作业。

在杨团长的严格监督和教导下，两年以后，刘忠玉的文化水平有了飞速的提高，竟然能够达到初中文化水平，这对他今后的工作起了决定性的作用。

党叫干啥就干啥

作为一名老兵，刘忠玉在困难面前从不挑挑拣拣，上级安排什么就做什么工作！

此时的新疆百废待兴，一切都要从头开始。于是刘忠玉工作调动得也特别频繁。1950年，随着军部后勤医院的撤销，刘忠玉来到二军六师医院，跟着部队驻扎在新疆焉耆地区，成为一名外科护理员；1951年，随着部队精兵简政，刘忠玉被分配到十七团三营八连，连长正是刘双全，而此时的刘忠玉，成为他的警卫员。

一手拿枪，一手拿镐，刘忠玉至今还记得那段开荒种田的日子。部队来到新疆，几乎一无所有，只有最原始的务农工具，生活条件非常艰苦。由于没有务农经验，三营八连所处的地理位置水位非常高，土质碱性非常大，根本不适合种植普通农作物。

来到这里，到处是茫茫芦苇荡，为了开垦荒种地，大家先割芦苇，然后将高低不平的荒原夷为平地，没有拖拉机，战士们一锹锹把地平整；没有播种机，全靠战士们人工播种；由于收成太差，后来单位被撤销。

1956 年，随着塔一场的筹建，杨团长成为塔一场的团长及塔里木工程处处长。新场刚成立，急需大量的人手，作为老团长，用人自然还是熟悉的好！于是，曾经跟着杨团长的刘忠玉也就有了用武之地。杨团长亲自从警卫班抽调了 6 人到塔一场，其中便有刘忠玉。

1957 年，随着塔一场的正式成立，刘忠玉继续给杨团长当警卫员。

1957 年下半年，正在忙碌的刘忠玉突然接到了到石家庄学习的通知，这令他惊喜不已。原来，塔一场要成立粮油加工场了，这次派他去就是学习粮油加工技术！学习归来的刘忠玉，掌握了许多粮油加工技术，一回来便成为榨花车间的班长。学有所思，学有所用，此时的刘忠玉，在新的工作岗位上信心满满，大施拳脚。

采矿生涯

1958 年，随着经济建设发展到一定阶段，对矿产的需求也越来越大。为了响应国家号召，刘忠玉被抽调到采矿队，带着一个班的战士寻找勘探矿资源。

勘探矿石，这对刘忠玉来说，无疑是个新的挑战。由于此次的工作和他从前经历完全不同，为了尽快进入角色，作为班长的刘忠玉，先给每人发了一本小册子，册子上有各种矿石解说和图片。就凭着这本小册子，刘忠玉和战士们全身心地投入到工作中去。

然而，茫茫大山要想找到指定的矿石并不是件容易的事情，而且当兵出身的刘忠玉和战士们对矿石一窍不通。不会就学，大家在困难面前没有一人妥协。于是刘忠玉在学中干，在干中学。每走一处，他们总拿着标本与册子进行仔细比对，发现不同的石头总会认真核对。就在此时，山中又进入一支库巴大队也在寻找矿产，这是支专业的队伍，他们不仅掌握各项专业技术知识，而且还带着各种专业寻矿设备，很快就成了刘忠玉和战士们的老师。于是，只要一遇到难题，刘忠玉总会带战士们亲自登门请教。

大山是个谜，辛辛苦苦几个月，不仅没有找到他们要找的矿石，而且一无所获。在当地找不到矿石，于是他们只好转到霍拉山继续去寻找水晶。

同样，找水晶大家也不是很懂，在找水晶的过程中，却有了意外的发现。

一天，刘忠玉正和战士们在野云沟里勘探中，无意中发现了一种非常特别的石头，只见石头上的波纹如同云彩一样，波纹漂亮色泽艳丽，这到底是什么石呢？会不会也是一种矿物质？查图册，图册并没有给出答案。为了弄清真相，刘忠玉赶忙带着石来到库巴大队请人做鉴定。

库巴大队的技术人员一看石头也愣住了，忙问他从哪找到的，原来这是一种叫铀的矿物质，不仅非常稀有，而且具有较强放射性，对人体危害极大。技术人员立即让他洗澡消毒，以免辐射侵入体内。

这次对铀的发现，虽然刘忠玉和战士们没能直接参与挖采，可此次收获还是很大。由于铀的采集需要专业人员及专业设备，为了答谢他们，库巴大队和他们进行了交换，将他们找到的云母矿交给了刘忠玉，而霍拉山铀的开采则由库巴大队进行。

山上开采矿的生活非常艰苦，茫茫大山根本没有人居住的地方。于是，刘忠玉只好带着战士天当被、地当床，整整几个月露天宿营在外。天气好时还行，可天气不好时大家全都遭了罪，老天爷可不管他们有没房子住，该下雨时照下雨，一场瓢泼大雨，整个被子淋得湿漉漉，到了晚上，一阵山风，阵阵刺骨的冰凉。

幸好，大山也有垂怜他们的时候，山中有泉水，于是大家吃饭喝水便不成问题。无论开采工作再艰苦，当看着一批批采集的云母从山中运出时，刘忠玉和战士们还是忍不住开心地笑了。

肩负重任　伸张正义

进入司法界，是刘忠玉一生中的一个重大转折。

1961 年，刘忠玉调到塔一场政法股，成为一名外勤助理员。进入司法机关，刘忠玉深深感到肩上的责任。此时的政法股包括公安、检察、法院等机关，负责各类案件的刑侦和执行。而此时刘忠玉的工作，主要是对片区非正常死亡、安全消防、一般案件处理，同时还对刑满人员进行管理。

在此期间，刘忠玉不仅接触了各种各样的案子，同时也接触到各种各样的人。自杀的、野外事故的，只要是非正常死亡，刘忠玉从不马虎，都要亲自到现场进行勘察查案。

一天，正在上班的刘忠玉，突然接到塔一场 6 连职工来报案。原来，人们在本地发现一个死亡的婴儿。

接到消息，刘忠玉立即与同事一起到现场查看。只见这个死亡的婴儿个头很小，发育不全。看到死婴，其他同事一口咬定这一定是一起谋杀案，并断定这孩子被人杀死的。

怎么能如此轻易下结论呢？受过专业训练的刘忠玉此时却冷静下来，孩子比普通孩子小，会不会另有隐情？为了查清事情的真相，刘忠玉决定对当地展开调查。他先来到附近单位进行询问，在询问过程中得到了一个奇怪的信息，有人说最好别管！死了一条生命怎么能不管呢？刘忠玉决定作进一步深入调查。

经多人查问才知道，单位有个40多岁的女人，丈夫几年前上吊自杀，单身的她又重新找了一个男人同居，可没想到同居不久便怀孕了，此时已经有了儿子、儿媳的她不可能将这个孩子生下来，于是女人感到万分苦恼，怎么办？为了避人耳目，她只好穿着厚重的大衣包裹着身体不敢出门。

得知这个情况，刘忠玉立即找到了当事人。经仔细询问反复作思想工作，女人终于承认孩子是她的，但孩子还没出生就打胎了。

"怎么打的胎？"刘忠玉问。

"从高处往下跳，摔下来时孩子就流产了。"女人老实地告诉他。

经过详细甄别核对，孩子果然如同女人所描述的那样，情况完全相符，于是刘忠玉断定就不是一起杀人案，而是一个早产的弃婴。

然而，就在讨论整个案件时，大家争论非常激烈，几个办案人一口咬定这是一起杀人案，当刘忠玉把详细调查的结果公布后，结果令人心服口服，所有人顿时都鸦雀无声。

差点办成一个冤假错案，这个案子受到了当地人们的好评。如果不是刘忠玉详细调查，当事人很有可能因此被判重刑。事后，刘忠玉无限感慨地说道："办案人员必须要坚持'以事实为依据，以法律为准绳'的原则，深入群众调查研究，这样才能真正做到公平、公正"。后来，这个案件成为一个典型的教材。

从事司法工作多年，刘忠玉办过的案子不计其数。

一天，刘忠玉接到来报，在34团铁干里克里处发生了一起交通事故。

接到案子，刘忠玉不敢耽搁，马不停蹄地赶往现场。一路上只见风沙四起，沙尘暴昏天黑地，根本看不清眼前的视物。车一直开得很慢，因为这样的天气很容易出交通事故。

来到现场，经调查发现，司机撞死的是一个两岁的孩子。这么小的孩子怎么没有大人看管就独自跑到街上呢？原来孩子根本无人照看。这么小的孩子，又这么恶劣的天气不出事情才怪！尽管家长依旧不依不饶，可刘忠玉还是实事求是将案子反映给党委，此案经过对多个因素的综合考虑，对司机给予了公证的处理，司机非常感激。

刘忠玉说："办案必须实事求是、深入调查，走人民群众路线，进行详细调查，才能确保判案的公正，让人民心服口服。"

由于工作兢兢业业，始终严格执法，坚持公正司法，1976年，刘忠玉调到尉犁县法院，成为独立庭的庭长；1981年，调到乌鲁克垦区法院，成为刑事庭的庭长。

多年的司法生涯，刘忠玉始终按证据办事，法律面前人人平等，坚持合情、合理、合法，从不接受他人说情，再好的亲戚也没门儿！妻子说他有职业病，即便夫妻俩平时说话时，只要妻子说的事情没有根据，都会遭到刘忠玉的纠正和训斥，刘忠玉已经养成了一个良好的习惯，平时不管说什么做什么，必须实事求是，必须有根有据。

在法院工作期间，刘忠玉接触到一起离婚案。

二师三十四团工程队有一个男人，由于母亲年迈病重在老家，为了照顾母亲，妻子带着孩子专程回家去照顾老人。几年后，母亲去世。可当妻子带着孩子返回三十四团时，男人坚决要与妻子离婚，原来男人趁妻子长年不在家中，在外面重新又找了一个。

哪有如此忘恩负义的？媳妇去照顾婆婆竟然被丈夫抛弃了，家里还有4个儿子，离开丈夫女人怎么生活？刘忠玉得知详细的案情后感到非常气愤，坚决不予离婚。可是男人不罢休，为了达到目的多次找到刘忠玉，强烈要求离婚。

案子一直拖了好几年，经刘忠玉多次调解，最后夫妻俩竟然和好了，又和和美美地一起过日子了。

这个案子让刘忠玉感到很得意，他说："不管做什么，我们都必须以法行事，也要考虑到人民的利益，要公平公正。"

作为一名刑事庭庭长，刘忠玉判过的案子总是令人信服，没有一起上诉的。每次判案之前，刘忠玉总要和罪犯进行一次深入浅出的长谈，从法律的角度让犯人知法认罪，很多犯人很感动，在服刑期间纷纷给刘忠玉写信。

以情动人，感化教育，这也是刘忠玉长期以来坚守的一个原则。

1986年，有名广西犯人快要刑满释放时，在监狱里突然和另一个犯人发生冲突，不慎将对方打伤。接到案子后，刘忠玉立即赶往监狱会见犯人，该犯人没有文化，由于长期缺少亲情关爱性格粗鲁，处事态度冷漠消极。

为了让犯人主动服法，刘忠玉主动联系到他的家人，让家人用亲情感化他，在亲人的劝说下，犯人痛哭流涕主动认罪。由于犯人认罪态度非常好，刘忠玉也根据按照认罪从轻的法则，对其只加刑了两年。

这起案件，对当事人触动很大。犯人非常感动，刑满释放后特意来感谢刘忠玉。犯人说："我要感谢你一辈子，是你让我真正地懂得了如何知法守法，如何重新做人。"

多年来，刘忠玉一直尽忠尽守，为了党的事业鞠躬尽瘁呕心沥血。从参加革命的那一刻起，刘忠玉爱党、忠于党、坚决跟党走，始终坚持不忘初心，牢记使命。用信念撑起生命之脊，用实际行动诠释了一名共产党人的崇高理想和追求。